魅丽文化
桃天工作室

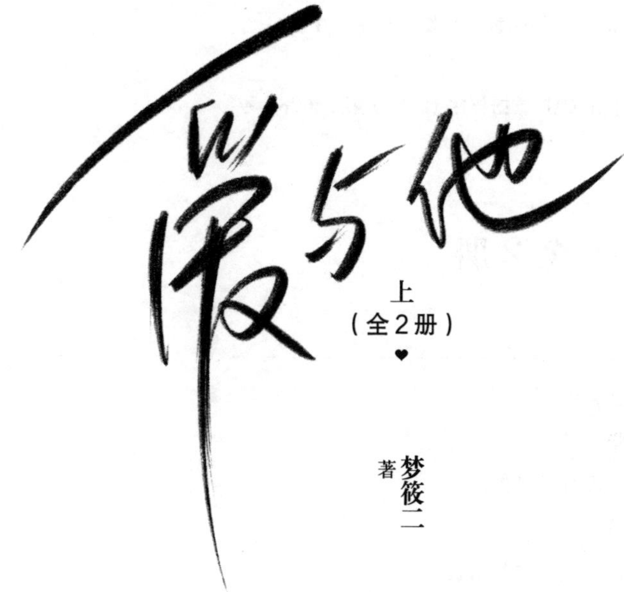

上

（全2册）

❤

梦筱二 著

江苏凤凰文艺出版社
JIANGSU PHOENIX LITERATURE AND ART PUBLISHING

图书在版编目（CIP）数据

爱与他：全2册 / 梦筱二著. -- 南京：江苏凤凰文艺出版社，2021.12
ISBN 978-7-5594-5777-6

Ⅰ. ①爱… Ⅱ. ①梦… Ⅲ. ①长篇小说－中国－当代
Ⅳ. ①I247.5

中国版本图书馆 CIP 数据核字 (2021) 第 066789 号

爱与他：全2册

梦筱二 著

出版统筹　曾英姿
责任编辑　张　倩
特约编辑　刘思月　罗李璇
封面设计　黄　芸
出版发行　江苏凤凰文艺出版社
　　　　　南京市中央路165号，邮编：210009
网　　址　http://www.jswenyi.com
印　　刷　人民今典印务有限公司
开　　本　880mm × 1230mm　1/32
印　　张　22
字　　数　664千字
版　　次　2021年12月第1版
印　　次　2021年12月第1次印刷
书　　号　ISBN 978-7-5594-5777-6
定　　价　72.80元（全2册）

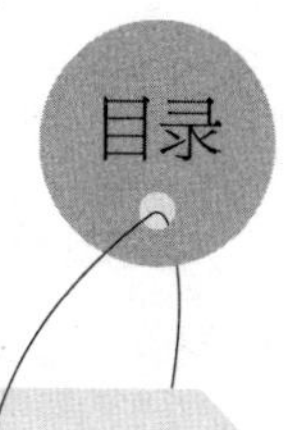

CONTENTS

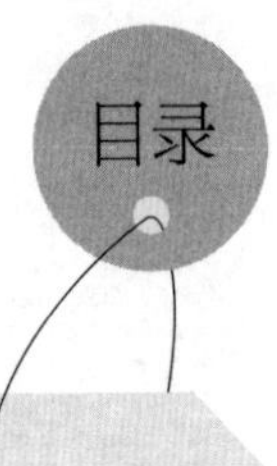

目录

C O N T E N T S

第一章 关于男朋友

“哪个瞬间让你决定和他在一起”。

这是某网站刚刚推送的热搜话题。

俞倾只看了标题，没点进去，脑海里却突然蹦出一个画面，傅既沉挺拔的身影清晰浮现。

两个多月前，那晚，突降暴雨。她加班到十点，以为雨会停，结果没有。

大雨天，打车困难，在公司楼下，她遇到集团总裁，傅既沉。那是他们第二次见面，他对她还有印象，便送她回去。

路上，雨势越来越大，司机不熟悉回她出租屋的路况，开到低洼路段，雨水没过排气管，车子熄火。

傅既沉把裤管卷过膝盖，问她：“有没有男朋友？”

在那个情况下，这样的问题太过奇葩，不过她还是回了：“没有。”

他若有若无地“嗯”了声，推门下去。

她都能想象出，雨水多浑浊。

他一只手撑伞，把另一只手递给她：“快点。”

她坐在后排里侧，看着他的手，愣了下。两人毕竟不熟，对方还是她老板，她不好随意抓他手。

傅既沉瞧着她：“就这反应速度，你是怎么应聘上傅氏法务部的？”

她没抓他手，快速挪到他那边的车门旁。

他把伞塞到她手里，她还没反应过来，他已经俯身，以公主抱的姿势将她抱起。

俞倾收回思绪，放下手机。茶歇时间，她把几份重要合同放进保险柜，手指钩住钥匙扣，拿上杯子去茶水间。

她这才注意到，外头黑云压城，马上就要下雨。

到了茶水间，冤家路窄，她遇到法务部一个女同事，对方也在等咖啡。

女同事和她差不多年纪，跟她一块儿进的傅氏集团法务部，把原本属于她的岗位给顶替了。主管把没有太多技术含量却事务琐碎的岗位安排给了她。

俞倾目不斜视地从这名同事旁边经过，专心接咖啡。

同事用眼角余光把俞倾从头到脚细细打量了一番，判断出那双鞋顶多三四百块。

然后，她瞅到了俞倾手里的钥匙扣，不屑地撇撇嘴——一看就是高仿品。

“俞律师，你这钥匙扣在哪家小店淘的？跟正品还挺像，也挺好看的。”

同事说话时还带着笑意，却绵里藏针。

俞倾接满咖啡，抬眸，面带微笑地看着这名她连名字都没记住的女同事：“我想想在哪个小店淘的。”隔了几秒，她装作想起来的样子，“哦，在巴黎一家爱马仕旗舰小店淘的。”

对方一噎。

回到办公室，俞倾接着审合同，刚才茶水间那个小插曲她早抛在了脑后。

这些是朵新饮料公司的经销合同，朵新是傅氏集团的全资子公司。

这家饮料公司是傅既沉两年前买下来的，之后他升级了生产线，整个管理和运营团队大换血。短短两年，公司就有了傲人的市场占有份额。

傅氏集团涉足金融、地产、医药还有科技等领域，朵新饮料是最不起眼的一家子公司。

“嗡嗡”，手机震动，俞倾瞅了眼备注，是她的房东钱老板，她插上耳机。

“小俞啊，跟你说个事儿，我这边资金实在周转不开，租给你的那套房子，我只能卖了。

“前几天不是跟你说过要挂到中介去嘛，谁知道刚挂一天，今天就有客户要看房，你看……麻烦你了。”——钱老板还是决定卖房。

两条语音，语气内疚又自责，后边那条还夹杂着叹气声。

俞倾扯下耳机，这房子她租了将近半年，倒没住过几天，主要用来放她那些高奢品。

她现在跟傅既沉住一块儿，很少回出租屋住。公司没几人知道她跟傅既沉的关系，她每天都小心翼翼，生怕“奸情”露馅。

手机上又有消息进来，依旧是钱老板，说的都是卖房后要怎样补偿她，包括当初她装修的钱也会补给她。

对她来说，钱是小事。她那些限量版的包包、衣服、鞋子，还有各种珠宝首饰，特别是她的心头好——香水，搬来搬去着实麻烦。

这些东西还不能搬到傅既沉的公寓，以她跟傅既沉现在的感情状态，公寓也只能算是她的临时住所，都不如出租屋稳定。

“哗啦啦”，闷了一中午后，大雨终于倾盆而下。

风雨交加，办公室里都能闻到雨水冲刷后那特有的清新味道。

俞倾起身把窗关上，回复房东：您跟客户约了几点看房？我下班就赶过去。

钱老板十分感激，说五点半。他又回：我让我儿子去接你，下雨天你挤地铁不容易。

俞倾本想拒绝，可一看见面时间，发现打车会来不及。

很快，房东把他儿子的微信名片分享过来，名叫钱程。

晚上要回出租屋，俞倾跟傅既沉发消息说了一声：我今晚回租的房子住，顺便找本专业书，让厨师不用准备我那份晚饭。

傅既沉：早点回来。

意思是，让她拿了书再回他的公寓。

下雨天她才不想来回折腾。俞倾把手机放一边，心想，反正他出差不在家，自己住哪里都一样。

这场雨下了两个多小时，快下班时，渐渐停了，云开雾散。

俞倾收到钱程消息：俞倾姐，我现在在你们公司楼下。

她跟钱程有过一面之缘，当初装修方案设计好，她让房东到现场确认。房东那次带着他儿子一道过去，所有细节经他们同意，她才开始装修。

钱程当时还开玩笑："姐，你说你租个房子，也不知道能住多长时间，说不定你很快就结婚有房，你花一年房租来装修，你图什么？"

图什么？图房间简洁明亮心情好，图那会儿不缺那点钱。要是搁现在，她连一把锅铲都不会添置。

俞倾关好电脑，将合同入柜，清洗了咖啡杯，拿上包去等电梯。

正值下班高峰期，每部电梯到了她这层都满员。

俞倾下意识地看向最边上那部总裁专梯，没想到电梯在运行，数字跳到"42"，很快，经过了她这层。

傅既沉出差了，电梯里大概是总经办的哪个助理。她这么想着。

等了三趟，她才好不容易挤进一部电梯。

大厦外，钱程正在台阶下等她。

等俞倾走近，钱程不好意思道："今天限号，我临时问朋友借了车，赶到这里时就到下班高峰期了，没敢开到这儿。"说着，他往北边指了指，"停在拐过去那条路上。"

傅氏大厦门前这条路是城区最堵路段之一，四五百米长的路没有半小时出不去。

钱程怕耽误时间，只好走过来接她："姐，实在抱歉。"

俞倾无所谓："我天天挤地铁也要走这么远，习惯了，没事。"

钱程年纪不大，却挺细心。他提醒俞倾："今天风大，刚下过雨气温低，你穿这么少，我怕你会冷。你有外套在公司吗？要不上去拿一下？"

俞倾穿的是工作套裙，是有一点冷，不过能忍受。

"没关系，我平时就这么穿。"

两人聊着，并肩离开。

大厦门口，行政部的几个女人结伴出来。

"那是俞倾男朋友？"

"应该是，那个男人的包跟俞倾的是情侣包。"

其实不是情侣系列，只是牌子一样，颜色差不多，看上去像情侣包。不知名的牌子，几百块钱，俞倾在出租房那边的一家店里买的。当初搞活动，钱程路过那儿也买了一个，特别实用，还耐磨。

人行道上，俞倾和钱程已走出老远，比汽车快多了。

钱程手机响了，两人聊天中断，他接了电话。

深秋雨后的风吹在身上不至于像冬天那样割人，但也冷得俞倾不禁打寒战，她双手抱臂，给心口聚点热乎气。

她低估了今天的冷风。

钱程走在前头接电话，安排家里工人送货，说着说着就忘了俞倾还在旁边。

他步子大，没一会儿就把俞倾甩在后头。

俞倾小跑着追过去，正好跑步还可以取暖。

一眨眼的工夫，这条路已经过半。机动车道上堵得水泄不通，几分钟的时间，车子挪了不到两米。

堵归堵，她还是在想着坐车里有多暖和。

中午吃饭时，她爹千年不遇地发了条朋友圈，国际车展上某新款跑车亮相，是她钟爱的那款。可她现在囊中羞涩，连个倒车镜都买不起。

她爹的意思再明显不过——只要她服软回家，听从安排，这款跑车想要几辆都没问题，哪怕凑足一个色系都行。

但她不可能跟父亲服软。

俞倾想着父亲的态度，想着即将要搬家的琐事，没注意到机动车道上，一辆黑色轿车的后车窗缓缓打开。

一道锐利、意味不明的目光投向这边，有人正打量着她。

刚才钱程只顾打电话，她好几次小跑着追上去，紧跟钱程的步伐，这一切都落在了那人双眸里。

俞倾手机震动，是傅既沉来电。

电话接通后，那头只说了三个字："往左看。"随即，通话结束。

俞倾倏地转头，对上那道幽冷的视线。

这个男人早上出门时，不是说今天中午就去上海吗？怎么还在北京？

傅既沉手臂搭在车窗上，看看俞倾的包，再看看那个男人的包，最后，视线落回在她脸上。他似笑非笑，但眼底藏着秋后算账的警告。

俞倾把手机从耳边拿下来。

他晚上应该有应酬，黑色西装还穿着。更难得的是，他打了领带。这是她第一次见他打领带，暗红色黑条纹领带，一分霸气，两分性感，剩下的七分偏偏被他衬出成熟稳重。

从他刚才那个耐人寻味的眼神来看，他误以为她跟钱程关系匪浅，再加上她下午那条不回公寓住的短信，让人想不误会都难呀。

在大马路上，她也懒得解释。迎着他审视的眸光，她嘴角勾了勾。

这抹笑落在傅既沉眼里，就成了挑衅的坏笑。

还有更过分的。俞倾对着他轻扬下巴，紧跟着，递了几个秋波一样的眼神给他。

傅既沉无语，感觉自己被调戏了。

车窗关上。

钱程还在打电话，全然不知身后发生了什么。

这时一阵大风猛灌进来，“噼里啪啦”，树叶上的积水砸下来，淋了俞倾一身，她赶紧拿手擦擦头发跟额头，又冷又狼狈。乐极之后注定会生悲，还不知道傅既沉那个男人有多么幸灾乐祸。

傅既沉盯着窗外望了数秒，给俞倾发消息：过来。

俞倾看着手机屏幕揣摩片刻，猜不透他要干什么，不过她还是打算过去。她想看看他车上有没有不穿的衣服，她拿来挡挡风。

傅既沉看着人行道，俞倾过来了。风冷，她不由得瑟缩着肩膀。

俞倾走到车前，还不等她说话，车窗打开。

傅既沉在一阵静默之后，脱了西装，摸摸两边口袋，没发现有东西。他把西装扔给她，西装落在她头顶，整个脸都被罩住。

等俞倾把西装从头上扯下来，车窗早已经关上。

钱程这通电话持续打了七八分钟，收线之后，他才想起俞倾。转脸没看到人，他停下来四处望，刚要给俞倾打语音电话——

“在这儿呢，不认识啦。”一道熟悉的声音插进来。

钱程抬头，眨了眨眼，盯着俞倾上下打量一番，忽然笑了。

“不是……你哪儿来的衣服呀？”她纤细的身材裹着那么大一件男式西装，他愣是没敢认。

俞倾这么解释：“刚碰到我表哥，他非塞件衣服给我，我不要还不行。”

钱程对西装品牌没研究，没认出这件是纯手工定制的款式。他拍拍脑门，心想，自己刚刚光顾着讲电话，竟然没注意到俞倾碰见熟人。

很快，他们走到转弯口。

钱程把手机揣兜里，道：“你慢慢走，我去停车场把车开出来，你到那个广告牌边上等我就行。”他连走带跑，风风火火。

俞倾走到了广告牌旁，钱程的车还没从停车场开出来。闲着无事，她拿出手机登录期货账户。看到账户余额，她心里凉透。今天又是亏，要补足保证金。

原本她有机会平仓，可那会儿她正在跟其他部门会签合同。

之前她还信心满满，指望着期货能让她翻身，跟她爹一斗到底，而现在，她像被打入万丈深渊。

“俞倾姐！”

钱程开着车过来，慢慢靠边停下。

俞倾把手机揣包里，走过去。

路上堵，他们紧赶慢赶，但还是迟到了。不过客户也因为堵车，比他们到得还晚。

钱老板和中介的工作人员早就在楼下候着，钱老板中等个头，脸上始终挂着笑，穿深色夹克衫，没有丁点老板的架子，为人低调。

见到俞倾，钱老板再三表示歉意。

看房的客户姓于，一个干练、有气质的女人，着装讲究，妆容精致，四十岁左右，看上去高冷，不过待人谦和。

简单介绍过，几人上楼。

房子除了老了点，其余的挑不出毛病，而且交通便利，还是顶好的学区房。

于菲买这房子是为了给孩子上学，其实她现在住的那套房子配的学校就特别好，主要是跟前夫离婚后，她越想越觉得不平衡，于是准备让前夫掏钱买房。

昨晚她跟前夫沟通过，前夫答应了。

到了楼上，俞倾开门，请他们进屋。

房子是北欧风，里面收拾得整整齐齐，没有一丝杂乱。

此刻，老钱很庆幸把房子租给俞倾，比起二十多年前的老装修，房子旧貌换新颜，谈价方面就有了优势。

屋里有点闷，俞倾去开客厅的窗户。她快一个星期没过来，之前看天气预报说这周有雨，上次离开时就把所有窗户都关了。

于菲先去看厨房，等着俞倾把卧室收拾一下再过去，怕打扰对方私密空间。

厨房跟客厅一样整洁，锅具崭新，没丁点油烟。

于菲是律师，最注意细节。

从某个角度看去，灶台上落了浅浅的一层灰尘，租客应该很久没进厨房，加之房子里闷闷的，这些都说明这里大概有一段时间没人住了。

从厨房出来，于菲看了眼俞倾，她火眼金睛，一眼就瞧出俞倾身上这件西装价值不菲，而且市面上买不到，是量身定制的。

她前夫就有两件这个品牌的衣服，是那种最普通的定制款，但也要二十几万一件，质地还远远赶不上俞倾身上这件。

这西装的主人，非富即贵。

于菲收回注意力，征求俞倾的意见："我可以进几间卧室看看吗？"

"可以，随意。"

俞倾刚才并没收拾卧室，因为里面没有乱放的私人物品。

自从跟傅既沉同住，她再也没在这里住过。不过，每个周末，她仍会过来简单打扫卫生，顺带拿些日用品。

这是一套紧凑三居，除了主卧，另外两间卧室被临时改成衣帽间，里面有衣柜、鞋柜、包柜，还有首饰台。

钱程薅薅头发，不敢信自己眼睛看到的，舌头差点打结："姐，你这些包……这些鞋子……得值多少钱呀？"

俞倾面不改色地笑笑："你不会以为是真的吧？"

"啊？"钱程摸摸脑袋，愣了半秒才明白过来是什么意思。

"这些都是我淘来的，要是真的，我把这些卖了不就够买一套房子了，哪还用租房？"俞倾解释道，"我偶尔做做直播，这些都是道具。你懂的。"

不仅钱程和中介的工作人员，就连老钱一把年纪的人了，也能理解。

几人中，就只有于菲没把俞倾的话当真。

她推断，俞倾整租一套房子，又不经常住，应该是跟这件外套的主人同住，而这里就用来放些东西。

她及时打住——租客的私生活跟她无关。

于菲对房子满意，不过还要等父母过来看后再决定买不买。

虽说这是买给儿子的学区房，不过她暂时用不上，就打算光给父母换个环境。

"明天我带我爸妈过来看看，你们方便吗？"

老钱连连道："方便，方便。"说着，他用余光瞄着俞倾，特别难为情。

俞倾笑笑，给予理解："几点？"

他们约好，明天还是今天这个时间过来看房。

几人告别，俞倾把他们送到门口。

门合上，家里瞬间安静下来。

临走前，俞倾又去看看她那些限量版宝贝，想着期货账户里的余额，真怕有天落魄到要在这里开直播卖这些限量款包。

锁上门，俞倾去傅既沉住处。

外头天色已黑，凉风飕飕，她把西装拢紧。

破天荒地，傅既沉主动给她报备：十一点到家。

原来他今天就没有出差计划。

傅既沉原计划去上海，不过临时有变。今晚他约了银行的几个人，同去的还有傅氏集团财务部的二把手，乔洋。

他看中两块地，在北京不同区。

饭局上，有人打趣："我说老二呀，你这是打算跟秦墨岭'刚'到底？那块地王，我听说秦墨岭也看中了，他跟你一样，下决心要拿下。"

傅既沉，在傅家排行老二，上面还有个哥哥。

傅既沉弹弹烟灰："他看中了也白搭。"

饭桌上有位长辈，跟傅既沉父亲私交不错。他说教起傅既沉从不避讳："你看把你狂的，切忌轻看对手。"

乔洋慢悠悠地喝着果汁，她没多嘴，安静地听着。

今天这个饭局更像朋友小聚，没人劝酒，说话也随意。

他们口中提起的秦墨岭，是秦氏集团的少东家，跟傅既沉年纪相仿。

他们还在聊秦墨岭，有人跟傅既沉半开玩笑道："你处处找秦墨岭不痛快，是不是年轻那会儿，他抢了你女朋友？"

傅既沉笑，随意扯了一句："是我抢了他媳妇儿。"

几人边调侃，边喝酒。

乔洋最清楚，他们有恩怨不是因为女人。傅既沉进傅氏集团前，自己创业，被秦墨岭坑得不轻，不但公司破产，还背了一身债。

傅既沉这人，最记仇。

秦墨岭给他一次不痛快，他会十倍奉还。当初傅既沉收购朵新饮品公司，也是为了跟秦氏集团控股的饮品公司抢夺市场。

这恩怨断断续续快六年，还不知道什么时候能了结。

快十点半，饭局结束。

送走客人，傅既沉跟乔洋最后下楼。

傅既沉今晚喝了三杯红酒，有一点点上头，他松松领带，转头问乔洋："让司机送你？"

乔洋拒绝了："不用，我开车来的，没喝酒。"

二人走出酒店，傅既沉的车已经在门口候着，他叮嘱乔洋："开车慢点。"

乔洋点头，挥挥手。

到了车上，傅既沉扯下领带，把衬衫纽扣解开两颗，终于喘过气来。

他到家，发现楼下客厅没人，俞倾的包斜放在沙发上。

他倒了杯水，上楼。

手机震动，是乔洋：我到家了。

这样的短信，傅既沉感觉没什么好回，直接退出对话框。

书房门半掩，灯亮着，投出来的光在走廊上斜铺了一小片。

俞倾每晚都看书，金融类，法律类……涉猎广泛。

傅既沉用膝盖顶开门，他倚在门框上，好整以暇地望着埋头认真看书的女人。

俞倾早听到他上楼的脚步声，她正好看到法律期刊上最新的一个知识点，暂时没空搭理他。

傅既沉握着水杯，像品酒那样，一口一口轻抿。

别人找女人，是为了放松、舒心，他这是找了个祖宗回来供着。

看完知识点，俞倾合上期刊，单手托腮，冲他抛了一个媚眼："今天谢谢你的衣服。"

傅既沉起身，走过去："你谢谢我的衣服，应该对我衣服说去，你对着我说什么？"

俞倾瞅他："你这是跟我兴师问罪呢？"随着他走近，周围弥漫了淡淡的红酒味。

傅既沉靠着桌沿："我有这么闲？"

俞倾甩掉拖鞋，抬腿，身子往后一靠，慵懒地躺靠在椅背上："你就别嘴硬了，我今晚要是真不回来，你不得抹眼泪呀。”

傅既沉轻笑，眼里尽是揶揄。

他捏着她下巴，两指轻轻挤开嘴唇，把水杯送到她嘴边，喂了她几口水：“是不是渴得连话都不会说了？”

俞倾正好口渴，捧着他杯子喝了大半杯。看在水的面子上，她没再跟他闲扯一些有的没的：“他是房东儿子，有客户要看房。”

简单一句话，傅既沉明白了：她的房东要卖房子。

至于她那些东西是搬他这儿，还是另外租房搬过去，租哪里的房，他不关心，也不过问。

他没那个习惯，随便她。

他瞥到桌角那本法律期刊，是硕与律所出的专业期刊。在律界，硕与律所是行业标杆，也是年轻律师最向往的律所之一。

“想去？”他搁下杯子，拿起期刊翻了两页。

俞倾反问：“你说呢？”原本她从国外回来就是要入职硕与律所，双方连待遇都谈妥了，结果还不等她入职，这件事就被她亲爹给搅黄了。

她从傅既沉手里抽过期刊，丢到一边：“睡觉去。”

傅既沉瞧出她眼底隐隐的失落，这是她很少有的情绪。

“以你的教育背景，应聘硕与绰绰有余，怎么就到傅氏法务部了？还是个负责管理合同的岗位。”

其实她应聘的并不是现在这个岗位，她原来的岗位被主管换了，换给了下午在茶水间嘲讽她的那名同事。

就连小池都看出，主管做得过分，明明那个女同事自身条件达不到那个岗位要求。

这些糟心事不提也罢，反正哪里都有不公平。

她没跟傅既沉说她受到的不公平待遇，像他们这种“劣质塑料情侣”，没必要给对方添麻烦，相处舒适最重要。

俞倾假笑：“被你迷住了呗，无限沉沦，不思进取，不要事业要男色。”

对这番不走心的“彩虹屁”，傅既沉自然不会当真：“就你这张嘴，不做个诉讼律师，可惜。”

“傅总，您谬赞了。”

俞倾怕傅既沉怀疑她家世，如果因此失去这份工作，她没法跟她爹一抗到底，便换上正儿八经的表情，解释为何不去律所。

“像我这样没背景的，去那种地方都是干最累的活，拿最少的钱。我得先积累人脉，就比如我上班认识了你，以后我要是跳槽到律所，就能从你这里拿到一些并购、上市之类的项目。不然没案源，我不得饿死？”

听上去好像是那么回事，这年头，不管在哪行，没有资源的人，都很难出头。

傅既沉幽幽道：“所以你管这叫积累人脉？”

“嗯哼。”俞倾点头。

傅既沉轻哂，他细细品味“积累人脉”这四个字。

俞倾起身，关了电脑，回卧室。

傅既沉跟在她身后，也回房，走到门口时顺手关了灯。

俞倾突然什么都看不见，不满道：“你干吗呢？”

傅既沉把她拉进怀里：“我得让你知道，你跟我之间的关系，和你所谓的积累人脉，是两个完全不同的概念。”

俞倾：“……”

过了会儿。

“傅既沉，你无耻！”

翌日一大早，闹铃还没响，俞倾就被傅既沉从被窝里拉起来。

“还睡，起了。”他一只手攥着她手腕，另一只手握着她脖子，没有丝毫怜香惜玉。

俞倾挣扎着睁开眼，还不等看清眼前的男人，又沉沉闭上。她实在太困了，即便浑身都酸，她还是强撑着坐在那儿。

她还以为自己错过了闹铃声，可一想又不对，傅既沉这个变态都是五点起床，半小时锻炼，十分钟冲澡，之后去公司。

当然，也可能因为昨晚的缘故，他今天起晚了。

“几点了？”她含混不清地问道。

傅既沉把衣服丢过去：“五点四十二。”

俞倾一听还不到六点，随即又躺下去。以她的生物钟是六点半起床，现在还能再睡半小时，此刻的一分钟对她而言都是命。

显然，她已经忘了，昨晚睡前，自己是如何信誓旦旦地在傅既沉那里保证，说今早绝对早起。

傅既沉今天心情不错，耐心比平常多了零点一，搁以往，她爱起不起，他没那个空闲喊她起床。

他双手撑在她身侧，一字一句道：“你马上就要没钱吃饭，亏得血本无归，你还睡得着？”

房间里安静了两秒。

俞倾忽地睁眼，一点也不困了。

没钱吃饭，血本无归，深深刺激着她的每一根脑神经和每一个脑细胞。

傅既沉已经穿戴整齐，他再次看腕表：“你又磨蹭了一分钟。给你二十二分钟起床时间，我到车里等你，六点零五分，你要是不下来，过时不候。”

起身前，他又捏捏她的下巴：“今天是第一天，我让你多睡了四十二分钟。打明天起，我什么时候起，你就什么时候起。”

“赶紧穿衣服。”他拿上手机离开。

俞倾准备在床上再躺十秒，把脑袋放空。

之前在国外上班时，她也要忙到半夜一两点，早上习惯六点半起，睡眠时间远不及现在这么多。

也许，她该跟傅既沉学一下，没什么特殊情况时，晚上十一点半入睡，早上五点起，把最没效率的时间用来睡觉，最清醒的时间用来赚钱。

十秒钟时间到，俞倾立即掀了被子起来穿衣服，以最快的速度洗漱、化妆。

她到楼下时，六点零四分。

她以前起床从未有过这么高的效率。

傅既沉瞧着她：“不错，时间点踩得精准。”

这话一听就是嘲讽，俞倾也是针尖对麦芒的性格，不甘示弱：“谢谢，傅总谬赞了。”

她拉开另一侧车门，坐上去。司机发动车子。

小区格外安静，偶有车辆进出。

俞倾回来快半年，这还是第一次见到北京清晨六点钟的样子。

她跟傅既沉各坐一侧，他在看手机，她也打开手机忙起来。

微信里有不少条未读消息，半夜收到的，全是父亲发来的。

第一条：俞倾，听句劝，你就别逞能了。你现在回家，我就当什么事都没发生过。你那些被冻结的卡，我给你解冻，你房子还你，你想要的新款跑车，我给你订几辆。什么都好说。

第二条：我放句话在这儿，你只要从事金融非诉类业务，我保证你在北京找不到工作，不信你就试试。

第三条：和秦墨岭结婚有什么不好？你能不能别犯你的公主病了？我看就是我把你给惯的！

间隔半小时，凌晨两点半，又陆续进来两条来自父亲的短信。

——俞倾，我就不信你不想家！

——想家了就给我打电话，我这个人，大人不记小人过，你的电话，我还是会接的。

俞倾看完后边两条就断定，父亲昨晚酒喝多了。

她清空消息，眼不见心不烦。

手机连着震动几下，俞倾还以为是父亲一早醒来后悔发昨晚那些短信了，结果一看才发现，是傅既沉转发给她的几条财经动态。

俞倾看完，经过一番深思熟虑后，侧脸：“傅总。”

傅既沉头也没抬：“说。”

“要不以后你给我当顾问，我付你时薪？”

傅既沉不紧不慢道：“请我当你的理财顾问？”

俞倾：“嗯，差不多是这个意思。”

傅既沉慢慢滑动页面进度条，专注地看着各国时政要闻。

俞倾支着下巴，等他给反应。

等这一段看完，傅既沉一点情面都不留：“我时薪起码十万起步，就你账户里的钱现在只能买两三手的保证金，你拿什么聘我？”

他接着补刀：“说不定再亏两天，你没钱补足保证金，就要被强行平仓了，你哪来的钱付我时薪？”

俞倾：“……”

要不是她现在四面楚歌，需要低调，她早就拿几个限量版的包包摔他脸上，摁着他的头：来，给姐服务！

可现在她只能夹着尾巴做人。

她也理解傅既沉为什么是这种狂妄的态度，他不可能花那么多精力和时间赚那点小钱。对他而言，投入和回报极不对等的买卖，脑子坏了才会做。

不过被怼后，人总是心情不爽的。

突然，她有了邪恶的想法。

“傅总。”

“免谈。”

“你能不能听我说完？”

傅既沉让她打住：“我没空给你研究你的期货市场。”

“我不是跟你讨论这个。”俞倾靠近他坐，“是不是等我发达了，我可以雇你干任何事？比如，我花两千万包你一个月。”

傅既沉终于抬头：“口气倒不小。你还真以为你在纸上写个二，后边再添七个零，你就有两千万了？”

他把她往一边推：“研究你的股市去。”

俞倾瞬间又像弹簧一样弹回来：“你敢不敢答应吧，两千万现金，我不借钱不贷款，不靠男人，就是我自己赚。”

傅既沉最不怕激将，更不会把她的口出狂言放在眼里。

他饶有兴致地望着她，主动退让一步：“两千万太为难你，我怕等我儿孙满堂，你还没有攒够那么多。两百万，我卖你一周时间。”

俞倾半信半疑。

“等攒够钱就直接转我，想要买哪一周，提前跟潘秘书联系。”傅既沉低头，接着看新闻资讯。

很快，汽车拐进傅氏集团大厦地下停车场。

俞倾特意看了下时间，用时二十一分钟。

搁上下班时段，至少得一个半小时才能开到。

这是俞倾第一次坐傅既沉的车来公司，为避嫌起见，她等傅既沉先下去，又坐了会儿，直到司机跟她说：“俞小姐，没车进来。”

“好，谢谢。”俞倾这才下车。

电梯口，傅既沉还没上楼，正跟财务部的二把手说话。

公司一直有传闻，说傅既沉跟乔洋是一对。

俞倾很少关注这些，她的心思都在怎么赚钱、怎么自力更生上。

他们两人听到脚步声，不约而同地转头。

乔洋眼底闪过一抹惊讶，没想到俞倾来这么早。跟她一样，俞倾也穿着工作服，妆容淡，可偏偏让人觉得格外养眼。

俞倾迎上两人目光，只好打招呼："傅总，早。乔经理，早。"

乔洋跟俞倾打过几次交道："早。"

傅既沉只是象征性地点点头，转过身在电梯键上按指纹，电梯门缓缓打开。

俞倾不知道刚才傅既沉是特意等她过来，还是光顾着跟乔洋聊天，一时忘了时间。

他们两人进了总裁专梯。

傅既沉看了俞倾一眼，没说话，不过手指始终摁在电梯开门键上，明显在等人。

乔洋会意，老板的意思是让俞倾也进来。

"俞律师，一起吧。"乔洋语气热情，声音柔和。

其实，俞倾不想跟傅既沉同乘一部电梯。

乔洋特意往边上挪挪，给她足够的位置。

她不好不给两位领导面子："谢谢。"进去后，她自觉地站在他们两人身后的角落。

傅既沉摁了自己要去的楼层，又摁了乔洋办公室所在的楼层，然后问："到几楼？"

俞倾："二十八，谢谢傅总。"

在她说出"二十八"之前，傅既沉已经摁了那个键。

乔洋稍稍转身，以熟稔的口气问道："九点才上班呢，俞律师怎么来这么早？你们领导安排了任务？"

俞倾面色如常："不是。昨天我有点事，一下班就走了，有几份合同还没审核，早上过来加个班。"

乔洋笑笑："跟我刚工作那会儿一样，前一天没干完的活，夜里睡觉都想着，就怕出什么纰漏。"

说话间，电梯停在二十八层。

俞倾再次感谢，快步走出去。

"她是法务专员，我们公司很多人心中的女神。"等电梯门合上，乔洋对傅既沉说了这么一句。

稍一停顿。

“我也觉得她很漂亮。”

她笑着：“看看我们这些眼界一般的人跟你的审美差多少，要是让你给她打分，十分满分的话，你打几分？”

傅既沉瞅着她：“现在绩效考核要跟颜值挂钩了？”

乔洋：“……”

她没跟上他的思路，不过这话释放了一个信息，那就是——他不想回答。

这在她意料之中。

她说起工作上的事：“乐檬那边，明年第一季度加大地推和人员投入费用。”

乐檬饮品是秦墨岭控股的饮料公司，跟傅氏集团的朵新饮料互为竞品，今年的市场竞争尤为激烈。

明年，就更不用说。

“我们要不要考虑加大市场投入力度？”乔洋征求意见。

自从收购了朵新饮料，傅既沉就再也没关注过，他现在一门心思想的是那两块地。

“到时你跟朵新的副总裁研究一下。”

乔洋点点头：“好。”

说话间，她要去的楼层也到了。

此时，二十八楼，俞倾把办公室所有窗户打开，泡上咖啡，开始研究她的股市。

不知不觉，就到了八点半。

俞倾还沉浸在一堆分析资料里，她指望着今天运气不错，就算赚不了多少，也不用继续补交保证金。

八点四十分了，有同事陆续来到办公室。

俞倾把那些股市分析资料收起来，打开电脑，这才感觉到饿。她光顾着挣钱，早饭还没吃，现在这个时间，再下去买早餐也来不及。

她给傅既沉发消息：你吃了早饭没？

傅既沉：这都几点了？

看来指望不上他，俞倾：我还没吃。

傅既沉：因为你起得不够早，早起的鸟儿才有虫吃。

俞倾在心里呵呵两声：那傅总可能是没听过，早起的虫儿被鸟吃！

过了片刻，傅既沉发来一条：俞倾，你就这点出息？你能不能给自己立个志，争取别当条虫？！

俞倾：……

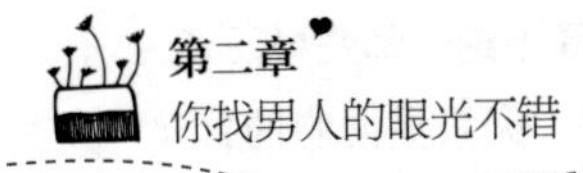

第二章 你找男人的眼光不错

还有一堆合同要审核，俞倾没时间再想着早饭。她在确定经销商的资质有问题后，直接在 OA 里把销售部提交上来的合同给打回去，详细说明了问题出在哪儿。

傅既沉给她发来消息：饿不饿？

俞倾：本机的主人已经不存在，她被小鸟吃了，被小鸟吃了！

那边没再回复，估计快被她气吐血了。

一上午，俞倾喝了两杯咖啡，还是饥肠辘辘。

十点半，她实在挨不住了，问同事章小池："有零食没？"

公司有规定，不许在办公室吃东西，但女人向来不会听话，总是会备些小零嘴。

章小池以前爱吃零食，不过最近要相亲，她正努力减肥。

"我找找，不一定有。"

翻遍几个抽屉，只找到两块巧克力，她扔到俞倾桌上。

"凑合凑合吧，还有一个钟头就能去食堂吃饭。"

俞倾平时很少吃巧克力，因为热量太高，现在是饥不择食："谢啦。"

她忽然盯着章小池看，章小池被看得不好意思。

"看什么呢？"

"你种睫毛了。"俞倾笑着。

她撕开巧克力包装，咬了一小口，慢慢咀嚼。

“很漂亮。”

章小池如实道：“朋友给我介绍了相亲对象，约了这周末见面。”

“唉。”她叹气，“你们美女不知我们路人长相的人心里的愁滋味。我从大学毕业到现在，一次恋爱都没谈过。”

俞倾：“我也没谈过。”

章小池才不信，俞倾这么说肯定是照顾她心情。自从俞倾到了法务部，来这里咨询各种各样法律问题的人络绎不绝，都是男同事。

她中午去食堂吃饭，就更不用提。无数男同胞的目光，唰唰唰，全向俞倾射过来。秀色可餐，说的就是俞倾这样的美女。

门口有熟悉的声音传来，越来越近：“哦，好，应该是合同多，压在了下面，没注意。我已经到办公室，这就帮你看看。哎，好，再见。”

这是法务主管周允莉在打电话，她跟她们说话时的语气完全不是这样，今天莫名多了几分柔和，跟平常判若两人。

“俞倾，过来一下。”没有温度的声音在办公区传开。

这才是让人熟悉的那个味儿，这才是周允莉。

章小池压低头，投给俞倾一个同情的眼神。

俞倾把重要文件入柜，快步走去主管办公室。

周允莉刚从外边回来，脱下外套挂好：“朵新那边有个合同被你压了？”

“没压。”俞倾汇报具体情况，“是西南大区那边一个新开发的经销商，营业执照扫描件有问题，经营范围中预包装食品销售这个项目是后期P上去的，也没有食品流通许可证。我已经在OA里打回，经销商的资质，他们经手的业务员心里不会没数。”

她不知道销售部那边是怎么跟周允莉告状，再怎样添油加醋地把责任推到她身上的。

周允莉倒杯水，没吱声，静静地看着俞倾。

俞倾读得懂主管这个眼神想要表达什么，意思是让她在OA里给销售部无条件开绿灯。

但，不可能。开绿灯后，一旦有什么问题，她要负责任。

周允莉慢慢喝水，似笑非笑地看着俞倾：“赵总监那边说，经销商已经在工商局申请经营范围变更，手续可能要耽误几天，到时所有资料随正式合同寄过来。”

俞倾从不信保证之类的话，她没吭声。

一旦她松口开绿灯，这种事有第一次，就有第二次。明天有人缺这个资料，让她先同意，说改天一定补。后天有人缺那个资料，让她给通过，保证过段时间补。

口头上的保证，说不定最后都不了了之，她哪有时间天天催要资料。她负责的合同还要不要归档了？

她不想给销售部开绿灯，但也不想跟周允莉在明面上闹僵。而且，职场上挺忌讳跟自己的顶头上司撕破脸皮。

权衡一番，俞倾也有了解决方案，她开始做铺垫：“经销商资质不合格，问题说小也小，说大也大。”

周允莉显然没耐心听，她随手拿过一份文件打开。

俞倾不管周允莉听不听，她说自己想说的：“我是律师，负责把控规避合同可能存在的风险，凡事都要往最坏的结果打算。既然这家公司有实力做地区总经销，怎么经营范围里连预包装食品这个项目都没有？它以前没有快消品这个行业的销售经验，真的有能力做好一个区域总代理？还是有别的什么原因？”

她连着三个反问。

周允莉翻了一页文件，刚才那页她什么也没看进去。

其实，她还是挺支持俞倾这么做，可朵新销售总监亲自给她打电话，这点忙她要是不帮，说不过去。她跟赵总监私下关系不错，他给她介绍过不少法务咨询业务，实在没必要为了这点小事跟他较真。

她语速缓慢：“俞倾，作为律师，最忌讳的就是空口无凭。”

俞倾看了眼周允莉，没打断。

周允莉继续说教：“既然销售部实地考察过经销商的实力，也经过赵总监认可，那就说明没问题，结果我们在这里抓着细枝末节不放，胡乱揣测，这不该是一个律师应有的专业素养。”

俞倾一字一句道：“可这点细节可以说明被掩盖的问题，不能掉以轻心。”

周允莉盯着手里的法律文书，被噎得半天没喘过气。她不知道俞倾是在坚持自己的工作原则，还是在跟她较劲。当初她把俞倾的岗位换给别人，俞倾对她自然有怨言。

俞倾铺垫得差不多了：“我之所以较真，也是希望做好分内的事，不给您添麻烦，当然，我也知道您挺为难。”

她话锋一转：“这样吧，我给这份合同通过，不过您要让销售部的合同经办人给我出一份情况说明，再让赵总监签字，等我收到正式合同和所有合规资料，我再把情况说明还给销售部。”

这个要求仿佛也不为过。周允莉不好再咄咄逼人，不过心中总是不痛快的。她挥挥手，示意俞倾出去忙。

赵总监接到周允莉电话：“你这下属，够倔啊。”

周允莉只能打圆场：“你也知道，现在这些年轻人呀，个个都有想法，难管得很。”

赵总监不走心地笑笑：“她脾气这么大，是不是我得亲自把情况说明给她送去？”

千呼万唤，午饭时间终于快到了。俞倾捂着胃部干活，不时瞟两眼电脑右下角，心里默想着，还有二十九分钟就去食堂，她今天要第一个冲过去。

仙女形象什么的，都是华而不实的累赘。

章小池忙得差不多，揉揉脖子，特意往主管办公室那边望望，看到门关着。

她转身问俞倾：“中午想吃什么？我走得比你快，先给你打饭。”

还不等俞倾说话，桌上内线电话响起。章小池下巴一扬：“你先接。”

俞倾不知道是总裁办秘书找她，还是总裁找她。

电话接通，那头很安静。

俞倾感受到对方那熟悉的气息，在无法确定是不是她接电话前，对方没吱声。

“您好，法务部，俞倾。”她自报家门。

傅既沉：“上楼。”

就两个字，电话挂断了，剩下的全靠俞倾自行脑补：“潘秘书您好，好的，我马上送过去，谢谢您。”

潘正，总裁办老大，一个极其严苛的管理者，公司没几个人不怕他，他也是傅既沉最得力的下属。

她这个法务专员，因为审核经营合同的事情，隔三岔五就要去总裁办一趟，把需要总裁签字的重要纸质合同拿去给潘秘书。

原本她没这个“殊荣”，不过总裁赋予了她这个权力——经常要面对潘正严厉眼神的审视，却有机会到总裁办。

她走出电梯，总裁办有道门禁，设了前台。

前台小姑娘认识她，也早就接到放行的通知。

俞倾登记，签字。前台小姑娘刷门禁卡，透明自动玻璃门缓缓打开。

“谢谢。”俞倾放下笔，快步进去。

眼前是几百平方米的敞开式办公区域，供总裁助理和秘书使用，只有潘正有自己的独立办公室。

穿过落地窗边的长长过道，前面还有一道门禁，进去之后，才是傅既沉的办公区。那里有会客室、健身房，还有偌大的室内网球场。

即便那些经常来总裁办的人，也是见不到傅既沉的。

俞倾穿着平底鞋，轻盈的脚步声被地毯彻底吸去。

办公区每个人都低头在忙自己的事，偶尔有人转头问同事拿资料，这才看到俞倾。他们对着俞倾点点头，接着忙，丝毫不惊讶她怎么又来了。

俞倾感慨他们守口如瓶的本事，她跟傅既沉的关系，总裁办的人无人不知晓，而公司却丁点闲言闲语都没有。

他们对总裁的私生活，基本做到鱼一般的记忆——看完就忘。

俞倾去找潘正，先把正经事处理好。

潘正事先知道她要来，办公室门半掩。

俞倾敲门：“潘秘书，没打扰您吧。”

“这会儿不忙。等傅总签好，我尽快转给你。”潘正对俞倾的态度一向随和。

这种随和跟她和老板的关系没多大关系，主要是她对自己工作格外认真，让他欣赏。

俞倾把几个文件夹放到桌上，没多逗留，去找傅既沉。

不知道傅既沉今天发什么善心，竟然在第二道门禁那儿等她。

傅既沉看看手表，他搁这里等了快一分钟。而她还在不疾不徐地往这里晃悠。他蹙眉，却还是等着她。

等她走近，他环着她肩膀，一把将她拉进来。

“你就不能快点？像你这种走路都比别人慢的懒虫，小鸟都不吃，怕会影响鸟类基因。”

俞倾：“……”

厚实的玻璃隔音门轻轻合上，里外成为两个世界。

俞倾快饿晕了：“找我什么事儿？有话赶紧说，我要去食堂吃饭。”

傅既沉没应声，推开办公室的门。

一股淡淡的饭香味扑鼻而来。

俞倾一眼就看到茶几上的好几个饭盒，心想：自己可以比平时提前二十多分钟吃饭。

她转脸看傅既沉，觉得他顺眼不少。

私厨做的菜，比她在食堂吃的大锅饭香多了，食材也更为讲究。

俞倾很没节操，狗腿地献殷勤，夹了一块肉给傅既沉。

“我以后只要早起，是不是就可以到你这儿吃午饭？”

傅既沉抬了抬眼皮：“你怎么不上天？”

这是他第一次在办公室用餐，他最受不了办公区有食物的味道，刚才他把所有窗都打开，净化器也开了，这才勉强将就。

俞倾一听没戏，把他碗里那块肉又夹回去，含自己嘴里。

傅既沉看了她好几眼，这个女人，向来翻脸比翻书还快。

他手机响了，是乔洋。

“怎么没来吃饭？还在忙？”乔洋的声音传来。

傅既沉：“今天不去食堂。”他问，“什么事？”

乔洋看看手里的融资计划书，原本是想着中午到餐厅找他，顺道跟他一块儿吃饭，可他的专用包间没人。

她在这里等了几分钟，还是没等到他。

“融资计划书准备好了，想趁你中午有空，拿给你看看。你在办公室吧？”

傅既沉“嗯”了声。

乔洋：“那我现在过去。”

傅既沉瞥了眼正吃得津津有味的俞倾，对着手机说道：“现在没空，你找潘秘书约时间。”

乔洋一愣，找潘秘书预约？这句话让她猝不及防，以往她去找他，都是直接给他打电话。

“好，你先忙。”

俞倾坐在傅既沉对面，她听不到具体内容，不过能听出是女声。等傅既沉挂了电话，她随口问了句：“乔洋？”

“嗯。”傅既沉把手机放旁边，接着吃饭。

俞倾抬头：“以后我要找你，是不是也得跟潘秘书预约？”

傅既沉：“作为法务专员，你还不够级别约我。”

呵，他还真以为她爱看到他！

略顿，傅既沉又道：“但作为你男人，你什么时候想见我就什么时候见。”

这就对了。俞倾把碗里的半块肉夹给他。

下班前，俞倾办公室有“贵客”到访。

朵新销售总监赵树群，亲自给她送来情况说明书。

赵树群身高一米八五，模样风流倜傥。

不过此时，他穿着深蓝色西装站在俞倾办公桌前，给人一种莫名的压迫感。

当然，这也是他此行要达到的目的。

“俞律师，不好意思，上午那个经销商的资质问题，给你添麻烦了。”他淡笑着，很客套。

俞倾也敷衍地笑笑：“不麻烦，还得谢谢赵总监这么支持我工作呢。”

赵树群没多逗留，敷衍地寒暄两句，告辞。

等人走远，章小池对俞倾竖大拇指：“你真牛，竟然能让销售总监亲自给你送说明书。”

更让她感慨的是，看到赵树群这种极品帅哥，俞倾连眼都不眨一下。

换成一般女人，怕是会早就被赵总监迷昏头。

俞倾自我调侃：“谁让我现在穷呢，工资比男色重要。”小池只看到了表面。其实赵树群亲自送情况说明书过来，是给她施压，无声地告诉她：你看你多能耐。

她看看有赵树群签字，还有销售部盖章的情况说明书。

这等于是借条，她把它收到保险柜。

今天老时间，客户要带父母过去看房。

下班后，俞倾打车回出租屋，今天钱程送货耽搁不少时间，没赶得上来接她。

于菲比她早到几分钟，寒暄两句，她带他们上楼。

于菲父母对房子也满意，于菲见状，就没再多浪费时间，她八点钟还约了客户见面。“房子我跟我爸妈都看中了，全款，一千五百万，要是你们觉得成，我现在就付订金，下周就能去办过户手续。”

老钱发蒙，这一下子砍掉了将近一百万。

要不是万不得已，他真舍不得卖房子。这是给儿子准备的婚房，可眼下实在没了周转资金，他就寻思着卖了房子后，先把银行抵押贷款还上，留两百万现金用来周转，再赶紧给儿子付首付按揭一套房子。

最近房子行情不好是真，可这一下子被砍掉了差不多一百万，他有点难以接受。

于菲急着见客户，她跟中介工作人员说，要是钱老板考虑好，随时给她打电话，不过她这边价格不变。

说完，她带着父母匆匆下楼。

中介的工作人员跟老钱说道：“叔叔，您再好好考虑考虑，等到于姐那边不忙，我跟她再沟通。”

钱老板叹气：“唉，她杀价太狠。”

他们一边聊着，一边下楼去。

俞倾刚要关门，门又从外面被推开，老钱微微探身：“小俞啊，麻烦你了，这一趟趟让你跑。”

“不麻烦，您别放心上。”

门合上，沉重的脚步声渐远。

俞倾没急着离开，今天不忙时，她一直在考虑如何快速赚足两百万，包傅既沉一周。

若是运气好，这一周里，她让傅既沉给她分析股市，说不定连本带利都能赚回来，还有可能翻身。

她站在次卧门口，一动不动地盯着包柜，看来自己真要直播卖包了。

一不做二不休，她决定先在朋友圈营业。

俞倾在包柜前站了半天，最终决定割爱最贵的那款。这款包全球也才几个，每个的颜色和尺寸都不同，她买来后一次都没背过，连防尘袋都没拆开。

她打好灯光，拍照。

发朋友圈前，她把该屏蔽的一些人全都屏蔽掉。

文案是这么措辞的：本人最近移情别恋，这个包包失宠，全新，八折出售，喜欢的仙女可以私聊。

发完又觉得不妥，她不该贪心，指望一下回流上百万现金。

这么贵的包，应该没几个人能买。

哪知她运气不错，很快就有人发消息过来：俞小姐，这个包我要了。

随后，对方转了两万订金。

俞倾瞅着对话框里的头像，再看看昵称，实在想不起来这人是谁。按理说，她这个强迫症应该给联系人备注，可偏偏没有，大概这人是以前她在律所跟券商合作业务时加的客户。

——美女你好，什么时候有空，我把包给你送过去。

对方发来地址，是某私人会所。

——你十一点左右过来吧，来早了，我可能还没过去。你到了打我电话。

俞倾没问对方是谁，她的通讯录里都是认识的人，见面就知道是谁。

她找出包包的专用包装盒跟外包装手袋，检查一番，确定票据和配件齐全。

十点钟，她出门。

怕挤地铁会把包包的外包装手袋挤坏，她只好奢侈一回，打车过去。

俞倾支着下颌，望着出租车外。

车水马龙，城市喧嚣，灯光璀璨。

一整天，她跟傅既沉也没联系。

——在公司？

傅既沉反问：想我了？

俞倾没回，暗忖：真是个自恋狂。

隔了会儿，傅既沉又发来：约了人谈事。

赶到会所，俞倾付了一百多块钱的车费。搁以前，她眼都不会眨，现在不行，要心疼好几分钟。她跟买包那名女士联系，告知对方，她已经在会所门口。

——稍等，马上就到。

俞倾站在路牙上，瞅瞅会所门口。这里实行会员制，没会员卡，连院子大门都进不去。

没一会儿，一辆低调的轿车缓缓拐过来。

车窗打开："俞小姐。"

俞倾笑笑，原来买家是冯麦。以前她供职的律所跟券商合作一个跨国并购项目，冯麦是客户方的负责人之一。为了方便沟通项目进展，两人加了微信。

项目结束，她们就再无联系。

俞倾递上手提袋："冯小姐，你看看。"

冯麦直接把手提袋放在旁边："麻烦你了。"她格外爽快，"给我一张你的银行卡，我现在把钱转给你。"

俞倾半打趣道："你就这么放心？都不检查一下这个包真不真？"

冯麦："俞小姐的包再有假，那就没真包了。"

俞倾没多想她这话的深层意思，只当是客套话。

这边是入口，冯麦指指前面："到院子里说。"

冯麦跟保安打声招呼，俞倾连登记都省去，顺利进入会所院子。

汽车停稳，熄火。

另一侧后车门推开，俞倾看过去。

等看清楚那人，她愣怔。刚才她没注意车里还有人，万万没想到，自己卖包竟然卖到了秦墨岭这里。下一秒，她后知后觉——难怪冯麦不检查包的真伪，原来早知道她的家世。

也不奇怪，跟秦墨岭在一起的女人，自然会想方设法地打听他可能要娶的女人是谁。

院子里灯光昏暗，秦墨岭立在车门旁，点上烟，视线越过车顶，就这么安安静静地看着俞倾。

俞倾勉强赏他一个眼神，便淡淡敛回眸光，看向冯麦。

冯麦下车，感觉到秦墨岭跟俞倾之间的气氛不对，她假装若无其事地跟俞倾说："你的银行卡给我，我这就转钱给你。"

俞倾打开包，从钱夹里抽出一张银行卡，里面只有不到五位数的余额，是她全部家当。

车那边，秦墨岭还没收回视线。

跟他隔着一辆车站着的女人，就是家里给他安排的联姻对象，就算是穿着职业套装，她也依旧性感漂亮，气质甩冯麦一大截。

听说，为了不跟他结婚，她宁愿在外面租房，找不到工作，卡也被冻结，现在走投无路了，开始卖包。

他倒是要看看，她能犟到什么时候。

他感觉自己挺变态，她越是不想嫁，他就越是想娶她。

秦墨岭把烟头摁灭，丢进垃圾桶，大步走进会所。

冯麦回头看了秦墨岭一眼，然后把钱转过去，她拿起后座的包，对着俞倾微微点头，小跑着去追秦墨岭。

没到一分钟，钱到账。

俞倾查看银行卡余额，心想：这下离包下傅既沉不远了。至于什么秦墨岭，至于面子，一文不值，都是过眼云烟，不如钱来得实在。她第一次这么小心翼翼地把银行卡放进卡夹里。

这时，院子里进来两辆车，前边那辆车是奢华的宾利。

宾利停稳。

傅既沉一直看着车外。

乔洋循着他的视线看去——她没看错，几米外的女人是俞倾。

傅既沉看着那个脚步轻盈，手里还拿着钱包的女人，手指有一下没一下地叩着车门，忽然他转头问乔洋："她叫什么？"

他故作不知。

"俞倾。"乔洋又道，"榆树的榆去掉木字旁，倾城的倾。"

傅既沉对着窗外喊："俞倾。"

乔洋一愣："你喊她做什么？"

傅既沉的语气很淡："这家会所实行的是会员制。"

乔洋听出潜台词——以俞倾这样的身份，是进不来的。

"俞倾！"傅既沉又喊一遍。

乔洋的目光不由得落在傅既沉的侧脸上，不知道是不是她的错觉，这声"俞倾"，他像喊过千百遍一样熟稔。

俞倾还以为自己幻听，她转身，循声望去，可不就是傅既沉，白色衬衫在昏暗的院子里格外显眼。

他背着光，她看不清他脸上的表情。

车门打开，傅既沉的长腿迈出来。

随之，俞倾又看到了乔洋。乔洋今晚穿一袭烟灰色长裙，长发绾起，迈着优雅的步子，绕过车尾。站在身材挺拔颀长的傅既沉身边，乔洋显得娇小，让男人有保护欲。

可能是乔洋在旁边的原因，他今晚表情严肃，目光安静、深沉，不像平常那样三分风流七分坏。

她很少看到他如此正经的一面，心想自己真是沾了乔洋的光。

俞倾握了握钱包，暗叹：果然乐极生悲。

她到底是有多悲催，前一分钟刚送走家里要她联姻的对象秦墨岭，后一秒又迎来搭伙过日子的男人傅既沉。

还好，他们错开了，没碰到面。

她缓了半刻，抬脚走过去。

就在这短短的十来米长的一段小路上，她想明白了，为何傅既沉作为一个集团总裁，会当着集团财务二把手的面喊她这个小小的法务部专员。

因为这家会所是会员制，且会员门槛相当高，不是有钱就能办到会员，来这里的人自然得够得着这个圈子。

而她，穷得在下班后还得穿工作服。

“傅总，乔经理，这么巧。”俞倾镇定自若。

乔洋语气依旧温和：“是巧呢，跟朋友过来玩？”

俞倾浅浅一笑：“要是有这么厉害的朋友就好了。”她言归正传，“我来给客户送包。”

刚才她已经想好借口：“我业余时间做代购。”

傅既沉始终不动声色，他没再看她，漫不经心地望着她身边的灌木丛。

乔洋显然惊讶——俞倾竟然做代购，这是她完全没想到的。

不过转念一想，她又觉得自己过于大惊小怪。

但凡有点家底，俞倾不至于背个几百块的包；但凡手里有点钱，俞倾下班后总要打扮得漂漂亮亮的，出来玩儿。

俞倾四处打量会所院子：“我是第一次来这么高级的地方，长见识了。原来你们有钱人的快乐，还真是我们想也想不到的。”

傅既沉抬起眼皮，余光扫向她。

乔洋附和着："做代购挺不错，不然刷手机，时间也浪费了。"

俞倾的语气和表情极其自然，做无奈状："其实我也想下班回到家什么都不用想，躺床上刷刷手机购购物。"

她自嘲："可卡里的余额不允许。"

适时地，她又把话题带回去："我以前在律所实习，跟着券商做项目时，有机会认识了些企业高管，反正资源不用也浪费，谁有闲置的、要处理的奢侈品，我转发朋友圈，赚点外快补贴房租。"

这个逻辑一点毛病都没有。

突然没了声，冷场几秒。

乔洋到现在还没想明白，傅既沉喊俞倾过来是何用意。

傅既沉的视线落在俞倾身上，终于开腔："以后给客户送货，请不要穿工作服。"

俞倾："……"

乔洋："……"

原来他喊来俞倾，就是要提醒她，别影响了傅氏集团的形象。

转念一想，乔洋又觉得哪里不对。

这不是校服，上面还会写上是哪个学校的。这是工作服，只有傅氏集团的员工才认得出。

也可能，傅既沉觉得他自己一眼就能认出来的工作服，他那个圈子里的人也能认得出。

乔洋来不及细想。她也没那么多时间听俞倾说为什么做代购。她看向俞倾："早点回去吧，明天还要早起上班呢。"

傅既沉看着俞倾："住哪儿？"

俞倾说了她出租屋的地址："傅总，乔经理，再见。"

傅既沉下巴微扬："上车，太晚了。"

乔洋不由得看向傅既沉，他何时变得这么多事？不过他说的后三个字，又好像说得在理，毕竟这么漂亮的女孩子，半夜打车不安全。

俞倾婉拒，乔洋已经走到那边把副驾驶座的门拉开："不用不好意思，反正也算顺路。"

她又指指楼上："我跟傅总上去有点事，几分钟就下来。"

今晚她跟傅既沉去谈事，还是跟那两块地有关，约了相关部门的几个人，由傅既沉亲自疏通关系。

饭局散后，他们要来会所玩。

傅既沉的作息一向规律，他不打算多待，只是过来给他们开个包间，喝杯酒。

她看向傅既沉，等他一块儿上楼。

傅既沉拿了支烟出来，放嘴里。

乔洋瞬间意会，他这是不打算上去，连到包间喝杯红酒都免了。她快步上楼，去给他们开包间，再简单招呼一下。

院子里静悄悄的，树影婆娑。

傅既沉没打算抽烟，正要拿下来丢垃圾桶。

没其他人，俞倾胆子大了，她上前几步，从傅既沉嘴里抢过烟，自己叼住，咬着玩。

傅既沉拿出打火机，没打火，只是象征性地给她做个点烟的动作。

然后他收回打火机。

“为了赚足两百万，你是无所不用其极。”

俞倾假装烟已经点着，用力吸一口。然后，她假装嘴里有烟雾，缓缓喷到他脸上：“你该荣幸，让我大晚上的为你做代购。”

傅既沉跟她对视，她眼神撩人，仿佛眼前真的有一层薄薄的白色烟雾。

他环住她的腰把她带进怀里，低头在她唇上亲了下：“嗯，我可真是受宠若惊，万分荣幸。”

乔洋从楼上下来时，傅既沉站在垃圾桶旁抽烟，俞倾靠在副驾驶座门边，低头看手机。两人离得有八丈远。

人到齐，司机发动车子。

俞倾第一次坐傅既沉汽车的副驾驶座，平日里，她都是坐乔洋坐的那个位置。

她发觉乔洋特别会缓和气氛，主动问她公司法务方面的问题，车里气氛不算尴尬，不过傅既沉从头至尾没参与她们的聊天。

乔洋挺纳闷：“你以前在律所做过，怎么跳到企业来了？律所工资应该比企业高吧？”

俞倾点头：“嗯，高不少。”沉默片刻后，“像我这样没什么背景的人，在律所不好混。”

俞倾再次停顿一下，又说：“反正挺难。不是干好本职工作就行，那里应酬多，主要是……我无力应对潜规则。”

“潜规则”三个字，在车厢里回荡。

乔洋明白了，对于没背景的漂亮女孩，男人动的心思就会多，她的确不好混。

傅既沉看着窗外，直到听到“潜规则”这三个字，他才回头看了眼俞倾，很长的一眼，之后，他再度看向路边。

俞倾深深叹口气，她也不想撒谎，可怎么办呢，她所有的谎言，也不过是想在傅氏集团谋份工作，养活自己。另外，可以让她不至于荒废专业。

她家里人是铁了心要她嫁给秦墨岭。

秦家跟俞家是世交，不过她跟秦家谁都不熟。

俞倾收回思绪，把傅氏集团夸了一番：“不像在傅氏，只需要干好自己工作，虽然工资低点，但心情好，适合我这样性格的人。”

傅既沉压根就没怀疑俞倾，她说做代购，他信她就是为了攒钱雇他。

他跟俞倾在一块儿之前，调过她简历，上面显示籍贯是上海。

不管是傅既沉还是乔洋，谁都没把她跟北京的俞家联系在一块儿。俞董有两个孩子，一儿一女，他们都认识，没听过俞董还有其他孩子。

之后，乔洋跟傅既沉闲聊。

俞倾插不上话，保持安静。

乔洋还在说着：“邹行长还挺幽默。”今晚的饭局，他们专门请了邹行长。

傅既沉点点头，指指手机。

乔洋会意，他要发消息。她没再吱声，转头看窗外。

傅既沉找到联系人，“钓到猫的鱼”。

这是他给俞倾的特殊备注。

他打开对话框：陪你聊天。

俞倾微微转头，递个暧昧的眼神给傅既沉，随即转身，回他：我一个法务部小职员，不知道跟傅总聊什么。

傅既沉：现在我不是傅总，是傅既沉。今天你代购赚钱了，什么时候请客？

俞倾不由得攥紧钱包，心想：她赚钱容易吗？

——我一般不出去吃饭。

傅既沉：“……”

不觉间，汽车停在出租屋所在的小区外。

司机以前来这里接过俞倾，熟悉得很。

“俞小姐，到了。”

俞倾差点没反应过来，刚才只顾着跟傅既沉发消息，没注意车外路景。

她推门下去：“谢谢傅总。乔经理，再见。”借着打招呼，她又望了眼傅既沉，他还垂眸在看手机，没搭理她。

只有乔洋点点头：“再见。”

司机倒车，俞倾目送汽车离去，还不停地挥手，表现得像个合格的小职员，激动地送大领导离开。

汽车终于拐弯，俞倾收起笑，甩甩手腕，觉得演戏可真不易。

没走几步，她手机里有消息进来。

傅既沉：先找个地方吃夜宵，回头来接你。

俞倾把手机塞包里，心情美丽。要是回傅既沉那边住，明早她就能蹭他车去公司，不用挤地铁。

去吃夜宵的年轻人络绎不绝，路上格外热闹。

俞倾有电话进来，手机响了第二遍才听到，来电备注是鱼精。

今天是什么好日子，各路牛鬼蛇神都出没？

她接听：“什么事？”

俞璟择望着窗外，俞倾一脸嫌弃的表情在接他电话，他看得一清二楚。

“半夜你不回家，乱逛什么？”

俞倾脚步一滞，赶紧四处找人。右手边有一排停车位，她没看到鱼精的车。

俞璟择无语：“你就不能往左看？”

俞倾缓缓转头，看到一家打烊的店铺门口有辆还没熄火的黑色轿车。

很明显，他特意在这里等她。

那就是说，刚才傅既沉送她回来，他看到了。

通话切断。

俞倾极不情愿地挪步过去，绕过车尾，打开车门坐上后排。

鱼精是她哥，同父异母的哥哥。

俞璟择盯着她看，一言不发。

俞倾现在“人在屋檐下，不得不低头”：“俞璟择，你比我大那么多，你是我……哥。”她加重最后那个字的音。

“在我这么困难的时候，你就算做不到雪中送炭，至少别落井下石吧？”她跟他对视，“你就做条鱼吧，把刚才看到的都给忘掉。”

俞璟择终于开口：“我早就知道你跟傅既沉在一块儿，不然你以为你能安稳地在傅氏集团待这么长时间？”

俞倾反应不算慢：“是你跟爸撒谎，说我一直没找到工作？”

应该是这样。这人，竟然还会良心发现。

她关心道：“俞璟歆知道我在傅既沉那儿上班吗？”

俞璟歆，她同父异母的姐姐，和俞璟择是正儿八经的亲兄妹。

父亲跟他前妻离婚后，两个年幼的孩子原本是跟着前妻，后来前妻再婚，父亲又把两个孩子接回来。

之后父亲认识母亲，结婚，有了她。

她跟俞璟歆关系很浅，长这么大，见面次数加起来也不超过十次，她们之间没任何感情可言。

她出生在上海外婆家，也在上海长大。她一岁多时，母亲跟父亲感情彻底破裂，母亲提出离婚。

这是父亲第二次离异。那之后母亲全世界到处飞，她是外婆带大的。母亲在三十八岁那年，遇到真爱，很快结婚。那年，她十四岁，决定去国外读书。

父亲不放心她那么小出国，就给她在俞璟择念大学的城市找了一所私立中学，让俞璟择多照顾着她。

也就是从那时起，她跟俞璟择才渐渐有了接触。

“璟歆现在天天忙着带孩子，没空关心这些。”俞璟择的声音打断了俞倾的思绪。

俞倾回神，点点头。俞璟歆的孩子才几个月大，人家现在正是母爱泛滥的时候，是没时间关注她。

俞璟择递给她一张银行卡：“密码是你手机尾号。”

俞倾想有点骨气："谢了，不用。"

"你都开始卖包了，就别嘴硬了。"

"你怎么知道我卖包？"俞倾后知后觉，"秦墨岭跟你说的？"

俞璟择反问："秦墨岭也知道你卖包？"

原来不是秦墨岭告诉他的。俞倾追问："那你怎么知道？"她明明把他给屏蔽掉，而且她开放的那些能看到出售信息的人，跟他绝对没交集。

俞璟择给她解疑惑："我有两个微信号，你只屏蔽了其中常用的那个。"

俞倾："……"

她转头，默默看向夜色。

原来他是条漏网之鱼。

俞璟择没时间跟她矫情来矫情去，直接把卡塞她手里："滚下去，我回了。"

俞倾看看手里的卡，最终还是决定不要骨气："这里边儿有多少钱？"

俞璟择："一百万，不够再打给你。"

足够足够，加上她今晚卖那个限量款包拿到的钱，已经够包傅既沉一个星期。

俞璟择不知道俞倾心里在打什么小算盘，反正不是什么好事，因为她眼里的兴奋昭然若揭。

刚刚她还口是心非来着，说不要钱。

女人的话，就得反着听。

他再次看看时间："你赶紧回去，太晚了，别再瞎转悠。"

俞倾不想白拿他的钱："你等下，我上楼一趟。"

"你要干什么？"

"你等我就行。"话音落下，她已经打开门小跑着离开。

直到俞倾转弯不见，俞璟择才收回视线。

她在朋友圈卖个包，他就觉得她可怜兮兮。他不该心软，他应该把她逼到绝境，让她早点回家。她现在不知天高地厚，把傅既沉给睡了。捅了这么大一个马蜂窝，她还不自知，他都愁着要怎么善后。

十几分钟后，那个愉悦的身影再次进入视线。

俞倾拎着大包小包，快步赶来。

"放后备厢？"她征求道。

俞璟择看清了手提袋上的Logo，里面的应该是包。她手中一共拎着三个大手提袋，还有一个小的袋子。他皱眉：“你拿包干什么？我没空帮你卖包！”

俞倾立在车边喘口气：“不是让你卖包，我也不能白拿你钱。三个包加起来超过一百万了，你先收下来，等我生日的时候你送我一个，圣诞节时送我一个，元旦那天再送我一个，省得你买礼物。”

她又晃晃那个小手提袋：“你是我的VIP客户，这个包免费送你。这个小礼物就等儿童节那天，你再送给我。”

俞璟择：“……”

司机自觉地打开后备厢，俞倾小心翼翼地把包放里头。

她又踱到窗边：“哥，我还有个不情之请。”

“赶紧说！”

“今晚之后，咱们能安安静静地做陌生人吗？除了打钱给我，你别来找我了。”她双手合十，“谢谢。”

俞璟择气得眯了眯眼。

俞倾挥挥手：“你赶紧走吧，我去吃烧烤，一会儿傅既沉来接我。”

回应她的，是关上的车窗。

汽车驶离。

俞倾修改联系人备注，把“鱼精”改为“好心鱼精”。

“俞倾！”

伴着这道不算友好的声音，刚才离开的车去而复返。

“上来，我送你回去。”

俞璟择想了想，还是不放心她半夜一个人在外头吃夜宵，等着傅既沉来接。

俞倾坐上车，给傅既沉发消息：我打车回公寓，你不用来回跑。

傅既沉：把车牌号发我，两分钟跟我汇报一次到哪儿了。

俞倾：12345。

傅既沉：“……”

俞倾到家，已经是半夜十二点多。

俞倾打个哈欠，虽然又困又累，不过结果不错，两笔钱加起来刚好可以凑够两百万。

傅既沉还没回，她闲来无事，拿出钱包整理卡夹。

看着鱼精给她的那张卡，她的嘴角不由得上翘。

傅既沉比俞倾晚几分钟到家，进卧室就看到俞倾嘴角的笑，他瞥了眼钱夹：“今晚这单，赚了多少？”

俞倾随意地回字：“万把块。”

其实，她亏了几十万。她买的时候托了不少关系，还搭了别的货，结果现在八折出售。亏了没什么，就是以后再有钱了，她也买不到那个包。

她转头，道：“你看我赚钱多不容易，雇你那个星期，我让你做什么，你都得听我的，不然你都对不起我。”

傅既沉嗤笑一声，没搭理她。他取下手表放在床头柜上，慢条斯理地解衬衫纽扣。

俞倾放下钱包，一边往浴室走，一边脱工作服上衣。

傅既沉盯着她的背影，自打他认识她，除了第一次在网球场，她穿的是网球运动装，不过那次可以忽略不计，其他时间，他只见过她三个样子——穿工作服的样子，穿睡衣的样子，还有什么都不穿的样子。

“你就没别的衣服？”

俞倾转身：“也算没有吧，都旧了。”她微笑，“工作服不好看吗？听说是你选的样式，我就天天穿了，还省钱。”

她说得煞有介事，表情也配合得正好。

傅既沉自己都忘了，傅氏集团工作服的款式是他选定的。

他想象不出，她穿裙子是什么样。但据他所知，没有女人不喜欢裙子，特别是高定。他盯着她看了几秒：“是不是家里遇到什么事了？要是缺钱，我给你。”

俞倾刚要抬步，还以为自己听岔了：“你刚说什么？”

傅既沉确定她听到了：“没听到就算了，洗澡去。”

原来没听岔，不过她不会要他的钱：“我不缺钱。”

她做贼心虚，怕他起疑心，主动跟他聊家常：“我前几年上班赚的钱，都砸期货上了，这不是刚来北京没多久，青黄不接嘛。

“谢谢关心啊，我家里挺好的。”

傅既沉突然有点不习惯她这么一本正经的语气。

俞倾接着聊：“我们家从我爷爷奶奶那辈起就做生意，虽然不像你家那么有钱，但也说得过去。我没跟家里说我现在亏了不少，是因为不想要他们的钱。”

傅既沉“嗯”了声，没觉得这话哪里不妥。她在国外留学，就算家境没那么显赫，也应该是殷实富足。她身份证上的地址，是上海早些年一个有名的别墅区。

聊天到此结束。

俞倾洗澡花的时间是傅既沉的三倍，洗完再吹头发、护肤，等她从浴室出来，傅既沉已经看完半本杂志。

他还在等她。

俞倾：“几点了？”

“快一点了。”

“那五点还能起来吗？”

“允许你睡到六点。”

这还差不多。

俞倾去包里拿手机，边走边设置闹铃。爬上床，她整个人都压在傅既沉身上。

傅既沉伸手揽着她，注意力却在她包上，就是跟房东儿子的包像情侣系列的那个包：“你找男人的眼光不错，怎么买包就看走眼了？”

俞倾：“……”

他真无耻，变着法子地夸他自己。

第三章 我有俞倾了

第二天，俞倾被六点的闹铃叫醒。

她身边的人，早就起来了。傅既沉这个时间大概已经到公司了，她又要挤地铁。

俞倾赖了两分钟的床，然后十分痛苦地挣扎着坐起来。早起跟余额越来越少的银行卡一样，都能要她的命。

她匆忙洗漱，快速化妆，收拾妥当，拿包下楼。

楼下餐厅，傅既沉正在吃饭。

真是稀奇。除了周末，他从来不在家吃早饭。

俞倾把包放在客厅，脚步悠闲："还以为你早到公司了。"

傅既沉："司机昨晚到家差不多一点钟。"

俞倾点点头，"嗯"了声。他这话没什么毛病，因为司机得保证充足睡眠，不然会影响行车安全。她刚才还以为他是特意等她。

早饭后，两人一道下楼。

俞倾穿平底鞋，迈着轻盈的步伐。

在傅既沉眼里，她即使再穷，穷到快要揭不开锅，每天也依旧是活力满满。

她转头问傅既沉："今天我请客，请你坐地铁，要不要体验一下？"

傅既沉哪有那个兴致，他摁电梯："坐我车去公司。"

“算了，今天时间有点晚，万一被公司里的人看到，影响不好。”

“提前一站把你放下来。”

俞倾也不是太想去挤地铁，最后还是决定蹭他车坐。

早起的每一秒钟，俞倾都充分利用，坐电梯时还不忘看金融热点新闻。她打开手机，有条入账通知短信。

是这个月的工资到了。

看着账户余额变多，她的心情瞬间变得无比美丽。

“哎，你一个月工资多少啊？”她抬头问傅既沉，只是心血来潮好奇一下。

傅既沉：“不知道，从来不关心。”

俞倾一噎：“那你的银行卡有进账，你总归要看两眼吧？”

“天天都有进账，不知道哪笔是工资。”

“……”俞倾用力抚心口，觉得跟有钱人聊天是对自己最无情的摧残。

傅既沉转过脸，兀自失笑。

负一楼，司机已经在电梯出口处等着。俞倾直奔副驾驶座，手还没触到门把手，傅既沉提醒她：“想往哪儿坐呢？”

俞倾转脸：“昨天坐这儿感觉还不错，视野开阔。”

傅既沉没搭理她，给她拉开车门，他绕到另一侧。

俞倾放弃坐副驾驶座，上了后排。坐上车，她赶紧拿出手机，开始研究昨天的期货行情走势，争取今天能多赚点。

傅既沉手肘抵在车窗沿上，支着下颌，看看她的侧脸，再看看她刚才要坐的副驾驶座，若有所思。她用行动暗示他，昨晚从会所回去的路上，乔洋坐在了原本属于她的后排座位，她被挤到了副驾驶座上。

到了公司，俞倾就忙得不可开交，连杯水都没来得及喝。

部门早会散了后，她拿杯子去茶水间。

行政部的几个女人可能今天不太忙，借着倒水，在茶水间门口闲扯起来。

“你们还不知道啊？十五楼早就已经传开了，朵新的销售总监和他们京津冀大区经理有一腿，他们大白天从酒店出来被人看到。”

“说不定人家就是谈业务。”

“嗯，有可能，在床上谈着要怎么提高市场份额。”

一阵揶揄的笑。二十八楼是傅氏集团法务部和行政部的办公区，女人多，是非也多，八卦自然更多。

茶水间永远是八卦集散地。

俞倾已经走到茶水间门口，她们几个还跟她点点头以示招呼，没有丝毫避讳，接着八卦。

一个刚调来集团总部不久的同事打听："哎，那个赵树群本人真有那么帅？我只在公司网站上看过活动照片，没见过本人。看照片，我觉得一般。"

"赵树群不上相，本人用风流倜傥形容一点都不为过。"

另一人接过话："不仅长得帅，气质也好，能力又不一般，朵新在他手里两年，硬是在饮料行业站稳了脚跟，你想想。"

"虽然朵新只是傅氏集团一个小小子公司，不过赵树群可是被评为我们傅氏集团颜值担当第二人。"

颜值担当第一人，是她们的总裁——傅既沉。

突然有一人语气颇为激动："要不是你们提这茬，我差点忘了。我一个小姐妹是下面子公司的总裁秘书，说早上老大开会时应该忘了把纽扣给扣到最上面，脖子上的吻痕露出来了。"

"真的假的？！"

"骗你们干什么！"

俞倾正在往咖啡杯里倒糖，手一抖，糖撒在外面。她收拾好，又拿一包糖撕开。

一惊一乍之后，她们又觉得自己大惊小怪，老大没有女人也不可能，不过没公开过恋情倒是真的。

"听说财务二把手跟老大好上了，那个吻痕就是她留的。"

"我早就听财务那边说，财务二把手跟老大是一对。"

"不知真假，反正无风不起浪。"

"八成是真的，要不然二把手平日里能那么嚣张，不把任何人放在眼里？她还经常坐老大的专梯。我有次加班回家晚，就看到他们俩从专梯里一块儿出来。"

她们习惯用"老大"代指傅既沉的名字，用"财务二把手"代指乔洋，这样八卦时可以省去不必要的麻烦。

俞倾端上热咖啡，赶紧离开这八卦之地。

到了法务部，俞倾没急着坐下，而是站在窗口吹风，等咖啡冷。

刚才短短一趟茶水间之旅，她听来两个八卦。

赵树群和大区经理有了婚外情。赵树群三十八岁，有家室，老婆是全职太太。

而关于傅既沉那个吻痕，是昨晚她不小心咬的。

此时，楼上总裁办公室。

潘正等着老板一道出去。今天上午他们约了另一家银行的行长，为了拿地，老板这段时间亲自疏通关系融资。

昨晚，老板跟乔洋约了邹行长，谈得还不错。

傅既沉把所有签好的文件摞在一起，盖上笔盖："另一辆车安排好了吧？"

潘正："安排好了。"

今天去银行，除了他跟老板，还有乔洋。

专梯在财务办公室所在的那层停下，门缓缓打开。乔洋正在打电话："二叔，先不聊了，电梯到了，我周末有空去看您。嗯，您也别老熬夜，拜拜。"她跨进电梯。

傅既沉关心一句："乔老师最近怎么样？"

乔洋把手机收进包里："老样子，天天忙。"顿了下，"刚二叔还提起你，问你有没有交女朋友。"

傅既沉笑笑，敷衍了句："我是有多想不开。"

乔洋想了想这句话的潜台词——他不需要一个女朋友，只需要一个女人，维持一段随时可聚散的男女关系。

由于还有潘秘书在一旁，所以不管是傅既沉的私人感情，还是她二叔的近况，她都没再多提，话题便到此为止。

她二叔是傅既沉小时候的网球教练，教了傅既沉不少年，后来辞职下海经商。二叔有生意头脑，经商的第二年就赚到了第一桶金，五年里，公司不断发展壮大。傅既沉当初创业，二叔是他的天使投资人。傅既沉创业时的 A 轮融资和 B 轮融资，都是二叔给他介绍的关系。

二叔跟傅既沉，亦师亦友。

不过秦墨岭搞恶意竞争，背后给傅既沉下了套，最终导致傅既沉创业失败。

后来傅既沉回到傅氏集团，帮父亲管理公司。

最近几年，二叔公司每况愈下，有段时间资金链断裂，最困难时差点宣告破产，是傅既沉追加投资，让二叔的公司起死回生。

乔洋走神间，电梯已经停在地下停车场，两辆黑色轿车等在那儿。

乔洋今天没开车，因为限号。她习惯性地跟在傅既沉身后，朝他那辆座驾走去。

“乔经理。”潘正赶紧喊乔洋。

乔洋转身：“潘秘书，什么事？”

潘正指指后车：“我们坐这辆。”

“哦，好。”乔洋不明所以，但还是转个方向绕回来。

直到汽车驶离地下停车场，潘正也没有要说话的意思，专注地在那里看融资计划书。

即便过了早高峰，繁华路段还是堵。乔洋手托腮，心不在焉地看窗外，正想着傅既沉是不是有特别重要的电话要接，不方便她听，所以她才跟潘秘书坐后车。

下一秒，这个理由又被她自己给否定了。因为这个实在说不通。以往，他们每次出去应酬，傅既沉接任何商务电话，都不会回避她跟潘秘书，因为不管什么商业项目，都要财务支持。

也许，是私人电话。她这么想着。

汽车走走停停，堵得一动不动时，司机从倒车镜里望了一眼乔洋：“乔经理，以后你们跟傅总出去洽谈，坐我这辆车，我竭诚为你们服务。”

司机突如其来的一句话打断乔洋的思绪，她的反应比平时慢了半拍，微笑着：“不好意思，刚才在想工作上的事儿，您说。”

司机把话重复一遍：“以后你们跟傅总出去洽谈，坐我这辆车，我竭诚为你们服务。”

乔洋笑笑：“麻烦您啦。”

“不麻烦，应该的。”

乔洋再傻，现在也明白这是怎么一回事了——自此，她不再享有坐傅既沉专车的特殊待遇了。

副驾驶座上，潘正又轻轻翻了一页融资计划书。

这辆车，是他一小时之前安排过来的。一大早，还没到上班时间，老板给他发消息：以后我再出去应酬，多安排一辆车跟着。我有俞倾了，跟其他异性该避嫌要避嫌。

俞倾正忙着归档合同，内线电话响起，主管周允莉让她过去一趟。她以为又来了合同，结果却是安排别的工作给她。

“今天忙不忙？”周允莉淡笑着问道。

俞倾：“挺忙，有不少合同没整理。主管，什么事？”

周允莉把手边的文件夹递给她：“这份法律意见书，解决方案不咋地，这方面你最拿手，上午修改好，可不能耽误集团的工作计划。”

俞倾打开文件，内容显示，傅氏集团下面一个控股公司打算进行资产剥离。这是她擅长的不错，可现在不属于她岗位职责。

这是顶替她岗位的那名同事的分内工作。

她哪会任人宰割：“主管，上午怕是来不及，潘秘书还安排了我工作，我不敢耽误。”

周允莉微笑：“没关系，今天改出来就行，实在不行，晚上你带回去加班，明早给我。”她挥挥手，“快去忙吧。”

俞倾扯个冷笑，拿上文件夹离开。

临近中午，俞倾接到潘正电话，让她到总裁办一趟，说是合同有些细节还要斟酌。

当然，这只是借口。今天傅既沉没亲自打电话，而是让潘秘书代劳。

潘正的声音又传来：“你现在就上来吧。”

俞倾应下，想着中午又能到傅既沉那里蹭饭。打开抽屉，她选了一个褐色钥匙扣。

到了总裁办，俞倾透过隔断玻璃看到潘正忙着接电话，她没打扰，直接去找傅既沉。

傅既沉也忙，在OA里批准即将要支付的一些合同款项。

俞倾自己招呼自己，到冰箱拿了瓶柠檬茶，踱步到窗边，等着傅既沉忙完一块吃午饭。

傅既沉办公室有两整面落地窗，视野极为开阔，正对着最繁华的街区。

俞倾坐在沙发扶手上，看着街对面那一片鳞次栉比的楼群，从她这个位置隐约能看到她家公司所在的那栋大厦。

她拧开手里的柠檬茶，这是朵新今年新上市的一款饮料，单品销售量挤上饮品排行榜前十，口感细腻，酸酸甜甜，而她最喜欢的是瓶身上的广告语“一见倾心”。

没多会儿，餐厅那边送来午饭。

俞倾坐过去，把饭盒一一打开。

“你还要多长时间忙完？”她问傅既沉。

傅既沉没吱声，放下鼠标去洗手。

俞倾品着美味佳肴：“你天天一个人吃饭多没劲儿，以后我过来陪你。”

傅既沉毫不留情道：“今天允许你过来吃饭，是有原因的，给你破例一两次，其他你就别多想了。”

俞倾随即明白，原来他是看她昨晚睡太晚，给她提供午休的地方。昨晚他太能折腾，放她睡觉时快凌晨三点半了。

她并不知道傅既沉拒绝她过来，单纯是因为他不喜欢在办公室用餐，她还以为他是不想浪费中午的时间。

毕竟她一过来，或多或少都要牵扯他的精力。

“我一周过来吃两次，正好给潘秘书送合同，顺便在这儿吃。”

傅既沉没吱声，示意她快吃。

好吧，她再想法子磨他。琢磨半刻，她放下筷子。

“不吃了？”傅既沉问了句。

“嗯。最近减肥，不能多吃。”

她端起汤碗，一小口一小口嘬。

傅既沉以为汤太烫，他喝了几口，发现温度正好：“你还真当红酒品？”

俞倾不紧不慢道：“这是工作日里跟我们傅总共进的最后一顿中餐，我不是想好好品味一番嘛。”

傅既沉知道她想以后天天过来蹭饭的心思，没接话。

今天已经是他第二次破例在办公室用餐，没有第三次。

俞倾没等到回应，她瞅着傅既沉面前那道菜，又拿起筷子：“胖就胖，撑就撑吧，以后也吃不到这么好吃的私厨菜了。”

她在等着傅既沉心软，对她说：“行了，别那么没出息，想吃的话，以后中午就过来。”

结果，傅既沉直接把那道菜放她面前：“都归你。要是还不够，就用菜汤泡米饭吃。”

俞倾："……"

等哪天他落她手心，她会加倍讨回来。

她差点忘了一件事，从口袋里拿出钥匙扣："喏，送你的。来而不往非礼也。我都在你这儿吃了两顿饭。"

傅既沉看着那个褐色篮球钥匙扣，精致也别致，跟她那些小吊饰同一个品牌，价格不便宜。

可他用不上，没有钥匙和门禁卡要挂上面。

俞倾见他犹豫："放心，单纯是回你的礼物，没有任何居心，不是要讹你午饭。"

傅既沉："……"

下午，俞倾正忙着修改那份法律意见书，房东钱老板发来消息：小俞啊，不好意思，又打扰你。我跟买家约了晚上下班见面，她过来把订金交了，想赶紧办过户手续。

俞倾：对方加价了？

钱老板叹气：哪能呢。

透过这短短三个字，俞倾仿佛看到了钱老板此时脸上的无可奈何。

钱老板又发来信息：今天下班还得麻烦你跑一趟，买家那边要签个三方协议，该补偿你的，我一分不少，到时咱见面再谈。

买卖不破租赁，可买家不打算出租房子，说是要给父母住。

俞倾理解房东的处境，爽快答应下来。

钱老板：我让我儿子去接你。

俞倾不想麻烦钱程，便回：不用，我打车过去。

下班前，俞倾收到钱程的消息：姐，我在你们公司楼下。

俞倾心想：都说了不用过来，他还是赶来接自己。

出了大楼，俞倾看到喷泉边的钱程，他在跟美女说话。

那美女就是朵新公司销售部京津冀大区经理，肖以琳，也是销售总监赵树群的婚外情女主角，公司传得沸沸扬扬，也不知道真假。

关于肖以琳的传说，她来傅氏集团的这几个月里，听了不下十个版本。

肖以琳性感漂亮，性子泼辣，工作时雷厉风行，特别能吃苦，在短短两年内就从地区业务主管升到大区经理这个职位。

也有传言，她能力强只是一方面原因，主要还是靠男人这个跳板。

那边，钱程看到她，跟她挥挥手。

今天钱程来得早，车停在另一边的露天停车场，两人边走边聊。

钱程说起肖以琳："她是我们那个区域的经理，刚才正好碰到就聊了两句。"

他又说了说为何急着卖房："那套房子已经抵押做了贷款，现在实在拿不出那么多钱打货款。今年朵新市场起来了，你们公司给我们经销商定的任务量也翻倍。"

其实，他们已经完成整个年度进货任务，谁知道肖以琳三周前突然通知，公司临时调整经销商的考核政策。据此，他们家要再发货一百万。

这考核政策说变就变，他们到哪里讲理去?

店大欺客。

但他们还想从朵新那里赚钱，只好忍着呗。

钱程叹口气："我们用了两年做起来的市场，又不舍得放弃，只能卖房子。"

俞倾包里手机震动声传来，傅既沉给她发来消息：你中午就是带你的钥匙扣到我办公室见见世面?

俞倾一头雾水，回了个问号。

傅既沉看到这个问号，又到沙发边找一圈，拿开抱枕，钥匙扣正安静地躺在扶手角落，应该是俞倾躺在沙发上午睡时，不小心把它踢到了里面。

——找到了。

他回复俞倾，然后穿上西装去找潘秘书。

潘正猝不及防，没想出老板竟然主动来找他。他还在打电话，刚打算挂断，傅既沉示意他："不着急。"

潘正坐不住，便站了起来。电话里，女儿还在奶声奶气地说着："爸爸，不要喝很多酒。早点回来。"

潘正跟女儿保证："嗯，好的。爸爸保证一滴酒不喝，等工作结束了就马上回家。"

通话时间很短，潘正收线。

傅既沉忽然抬头问潘正："做生意跟经营婚姻，哪个难？"

潘正差点没接住话，他没料到老板会冷不丁抛出这么个话头："都不容易，但也因人而异。"

傅既沉点点头，等着他往下说。

潘正略有犹豫，还是决定如实道来："对您来说，可能做生意更容易。"

做生意是金钱上的投资，婚姻则要投入更多的感情。很显然，以老板现在的身份、地位，他注定没有很多时间给家庭和婚姻。

更重要的一点是，以老板随性，不喜欢被女人管束，也不想被婚姻束缚的性格，他也没有心思去经营一段不一定会有最终收益，却又因此会失去自由的婚姻。

潘正这才想起正事："傅总，您有什么吩咐？"

傅既沉："你这边有门禁卡和车钥匙没？给我一套。"

潘正一时没想明白，老板这是突然来的哪一出。

老板有贴身保镖，保镖该有的东西都有，包括各辆车的副钥匙和门禁卡。尽管心中疑惑万千，他还是找出备用的一套给老板。

傅既沉接过几张小巧的门禁卡："你忙。"

潘正目送老板离开，百思不得其解：老板为什么突然自己带门禁卡？

办公室的门关之前，他又望了一眼老板，只见老板从西装口袋里拿出个什么东西，之后低着头，走得很慢。

他只能看到老板后背，不知道老板在做什么。

傅既沉把那串门禁卡，小心翼翼地穿在钥匙扣上。

快九点了，俞倾站在出租屋阳台上。老小区格外安静，路灯昏暗，夜色渐浓。于菲还没到，临下班时接了个案子，正和当事人沟通案情。

还不知道几点能回去。俞倾跟傅既沉说了声：有事，晚点到家。

傅既沉很快回过来：我不在家，约了邹行长，谈融资细节。

没多会儿，于菲到了，给每人带来一杯热饮，并连连道歉。要不是今天有特殊情况，她一向最有时间观念。

几句致歉的话后，步入正题。中介的工作人员把所有相关协议都摆在桌上，一一给他们详细介绍有哪些要注意的条款。

俞倾漫不经心地听着，这些跟她没关系，她就等着签三方协议。

在交订金前，于菲提出把租房合同这一块先给解决好。

钱老板已经让中介那边拟定好协议，他拿出来，给她们每人一份，然后当着于菲和中介的面说："小俞，我这边还有你半年零两周的房租以及一个月的押金，我先转给你。"

这部分钱转过去后，他接着转下一笔。

"装修的钱我全出，我食言在先，这钱不能让你出。另外，我再补你一个月房租。你要是一时找不到合适的房子，我也不能让你自己贴钱住酒店。"

他又说起俞倾的那些物品："到时你的东西先搬到我们家仓库，那边有库管办公室，隔壁空了一间，之前简单装修过，免费给你放东西。你想放多久都行，搬家费用也是我出，不用你操心。"

俞倾只收她该收的钱，其余的又转给房东。

"哎，你这孩子，你怎么又转回来了？"老钱看到账户收入，惊诧地看着俞倾，一头雾水。

钱太太冲老公使个眼色，钱老板瞬间领会："小俞啊，你要是对这个补偿方案哪里不满意，你尽管提，合理范围内的，咱都好商量。"

俞倾心知肚明，这个时候就算她提过分一点的要求，钱老板大都会答应，可她做不到在人家困难的时候趁火打劫。若不是不得已，没人会卖儿子的婚房。有钱老板这个态度，已经足够。

再说，她也不是真的穷到缺钱，没必要斤斤计较买卖破了租赁。

俞倾解释："钱叔叔，我不是这个意思，当初是我自己要装修房子，我也住了快半年。再说，当时装修找施工队，跟对方谈价，包括监工，多亏了您跟阿姨还有钱程帮忙。"

她实在不好意思让钱老板出全部的装修费："装修的钱我们一家一半，还有那一个月的房租补偿真用不着。不过您要给我两周时间，我估计要两个周末才能搬空我那些东西，就不搬到您家仓库了，我另找地方。"

于菲看着三方协议，不时用余光瞅瞅钱老板还有俞倾。

她从包里拿出签字笔，在每一份协议的空白处都写上一段话，然后问中介要来印泥，自己先按上手印，又签字。

她把改过的协议递给俞倾："你不用这么着急搬，我爸妈要等到年后才过来住。"

俞倾仔细看新增的条款：于菲免费给她住到明年一月十号前。

于菲示意俞倾："你在我改的地方摁个手印，再签字，证明你看了且同意。"她又道，"这几个月我不收房租，一会儿我拍个视频，交房给我时保持现在这样就行。"

中介看得目瞪口呆，卖了这么多年房，他头一次遇到这样和谐的场面。

之前他还担心，万一俞倾不愿意搬走，或是狮子大开口，可要怎么办，就怕于菲那个性格，不愿意多扯皮。

他更没想到，一向冷面的于律师会这么好说话。

于菲拿出一张名片给俞倾，笑了笑："以后有亲戚朋友需要找律师，可以直接跟我联系，友情价。"

俞倾双手接过名片，发现于菲是硕与律所的诉讼律师。

原本，她跟于菲能成为同事。

协议签好，订金交了，该有的资料都齐全，明天就可以去相关部门办手续。

中介工作人员彻底松口气，觉得这单稳了。

三个人每个人都退了一步，他竟算不出到底是谁赚了。

钱老板主动多给钱，结果省了一半还要多。俞倾少收一半钱，哪知于菲免费给她住两个多月。而于菲，多了一个潜在客户。

快十点，他们离开。俞倾关上门，把协议收起来。她没急着回去，在客厅站了会儿，思忖着她那些宝贝要如何安置。临走，她又拿了几个系列吊饰装进包里。

从小区到最近的地铁站有四百多米，她不紧不慢地朝那边走。

"得、得、得，我懒得跟你说！陆琛，请你要点脸，记住你那段黑历史！还有，这套房子是给你儿子买的，跟我没有半毛钱关系。我这段时间跑前跑后，你知道我操了多少心，浪费了多少赚钱的时间吗？记得把辛苦费转给我！五万块，一分都不能少！"

俞倾正好走到车边，车窗开着，于菲通话结束。

四目相对，两人皆是一怔。

"要出去？"于菲嘴角带笑，若无其事地问道。

俞倾点点头："嗯。"

"上车，我捎你一段路。"于菲主动邀请。说着，她转身把副驾驶座上的资料袋拿到后座。

俞倾婉拒：“不用麻烦，马上就到地铁站。”

于菲坚持：“太晚了，省你几分钟不好吗？反正我也要路过那边。”

俞倾没再推托，上了车。

于菲没问她，为什么这么晚了还要出来坐地铁。她不常在出租屋那边住，她想，于菲应该早就察觉出来了。不过，谁都没提对方的小秘密。

此时，离这边地铁站不远的某银行总部。

傅既沉一行人刚从邹行长办公室出来，邹行长一直将他们送到电梯口才回。

到了停车场，乔洋看了眼傅既沉，她什么都没说，自觉地坐上后车。

傅既沉交代潘秘书几句，坐上自己那辆车。

汽车在夜色里疾驰。傅既沉支着额头，意兴阑珊。

这几天，他约了好几家银行的负责人，上午还去拜访了一家，不过那边贷款利率有点高，所以他晚上又来约邹行长。

窗外的路景一闪而过，他也没注意看。今晚他跟邹行长详谈一番，得知对那块地王，秦墨岭也是铁了心要拿下。或许，他得采取迂回战术。

傅既沉考虑一路，汽车不知不觉拐到小区门前那条路。

傅既沉还在漫不经心地看窗外，想着融资的事。

人行道上，一个熟悉的身影突然闯入眼帘。他的手指刚要碰触开窗键，又顿住。

他吩咐司机：“慢点开，俞倾在人行道上。”

司机朝右边望了眼，见俞倾在打电话，他就没停下，贴着路边行驶。车速缓慢，跟堵车时差不多。

傅既沉看着车外。路灯下，俞倾脸上的每个表情都清晰可见，不知道在跟谁打电话，表情极其丰富。

直到俞倾进了小区，车子才以正常速度行驶，从另一个门拐进地下停车场。

俞倾通话还没结束，她难得跟鱼精聊这么久。她不打算再租房子，就把那些宝贝搬到鱼精那儿。

等她到家，傅既沉还没回。俞倾坐在沙发上歇歇脚，看看今天的期货账户，还不错，有盈利。退出账户，她刚起身，外面有开门声，她随即又坐下。

傅既沉进来，关上门。

俞倾问：“喝酒没？”

傅既沉看着俞倾，一次性回她：“今晚不是饭局应酬，而是跟邹行长谈事，在他办公室，同去的有潘秘书、乔洋。乔洋和潘秘书坐另一辆车。还有什么想问的？”

俞倾靠在沙发里：“你要是想跟我报备，你就直说，搞得我要查你岗一样。”

傅既沉没搭理她，点开手机，分享名片给她：“以后回来晚了就让家里的司机去接你，半夜不安全。”

俞倾盯着他，疑惑道：“你看到我了？”

“嗯。”

“在地铁站外头？”

傅既沉不答反问：“不然你觉得我能把车开进地铁站里？”

俞倾“……”

每天，她都要被他怼好几遍。

傅既沉解开西装纽扣，上楼，不忘催她：“赶紧洗澡睡觉，要不明天你又哼哼唧唧起不来。”

俞倾一点都不想走路：“傅总。”

傅既沉转脸：“又要干什么？”

俞倾伸手：“你不是正好要上楼嘛，麻烦你把我捎上去。谢谢。”知道他肯定不乐意，她提醒他，“你没忘吧，我中午给了你一个钥匙扣。”

傅既沉：“……”

她的确没拿钥匙扣讹中午饭，可她用它来讹公主抱。

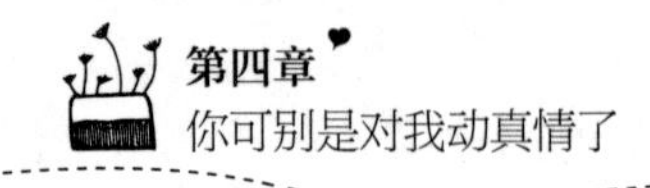

第四章 你可别是对我动真情了

“砰！”伴随着一声“啊”，俞倾被傅既沉扔到卧室沙发上，落下后还反弹一下，让她整个人四仰八叉地躺在那里。

“傅既沉，你过分了啊，知不知道怜香惜玉？”俞倾指责他。

“下回你再拿那个钥匙扣说事儿，我直接把你扔地板上。”傅既沉往浴室走，从裤子里扯出衬衫下摆，边解纽扣，边回头瞧她一眼，“还磨蹭什么呢？赶紧洗澡去。”

俞倾爬坐起来，开始盘算包养他一星期的计划。虽然卡里早就够两百万，但她也不能表现得太明显，不然会惹他生疑。

她伸个懒腰，慢吞吞地跟上去：“傅既沉。”

“你有话就说！”

“我这个周末要兼职打工，代购加卖包，说不定很快就能凑足两百万。”

傅既沉转头，眉心蹙着：“卖包？到商场兼职拿提成？”

俞倾想了想要怎么扯谎：“我……有个挺贵的包，限量版。那时我在律所完成第一个大项目，拿了奖金，我爸又奖励了我一点钱，我就凑凑买了个心仪已久的包。”

她接着编：“那是我人生里最贵的一个包，买来之后也没舍得背。”

言外之意，要是卖了这个包包，她就有可能很快凑足两百万。

傅既沉抬手，拇指从她漂亮的眉上缓缓滑过：“为了雇我一个星期，你把你最喜欢的包都卖了。”他语气揶揄，“我何德何能？”

俞倾嘴角勾了勾：“不、不、不，傅总，你可别妄自菲薄。我卖包是因为，你就像欧莱雅一样，值得拥有。”

傅既沉：“……”

俞倾掩饰着自己内心的雀跃，下一秒又惆怅起来：“毕竟这个包已经好几年了，虽然没有过时这个说法，但也不一定好出手。我也是拿去碰碰运气吧。”

她说得煞有介事。

傅既沉总感觉自己可能已经掉进她挖好的陷阱里。他知道她不缺钱，但是没想过她还有价值上百万的包。

“你是不是还有我不知道的存款？”

他盯着她双眸。

“我要是有存款，我至于卖包？”

也对，她那点钱全砸在期货上了，而且，她本身就是存不住钱的女人。

跟她在一块儿之前，他调阅过她简历。她在国外任职的前东家，正好是他一个朋友的律所。他打电话问朋友，跟俞倾熟不熟。

朋友作为律所合伙人，也不是跟所里每个律师都打过交道，不过他对俞倾印象颇深：“她呀，是我们律所另一个合伙人一手带出来的徒弟，品性和能力都不错，长得也好看，不过不好追，不知道有多少客户方的老板追她，但都没追上，可能她眼界高。对了，她特别能花钱，基本上是月月光。今天要是发了工资，晚上她一准去逛街。”

“我今天买跌，赚了点。”俞倾岔开刚才那个话题，说起她的期货。她把要洗的工作服脱下来放在收纳篮里。

傅既沉收回思绪，打开花洒，热水伴着热气喷出。

俞倾直接站在傅既沉打开的那个花洒下：“谢谢。”

傅既沉只好打开另一侧的花洒，结果俞倾踩着小碎步，挪到他这边来，霸占他的花洒，开始洗头发。

傅既沉瞅她一眼：“洗个澡你都不老实！”

俞倾刚才太得意忘形，眼睛都被水眯住了。

“给我毛巾。”

傅既沉随手从置物架上扯条干毛巾递到她眼前，她用毛巾捂住脸，她的头发还没涂洗发水，直接披在脑后。

傅既沉正要俯身亲她后背，结果被她的长发扫了一脸水。

今天睡觉时间早，不到十二点，俞倾就做好护肤爬上了床。

傅既沉放下书，把她抱在怀里，下一秒，她被他压在身下。

俞倾的沐浴露用完了，今晚用了傅既沉的，现在两人身上味道一样，是淡淡的清新味道。

傅既沉低头，炙热的吻落下。

不知道是不是自作多情，她总感觉送出一枚小小钥匙扣给他之后，他的态度有所改变。

就像今晚，她让他抱她上楼，他抱了。还有，就像现在，他极尽耐心地亲吻她。

翌日五点半，俞倾起床，傅既沉好心地让她多睡了半小时。

傅既沉已经在楼下等她，电话响了声，他在催她下楼。

她走得慢，把她那个包给打扮一番。人靠衣装，包靠配饰。

傅既沉表情无奈："你下楼都比别人花的时间长。"

俞倾笑："我走得慢，不是能多看你两眼嘛。"

进了电梯，俞倾站在傅既沉身前。傅既沉垂眸，瞥见她身前那个包，包上一个高奢品牌的小马形状吊饰入目。

类似的小吊饰，她床头柜第一层抽屉里，一共有三排。

他的视线落在她的侧脸上，她正盯着电梯数字键看，一副懒洋洋，却又坏兮兮的模样。

中午俞倾去一楼大厅前台取快递，正巧遇到傅既沉谈完事从外头回来，车停在大厦正门口。他下车时在打电话，没注意到她。

跟他一同去洽谈的还有乔洋，不过乔洋是从另一辆车上下来的。

听鱼精说，傅既沉最近在拿地，最大的竞争对手是秦墨岭。

俞倾找到快递包裹时，傅既沉还在讲电话，于是她先行上楼。

乔洋等傅既沉通话结束，随他一起进大厦。傅既沉以前乘坐专梯都是直接输密码，现在有了各种门禁卡，他直接刷卡。

乔洋瞥到那个特别的钥匙扣，中性款，男女都适合用，她微微笑着问道："你也喜欢买这样的小饰品？"

傅既沉："不是，送的。"

这句话没有主语，乔洋听了，以为是傅既沉买包，品牌方赠送给他的礼品，她点点头："挺好看。"

手机震动，工作三群有消息。

朵新的副总裁通知大家，下午两点在十六楼会议室，会签这周所有合同。

十分钟前，她刚加入这个群。俞倾也在这个工作群里，她看了下与会人员，有副总裁本人、销售总监赵树群、各大区经理，还有乔洋。

原本这个会议不该有乔洋参加，她是集团财务的二把手，而朵新是财务独立核算的。

上周，朵新财务部负责合同审核的主管休产假，乔洋主动承担起这部分工作内容。乔洋对朵新财务一向上心，当初并购朵新，财务部是乔洋一手组建起来的，甚至连岗位安排也是她全权做主。

俞倾总感觉，财务模式有问题。也许，傅既沉觉得这样的模式没问题。

俞倾把所有要会签的合同按顺序整理好，其实会签就是走个流程，给销售部的工作节省时间。

下午一点五十分，俞倾到了会议室，来得不早不晚，还有一大半人没来。

打过招呼，她坐在最边上一个位子上。赵树群早就过来了，刚才给了她一个不咸不淡的眼神，反正不是那么友好就是了。

陆陆续续，与会人员到齐。俞倾不经意抬头，正好跟乔洋投过来的目光撞上，两人皆是浅浅一笑。

俞倾收了视线，乔洋却没有，她扫到俞倾手机上的那个吊饰，还有俞倾脖子上那根挂工作证的挂绳，是同一个品牌的。这两样加一起，相当于俞倾一个月工资。

而平时，俞倾穿的鞋子和用的包加起来，也不超过一千块钱。

不经意间，她又瞥见俞倾笔记本旁的钥匙扣，觉得眼熟——傅既沉有个同款不同色的。这个品牌的钥匙扣就那几款，买到同一款式的概率太高，没什么可大惊小怪的。乔洋这么想着。

会议室的门再次被推开，姗姗来迟的是肖以琳，她走路带风，妆容精致，红唇性感。她跟赵树群之间，隔了一人。

人到齐，副总裁简单讲了两句，便开始干活。

俞倾把手头上审核过的纸质合同拿给副总裁签字，接着等着接收OA里新提交过来的经营合同。

他们就像流水线上的工人，埋头干活，只负责自己那部分，偶尔有疑问时会问别人两句。大多时间，会议室里除了哗啦哗啦翻看纸质合同的声音，就是点击鼠标的声音。

两个小时过去，所有合同会签好，都是一次性通过。

副总裁揉揉脖颈："你们先歇歇，要是没什么事，喝杯咖啡就散会。"

肖以琳从底下一个文件夹里拿出一份草拟合同和一沓资料，装作刚想起来的样子："哦，差点忘了，我这边还有一份，看我这脑子。"

赵树群抿着茶，侧着脸："没在OA里提交？"

肖以琳："这经销商姿态高，我亲自陪着区域经理去谈，这不刚赶回公司就急着过来开会吗，还没来得及在系统里提交。"

赵树群："哪家？"

"卓华商贸。"说着，肖以琳把手里的经销商基本资料递给赵树群，"在北京，卓华商贸排得上名，它是好多大品牌的地区总代。"

赵树群没翻看资料，这个经销商，就连副总裁都听过，资质上肯定是没问题的，朵新能签下这个经销商，明年北京的销售额不愁不会翻倍。

他示意肖以琳："你现在提交，今天给过了。"

俞倾问了句："肖经理，是哪个区要换总代理？"她很纳闷，自己没接到有关解除合同的任何消息。

肖以琳说了那个区的名字给俞倾听。

俞倾微怔，怎么都没想到，肖以琳竟然换掉了钱老板这个总经销商。钱老板为了进货才卖房，卖房合同都签了，听钱程说，上午刚去银行解了押。

现在突然被换掉，他不得怄死。

但这是销售部的决定，她没资格也没权力插手。她的权限，只是负责合同的合规合法，规避潜在风险。

她提醒肖以琳："那个区的总代理是钱老板，我这边没收到你跟钱老板的解约合同。"

肖以琳微笑："这个不影响，两边可以同时进行，钱老板那边我会处理好，但卓华商贸，可是过了这个村就没这个店了。”

俞倾听明白了，这是又要把烂摊子甩给她。没解除原合同就要签新合同，还是在钱老板毫无过错的情况下毁约。一旦新合同签订，麻烦事还在后头。

到时，傅氏要面临违约赔偿，说不定还会出现各种对傅氏集团不利的负面新闻，那就全部是她的责任了。

高层只会问责她，问她这个法务专员是干什么吃的。

她看着肖以琳：“先把钱老板的合同解除，我这边立马走新合同的流程，也不耽误什么。”

肖以琳还没想好怎么解决钱老板那边的事，一早，她在电话里跟钱老板说了这事儿，钱老板气得直接挂了她的电话。中午钱老板才打电话过来，提出要求，说是换掉他的总经销可以，但要赔偿他一百万。

怎么可能？

目前她打算拖，拖到钱老板实在没耐心，拖到钱老板仓库的货快到期，估计他就会放弃索要赔偿。但这些，她不能拿到台面上说。毕竟，她以前从钱老板那里拿过不少好处。

她语速缓慢，给俞倾施压：“卓华商贸的老板本来就没怎么看得上我们朵新饮料的名气，我好不容易求爷爷告奶奶才争取来的机会，要是合同耽误，人家反悔了，这是多大损失？当然，也不怪你，毕竟你不跑业务，也不了解我们做市场的人有多不容易。”

副总裁思忖了一会儿，他示意俞倾：“先给通过，这种事情在快消行业里常有，优胜劣汰嘛。再说，我们公司也不做慈善，自然是谁有实力，我们就跟谁合作。”

乔洋也发表了看法，她是对着肖以琳说的：“钱老板那边后续应该没什么问题，他们还有保证金在我们这儿。”

俞倾的手指无意识地捏着工作牌，自嘲地笑了笑。

他们这帮人算准了钱老板老实，实力摆在那儿，掀不起什么风浪，就算跟他们傅氏打官司，也占不了便宜。

他们再拿保证金要挟钱老板，告知他，如果闹事的话，连保证金都拿不到。

今天这样的场面，她并不觉得意外。以前她在律所做项目，什么事都遇到过。人心是贪婪的，人性又是可悲的。

贪婪又可悲的人，从来都没有契约精神。

那边，肖以琳让经办人把合同传上OA。很快，几人审核通过。

可到了俞倾这儿，没反应。他们个个都盯着她。

俞倾早看到了，就是没点通过，也没给审核意见。

肖以琳笑着，可笑意明显是讥讽："俞律师，还没看完？"

俞倾迎着肖以琳胸有成竹又傲慢的眼神："肖经理，知道公司为什么要设法务部，还要设我这个审核合同的岗位吗？"

肖以琳理亏，没吱声。

俞倾继续："第一，规避外部风险；第二，规避内部风险。"

肖以琳接过她的话："俞律师，你这么说，我就放心了。现在外部有风险，你这个律师是不是要帮忙处理？"

俞倾微笑："我还没说完。第三，把任何可能给公司带来风险的个人违规操作行为消灭在萌芽状态，以免给公司造成无法挽回的声誉和经济上的损失。"

在座的人都面面相觑。

俞倾刚才那番话，足够讽刺。

肖以琳开始咄咄逼人："如果卓华那边反悔跟我们合作，这个责任你是不是能承担得起？"

她不给俞倾说话的机会，继续控诉："现在我们跟钱老板那边有了棘手的问题，你应该做的是想办法解决，而不是把所有责任摘干净，都推给我们销售部！你是律师，是朵新的律师！"

俞倾不慌不忙："请你注意措辞，是你跟钱老板之间，不是我们。"

面对刚才肖以琳对她的那番质问，她也不甘示弱："如果在解除合同过程中，你们销售部遇到应付不来的法律方面的问题，我这个律师自然会全力以赴地去帮忙，这是我分内的工作。但是……"她顿了几秒，"在对方无过错的情况下，你就直接违约，这还不算，你又要在解除老合同前签新合同，给公司带来潜在的口碑危机和严重的违约损失。不好意思，这不是我这个律师的工作！"

肖以琳红唇紧抿，眼神锋利。

俞倾却一脸风轻云淡："就像有的人这辈子可能会结两次婚，可是要不离婚，只凭嘴上说感情早就破裂，已经分居，民政局会给这个人发第二本结婚证吗？”

所有人：“……”

肖以琳气不打一处来：“俞律师，你这么打比方就是强词夺理，明明不是一回事儿。”

俞倾：“所以，你不是律师。”

肖以琳一噎，又一股闷气窝在心口。

她顺顺气：“俞律师，你要搞清楚你该站在谁的立场，是钱老板，还是朵新？你再好好想想，你现在穿的是什么工作服，坐在哪里，工资是谁给你发？”

气氛紧张。

俞倾端起杯子，把剩下的咖啡喝完，然后回答：“我来告诉你，我站在谁的立场。我站在保证傅氏集团利益的立场！”

乔洋指尖转动着笔，不时瞅一眼俞倾。

肖以琳嗤笑一声，眼里全是不屑。她指指自己的眼睛：“可能是我眼睛不好，不好意思。”

这话的潜台词是她自己眼瞎，没看到俞倾是站在傅氏集团利益的立场上。

俞倾笑了笑：“没关系，眼睛看不清，还有脑子，一样可以用。”

肖以琳：“……”

针尖对麦芒，散发着浓浓的火药味。

俞倾这会儿没心思关注别人或八卦或幸灾乐祸的眼神，她分析利害关系给肖以琳听，也是要堵住在座的有些人的嘴。

“第一，钱老板为人老实本分，可并不代表他就会任人拿捏。你有没有想过，被逼急了，兔子也会咬人？

“第二，你拿什么保证，你无故毁约这个黑点不会被竞品方拿来放大，肆意做文章？朵新没什么名气，可它背后的傅氏集团呢？我们都知道，有时一个负面舆论就能要了一个公司的命。

“第三，你作为大区经理，不可能不知道朵新的竞争对手乐檬想要把朵新搞死的心都有了，这个时候，你明目张胆地坑人毁约，后果谁担得起？”

面对一连串的反问，肖以琳竟然一时不知道从哪里反驳。

副总裁翻合同，其实一个字都没看，俞倾的话，他全听进去了，对肖以琳的话他也在斟酌。

俞倾起身，倒了杯咖啡。赵树群用余光看着她，这女人，到这个时候了还气定神闲，气人的本事一流。

肖以琳这边，怒火中烧，半瓶冰饮料下肚，还是没用。不管怎样，她今天必须把合同给签了。

她舒口气，一字一句道："俞律师，被迫害妄想症，鸡蛋里挑骨头，是做市场的大忌！照你这么说，喝水都能呛死人呢，难道我们都不喝水了？"

俞倾接过她的话，故意怼她："要是提前知道这瓶水有可能把我呛死，我为什么要喝呢？"

肖以琳："……"

杠精！

俞倾言归正传："最关键的一点，朵新的老板傅既沉，还有乐檬的老板秦墨岭，都恨不得弄死对方，这是不同于正常饮品竞争的地方。所以，我是好心提醒你，别给对方抓住把柄往死里黑的机会。"

乔洋猛地抬头，这是鲜有的，有人竟敢在会议上直呼老板大名。

副总裁适时打圆场："今天到这儿，散会吧。"

俞倾合上笔记本，第一个离开会议室。

待会议室的门关上，肖以琳看向副总裁："我好不容易争取来卓华，结果俞律师……真要像她那样瞻前顾后，我还做不做市场了？"

她的言语间尽是委屈。

"您也是做市场出身，这里头的弯弯绕绕要是按正常流程去解决，我们一个公司真就不用吃不用喝了，还谈什么盈利？再说，选择更有实力的经销商，哪个品牌不这么干？"

副总裁对他们的年末考核，也是跟销量挂钩的。

他思忖半刻，然后说："这个我来沟通。"不过也不忘提醒肖以琳，"把钱老板那边的库存还有尾款处理好。"

肖以琳："放心。"

散会。

肖以琳随着赵树群去了他办公室，还是为了卓华商贸的合同。

赵树群倒杯水，手指轻轻叩着杯沿。

肖以琳坐他对面，拿脚轻轻踩他："我不管，卓华商贸的合同肯定要签，钱老板那边我得慢慢跟他磨，需要些时间，可卓华不等人。"

赵树群直言不讳："你跟卓华那边到底达成了什么回扣协议，你这么积极？"

"听不懂你在说什么。"肖以琳走过去，趴在赵树群背上，"不管什么回扣协议，我就是赚点外快。"

说着，她叹气，声讨他："你心里只有你老婆孩子，你什么时候管过我？我自力更生还不行了？反正也不会影响公司正常的销售。"

赵树群揉揉眉心，头疼。

"下不为例，别给我留些烂摊子！"

肖以琳脸上有了笑容："谢谢。放心，我不会蠢到把自己饭碗给砸了，钱老板那边我有把握搞定，就是时间要长一点。"

她亲了他一下："下班去我那儿？"

赵树群转头，盯着她看了好半晌才说："我老婆最近怀疑我……工作上我会照顾你。"

肖以琳嘴角的笑僵了僵，很快，又恢复。

她的手指在他侧脸上摩挲："你什么时候怕你老婆了？还是你喜新厌旧，找了新情人，嗯？"

赵树群把她的手从自己脸上拿下来："坐好了，这是公司！"

呵。

周允莉在快下班时接到朵新副总裁的电话，这边刚挂断，桌上的固话又响起，是赵树群打来的内线电话。

他们都是为了一件事，那就是卓华商贸的合同。她没想到俞倾今天下午在会上当场跟肖以琳叫板，也打了在场人的脸。

她对俞倾这种执着不是很理解，确切说，现在的她已经很不理解如此偏执的俞倾。她刚入律师这行时，也跟俞倾一样。

如今，她早没有了年轻时的冲动和执着。对于黑与白，她更喜欢两者之间的灰色。

"到我办公室来一趟。"她给俞倾打去电话。

俞倾知道主管找她为何事，也早就做好了心理准备。他们为了各自的利益，肯定都想压着她，让她把合同给过了，可谁考虑过她？

她走进主管办公室，把门关上。

“俞倾，你今年多大？”周允莉眼神很淡，语气更是。

俞倾不傻，知道周允莉在暗讽她年轻无知，不懂得利用自己手中的审核权力给自己行方便，得到该有的灰色好处。

周允莉见她沉默，问：“俞倾，你这是没事给自己找不痛快，何必？”

俞倾觉得好笑：“我没给自己找不痛快，但凡不是原则性的问题，我都可以睁只眼闭只眼。”她提醒周允莉，“即使经销商资质不合格，赵树群给我个情况说明书，我也还是给通过了。不属于我的工作，您安排多少给我，我也都会保质保量地按时完成。但今天这事儿，触了我的底线。”

周允莉唇角动动。心说，这是讥讽她呢。不过俞倾也没说错，这几个月来，不属于俞倾的工作，她安排了不少。顶替俞倾岗位的那个女孩……唉，一言难尽。可集团领导安排下来的工作，总要有人来完成。

“俞倾啊，”周允莉试图说服她，把卓华商贸的合同给通过，“职场不是家，不是我们任性了，别人就要买我们的账，懂不？”

俞倾扯个笑：“没人任性。说句不好听的，凭什么她肖以琳要把所有风险都踢到我这边？我有什么义务给她收拾烂摊子？看我是新来的，好欺负？”

周允莉脸上假装出来的笑意，瞬间全无。她看了俞倾许久，然后说：“你现在这个态度，是想抗议我给你安排的岗位是吗？”

办公室里突然静下来，气压极低，只有笔记本电脑“嗡嗡嗡”的轻微散热声。

俞倾在心里无奈地“呵”了一声，周允莉这么做，简直是欲加之罪，何患无辞。

“真要跟您对着干，我就什么都不管不问了，到时我一离职，所有烂摊子都是您的。”她语气平静，“但我的专业素养不允许我这么破罐子破摔。”

周允莉张张嘴，无力辩驳。威逼不成，只好利诱。她的声音平和下来：“在法务部，每个岗位都重要，你刚过实习期，适合什么岗位，我心里清楚。你耐下性子再等等，时机成熟我会给你调岗。”

俞倾内心一长串“呵呵呵”，这人还真把她当傻子了。这种打发小孩的借口，用在她身上，不管用。她还是那个原则，跟朵新销售部的人闹僵了没什么，反正平日里也不常见，可她不想跟周允莉闹翻脸。不然周允莉私下随便安排点工作，就足够她忙活半天，不划算。

很快，她有了主意。她去茶水柜拿了个玻璃杯：“主管，借您一个杯子，以后还您。”

周允莉一时没反应过来她要干什么。

下一秒，“砰”的一声，玻璃杯被摔到墙上，四分五裂。

“我再给您买一对新的，周一就给您送来。”

周允莉还没缓过神。

俞倾看看杯子碎片，之后迎上周允莉匪夷所思的目光：“您就跟赵总监说，我这个人拧巴，没遭遇过社会毒打，天真得很，油盐不进，您跟我闹翻了，但我还是不买您的账。”

临了，她不忘给周允莉吃颗定心丸：“我不会跟任何人提今天这茬，这杯子您就当是您自己摔的，被我气得摔了杯子。这样赵总监不仅更感激您，还觉得欠您人情。而我这边，以后工作也好做。”

她微微欠身，随后，摔门而去。

门关上，仿佛这个世界都静止了。法务办公区弥漫着从未有过的紧张气氛，安静得落针可闻。

他们默默目送俞倾回到自己座位，不知道发生了什么，反正俞倾跟主管闹翻了，主管大概被气急，摔了杯子。而俞倾，摔主管的门。

他们猜测，可能是俞倾工作中有失误，有个别合同没来得及处理，耽误了销售部那边的工作，主管训斥，俞倾又不服。也可能，俞倾受了委屈，但说不清道不明。不管是什么原因，他们都挺佩服俞倾的勇气，敢跟领导直接叫板。

下班时间一到，俞倾关电脑，收拾桌子。

章小池没问她怎么跟主管吵起来了，但知道她今天受了委屈：“晚上我陪你逛街？”

俞倾笑笑：“放心，这点屁事还影响不到我。”

小池给俞倾竖大拇指：“今天那个摔杯子的声音，太爽了。”她还要加会儿班，跟俞倾摆摆手，“高兴点，周末愉快。”

俞倾："愉快。"

下午她没时间看股市，刚才登录瞅了眼，又是亏。

开会时她受了一肚子窝囊气，回到办公室，还被自己上司教训一顿。

真是背时的一天。

她拿上包，边往外走边给傅既沉发消息：晚上有没有应酬？

傅既沉看着消息，她从来不关心他的日程安排，今天有点反常。他问：怎么了？

俞倾：没什么，想勾引你。

然后拿你撒气。但这话她没说。

傅既沉：……

俞倾的消息又进来：周六陪我打网球？

傅既沉：没空。下周吧，明天我去海南出差，要在那边待几天。

他越发觉得她的情绪不对。

他又问：谁惹你了？

俞倾：你。你说我包不好看，我要在球场上把你打得落花流水，找回场子。你忙吧，我下班回家了。

傅既沉看看这条消息，又瞥了眼桌角他那个男士手包。

他点开网页，看得正入神，手机响起，是乔洋，跟他电话沟通融资计划书的细节部分。昨天他们跟邹行长见面聊过之后，有些细节要改。

傅既沉专注地听她汇报，然后拿上杯子去倒水。

这通电话持续二十多分钟还没结束，乔洋坐在电脑前，对着电子版本的合同，如果有需要改的细节，她可以当场修改。

傅既沉靠在窗边沙发上，远眺。

"利率方面，我觉得，我们可以向银行再申请下调零点五个百分点，要不，我先修改？那边实在通不过，我们再加。"乔洋征求他意见。

电话那边安静下来。傅既沉抿口茶，在考虑。

乔洋没催，耐心等。

这时，办公室敲门声响起。

"傅总，是我。"

傅既沉转头："请进。"

乔洋一愣："啊？"

傅既沉对着手机："跟潘秘书说话。"

"哦。"

潘正拿着文件进来，傅既沉指指自己手机，潘正领会。

傅既沉经过深思熟虑，跟乔洋说："下调一个百分点。"

乔洋："……"

贷款利率下调零点五个点已经很多，没想到傅既沉比她压得还狠。

"好，我这就修改。"

通话结束，傅既沉从沙发往办公桌那边走，他突然想起，他电脑屏幕上是女式挎包的浏览页面。

潘正早就看到了这个页面，但他假装在看文件。

他跟在傅既沉身边不少年，但老板上班开小差，这还是第一次。

尴尬几秒。

不过傅既沉总是有力挽狂澜，实力甩锅的本事，他若无其事道："俞倾嚷嚷着，非要跟我用情侣包，不理她还不行，短信一条接一条地发过来。我正准备给她选一个包。"

潘正："……"

私生活方面，他真不用跟下属汇报得这么详细。

傅既沉回到家，俞倾早就洗过澡，正靠在床头研究她的期货市场。

与平时不同，今天她没穿睡衣，只裹了一条浴巾，松松垮垮地围在身上。靠心脏处，贴了两个卡通创可贴。

她总是能一本正经地于无意间勾引人。

傅既沉脱了外套走过去，绕过床尾，到她那边去："什么把你的心给戳着了？"

俞倾放下手机，摁摁创可贴，贴牢一些。

"贪婪的人心戳着我了。"

傅既沉双手撑在她身侧，低头，亲了下那个卡通创可贴："心粘上没？"

"还没。被戳得稀碎稀碎的，都碎成渣了。傅总，你说该怎么办呀？"俞倾笑着，抬手钩住他脖子，吻落在他侧脸上。

"我倒是有个办法。"

“嗯，傅总有什么妙招？”

“你把对方的心碾压成粉末，这样不就解恨了？解恨后，你稀碎的心自然就会愈合。”

傅既沉把她的手机推到不碍事的地方，抬手关了灯，亲着她：“谁欺负你了？”

俞倾没提今天下午发生在她身上的事，他是集团老板，操心的是集团的战略方针，没精力管琐碎的职场潜规则。

而那些潜规则，无论在哪个公司都屡见不鲜。

“也不是什么欺负不欺负。岗位职责不对付，有利益冲突，天然恨。”

“正常。我还是好几个董事的眼中钉。”

“那要不要我给你贴个创可贴？”

他的吻落在她耳后：“不用，我的心早已经千疮百孔。”

俞倾失笑，没再聊这些扫兴的话题：“明天要出差？”

“嗯。一早的飞机。”他提醒她，“别我一不在家，你就赖床，该几点起就几点起。”

“我是那样阳奉阴违，对自己不负责任的人？”

翌日。俞倾睡到自然醒，睁眼时已经八点半。

傅既沉早就去了机场，她转身，想接着睡回笼觉，床头柜上有张纸，她伸手拿过来，是傅既沉给她的留言。

送给在职场上还没长大的小鱼同学：

我知道，你想做最初有原则的那个你，做你心里的那种好人。

但你周围的很多人不允许。

你人在屋檐下，没办法，只能安安分分地做个不坏的人。

可还是不行。

他们只顾自己，没人关心你是不是愿意，是不是因此会被连累。反正，你最不起眼，你在他们眼里，就不配有任何诉求。

于是，你努力想让自己变强大。

那我现在就可以告诉你，等到你强大了，你站到了那个高度，你会悲哀地发现，你看到的是比以前还要多的形形色色的人与事。

你强大了又怎样？你依旧无力改变你不想看到的一些现象。

用不着难过，也别觉得自己没用。

你在坚持那份原则和底线时，就已经帮助了许多人。

不管别人如何，我们尽量做个好人，为自己争取利益时，别损害了别人的利益，也尽量能看到暂时还不如你的那些人的诉求。

共勉。

——傅既沉留

另：今天是八点起来的还是九点？

俞倾把这段话反复读了三遍。

愉快的周末时光很快过去。

周一，俞倾依旧像往常一样忙碌。

俞倾到办公室时，只有章小池来了，她正在擦小多肉的花盆。

“小倾城，周末过得怎么样？”

“爽。”

两人笑。

俞倾走到办公桌前才看到桌上有个手提袋，打开来，看到一对做工精致的玻璃杯。

她转头：“你带来的？”

章小池点头：“嗯哼。”她停下手里的活儿，“不是买的。周末我闲着没事，拾掇家里，正好有不用的杯子，就给你带来了，你给主管送去。”

怕俞倾脾气倔，章小池好生相劝：“嘴痛快过了，爽也爽了，我觉得你还是主动跟主管示个好，咱没必要拿鸡蛋碰石头。面子事小，日子好过事大。唉，谁让咱人在屋檐下呢。”

俞倾拍拍自己的包：“我带了。”

章小池给了她一记坏笑的眼神。

俞倾把章小池送给她的杯子拿出来好好欣赏一番，这对杯子暖到了她心坎上，于她而言，是她收到的最贵重的礼物。

她没跟章小池客气：“你送我的这对，就给我自己用了，我舍不得送人。谢谢啊。”

这对杯子不便宜，肯定不是章小池放在家里不用的，应该是章小池周末特意去买来让她送主管的。

章小池把擦好的一盆小多肉放在晨光下："跟我客气做什么！你平时帮我那么多，我都没跟你见外。"

八点半，周允莉来了。一同进来的还有她的助理，两人一块儿进了她的办公室。章小池小声提醒俞倾："准备一下，趁人不多，等她助理出来，你就进去。"

俞倾做了个 OK 的手势，斜背上包，拿文件挡住试了下，看不出异样。

周允莉前脚刚到办公室，门都还没来得及关，手机响了，是肖以琳。

助理把门关上，周允莉接电话。

"周主管，不好意思，一大早就打扰你。"

"没关系，什么事儿？"

肖以琳："是这样的，我天津一个经销商的正式纸质合同，上周五就到了你们法务部，只差个合同章就可以生效，俞律师签了字就能去盖章。"

竞争对手乐檬饮料也看中了这个实力雄厚的经销商，不过她比乐檬下手快，抢先跟经销商签下合同。

但乐檬的大区经理并没放弃，还在等着抢她手中的这块肥肉。

现在对她来说，分秒必争。

肖以琳故意在电话里叹口气："您也知道，我上周五在会议上跟俞律师闹得不愉快，所以麻烦您帮忙催催，我今天就想拿到盖章的合同，拜托了。"

周允莉言语间格外客气："这个本来就是我们法务部的分内工作，还让你特意打电话催，应该是我不好意思。行，我这就给你催一下。"

肖以琳再次感激，挂了电话。

她今年犯小人，还是俞倾这个小人。她跟俞倾私下没有任何矛盾，谁知道工作上，俞倾一而再，再而三地给她找不痛快。

短短几天，俞倾压了她两个区域的合同，北京卓华商贸的，还有天津的这个。

她怕周允莉不把这事放心上，又发了条消息过去：麻烦您了，周主管。

周允莉翻开桌上最下面那个文件夹，里面就是肖以琳刚才提到的天津经销商的正式合同。

她把合同递给助理："先放你那儿，什么时候我让你拿给俞倾，你再给她。”

助理翻看了下：“就是刚才肖以琳催促的那个合同？”

周允莉“嗯”了声。

助理：“是不是经销商资质有问题？”

周允莉：“资料齐全，没任何问题。”

这个合同是她截了下来，俞倾根本就不知道纸质合同已经到了法务部。

她看了眼助理：“俞倾谁都不放在眼里，她给我惹了多少麻烦！”

助理瞬间意会，主管要借此敲打敲打俞倾，让俞倾知道什么该做，什么不该做。现在肖以琳急着拿合同，结果这边就是不给盖章，到时肖以琳还不得恨死俞倾。而俞倾不管怎么解释，在肖以琳看来，都是借口。

“主管，还有别的事吗？”

“没了，你忙去吧。”

助理又拿了其他几个空文件夹，连同肖以琳的合同，抱着出去了。

周允莉倒了杯水，说起俞倾，她就气不打一处来。俞倾自从在她手下工作以来，基本上是不服管的，自视甚高。她得让俞倾知道，在法务部，谁说了算。

“咚咚。”

“主管，是我。”俞倾刚才见助理出来了，赶紧带着杯子过来。

周允莉：“进来。”

俞倾关上门，从包里拿出一个精致的包装盒：“主管，这是我买的杯子。”

周允莉盯着她看了半晌：“俞倾，你比我女儿大不了几岁，我之前说那么多，也是为你好。等你到了我这个年纪，你就知道，人际关系这四个字意味着什么。”

俞倾懒得和她废话，微笑道：“谢谢主管。”

周允莉挥挥手：“嗯，忙去吧。”

俞倾走出来，关上门，舒口气，觉得外头的空气都比里面的清新干净。

她忙了一上午，早上那些插曲，烟消云散。

快到吃饭时间，俞倾把桌上的合同收拾入柜。

大概是因为上周五跟周允莉吵了一架，摔了杯子，还挺管用，销售部那边没再催着她给卓华商贸过合同。

“哇哇！”

“谁的呀？”

办公区门口，突然一阵嘈杂声。

俞倾抬头望去，只见一个快递小哥捧着一个印着某品牌 Logo 的大箱子站在门口朝里望：“哪位是俞小姐？麻烦来签收一下。”

快递人员很少能进入他们的办公区，除非有特别允许。在一片羡慕的眼神的注视下，俞倾一头雾水地走过去。她一下没想到这是谁送来的。鱼精？但他应该不会这么高调多事。傅既沉？他才没那个闲情逸致。

俞倾跟快递员确认：“确定没送错？”

“法务部俞倾，对吧？”快递员跟她核对电话号码。

可不就是她的手机号。签收，俞倾抱着大箱子回到座位上。

八卦好奇的女同事围过来，想看看是什么款式的包，开箱最让人惊喜了，虽然不是自己的，但也莫名期待。

“你男朋友对你可真好，怎么有这么好的男人呢？我为什么就没碰到？”

“赶紧回家换男人。”

大家七嘴八舌地开起玩笑。

俞倾也期待，期待这个包不要太贵，不然得引来多少八卦的眼神，还有背后的议论。

她打开外面的包装箱，入目的是一张卡片，上面是龙飞凤舞的一行字：不用感谢，我有必要也有责任提升你的审美和品位。

这是傅既沉的字迹，她一眼就认出，但是其他同事不知道老板的字长什么样。她收起卡片，打开盒子，还好，只是个基础款，最小尺寸的软皮手袋，不过是今年的新款，要是从旗舰店买，不等半年是拿不到的，可半年前她还不认识傅既沉，那就应该是他找关系从总部调货了。

“虽然不贵，可有钱也买不到呀，你男朋友对你可真好。之前我还嫌弃他走路来接你，其实会疼人才是真的。”

俞倾没吱声，她们误以为钱程是她男朋友……就让这个误会，美丽下去吧。

只有章小池，冲她扬扬眉，以为是她的哪个追求者。

因为拆包，错过了早去食堂的时间，现在食堂人正多，俞倾打算等等再去。她拿上杯子，去茶水间泡杯柠檬水，等饭后喝。

行政部几个女人也没急着去吃饭，在那儿八卦闲扯。

“我还骗你们不成？”

另一人接过话：“我早说过，财务二把手跟老大是一对，上次那个吻痕，你们忘了？”

“唉，只有羡慕的份儿。我连私人飞机长什么样都没看过。”

“人家命好，以出差的名义跟老板到处玩儿。私人飞机，私人海滩，私人游轮，我做梦都梦不到。”

俞倾虽然只听了一半八卦，不过已猜到全部内容。

应该是乔洋在朋友圈晒这些照片。这次乔洋跟傅既沉还有潘秘书一块出差，乘坐的是傅既沉的私人飞机。

至于出海玩，应该是拜访客户，跟客户谈生意。

他为了拿下那两块地，也是操碎了心。

回到位子上，俞倾一边漫不经心地喝着柠檬水，一边给傅既沉发消息，只有一张图片，上面是一个耷拉着眼皮，有着浓浓黑眼圈的卡通女孩，一看就是没睡醒的样子。

傅既沉回过来：你这叫此地无银三百两，早上是六点半起来的，还是七点？

俞倾：五点！

傅既沉：你怎么好意思打出这两个字？

俞倾没再跟他扯淡：那个包我收到了。你突然对我献殷勤，我有点怕，你可别是对我动真情了（狗头）。

傅既沉：要是这么说，你早就对我动真情了，不然干吗送我钥匙扣？

俞倾：……

看着手机屏幕，她懒得跟他辩解，喝水时嘬到了一片柠檬，酸。

她岔开话题，调侃他：你跟乔洋，你们俩什么情况？公司天天传，今天又传了，私人飞机，私人海滩。我也感觉无风不起浪，苍蝇不叮无缝的蛋。

傅既沉：……

俞倾：虽说我对感情一向看得开，聚散有时，但前提是一对一，你要是想坐享齐人之福，就算你有颜有身材更有钱，我也分分钟把你踹得远远的。不过不管我跟你是分是合，我还是会像以前那样，为傅氏法务部尽心尽力，爱钱爱工作这个初心永不变。

傅既沉“呵”了声：看来你今天挺闲，还有时间听无聊八卦。该做的我都做了，你不喜欢别的女人坐我的车，那我就再配一辆，不过我总不至于出个差用两架私人飞机。当然，你要是送我一架，我以后就坐你送的那架。加油做代购，争取在我老糊涂之前给我买一架。

“喀喀……”俞倾看完最后一句，被柠檬水呛到，连连咳嗽。

第五章
当众公开关系

俞倾今天没加班，回到家，冷冷清清的。

她看了会儿书，不自觉地瞅向桌旁的那个包包。

傅既沉这么高调地把包送到她办公室，应该就是为了让她上班时背，换掉她现在用的那款包。

说起跟房东儿子钱程同款的“情侣包”，下午她去茶水间，行政部有好几个同事当着她的面夸钱程，说找男人就要找钱程这么贴心、懂女人心的男人。前一秒，她们还在夸钱程，后面又扯到赵树群身上，说肖以琳那些几万块的包都是赵树群给买的，一星期每天换一个背，都不带重样的。

不知谁插了句，赵树群好像跟肖以琳闹掰了，他们两人在楼梯间争执被人给听到了。

俞倾收拢思绪，合上书，拿过那只包，小心地撕下五金上的保护膜，到床头柜抽屉里挑了一个跟它色系相配的吊饰。

睡前，俞倾接到傅既沉的电话。

“明天几点起？”这是他的第一句话。

俞倾关了灯，靠在床头：“傅总呀，你说你怎么这么扫兴？我还以为你打电话给我，是关心我来着。”

傅既沉点上烟：“今天喝了几杯水？吃了几顿饭？吃没吃饱？加没

加班？想没想我？”

俞倾猜测，他今晚心情不错，竟有闲情逸致跟她扯闲话。

“喝了八杯水，吃了两顿饭，没吃饱，没加班。”中间隔了两秒，她又说，“想你了。”

电话里突然没了声，海浪声涌入。

傅既沉住海边酒店，他正靠着露台木栏杆上抽烟。

眼前就是大海沙滩，海浪声声入耳。

她突然这么一本正经地说想他，他形容不上来心底冒出的那种微妙感觉。

然而俞倾的话并没说完，她接着道：“你信吗？”

“想你了”后边还有一句“你信吗”。

傅既沉吐出烟雾，被深蓝的夜色吞噬。他反问：“为什么不信？俞倾，你想我就直说，别口是心非。”

俞倾“呵呵”两声，往被子里钻了钻，半躺着：“傅总，看在你送我包的分上，我原谅你的自恋。”

她闲聊：“今天出海了？”

“没，潘秘书和乔洋陪他们钓鱼。我说我晕船。”

“哈哈。”俞倾没忍住笑了出来。

“俞律师，在干什么？”

“没干什么。我睡了，明天还要早起。”

“嗯。祝你能起得来。”

傅既沉挂了电话。

俞倾把被子往上拉，鼻间都是被子上好闻的味道，也是他身上的气息。

要是哪天他知道她是俞家小女儿，他会是什么表情？

大概是把他自己掐死在床上的心都有了。

唉，过一天算一天吧。

俞倾拿开身后的靠枕，挪到傅既沉那边，头枕在他的枕头上。

想着一些糟心事，她不知不觉便睡着了。

早晨五点一刻，傅既沉已经起来，他给俞倾打电话，打了两遍，那边才接听。电话里传来含混不清的声音：“干吗？”声音不耐烦，尾音又拉得很长。

“夸下海口说五点钟起床的人，怎么，还没醒呢？账户里的钱亏得差不多了吧？”

“……”

卡里有两百多万，俞倾不禁有些懈怠，早起赚钱的意念没那么强烈。

过了几秒，听筒里传来哼哼唧唧、不愿早起的撒娇声音：“傅既沉，你吃了我吧，我是只懒惰虫，你是早起的鸟儿，你快把我吃掉，被吃掉了，我就不用早起了。”

傅既沉：“……”

大概她自己都不知道自己在说什么。而她更不知道，自己可怜兮兮撒娇时，让人浑身都燥热。

“俞倾，起来了！不然你连西北风都没得喝！”

俞倾掀开被子，强撑着坐起来，整个过程中眼睛始终眯着。她总有那么几分钟起床气，过去就好了。

“还没起？”傅既沉又问。

“起了！”

声音恢复正常，刚才的撒娇恍如一场梦。

俞倾睁眼，看了看时间，还不到五点二十分。

“傅既沉，你说你出个差就不能安安稳稳睡一觉吗？”

“我要赶去机场，怎么睡？”

俞倾刚醒，反应迟缓：“啊？”

傅既沉拿上行李箱：“中午你就能看到我。”

这是他出差的第四天，俞倾感觉时间过得很快，其实也挺慢。

通话结束，俞倾以最快的速度洗漱。

她倒杯水，到傅既沉书房去看书，再研究今天的股市走向。

八点半，她跟往常差不多时间到办公室，里面只有章小池一人，她正收拾文件。

“小倾城，早呀。”

“早。”

“你这是要出去？”俞倾问。

章小池点头：“有个劳动合同争议案，上午开庭。”她带上一摞资料，挥挥手，“拜拜。对了，你桌子我擦过了。”

话音落，她人都走到了办公区门禁那儿。

章小池不在，俞倾感觉办公室空荡荡的。

九点钟，法务群里，主管周允莉群发消息：今天早会不开了啊，下午有空再补。

后来办公区同事聊起来，俞倾才知道，秦墨岭的乐檬饮品公司起诉了朵新，至于为什么起诉，现在还不清楚。周允莉是过去跟诉讼法律顾问对接。傅氏集团旗下公司太多，职工也多，每天都有大大小小的各种纠纷和官司。

不用开早会，可以节省半个多小时的时间。

俞倾开始归档合同，桌上内线电话响起，是赵树群，让她陪他去某家大型连锁超市总部。

“周主管上午抽不开身，我跟那边负责人已经约好时间，你跟我去一趟。”

虽然跟赵树群闹得挺不愉快，不过工作上的事，俞倾一向能理智对待：“好，我马上下去。”

她把桌上所有纸质合同入柜，关上电脑，走之前又交代同事：“要是有领导打内线电话找我，就说我跟朵新的销售总监出去谈业务了。”

“好，没问题。”

她拿着包下楼。

公司给赵树群配了专车，司机已经把车开到大门口，赵树群已经在车上，给她从里面推开后座车门。

“谢谢。”

俞倾坐上去，关门。

赵树群把合同递给她看：“这是他们那边草拟的合同，每条都严苛，你看看有没有什么需要调整，还有能争取的。”

俞倾接过来，点点头。

这是朵新跟第六家全国大型连锁超市合作，每一家都是赵树群亲自谈下来的。现在全国范围内，大大小小的超市和便利店，大都有朵新的饮料。

朵新能有今天的成绩，有大半是赵树群的功劳。

可一个如此优秀的总监，偏偏在工作上那么无底线地纵容肖以琳。

“赵总监。”

赵树群靠在椅背上，闭目养神：“如果你是打算跟我聊钱老板还有卓华商贸的事，今天我没时间。”他指指她手里的合同，“快看吧。”

俞倾懂了，没再废话。

赵树群个人是很欣赏俞倾的，她漂亮又聪明，对销售还有市场风险的分析，跟他不谋而合。

可在错综复杂的利益关系下，欣赏，就变得一文不值。于他而言，他要顾及朵新的大局利益，没法做到方方面面都妥帖。

要有所得，总要有所舍。

十一点钟，俞倾和赵树群从那家超市总部出来。他们谈得还算愉快，对方有合作诚意。

这会儿路上正堵，汽车半天挪一步。

此时的法务办公室，肖以琳来找俞倾算账。天津那个经销商的合同，她昨天跟周允莉打过电话，周允莉说已经替她催过俞倾，可俞倾还是卡着不放。

一小时前，她接到天津经销商的电话，说既然她这边没有合作意向，他选择了乐檬，跟乐檬的合同已经签定下来。

当时，她气得手发抖，手机差点没拿住。

就因为俞倾压着正式合同不给盖章，她错失了一个有实力的经销商，还是被竞争对手给抢去的。

她直接来找俞倾讨说法，哪知道俞倾不在。其他律师跟她说，俞倾跟朵新销售部赵总监出去了。

呵。她就说俞倾怎么这么嚣张，原来早就勾搭上了赵树群。

以前赵树群可都是跟周允莉搭档，从来不跟一些小律师打交道。用赵树群的话说就是，年轻女孩他从不搭理，招惹不起，麻烦。

可他到底还是没禁得住俞倾的诱惑，所有原则都不再是原则。

不过这也可以理解，她一个女人都觉得俞倾好看，更别说男人，谁有那个定力？

难怪赵树群要跟她断了，还说是家里老婆发现了什么，其实就是想找个更年轻、更漂亮的情人。她突然想起，之前有个大区经理的经销商资质不合格，赵树群还亲自给俞倾送去情况说明书。

当时她还纳闷，赵树群怎么纡尊降贵地给一个小法务专员面子。

原来那时，事情就显出苗头了。

他对付女人还是那一套，送包。听说俞倾收到的那个包，虽然不贵，却用了心思，现在国内专柜订不到，至少要等半年才能拿到货。

一个男人而已，俞倾想要赵树群的话，拿去好了，她不稀罕。

可是，谁都不能影响她的利益。

快十二点钟，俞倾和赵树群才到大厦楼下。

俞倾下来，赵树群的车开进地下停车场。紧跟着，一辆宾利也缓缓驶入停车场。俞倾等电梯时，收到傅既沉的消息：今天被外派出去了？

俞倾下意识地转身，发现身后没人。她打电话过去：“你刚看到我了？”

“嗯。”

电话里，俞倾听到傅既沉关车门的声音。

俞倾这才回答他之前那个问题：“我上午陪朵新销售总监去谈合同。连锁超市大宗采购，我们是被动那方，不过谈得还不错。”

“不错就行。”下一秒，他话锋便转了，“那个包挺适合你。”

敢情绕了大半圈，他是想夸自己眼光好。

看来他的心情不错，她趁机讹他请吃午饭：“傅总。”

她这声傅总，明显是撒娇。

傅既沉知道她打什么算盘：“没得商量。我办公室不可能再让你用来吃饭。”

“谁说要去你那儿蹭饭了？别自作多情。”俞倾总是有很多反驳他的理由，“我是想说，好几天不见，我真怕我不认识你了。”

这时，有其他部门同事往这边走，也是过来等电梯。

俞倾挂电话，然后给傅既沉发消息：有人过来。

傅既沉没再回她。

看来她只能自己解决午饭。

已经到饭点，俞倾没回办公室，直接乘电梯去食堂。

公司食堂占用了裙楼的四层楼，一共有四个职工餐厅和一个高管餐厅。傅既沉和集团高管的餐厅在最上面，各自有专用包间，专梯直接停在那层楼。

他们职员基本没机会看到傅既沉。

不过偶尔，傅既沉也会到职工餐厅吃饭，关心一下他们的伙食情况。

电梯停了，俞倾下电梯，朝着常去的二号餐厅方向走去。

刚走没几步，她的身后传来带着怒气的声音。

“俞倾！”

俞倾回头，是肖以琳，来势汹汹。

她的手机又震动，是傅既沉：我今天去二号餐厅吃饭。你到时远远看一眼，看看你还认不认得我。

俞倾无意识地按着手机侧键，她以为肖以琳找她是为了卓华商贸那个事。

肖以琳快步走来，“嗒嗒嗒”的高跟鞋声里带着掩饰不住的怒意。

“俞倾，你到底什么意思？！”声音不算大，却咬牙切齿，一字一句。

俞倾听得出来，肖以琳每个字都饱含着无限怨气。

去食堂吃饭的人，慢慢多了。

大家不好意思堵在这儿看热闹，只好远远围观，连饭也不急着去吃了。

俞倾收起手机，见肖以琳这副态度，她也没了好语气：“什么什么意思？”

肖以琳冷声道：“你卡我天津那个经销商的合同，你心里头没数？经销商被乐檬抢去了，你自己说说吧，你打算怎么负责！”

俞倾皱眉：“天津那个合同，OA里早就通过了，我什么时候卡你了？”

“OA里是早就通过了，大家都能看到的审核流程，你当然不会傻到不给通过。我说的是纸质正式合同！”肖以琳克制自己压低声音，别咆哮出来。

俞倾双臂环抱，无声地看着怒气冲天的肖以琳，她自己也是莫名其妙，不知道肖以琳为何无端指责自己。她淡淡道：“不好意思，纸质合同，我至今没收到。”

肖以琳：“你装，接着装。”

俞倾笑了笑，无语。

肖以琳打开手机视频：“我刚从你办公室出来没多久，你以为我没真凭实据，会来找你算账？”

俞倾微怔，弄清事实前，她没辩解，伸手。

肖以琳已经把视频备份，不怕俞倾删除，将手机递给她：“你好好看看，是不是你办公桌，是不是我诬赖你！”

俞倾靠边站，免得影响别人去食堂。肖以琳也站到一旁。

路过的不明所以的人，都会看她们两眼。两大美女同框，不要太养眼。

等到了食堂门口，跟远处围观的人交头接耳几句，他们才明白是什么情况。

俞倾开始看视频，没错，是法务办公区。

视频里，她办公桌上，一摞文件夹堆在电脑旁，其中一个粉红色文件夹侧边的索引纸上标记着“肖以琳”，打开来，就是天津那个经销商的合同。

一同入镜的还有她前面那桌的同事，其间同事还回头跟肖以琳说了话。

是肖以琳先问：“你好，俞律师去哪儿了？”

“哦，跟你们朵新销售部的赵总监出去了，不知道什么时候回。”

“跟赵树群出去了？”

“嗯。”

视频到此。

肖以琳提醒她：“你可别说这合同是我另外弄了一份放你桌上，就是为了诬赖你。我去你办公室时只拿了手机，你们那门口也有监控，你要是不放心，你现在就去监控室调监控。”

俞倾不是不信肖以琳说的，肖以琳这人，眼里只有利益，不至于跟她吵个架就想着法子整她，更不会贼喊捉贼，毕竟早晚会露馅。

她在想着，桌上的文件到底是怎么回事。她很确定，她陪赵树群出去时，桌上的东西都收拾得整整齐齐，文件锁在柜子里，电脑关了，除了办公用品和杯子，还有章小池送的盆栽，桌上没其他东西。

肖以琳把手伸到她面前。

俞倾回神，把手机还给肖以琳。她隐隐感觉不妙。章小池今天不在公司，她只好打电话给前面那桌的同事，问道：“上午是不是有人给我送文件？”

同事顿了下，然后说：“我一直忙，没注意。”

“谢谢。”俞倾挂了电话。

肖以琳冷笑：“别再假模假样地装了，没意思。我跟周主管打过电话，她说合同早就到了你那儿，我这才去你办公室找你。”

俞倾没空搭理肖以琳，她拨了周允莉电话。

肖以琳以为俞倾又要给其他同事打电话，下巴微微一抬：“敢不敢当我的面，跟你主管打个电话？咱当面对质，看我是不是冤枉了你。”

俞倾直接开免提。

周允莉接听电话："俞倾啊，什么事？"

"主管，我桌上的合同，是不是您让人放上面的？"

"什么合同？我今天没让人放合同。怎么了？"

"就是肖以琳天津那个经销商的合同。"

"不是前几天就给你了吗？我有案子上的电话进来，挂了。"

这回她有口难辩。

她们公司只在走道、电梯、楼梯间，还有一些公共区域安装了监控，办公室内部没装。就算是其他同事送过来的文件，在她不在场的情况下，也不会直接放桌上，万一弄丢，又没有交接手续，算谁的责任？

反正她们法务部任何人，都不会这么干。可偏偏，今天就有人这么干了。这一刻，她恍然明白，是周允莉借此要教训她。

所以，就算她前面桌的那个同事看到了是周允莉把合同放在她桌上，也只会说：我一直忙，没注意。

很正常，谁都不会为了一个刚来几个月的同事，去得罪自己的顶头上司。

"怎么不说话？我没冤枉你吧？"说着，肖以琳气得口不择言起来，"是不是一听说赵树群找你出去，激动得连桌上的文件都没收拾就赶紧走了？

"你大概做梦都没想到，我会去你办公室找你，把你桌上的合同逮个正着吧？"

她扫了一眼俞倾那个新包："这包不错啊，昨天收到的，今天就迫不及待地背上了呀。也对，要一块儿出去，必须背上。"

——我的天！

围观同事心里不约而同地冒出这三个字，根据多年吃瓜经验，她们嗅出一丝"奸情"的味道。

刚才肖以琳那番话，明显是在讥讽俞倾。她们竟然围观出这么一个惊天大瓜。两女争一男，很有看头。

周围彻底安静下来。

俞倾垂眸，傅既沉送的这个包跟他的人一样，挺能惹事儿。她略抬眼皮："肖经理，你有事就说事。工作上的事，你吵你闹你嚷嚷，我不跟你计较，都是为了那份工资。可你要是信口开河，对我人身攻击，诋毁我名誉，有你哭着给我道歉的那天。”

肖以琳轻笑，笑里尽是讽刺：“谁诋毁你了？事实是什么，你心里不比任何人都清楚？”

俞倾瞥了眼手表，估摸着傅既沉差不多快到了，她可不想让他看到这一幕。这种争执，太丢脸。

“肖以琳，我好心劝你一句，饭你能随便吃，话别乱说，不然打脸的滋味可不好受。”

路过她们身边去食堂吃饭的人，一步三回头，走得比蜗牛还慢。

俞倾没时间跟肖以琳在大庭广众下扯这些怎么都扯不清的事。

“别挡了路，影响人吃饭。等上班，你有什么委屈，你跟你们领导汇报，法务这边自然会配合。我信你没冤枉我，但我也没压你合同。”

肖以琳笑了，笑里有嘲讽，也有道不出的窝囊。她怎么都没想到，赵树群会决绝地跟她撇清关系。虽说她跟赵树群是各取所需，你情我愿，可分手来得太突然，还是她被甩，要说她心里没有怨恨是假的。

她觑着俞倾：“找我领导？现在，我找他跟不找有区别吗？”

围观群众现在相信之前的传闻了——原来肖以琳跟赵树群真的闹掰了。

“你走捷径，有了新包。你抱大腿，有了后台。你压了我合同，结果轻飘飘一句找我领导就把我打发。你觉得自己不管怎么作，背后都会有人给你收拾烂摊子。”

说着，肖以琳自己心里也发堵。

“俞倾，你看不惯我，你就拿出你的真本事，别背后捅我刀子。我最瞧不起的就是你这种小人得志的女人。”

俞倾露出警告的眼神：“别随意给我安小三的罪名，我怕你承受不起后果。你看上的男人，我看不上；而我看上的男人，他看不上你。”

肖以琳一口气噎在心口，上不来、下不去，于是她做了个深呼吸。

看来她们是争不出什么结果了，下午她直接去法务部要说法。

她刚要抬步离开，突然周围传来一阵嘈杂声。

俞倾抬头，肖以琳也随即转身。

来人是傅既沉，同行的还有总裁办的潘正。

傅既沉正垂眸看手机，一直在打字。

肖以琳眯了眯眼，今天喝凉水都塞牙缝，平常想遇都遇不到，结果今天，偏偏在她对俞倾冷嘲热讽时，老板听到了她的话。

这得是多好的运气！

俞倾淡定地打招呼：“傅总，潘秘书。”

傅既沉只微微颔首，什么也没说。

从他身上散发的压迫感、强势感，在这条过道上辐射开来。

俞倾没再看傅既沉，她怕自己一个忍不住，用眼神调戏他。

她跟他之间隔了不到两米，不远不近，刚好能感受到他的气息。

这几天，每晚睡前，她都会看一遍他给她的留言。

那也算是他的肺腑之言。

那是自打他们在一起以来，他头一次那么正儿八经地跟她讨论工作，甚至人生。

四天没见。

俞倾趁八卦女人们的注意力都在傅既沉身上，快速发了条调节气氛的消息：傅总，我还认得你。你呢？还认不认得你的小鱼同学？

那边，傅既沉拨了自己办公室的电话，把手机放在耳边，也学会了自导自演：“看过了。有不少问题，我微信发给你。”

随即，他挂了电话。

他低头打字，仿佛对现场发生的事没那么关心。

没人怀疑傅既沉是在跟俞倾发消息。

很快，俞倾手机屏幕亮了。

傅既沉：她都说你是小三了，你刚才怎么还那么含蓄地怼她？我现在在这儿了，你告诉她，你男人是我。

俞倾没拿傅既沉这段话当真，她没再跟傅既沉斗嘴，催促他：你上楼吃饭吧，这事我自己能解决。P. S. 刚才打电话那段，演技不错，炉火纯青。

傅既沉抬头，看了她一眼，把手机揣进兜里。

他没再回她，也没离开。

吃瓜看热闹的人还未散去，且越来越多。

她们的视线都在傅既沉身上，完全忽略了俞倾。

潘正瞅着过道上还有食堂门口的人：“怎么都不去吃饭？”

瓜还没吃够，可潘秘书发话了，众人不舍地散去。但为了能多看一眼傅既沉，她们快步进了食堂，绕了一圈又出来，假装吃过饭了。

反正她们穿一样的工作服，傅既沉也不认识她们。

走道上来往的人不断，似乎比之前更多。

刚才俞倾那句“你看上的男人，我看不上；我看上的男人，他看不上你”，潘秘书转弯过来的时候，一字不落全听到了。

潘秘书知道老板想当众问什么，于是他代老板问了出来：“你们俩有事不能好好说？堵在走道上吵什么？”

这事被老板撞见了，不说也不行。

肖以琳递个眼神给俞倾，想暂时大事化小，不想搁大老板面前闹出什么动静，不太好。

潘秘书看看肖以琳，又看看俞倾：“你们俩要是说不出口，我找其他人问去。你们在食堂门口吵吵嚷嚷，像话吗？”

俞倾看向窗外，没吱声。

肖以琳知道，今天这事儿躲不过去，没法敷衍。

“傅总，潘秘书，我是朵新销售部京津冀地区的负责人。”肖以琳自报家门。

潘秘书点点头，示意她说。

肖以琳从她跟俞倾的矛盾开始说起。她叙述得还算客观，中间没添油加醋，没歪曲事实，也没回避属于她的过错。

她心里有数，换掉钱老板，跟实力更强的经销商合作，哪怕之前合同没解除，在老板眼里，这些也不算什么不可原谅的大错，毕竟是为了公司好。

肖以琳接着道：“为了之前北京经销商的事情，就算俞律师对我有意见，我能理解，也不怪她。工作中，不同岗位的人之间有矛盾太正常。可作为律师，她不该压着我天津区域的合同不给过。”

说着，她呼口气：“我负责京津冀整个大区，一共有三十多个经销商。每年更换经销商，开发新的经销商再正常不过，要是每次俞律师都找借口压我的合同，不给痛快过审，那我以后的工作还怎么做？”

她又说了说为什么她们在食堂门口吵起来：“就因为俞律师压了我那份合同，现在那个经销商被乐檬抢去了。刚才来食堂，正好遇到俞律师，我一时没忍住脾气，就……”

她点到为止。

潘秘书问俞倾：“俞律师，有什么要说明和补充的？”

俞倾还是那句话："压合同这事，我没做。我没看到合同，可偏偏合同就在我桌上。"

现在明明不是吃饭高峰期，可进出食堂的人越来越多。

八卦以龙卷风的速度，席卷了每个工作群，大家听到这么劲爆的消息，都想到现场一探究竟，电梯比上下班时都忙，全部满员。

乔洋也来了，她不是来看八卦，而是找傅既沉。她很不解，傅既沉怎么会对两个女人吵架感兴趣？以她对傅既沉的了解，他只会让朵新的高层处理这种内部小事。可今天，破天荒地，他自己耐心地听了事情的来龙去脉。

在这条走道上已经来回走了不下十遍的八卦女人们，现在更关心乔洋和傅既沉。

以前她们都是凭空吃瓜，今天终于目睹他们同框。

两人站得那么近，倒是挺般配。她们真恨不得自己能成为乔洋十秒钟，这样的话，她们离傅既沉可以不到十厘米。

乔洋站到傅既沉旁边，小声问："怎么回事？"

傅既沉的第一反应却是看向俞倾。果不其然，俞倾耐人寻味的眼神幽幽投过来，目光在测量他跟乔洋之间的距离。

傅既沉收了视线，这才看向乔洋，但没说话，下巴对着肖以琳和潘正那边扬扬。他不动声色地走到窗边，跟乔洋保持适当的距离。

窗户开着，他又朝外面推了一点。谁知，乔洋也抬步走过去。

乔洋对肖以琳和俞倾这件事一点兴趣都没有，周五那天会上的争吵，她就在场。

"要不要先进去？"她问傅既沉。

傅既沉意兴阑珊地望着窗外："不着急。"

乔洋压低声音又道："你站在这里，一会儿这条过道要堵起来了。有些人已经进出食堂好几回，哪是为了吃饭。"

傅既沉再次看向俞倾。

俞倾也在看他，两人眸光有片刻的交汇。俞倾的眼神仿佛在警告他：跟乔洋的距离，不够远，不够远。

傅既沉也无奈，往墙边又挪了半步，再往后，就是墙。

乔洋发现傅既沉跟俞倾对视的眼神不对，说不上来的暧昧。

大概，是她多想了。

她用余光瞅着俞倾肩上的包，刚才群里炸开来，都在议论俞倾跟赵树群勾搭上，赵树群还送了包给俞倾。

就因为肖以琳被俞倾挖了墙脚，这才上演食堂门口这一幕。

又是几分钟过去。

傅既沉还是没有要离开的意思。

乔洋提出建议："你先去吃饭吧，我跟潘秘书来处理这件事。朵新那边所有人我都熟悉，看看到底是怎么回事儿。等处理完，我跟你汇报结果。"

傅既沉把窗户开合好几次："这事，你怕是没法处理好。"

乔洋半开玩笑："你这是怀疑我办事能力啊。"

"跟办事能力没关系。"

"嗯？"

乔洋不明所以，侧目盯着他看。

傅既沉没接话。

乔洋寻思片刻，然后说："你是说职工私生活方面，没有证据，不好处理是吗？"她双臂环抱，"一般情况，都不会捕风捉影。"

"你自己也说，只是一般情况，那就总有特殊和例外。"傅既沉把窗户关上，"就比如我跟你，不是捕风捉影，是什么？普通的共事关系都能被传成那样。"

乔洋抿抿唇，扯了一丝淡笑："也对。"

傅既沉再一次把窗户推开。乔洋不明白他跟窗户较什么劲。

有急促的脚步声传来。

赶来的人是赵树群，他没想到事情闹这么大，惊动了老板还有潘秘书。

肖以琳是他部门的人，闹大了，大家脸上都挂不住。

今天吃瓜女人们过了眼瘾，傅氏集团的两大颜值担当聚在了一块儿。不过即便是身材高大的赵树群，站在傅既沉旁边，也矮了几厘米。

赵树群过来是为了息事宁人的，他跟潘正解释："肖经理那个天津的客户我知道，挺着急，因为合同耽误了，客户给弄丢了。"

这直接证明，肖以琳不是无故找碴。

至于俞倾，赵树群是这么说的："俞律师的人品，我们都有目共睹，她不会故意压合同，应该是哪个环节没交接好，合同被忘在一边儿了。"

肖以琳觑着赵树群，心里冷嗤一声——他还真会为自己的小情人找借口。

她把手机解锁，递给赵树群：“赵总监，您自己看。”

赵树群看完几个视频，一时也不知道要怎么替俞倾辩解。现在公司的人都在传他跟俞倾有什么，在这个节骨眼，他只能保持沉默。

不管他怎么解释，都没人信，而且会越描越黑，反倒让人觉得他在掩饰。

不过他相信俞倾不会做这种低级的事来报复。

所有人的目光都聚集在俞倾身上，大家都想听俞倾怎样为自己洗脱。

俞倾明白，大家都在等着看热闹。

傅既沉反而没再看她，他瞥向窗外。只有他知道，她现在沉默不是因为心虚，而是因为她没法把自己摘干净。出现在她桌上的那些文件，没人给她证明是别人趁她不在时放上去的。

虽然他跟她只在一起生活了不到三个月，但她的很多习惯，连他都自愧不如。她从不会把重要东西乱放，包括合同。

可现在，她什么证据都没有，只凭她的嘴说，特别是在肖以琳有证据又受了委屈时，没几个人会信她说什么。

巧的是，他昨天刚送了包给她，今天她又跟赵树群出去。

现在，她所有的反驳都显得苍白无力。

所以，她很聪明地选择了沉默。待有了证据，她才会绝地反击。

可这个证据，连她自己也清楚，很难拿到，形不成证据链。

傅既沉看了眼手表，这个动作在旁人看来是不耐烦。

他抬眸，看向俞倾：“嘴巴被缝起来了？”

俞倾：“……”

傅既沉双手插兜，不紧不慢地朝前走了几步，离俞倾一步之遥。

他迎着她有些错愕的眼神：“俞倾，你也就只会窝里横，成天不是挺能怼我的吗？我晚到家十分钟，你都恨不得把我汽车轮胎怼出两个窟窿，这会儿怎么忍气吞声了？平时欺负我的那股坏劲儿哪儿去了？”

俞倾目瞪口呆，他竟然……公开了她跟他的关系！

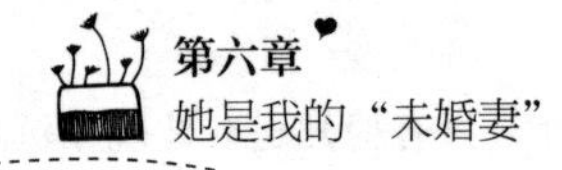

第六章 她是我的“未婚妻”

俞倾望着眼前的男人，他也在看她。

他的眼神跟平常差不多，平静，幽深。

虽然他们的感情基本没有，甚至他们从来都没有问过对方到底爱不爱自己，但这一刻，他很认真、很男人地在维护她，不让她受丁点委屈。

她一时分不清，哪个才是真正的他，此时的他，还是以前那个他。

她一直以为，他对待感情是随遇而安，随心所欲，是不必负责任的一种舒适相处。今天她发现，她其实并不了解他。

原本嘈杂的走道，彻底安静下来。

有几个女人走路都不由得踮起脚，生怕高跟鞋发出声响。

肖以琳眨了眨眼，耳朵燥热，心里泛凉。

“有你哭着给我道歉的那天。”

“你看上的男人，我看不上；而我看上的男人，他看不上你。”

原来俞倾不是因为心虚才矢口否认，也不是因为攀上了赵树群才那般嚣张狂妄。

她努力让自己镇定下来，这会儿又如此庆幸，她说起两人的争执是就事论事，没给俞倾泼脏水，属于她的过错她都认，没丝毫偏颇。

可糟心的是，她竟然因为气愤，口不择言地说俞倾做小三。

脑子呢？

她曾经那么清醒的脑子呢？

搁以前，她不会这样。即便是去找俞倾算账，她也不会乱扣罪名。这几天因为赵树群，她没了以前的理智，嘴上说着不在乎他那个渣男，心里到底是空了一些。她以为在这段关系中，她可以潇洒抽身，也以为自己已经骄傲转身。

肖以琳内心苦涩，在悄悄做了好几个深呼吸。终于努力平静下来，她看了眼身边的赵树群。

赵树群这会儿也有点蒙，他怎么都没想到，老板会挑今天到这边的餐厅吃饭，更没想到的是，俞倾是傅既沉女朋友。

短短几十秒，每个人心里都经历了一番地动山摇。

大家都以为这是个梦，因为太过戏剧性。

受冲击最大的是乔洋，半分钟过去，她还是没法接受。她侧脸看向俞倾，回想着，他们是什么时候好上的？

在场的人中，只有傅既沉心里没有任何波动。

他看着肖以琳："作为老板，我不会因为俞倾是我未婚妻就偏袒她。你合同被压这事，我亲自处理，调查过程和结果到时都公布出来。"

乔洋猛地抬头，未婚妻？

俞倾："……"

这回好像玩大了。

吃瓜群众内心又是一番地动山摇！

原来不是女朋友这么简单，而是傅氏集团未来的老板娘。

傅既沉始终瞅着肖以琳那个方向，不过接下来的话是说给在场所有人听："刚才要不是你说上周五跟俞倾有过争吵，我都不知道还有这事。俞倾在家，从来不跟我聊工作上的任何事情。作为入职不久的员工，工作中会不会遇到委屈？肯定会，但她半个字都没对我说过。包括她进法务部，都是自己走的正常招聘流程。她不想搞特殊，不希望我因为她被人议论。这些我都知道，也尊重她所有的决定。"

俞倾看着他，突然觉得他比之前更帅了。

乔洋的视线一直在他身上，他本身是个从不喜欢解释的人。在他一向的认知里，懂他的人必然懂，无须废话。可现在，他口若悬河。

肖以琳现在是备受煎熬。

傅既沉继续："今天公开俞倾身份，不是要给你施压。如果你单纯跟她是因为工作发生争执，我不会多问一句，可牵扯到她的人品，我做不到视而不见。我不仅仅是傅氏总裁，我还是她最依赖的人。"

吃瓜围观的人，在心里默默点点头。

"你合同被压，因此失去的经销商和市场，公司会给你一个说法。"

顿了下，傅既沉又道："今天这事，让你们俩都成了集团名人。"

"……"这话很讽刺。

肖以琳先是感激："谢谢傅总。"她抿抿唇，知道老板最后那句话是不满她又吵又闹，选择了不理智的解决问题的方式。

在食堂门口吵起来，这个影响确实挺不好。

"今天我不该在食堂门口跟俞律师争执，是我的错。还有其他我犯的错，该怎么惩罚，我绝无怨言。"

她向来能屈能伸，属于自己的错，该认就认："俞律师，对不起。一码归一码，我不该捕风捉影地编派你。"说着，她微微欠身，"我因为合同被压丢了经销商，一时火大，被气糊涂了，没控制好自己脾气。"

"不管是什么原因，我带了个很坏的头。"她又保证，"我会亲自给你手写道歉信，抄送所有部门。"

俞倾没有得理不饶人，当然，她是给傅既沉面子。现在，他不仅仅是她男人，还是傅氏集团总裁。

傅既沉正好借这个机会给公司的高管们念念紧箍咒。他转头吩咐潘秘书："让朵新总裁下午三点到我那儿汇报工作，让他着重汇报他平时是怎么管理朵新的，公司的规章制度是不是落实到位。"

众人面面相觑，唏嘘不已，看来老板要动真格的了。

傅既沉再次扫了眼手腕。

从乔洋这个角度正好能看到他在看手表。

他好像有点着急，却又没走。

能意会到傅既沉用意的，只有潘正。他配合着老板拖延时间，看看肖以琳："遇到事，不分青红皂白地争吵，解决不了任何问题。希望这是第一次，也是最后一次。"

肖以琳保证："不会有下次。"

"嗒嗒嗒"，几串急促的脚步声混合着响起，打破了走道的安静。

周允莉疾步走来，心快跳到嗓子眼了。

跟在她后面，几乎小跑着的是她助理。还没走到跟前，周允莉就感觉到像刀子般锋利又冰冷的视线扎到了她身上，来自俞倾那个方向。

她没看那边，刻意回避了。

简单跟傅既沉还有潘秘书问过好，周允莉直奔主题："我刚刚在群里听说了这事，就赶紧过来。不好意思，那份所谓的被俞倾压了不给过的合同，是我工作上的疏忽，跟俞倾无关，她都没看到纸质合同呢。对不起，给大家带来这么多麻烦。"

肖以琳皱眉："周主管，您这话？"

接下来是助理向肖以琳还有俞倾道歉："都是我的错，主管这几天在外面忙案子，没时间跟俞律师对接，就叮嘱我赶紧把合同转给俞律师，说肖经理那边很着急。结果我搁下电话，又有其他电话进来，被案子的事一打岔，就给忘了。"

助理刚才走得快，气息还不稳，再加上紧张，这会儿像被人扼住咽喉，窒息感一点点加剧。她咽了下口水，平复半刻情绪，又想了想要怎么圆这个谎："今早我才想起来这事，哪知道俞律师不在，我怕又给忙忘了，耽误了你们销售部考核指标，就直接把合同放俞律师桌上。"

俞倾假笑道："真是谢谢你啊，替我解释清楚，不然我今天可是跳进黄河也洗不清。不过你放文件在我桌上时，应该给我发个消息，也就不会造成这么大误会。"

助理有点慌："这怪我，当时我要跟主管出去，急着整理案卷，所以就忘了通知你。对不起，都是我的失职。"

俞倾嘴角勾了勾，周允莉和助理这场戏演得挺逼真。

集团各种经济纠纷的案子确实不少，周允莉要负责与律所对接，跟进案子。这为她们提供了最好的，还让人无法指责的借口。

她现在终于知道，为什么傅既沉要说她是他未婚妻。

因为只有这样，周允莉知道事态严重，忌惮她跟傅既沉的关系，才会澄清真相，把过错揽过去。

原来，他已经猜出，是她上司故意为难她。

围观看热闹的人也瞬间明白了是怎么回事，听说上周五，俞倾跟周允莉闹僵，周允莉办公室里先是传来了摔杯子声，然后就是摔门声。

看来她是借着合同的事教训下属。这种事，在职场上见怪不怪。

只不过周允莉踢到了钢板上。

他们既幸灾乐祸，又同情周允莉两秒。

潘正做最后总结："误会说清楚就好，但工作失误是真，该怎么处罚，该怎么弥补，你们朵新根据公司规定来。"

乔洋双臂环抱，侧脸望向窗外。她现在清楚了，傅既沉刚才为什么一直看手表，他是在等周允莉过来，他也料定，周允莉知道俞倾是他未婚妻后，必定会来。

为了俞倾，他可真是用心良苦。

傅既沉再度开口，是对着周允莉说的："不用顾忌俞倾跟我的关系，以后你们法务部该怎样还是怎样，俞倾也不喜欢别人给她搞特殊化。"

周主管连连应下。她偷偷瞄了眼俞倾，哪知，俞倾幽幽的目光正好投过来，仿佛在跟她说："以后我再慢慢找你算账。"

此时，她心里五味杂陈。当初她把属于俞倾的岗位直接给别人，到时这个账，俞倾大概也会跟她算。

潘秘书瞅着差不多了："都忙去吧，没吃饭的赶紧吃饭。"

人群散去。

傅既沉和俞倾去了食堂，选了靠近角落的位子，他们坐过去后，其他人自动离得很远。

俞倾目测了一下自己跟其他同事的距离，确定他们听不到她的说话声，这才对傅既沉说了句："今天，谢谢了，欠你一个人情。"

傅既沉一点都不客气："知道就好。"

俞倾夹着饭粒，心不在焉地吃着。她突然抬眸望他，正好撞进他的视线里。

傅既沉："看什么？"

俞倾若无其事："今天才发现，你挺好看的。"

"今天才发现？"傅既沉瞧着她，"你平时都是闭着眼跟我在一块儿的？"

俞倾无语，这人太自恋。

她心情还不错，不跟他一般见识。

刚才食堂门口那幕，到现在都还在她脑海中迟迟没散去。即便冷静如她，今天被他当着那么多人的面亲口承认身份，心里还是有波动。

为了不让她被流言蜚语缠身，为了给她出口气，他搭上自己未婚妻这个头衔。

要说她不感动，那是假的。

当然，她也有顾虑："你父母要是问你，你怎么说？我是不婚主义者，你也是，我们是因为相处舒服才在一起。"

婚姻，她从没考虑过。

傅既沉多看了一眼俞倾："你用不着有心理负担，我公开，是觉得地下情麻烦，我没那个时间天天配合你遮遮掩掩。关于我父母那边，我会处理好。"

那就好。

俞倾心情愉悦，心想着可以不用见家长。

她从傅既沉碗里夹了几粒饭放嘴里，又说了遍："谢谢。"

傅既沉正好想要问她："你跟你们主管，好像矛盾不浅啊。"

俞倾"嗯"了声。

傅既沉看着她："你原本不该在管理合同这个岗位，是不是？"

俞倾微顿，然后点点头。她不想让傅既沉为难，一个老板用人，考虑更多的是这个人最终给公司创造了多少价值，只要不触及公司的底线，便可睁只眼闭只眼。

"哪个没背景、新入职的员工，不得受点委屈？周允莉这个人，怎么说呢，强势，势利，也有很多不足，但她在傅氏集团任职二十多年，功劳苦劳都有。我跟她的矛盾，我自己解决。放心吧，她落在我手里，我一定会慢慢把她的心给碾成粉末。"

这个不适合吃饭时聊的话题，俞倾就此打住："你当时怎么就那么信我？万一就是我故意压了肖以琳的合同，那你得多打脸。"

傅既沉答非所问："以后，不管谁在工作中故意难为你了，你回家吱一声，也就几句话的事，累不死你。也烦请你记住，在公司，我是傅总；在家，我是你男人。"

俞倾夹鱼片给傅既沉："有你这句话就行了，我再欠你一个人情。"

傅既沉吃了鱼片："欠我的人情，这周六先还一个。"

俞倾现在很好说话："怎么还？"

傅既沉打量着她身上的工作服："我出钱，给你买几件衣服，麻烦你以后在家别再穿工作服了。住一起快三个月，你天天就穿这一件衣服，你不难受，我看着都难受。”

“谁说就一件？”俞倾慢悠悠地澄清，“我有两套工作服，每天换着穿。”

傅既沉：“……”

好半晌，他都没说出话，不知道是被饭噎住了，还是被俞倾那句话给堵住了。

俞倾心不在焉地吃饭，不时还瞟他两眼。

傅既沉垂眸，但感觉得到她的视线：“有话就说。”

“真要送我衣服？”

“嗯，就当给我自己买眼药水了。你再天天穿工作服，我怕眼睛罢工起义。”

俞倾试探道：“是不是随便买？有价格上限吗？比如，不能买单件超过一千块的衣服？”她解释，“除了我家里人，我没花过别人钱，不知道花多少才算合适。”

傅既沉只扔下一句话：“买多少，花多少，随你。”

俞倾嘴角微微上翘：“那就恭敬不如从命了。谢谢傅总。”

她从小就被父亲赠送绰号“俞氏碎钞机”。自从来到北京，卡被冻结，她都快忘了做碎钞机的快乐。

她不担心她的碎钞能力，就担心万一哪天去逛街，傅既沉被她碎钞碎得心生疼，把碎钞机的电源拔了。

这就很扫兴了。

从食堂出来，俞倾随傅既沉回了他办公室。她习惯性地从他冰箱里拿瓶柠檬茶，站在落地窗边看景消食。

傅既沉设了闹铃，把办公室灯关了。

自动窗帘缓缓合上。

俞倾被卡在帘子中间。“你大中午的关什么窗帘？”她回头看傅既沉。

傅既沉靠在沙发里，闭目养神。

俞倾走过来，身后的窗帘闭合，严丝合缝。

“怎么不去休息室睡？”

傅既沉：“床留给你。”

那张大床足够两人睡，不过一旦躺下来，大概就不是睡觉，时间会浪费在情不自禁的运动上。

还有半个多小时休息时间，俞倾没去里面休息室，她躺在沙发上，枕着傅既沉的腿。

“别乱动，我睡会儿。”

她翻身侧睡，寻个最舒适的姿势。

办公室安静下来，她的呼吸也渐渐平稳。

傅既沉看她：“你睡得着？”

“为什么睡不着？”

也对，鱼都是没良心的，连记忆都只有七秒，或许更短。

不管快乐还是悲伤，不管是不是被公开关系，在她那里都只不过是个匆匆过客，如雁过无痕。

过了一会儿，傅既沉想起什么，从沙发背上扯过他的西装给俞倾盖上。

俞倾困极了，连睁眼看他的力气都没有。

她小声咕哝一句：“谢谢亲爱的。”

傅既沉垂眸看她，不知道她是不是在胡言乱语。

才睡了不到二十分钟，俞倾被章小池狂轰滥炸般的消息吵醒。

——小倾城，她们说的是真的？

——你是怎么做到天天对着那么帅的男人，还能在公司忍着不嘚瑟的？

——听说我们傅总今天帅爆了！

——我之前天天心疼你、可怜你，觉得你比我还穷，没想到你早就脱贫致“傅”！我正在赶回公司的路上，我要吸口欧气。

看到脱贫致“傅”这个词，俞倾嘴角扬起。

“不睡了？”

“嗯。”

俞倾看消息，漫不经心地回应傅既沉。

傅既沉拍拍她脑袋：“不睡你就起来，我要忙了。”

俞倾没起，躺着回章小池消息。

傅既沉托着她脖子，把抱枕塞她头下，他揉揉自己发麻的腿。

“今晚我没应酬，免费给你蹭车坐。”

“你就直说想跟我一块下班不就得了。”

“这么能气人，小时候有没有被你爸妈揍过？”

“没人揍我。”

可能是没怎么睡醒的缘故，大脑有些迷糊，俞倾打开话匣子：“我爸妈在我还没出生时感情破裂，在我还不会走路时就离婚，我跟我外婆长大。其实，我爸挺有钱，我妈也有钱，比你想的……还要有钱一点，但我从小就跟他们不亲近。以前只有我外婆会唠叨我。我十四岁出国念书，那时我外婆一天一个电话打给我，有时能说上半小时。两年前，她生病离开，我从此就成了断了线的风筝，彻底自由，也没人再唠叨我。”

屋里突然一点声都没有。

傅既沉轻轻拉扯她脖子上的工作证挂绳。

“你扯我工作证干什么？”

“放风筝。”

“……”

“线在我手里了。”

俞倾突然说不出，此时此刻，此情此景，自己心里是何滋味。

她坐起来，只觉得自己大概脑子坏了，跟他说这些做什么？

公开关系的好处，就是俞倾可以光明正大地蹭傅既沉的车。

但也有烦恼。

关上车门，她舒口气。刚才从坐电梯到上车前，她一路上都被人默默目送。

司机发动车子。

傅既沉收起电脑，说：“猜猜你在你现在的岗位上能待多长时间。”

俞倾转头：“一个月？”

傅既沉：“太看得起你自己。整个傅氏，除了我，没几个人想看到你。”

确实，没人喜欢跟老板的未婚妻共事——她影响了别人拿灰色收入和各种回扣。

傅既沉拧开一瓶柠檬水，俞倾伸手，以为是给她，结果他自己喝起来。傅既沉只喝了一口，就把那瓶水递给她：“你不是想去硕与律所？以后在傅氏法务部，你可能没那么自在。”

俞倾差点被水呛着，忙摇头：“暂时不打算过去。”她爹跟硕与律所的主管是好友，要是傅既沉替她疏通关系，她身份不就露馅了？

傅既沉不明白，她怎么就舍得拒绝去硕与的机会：“哪根筋搭错了？”

“没搭错。”俞倾又喝一口水，拖延时间，绞尽脑汁地想理由，“虽然你未婚妻这个身份让我的职场关系更复杂，但我想挑战一下。”

顿了几秒，她终于想到一个强大的借口：“我还是想靠自己的实力去应聘硕与。如果靠你的关系进去，除非我们一直在一起，不然哪天散了，那么我在硕与就会成为别人茶余饭后的谈资。”

这个理由，他竟无法反驳。

到家，傅既沉把行李箱放回衣帽间，脱外套。

俞倾坐在行李箱上，来回滑动，学着他的语气：“这几天，喝了几杯水？吃了几顿饭？吃没吃饱？睡没睡好？想没想我？”

傅既沉没吭声，抬手关灯，另一只手把俞倾拉起来。

俞倾搂着他的脖子，面颊贴在一块。

两人从衣帽间亲到床上。

这次他们谈不上小别胜新婚，却也干柴烈火。

算了算，他们分开了四天。

俞倾调整自己的呼吸，下一秒，又被他亲得乱掉。

结束后，时间还早，才八点半。

傅既沉去了书房。

俞倾窝在沙发里看书，不时神游，脑海里总是会突然蹦出今天中午食堂门口的那个画面。傅既沉看似怼她，其实是公开他跟她关系的那一瞬，从来没那么帅过。

她拿书敲敲脑袋，接着看。

不知不觉，两个钟头过去。

傅既沉忙完，推门进来，瞅着俞倾旁边的包，觉得顺眼多了。

“你再选个包，选好了我付款，补偿你。”

俞倾缓缓抬头，看他。

这个补偿，应该是补偿她在工作上受了委屈。可她不缺包。

“能折成现金给我吗？”

傅既沉跟她对望几眼：“当我没说。”

不送拉倒。

今晚大脑皮层过于活跃和兴奋，不适合看书，俞倾收起来，爬到床上，登录她的期货账户，看了看，心底一片凉。

傅既沉顺手拿过俞倾那本书，靠在床头看起来。

“对了，你还记得我们的协议吧？”她给他一个心理准备时间。

“不记得了。”

“记性可真差。我们说好了，我赚足两百万，可以雇你一个星期。”

“嗯。”

“你出差这几天，我营业好几单，不过都是小钱，主要是我运气不错，最贵的那个包出手了，对方加价买的。现在，还差七万多就到两百万，估计再做十多单就能凑够。”

傅既沉突然抬头：“这几晚又给客户送包了？”

俞倾“嗯”了声，敷衍过去。

加上鱼精给的钱，早就够包他，哪还用得着再“代购”。

傅既沉若有所思地看着她：“转给我一百九十二万，差额就当我买包送你。”

惊喜来得太突然。

俞倾扑到他怀里，环住他脖子。

“那就这么说定了啊。我明天就把钱转你，雇你圣诞到元旦这一周，你记得休假，到时你当牛做马伺候我，当我小跟班，为我研究期货市场，争取替我把我花的这两百万连本带息赚回来。”

“……”

他就不该同情她。

刚才她说晚上给客户送包，还要再接十多单，他突然就心软了。

他忘了，这是她惯用的卖惨招数。

傅既沉推她：“手松一点，喘不上气。你这么黏糊干什么？”

俞倾又加大力道扣紧他脖子，振振有词：“我花两百万雇来的，我肯定得抱紧了呀，搞丢了，我不是亏死？”

傅既沉被噎得半晌没说出话。

初冬，清晨五点钟，外面漆黑一片。

天越来越冷，起床于俞倾而言，也成了越来越让她痛苦的一件事。

“起来了，五点零一分了。”

俞倾翻个身，把被子裹得紧紧的：“傅既沉，外头那么黑，你起来也看不到虫呀，再多睡会儿。”

“我有夜视眼，再黑也能看见。”

“……”

傅既沉已经换上运动服，准备去健身房跑步：“还不起？你不是要立志做个有钱人吗，这点苦你都吃不了，你也就只能在梦里做个有钱人。”

他把运动服拉链拉上：“哪天早上四五点钟我带你到大路上转一圈，比我们还早起的人多了去了。比我有钱的，起得比我还早。”

“嗯，都有谁？”

“去公司路上有家跟你同姓的银行的总部，我每早从那边经过时，俞董办公室的灯早亮着了。”

她都不知道她爹起这么早。不谈集团市值，只论个人资产，她爹确实比傅既沉身家大。

脚步声朝门口而去。

开门，接着卧室的门合上。

俞倾彻底醒了，也没了起床气。

这是她最后一次赖床，也是最后一次有起床气。

五点四十分，俞倾换上工作服，跟傅既沉一道下楼。

今天在楼下等他们的有两辆车，除了他的座驾，还有一辆新车停在他的停车位上，车牌她没印象。

司机下来，交给傅既沉两把钥匙。

傅既沉指指那辆新车，对她说：“这车的使用权归你，别再去挤地铁，不然被你同事看到，又不知道要怎么传。”

说着，他把车钥匙给她。

他留一把备用钥匙，拉开驾驶座车门坐上去：“今天我开车。”

因为傅既沉的提醒，今天路过俞家控股的银行总部大厦时，俞倾特意打开窗户，先看了眼手表，五点五十分。

她仰头看大厦，楼层太高，好几个窗口亮着，她不知道哪个是父亲的办公室，因为她从来没去过父亲办公室。

正好前边是红灯，傅既沉踩刹车。

俞倾还在扭头看那栋大厦：“哪个办公室是俞董的？”

“中间偏上层，最南边那个办公室。”

“哦。”

她问：“你去过啊？”

“嗯，以前创业时在那边融资，去过几次。”

绿灯亮，车子驶离，俞倾还没收回视线，望着越来越远的亮着灯的窗口，她心里说不上是什么滋味。

她过去碎的每一分钱，都是父亲这么辛苦赚来的。

傅既沉抽空看她一眼，她还在探头往后看。

“行了，光看没用，别人起得早跟你丁点关系都没有。”

俞倾转过身，关上车窗。她掩饰自己的情绪，随意扯了句：“我在想，是不是俞董根本没来，只是昨晚忘了关灯？”

傅既沉被气得差点自闭。

“你以为别人都跟你一样，能糊弄就糊弄？”

略顿后，他又说：“当然，你也有很多优点，连我都自愧不如。”

俞倾顺便就把话题转到她自己身上：“比如，我哪些是比你强的？”

“节俭。”

“……”

俞倾默默转头看窗外。

早上开完例会后，法务办公区像往常那样忙碌起来。

俞倾回到位子上，拿出合同打开。

“俞倾，过来一下。”周允莉从会议室出来，踏进法务办公区。

还是跟之前一样的话，但明显能听出不再是冷冰冰的，如春风拂面，泉水叮咚。

章小池递个眼神给俞倾。

俞倾把合同入柜，拿上文件夹和手机过去。

周允莉先进了办公室，暗暗做个深呼吸。她放下包，倒杯冷茶。从昨天中午到现在，她度日如年，每一秒都很煎熬，脚底下像踩着热铁板。

她不能对俞倾太谄媚热情，又不能表现得无所谓，爱理不理。这个度太难把握。

“当当！”

“主管。”

“俞倾啊，进来。”周允莉打开电脑，看似若无其事地喝了口茶。

俞倾关上门，就好像昨天的恩恩怨怨不存在一样。

“主管，有什么吩咐？”

周允莉指指办公桌前那张椅子：“坐。今天要交代你的事情有点多，一时半会儿说不完。”

俞倾坐下，摊开合同交接表。

关于不愉快，她们只字未提。

周允莉把要给俞倾的合同拿过来，逐一交接。

等她们交接好，一时冷场几秒。

有些话不得不说，周允莉硬着头皮问：“从昨天到现在，你的工作怎么样？”

俞倾面无表情：“不错，谢谢主管关心。”

“昨天我就想问问你的，后来转身就忘。”周允莉揉揉脑袋，“我这几年可能是到更年期了，脾气大，易暴躁，还老忘事儿。”

俞倾嘴角勾了勾，心里呵呵。

这是把那天压她合同的事，甩锅给更年期。

周允莉握了握茶杯，另一只手拍拍脑袋：“我这是什么记性，刚才路上还一直想着，这差点又忘了。”

俞倾瞅着她继续表演。

周允莉：“前些日子，我不是跟你说过嘛，谁适合什么岗位我心里清楚，过段时间就给你调岗。当时我可不是信口开河，是真想过给你把岗位调了。你那么好的教育经历，在这个岗位上，大材小用。”

俞倾转着手里的笔，说：“其实调不调岗无所谓，反正都大材小用了这么久。”

即便喝的是凉茶，周允莉还是感觉烫嘴。

周允莉咽下茶水，讪讪道：“话不能这么说，轮岗是为了更好地了解集团法务流程。”她拿过一个档案袋，“我这边正好有个棘手的案子，是竞争对手起诉我们朵新商标和广告语侵权。这几天我就是忙这个，还有其他案子，搞得我焦头烂额，不然合同交接也不会出岔子。”

她点到为止。

“你以前在律所，尽调接触过，我把这个案子交给你，正好给你岗位过渡。有什么不懂的，尽管问我。”

她把档案袋递过去，之后，话题又绕到调岗上。她叹气道：“你也知道，我上头有领导，这手底下还有你们这帮难管的年轻人。我这个职位，看上去风光无限，其实尽受夹板气。”

俞倾懂周允莉这话是什么意思——她在推卸责任。

当初把俞倾的岗位换给另一名同事，是不得已，是领导的吩咐，她周允莉很无奈。

她假笑：“这么说，我是其中一块板，给您气受了。”

“……”周允莉差点被怼吐血，可又不能板起脸，还不能有半分不高兴。

她能怎么办？装呗，咬着牙装。

她隔空点点俞倾，像长辈说教小孩那样的口气：“你说……你这孩子，就嘴犟，跟我闺女一样。”

俞倾笑而不语。只不过这笑，是冷笑。没有剧本，不管是她还是周允莉，都是擅长即兴发挥的好演员。

她拿上文件夹：“主管，您忙。”

从周允莉办公室出来，俞倾这才翻看周允莉刚才给她的关于朵新侵权案的案卷。

原来是乐檬起诉了朵新。

看到“乐檬”两个字，她头大。

章小池刚从茶水间回来，顺便给她捎了杯咖啡。

“刚才茶水间在八卦，说秦墨岭跟我们老大终于硬碰硬了。”

以前两家虽然竞争激烈，但从没有过正面交锋。

现在一纸诉状，矛盾激化。

俞倾指指桌上那份文件：“现在交给我了。”

章小池：“够你忙的了。烫手山芋呀。”

俞倾笑笑：“可不是。”

章小池只是以为案子麻烦，其实她不知道的是，更麻烦的是俞倾跟秦墨岭还有傅既沉的关系。

剪不断，理还乱。

最麻烦的是，乐檬，他们俞家还有股份在里头。

此时，总裁办公室。

乔洋正在向傅既沉汇报工作，财务上的事情汇报结束，她没急着离开。来之前，她接到朵新总裁的电话，对方让她探探傅既沉的口风，跟乐檬的案子是按常规流程走，还是用其他方式解决。

事关老板跟秦墨岭的个人恩怨，她没敢耽误：“傅总，还有一事。”

傅既沉示意她说。

“秦墨岭的乐檬饮品，起诉我们商标侵权。”

“商标侵权？”

乔洋点头：“乐檬他们那边咬定侵权。应该是看我们朵新今年市场起来了，开始到处找碴。就怕他们搞舆论，颠倒黑白。”

朵新在市场上两年了，秦墨岭现在才发现商标侵权了？

傅既沉心里清楚，应该是因为竞争那两块地，秦墨岭心里不痛快，才来找麻烦。

乔洋继续汇报：“还不只是商标侵权，附带起诉我们朵新今年新上市的那款柠檬茶，瓶身上的广告语侵权。”

傅既沉没关注过乐檬那边的广告语：“广告语又怎么侵权了？”

乔洋抿抿唇：“我们朵新的瓶身广告语是‘一见倾心’，乐檬的是‘倾心一夏’。”

都有“倾心”二字。

傅既沉虽没学过法律，但也知道乐檬不是“倾心”的著作权人。

这短短的几个字的瓶身广告语，既没有广告创意，也无独特表达形式，只是也有个“倾心”一词，秦墨岭竟然也说侵权。

乔洋见傅既沉没吱声，接着道：“朵新所有产品的广告还有营销都是交给飞琛策划公司，这笔尾款已经结清，不过本年度的推广营销费用还没有结，明年的广宣合同也没签。我联系了飞琛的负责人陆琛，让他们配合我们这边应诉。”

傅既沉“嗯”了声。这点破事，他没时间操心。

飞琛的老板，陆琛，跟他认识，跟秦墨岭也认识。

他合上笔记本：“这事以后不用汇报给我，让朵新跟法务那边商量着办。”

乔洋点点头：“好。”

今天的汇报全部结束。

乔洋这才说了句题外话：“你捂得够严实呀，跟俞倾在一起这么久，连广告语都用了她名字在里面，我们还没发现。”

傅既沉没接话。决定用这个广告语时，他跟俞倾还不认识。

乔洋以为他这是默认了，也没再多说什么。

现在整个集团都知道他未婚妻是俞倾，而之前又传她跟傅既沉是一对，现在最需要避嫌的是她。

一旦不注意，她就会被公司那些八卦女人贴上小三的标签，她的名声就彻底毁掉了。

她拿上记录本和各种报表：“傅总，我先回了。”

傅既沉颔首。

门关上，办公室里安静下来。傅既沉给内勤秘书打电话，让厨师中午做两人的菜量，以后每个中午都是。

把手机放一边，他还在想着秦墨岭所谓的广告语侵权。

傅既沉去冰箱里拿了一瓶柠檬茶，赫然映入眼帘的就是“一见倾心”。

之后，他又搜索了乐檬饮品的瓶身广告语“倾心一夏”，这四个字很小，在不显眼的位置。

怎么看，朵新都构不成侵权。

午饭时间到，傅既沉叫上俞倾去食堂。

临走时，他拿了一瓶柠檬茶。

俞倾比傅既沉早到，她随手从餐桌的花瓶里抽了一枝玫瑰放鼻尖闻闻。

这是她第一次来总裁专用包间，简单却不失格调。

她正百无聊赖，包间门被推开。

俞倾手托下巴，侧脸，对着来人笑笑，然后把手里的那朵玫瑰递过去：“送给我的傅总，工作辛苦了。”

傅既沉在她边上坐下来，看着手里的玫瑰，细细品着她刚才那句“我的傅总”。

他把手里那瓶柠檬茶给她：“送给我的俞律师，工作辛苦了。”

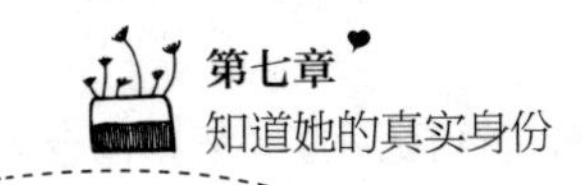

第七章 知道她的真实身份

吃饭时，俞倾还不忘提起雇佣傅既沉这事。

“对了，卡号给我一个，我待会儿给你转钱，一百九十二万，你昨晚说好的，没忘吧？”

傅既沉思忖片刻，要是她把钱都转给他，她卡里余额就要归零。

“一百九十万吧，你不是到圣诞之后才雇我？现在提前支付，给你点折扣。”

俞倾猜得出，傅既沉为何要少收两万块钱。她给傅既沉夹菜：“滴水之恩当涌泉相报，我决定了，今天一天我都不怼你，什么都让着你。”

“……”

吃过饭，俞倾跟着傅既沉去了他办公室。她打开手机银行：“卡号给我。”她报了自己银行卡是哪家银行的，“给我同行的卡，不然转账手续费也不少。”

“手续费能有多少钱？不是封顶五十吗？”

“五十不是钱？”

傅既沉越发觉得，他该向俞倾学着节俭点。他直接把钱包拿出来递给她：“自己找。”他看了下自己的日程安排，“这周六我全天休息。”

“嗯。然后呢？”

“周六上午去俱乐部打网球，下午给你买衣服。”

给她买衣服的这个执念，到底是有多深？

说起打网球，俞倾也好久没去俱乐部。她跟傅既沉第一次见面，就是在俱乐部网球场。

周六那天，天高云淡，风不大，适合户外运动。

八点钟，迎着晨光，汽车开往郊区俱乐部。

俞倾趴在车窗上，汽车驶离城区，眼前的景越来越开阔，天也蓝了一些。

上次去俱乐部，还是六月下旬。

那时她刚回国不久，鱼精怕她无聊，就给她办了俱乐部的会员卡。俱乐部各种球类运动都有，她只对网球感兴趣。

不过遇到傅既沉那次，原本不在她计划里。那天中午，她接到父亲电话，父亲跟她说，她已经二十五岁，不小了。

她问父亲什么意思。

电话那头的人沉默了片刻。

父亲是这么说的："你爷爷奶奶，还有秦家的老爷子老太太，都商量好了，觉得你跟秦墨岭合适。爸爸也觉得没人比秦墨岭更适合你。不管是长相还是能力，他都出类拔萃。"

商量、合适，多么矛盾又可笑的说辞。

父亲还给他们约了见面的地方，就是俱乐部，说秦墨岭也喜欢打网球，跟她有共同爱好。

即便跟父亲闹僵了，她也还是打算跟秦墨岭见一面，一是尊重对方，二是把有些话彻底说开来。她想，秦墨岭也肯定排斥这种毫无感情，只有利益的婚姻。

当时去得匆忙，她没返回家拿运动装。后备厢里有办卡时俱乐部送的球衣套装，她凑合换上。

在父亲预约好的网球场地，她等了二十多分钟，秦墨岭还是没来。

后来她接到一个电话，是秦墨岭秘书打来的，对方说秦墨岭半小时后还要参加一个重要的视频会议，赶不过来，如果她晚上不忙，可以接她去吃饭。

她拒绝了。

秦墨岭连打个电话都要让秘书代劳，她要是再不懂他是什么意思，那就是真傻。

这样正好，省得彼此都麻烦。

她一个人也没法打球，于是找了俱乐部的陪练。那天她心里有气，气父亲对她的不尊重，让她回国竟然是为了联姻。她之前真的以为，父亲是想把她留在身边，想多见见她，才让她回北京。

然而并不是。那天打球时，她的力道比以往要大很多，陪练没招架住。

结束后，陪练膝关节韧带拉伤。可陪练还有客户约了要来打球，她临时帮忙，到时再把小费给陪练。

那个客户就是傅既沉。

那天，傅既沉输给了她。

汽车驶进俱乐部停车场。

俞倾回神。

下车，他们先去室内馆，做热身运动。

傅既沉走在前头，他今天穿了一套黑色运动装，更显得挺拔性感。

俞倾低头看看自己身上这套白色的印有俱乐部 Logo 的运动服，觉得自己确实有点像傅既沉的专职陪练。

傅既沉走得够慢，后面的人还是没跟上来。他转身："就不能快点！"

"我也想快点，谁让我没你腿长呢！"

"腿短，就不能快走几步？"

"……"

说归说，傅既沉还是等她一块走。

到了大厅门口，有工作人员过来引领入内。

傅既沉不喜欢旁边有人，示意她们不用跟着。

俞倾随着傅既沉的步伐，走去电梯。突然，她脚下微顿。

电梯口，鱼精也在，还有秦墨岭。

做贼心虚，她总担心傅既沉会把她跟俞璟择往一块儿联想。

她小声跟傅既沉说："哎，那不是秦墨岭吗？他旁边那人，我认识，跟我一个姓，以前我在律所做项目，跟他吃过一顿饭，当时人多，不知道他记不记得我。"

傅既沉觑着她："你要让他记得你干什么？"

俞倾风轻云淡道："他家有银行，跟金融圈里大多数人很熟，多个人脉资源，不好吗？”

“他认识的人，我都认识。你还认识他干什么？”

“……”

俞璟择不经意间侧头，顿了下。这是什么事儿。他压低声音提醒秦墨岭：“我妹妹和傅既沉也过来打网球。”

秦墨岭循声望去，看到不远处走来的两人，微微蹙眉。

之后，他的视线定格在俞倾身上数秒。

俞璟择还是向着自己妹妹说话：“你就当不认识俞倾，反正你也不打算跟她结婚，她更没结婚的打算。”事已至此，他也无可奈何，“她真要觉得跟傅既沉在一块儿合适，那随她。她的事我不打算掺和，让她自己收拾好自己搞出来的烂摊子。”

秦墨岭瞥一眼俞璟择，没应声。

秦墨岭跟傅既沉碰到了都自觉装眼瞎，不过，俞璟择跟傅既沉见了面还是会客套两句。今天也一样。

“有些日子没看到你了。”因为自己妹妹在人家屋檐下，俞璟择主动伸手。

两人礼节性握握手。

傅既沉笑笑：“最近忙着借钱，无心消遣。”

俞璟择打趣：“你这一哭穷，我都不好意思找你拉存款。”

两人互相调侃几句。

俞倾知道，鱼精虽然以玩笑的形式把拉存款说出来，不过他心里一直想着把傅氏集团旗下的各子公司发展成他们家银行的大客户。

傅氏集团的经营现金流素来健康，“造血能力”极强。鱼精说过，跟傅氏集团这样的企业合作，不用担心贷款偿还能力，只赚不赔。

可因为他们集团跟傅既沉在其他领域的各种竞争，傅氏集团旗下的所有子公司，没有哪家在他们家的银行开设账户。

现在，又因为秦墨岭这件事，傅既沉就更不可能跟他们家合作。

他们两人寒暄结束。

俞倾对着俞璟择露出个职业性微笑，语气也拿捏到位：“俞总，您好。”

俞璟择微微颔首：“你好，俞律师。”他转而看向傅既沉，“还没来得及恭喜你。前几天听说你订婚了，是你们法务部律师，还以为他们开玩笑。”

电梯早就停靠。

俱乐部工作人员一直摁着开门键，等俞璟择和秦墨岭进去。

俞璟择跟傅既沉简单说了几句后，跨进电梯。

俞倾也下意识地随后进去，这是多年的习惯。等她转过身，傅既沉正幽幽地瞧着她。

俞倾：“……”

傅既沉的视线在俞璟择和俞倾的脸上来回扫了数遍。

其间，俞璟择跟傅既沉的目光有几次短暂交汇。他觉察出，傅既沉脸上的表情耐人寻味。他跟俞倾不站在一块儿时，别人或许不觉得他们像兄妹，可要并排站着，神似，越看越像一家人。

俞倾没时间揣摩傅既沉现在心里想什么，她正要抬步下去，谁知，秦墨岭进来后，直接摁了关门键。

傅既沉：“……”

俞倾：“……”

傅既沉冷冷地睇着秦墨岭，而秦墨岭凛冽的眼神也正剜着他。

顾不上眼神厮杀，傅既沉疾步向前，去摁电梯键。

同一时间，俞倾抬手挡住电梯门，她觉得自己的求生欲从来没这么强烈过。

电梯门再次缓缓打开。

傅既沉伸手把俞倾拽出来，顺势揽怀里：“没睡醒？自己男人你都能跟丢，你说你还有什么用！”

秦墨岭又多看了一眼俞倾。

电梯门关上，数字跳动。

俞倾从没这么失态过，刚才真是惊魂一刻。

“这能怪我？我以为你会跟俞璟择再说两句。”她倒打一耙，“你跟秦墨岭，你们之间到底有多大仇、多大恨呀？他又是跟你争地，又是起诉朵新侵权，现在还害得我也被连累。”

傅既沉：“他可能是吃饱了撑的，也可能是某些生活不和谐。最大的一种可能，是他嫉妒我找了一个这么漂亮的未婚妻。”

俞倾：“……”

看在她刚才着急想出电梯找他的分上，傅既沉在她脑袋上拍了一下："下回别傻了吧唧地用手挡电梯门。"

俞倾偷瞄鱼精乘坐的那部电梯，发现他们直接上了四楼，她跟傅既沉要去三楼。

她松了口气。

傅既沉拽着她，走进隔壁那部电梯。他不时就会看俞倾的脸，还有她那双跟俞璟择很像的眼。

四楼。

俞璟择出了电梯才说道："秦墨岭，你刚才那么幼稚干什么？不知道的还以为你对傅既沉未婚妻有什么想法。"

秦墨岭笑了："什么叫我对傅既沉未婚妻有什么想法？俞倾本来就是我未婚妻，婚礼明年举行，到底是你失忆，还是我记性不行了？"

俞璟择"呵呵"两声。

两人移步到包间，俞璟择支开服务人员，把门反锁上。

秦墨岭靠在窗边，点了支烟。他递一支给俞璟择，俞璟择摆摆手，现在没心思抽。俞璟择问："你是什么意思？你不是不想结婚的吗？"

"现在又想了。"

俞璟择分析他这种变态心理："就因为俞倾跟傅既沉在一起了，你就非要把她抢回来？"

秦墨岭似笑非笑："我有那么无聊？她本来就要嫁给我。我还不知道她跟傅既沉在一起的时候，我就想要娶她。"

俞璟择好奇："你什么时候知道的？"

"她去会所卖包那晚。"秦墨岭弹弹烟灰。他原本是站在窗口，想看她怎么回去，结果就看到傅既沉的车驶进院子，然后两人抱一起就亲起来了。

俞璟择提醒他："俞倾已经跟傅既沉在一起了。以她那么犟的性格，还有她不婚的想法，她不可能听家里话跟你结婚。"

"没关系。我不在意她跟谁在一起过。我对感情这个东西，没一点兴趣。"至于俞倾不愿跟他结婚，他望着窗外，"只要我想，没有我追不到的女人。"

俞璟择只以为他痛快痛快嘴，没接这个话。他现在担心："傅既沉看到我就开始疑心俞倾，又经你这么一闹，他就更怀疑俞倾身份了。"

"那不是正好？俞倾在傅氏集团待不下去，我正好去找她。"秦墨岭慢悠悠道。

他拿出手机开始搜索书店："今天我不打球了，你自己找人打去。"

俞璟择瞅着他："你干什么去？"

秦墨岭掐灭烟头："去逛书店。你妹妹那种没心的女人，不好追。我去买几本怎么追女生、怎么谈恋爱的书看看。"

"……"

楼下，做过热身运动，俞倾去了洗手间。

傅既沉走去窗边，给潘正打电话："现在就查一下，俞倾父亲是谁。"

潘正没多问，应下后就挂断电话。

傅既沉想抽支烟，但运动服口袋里什么都没有。他靠在窗台上，心不在焉地看着楼下大片网球场地。

远处后山，还有绿茵茵的高尔夫球场。景不错，可他无心欣赏。

十分钟后，潘秘书的电话才回过来。

这十分钟，是傅既沉人生里最漫长的一段时间。

"傅总，查到了。"潘秘书第一次没敢痛快地说出结果。

"是俞董？"

"……嗯。"

傅既沉早有心理准备，也能接受这个结果。这几天，每早路过俞氏银行大厦总部，俞倾总会下意识地看向俞董办公室窗口，她从来没那么关注过一件事。

或许连她自己都不知，她眼底的情绪是复杂的。

她说过，她父亲、母亲都有钱。她也说过，她父母在她还没出生时就感情破裂。

俞董的第二段婚姻，很短。他的第二任妻子，是上海人。

"傅总，我又从俞家亲戚那边侧面打听，俞倾为何要到我们傅氏上班，没打听到，他们以为俞倾一直没上班。但我打听到了另一个消息。"

"嗯。什么？"

"俞倾跟秦墨岭……有婚约。"

"……"

过了好半晌，电话里还是一片死寂。

“傅总？”潘正小心翼翼地喊了一声。

傅既沉按按心口，他还活着。

那么刚才秦墨岭为什么会关电梯门，就解释得通了。

“傅总，您打算怎么办？”毕竟，这已经不单纯是老板的私事，俞倾还在傅氏集团上班，牵扯面有点广。

傅既沉已敛去脸上所有多余表情：“不怎么办。我就当不知道，给她机会，等着她主动跟我坦白，坦白了我也就不追究她什么。”

潘秘书想说的是，俞倾要是不坦白呢？

这句话他没敢问，怕给老板添堵。

此时，女洗手间那边。俞倾收到俞璟择消息，她有点蒙，快步走去了没人经过的角落，直接回电话过去：“什么意思？”

“汉字看不懂？傅既沉查你了，知道你爹是谁。”

“……”

“要是我没猜错，他应该也知道了你跟秦墨岭有婚约。”

“……”

“你自己捅的马蜂窝，你赶紧把马蜂拦住了，别让他跑出来乱蜇人。”

“……”

“你自求多福吧。”

“……”

俞倾单手叉腰，吸口气：“哥，我……”

俞璟择打断她：“别，还是我喊你姐。”

俞倾被气得笑出来。现在傅既沉知道了她的身份，她反倒觉得轻松，不用再成天提心吊胆。哪怕撒谎，她也不用再担心他会不会生疑。

“知道就知道吧。我就当不知道这件事。”

俞璟择嘴上说着不管她，还是担心：“应付不来的话，你现在回我这儿，我亲自去跟傅既沉道歉。”

“谢谢哥，不用。你要是掺和进来，反倒更复杂。”俞倾宽慰他，“不用担心我，我应付得过来。你们都不了解傅既沉，他特别有意思，也特别好玩。他没那么小心眼。再说，傅既沉不会轻易揭穿我。他真要脱了我的小马甲，我就有可能跟秦墨岭结婚，这是他最不想看到的。他可是在公司公开了我是他未婚妻的身份。挂了啊，我出来太长时间，再不回去，傅既沉就要疑心我。拜拜。”

冷静片刻后，俞倾出去找傅既沉。

傅既沉在休息区，正翻看杂志。他看上去看得很投入。

俞倾取了网球包：“傅既沉，走啦。”

傅既沉把杂志放回书架上：“你磨蹭到家了，去个洗手间都这么长时间？”

“谁磨蹭了啊？正好家里人打我电话，说着说着就起了争执。”俞倾把网球包挂到他肩上。

傅既沉若无其事道：“打个电话还能吵起来？”

“也不是吵，就是想法不一样，他们不理解我为什么不婚。”她看着他，“这种苦痛你懂吧？”

傅既沉不懂。因为他家里人从来不催婚，尊重他的生活方式。

九点多，外头阳光正好。淡蓝的天空，几朵轻薄的云点缀。

俞倾今天穿着运动鞋，脚步更轻快。

她双手交握，举过头顶，一边走一边舒展腰身。

傅既沉侧目，看着这个没良心的小骗子，她在他跟前，始终都是坏兮兮的样子。

“怎么这么高兴？”

俞倾转头，笑笑：“很明显？”

——因为我知道，你已经知道我是谁，而你又不知道，我已经知道你知道我是谁这个事。

——所以我高兴啊。

她是这么解释的：“刚才想到下午要去逛街。你不知道女人有多喜欢逛街。”

傅既沉“嗯”了声，他说起他们第一次打球：“那天你怎么杀气腾腾？”

那天所有场景，俞倾到现在都记忆犹新。有两次，球打到了他身上，他疼得缓了好一会儿才接着打球。

俞倾没隐瞒：“那天接到我爸电话，跟他大吵一架。算了，不提了。”

傅既沉看似漫不经心道：“现在还冷战着？”

俞倾点头：“我爸那个人……怎么说呢，控制欲太强。”沉默几秒后接着道，“也可能，我并不了解他。在我小时候，他给我的印象就是忙忙忙。有时半年我都见不到他一次。”

傅既沉顺着话问："伯父是做什么生意的？我认识几个姓俞的企业家，说不定还跟伯父在企业家峰会上碰到过。"

俞倾内心呵呵——竟然想套她话。

她微微一笑："我家……有矿。你认识姓俞的矿老板吗？说来给我听听，我看是不是我爸。"

傅既沉："……"

他憋了半天，一个字也没说出来，差点郁闷。

俞倾感觉把傅既沉给噎得差不多了，才一本正经地说道："傅总，在一起之前不是都说好了，我们俩就是我们俩，不谈情，不说爱，不扯婚姻，不掺杂任何利益关系。"

傅既沉无话可说，所有的理都被她占着了。可他当初答应她这些条件时，也不知道她是他竞争对手的女儿，更不知道她跟他最大的死对头秦墨岭还有婚约。

他现在感兴趣的是，她在他身边会待多久，会在何时跟他坦白，离开时要怎么善后。

当然，他还想知道一件事——有一天，她会不会回去跟秦墨岭结婚。

到了预约的球场。

俞倾握着绿色小球："今天你可不要分心了，别到时接不到球，球落到你身上。"

傅既沉递给她球拍："落到我身上总比落到你身上好。"顿了下，他解释，"不然你这种会赖人的性格，还不知道要怎么讹我。"

他拿上球拍，去了他的半场。

俞倾盯着他的背影，目送他几米。

在球场上的俞倾，又是另一个模样。她只是体力跟不上傅既沉，技术上并不输他。

中场休息，工作人员递上毛巾还有水。

俞倾额头的汗流到眼皮上，她没擦，微微仰着头，眼睛半眯，不让那滴汗珠滑下来，嘴里喊道："傅总，快帮忙。"

傅既沉瞅着她，觉得她特别能撩人。

一滴汗，她都能把撒娇的本事发挥到极致。

他俯身，把那滴汗亲干。

“谢谢。”俞倾抬手，手指摁着他的唇，“那滴汗什么味道？”

“矿的味道。”

“……”

“怎么不说话了？是不是气不顺？”傅既沉再次低头亲上她的唇，“给你做个人工呼吸。”

工作人员纷纷转头看向别处。

打个球，两人都能腻歪成这样。

刚才那几局，明显傅既沉让着她。

“你小时候专门练过？”

“嗯。感兴趣，练过五六年。”

难怪。

傅既沉主动说起他的教练，是乔洋的二叔。

俞倾把头发束紧，接着打比赛。

挥汗如雨后，两人洗了澡，换上衣服离开俱乐部。

“我们回市区逛街？”她问。

“嗯。”傅既沉打了个电话，预约下午两点到三点。

俞倾瞅着他：“你还约了人？”

傅既沉收起手机，说了那家旗舰店店名：“给你约了一小时时间，够不够你选的？”

俞倾缓缓点点头：“足够。”她不可置信，他竟然享有闭店购物的特权。

那家店，每到周末都闭店。店里最多只有六名顾客可以同时进去，避免人多了后，导购服务不过来，给顾客造成较差的购物体验。

想在那里购物，要么提前预约，要么在那儿排队等。

她微微一笑：“是不是以前经常给你前女友买衣服，成了那家店的VIP？”

傅既沉拿出一张黑卡：“用这个预约的，随时可以约。比你说的VIP管用。”

至于前女友，他迎着她八卦的眼神：“我没恋爱过，哪来的前女友？我初恋现在还保留着。”

俞倾：“……”

厚颜无耻已经不足以用来形容他的厚脸皮。

他们到旗舰店，差五分钟到两点。

两名导购站在门口，店里还有其他顾客，门口排起了队。

巧了，今天乔洋难得休息，出来逛街。她昨天预约过了，马上就到她进去。没想到，她在这里能遇到傅既沉和俞倾。

他们都穿着运动装，之前应该是去打网球了。

俞倾长发散下来，半干，未施任何粉黛，可皮肤白里透粉，细腻通透。她一个女人看了都忍不住还想再看。

走近，俞倾还是跟以前一样："乔经理，好。"

"这么巧。"乔洋笑笑。

傅既沉把钱包拿出来，悄悄塞进俞倾包里。

他俯身靠近她耳边："你看中什么就买什么，随便刷哪张卡，一会儿密码发给你，我先回车里。"

俞倾没问他怎么又不陪她了，只说："你忙。"

傅既沉对着乔洋微微点头，然后抬步离开。

等人走远，乔洋看向俞倾，闲聊："你跟傅既沉，你们都瞒得挺严实，好几次遇到你们，我都没看出异常。"

俞倾淡笑："我跟他都是演员。"

那边，店门打开，有几个顾客出来，她们可以进去。

之后的时间里，二人相处得也算是一团和气。乔洋会帮着俞倾挑裙子，俞倾也会给乔洋一些搭配建议，两人将虚情假意演绎得淋漓尽致。

乔洋被俞倾的碎钞能力吓到，竟然是以百万为单位。

"之前还有人调侃傅总，说他天天赚那么多钱，能花完吗。"

"那以后他们得这么调侃，傅总赚的钱够不够他未婚妻花。"俞倾拿出傅既沉的钱包结账，卡夹里，清一色各大银行的信用黑卡。

乔洋瞅着大大小小几十个手袋，每个手袋里都装了好几件衣服。买这些衣服的钱，快赶上她两年年薪。她虽常来这家店，但都是为了添置出席重要场合的行头。不像俞倾，眯着眼买，仿佛已经把这些衣服的价格自动去掉两个零。

有那么一瞬，她不是没怀疑过——俞倾到底有没有看清价格牌。

一个多小时后，俞倾满载而归，东西太多，两个导购帮着她送到停车场。

司机赶紧下来帮忙去拿，后备厢差点没放下。

坐上车，俞倾不解：“你怎么看到乔洋就不陪我进店了？”

傅既沉收起手机：“我能看你试衣服。乔洋进店后，我就不适合进去了。一个老板，看女员工挑衣服、试衣服，像什么话？”

俞倾点头，觉得他说得还蛮有道理。

她把钱包给傅既沉：“谢啦。我来北京这么久，今天是过得最有意义的一天，别提多开心。”

傅既沉反问：“别的时候就没意义了？”

“那不一样。”俞倾总能把黑白的给夸成五彩的，“今天花我男人的钱，意义怎么能跟平常一样？”

她又问：“你收到账单没？”

“嗯。”

“花了你不少钱。”

“不多。我半天就能赚回来了。”

“……”

非得显摆一下自己有钱不可。

正说着，俞倾的手机震动，来电显示“鳄鱼”。她下意识地看向傅既沉，他也在看她。

很明显，他无意中也看到了这个备注。

俞倾神态自若：“我爸。”

犹豫数秒后，她才接。

她没吱声，等着父亲先说话。

电话里安静半晌。

俞邵鸿先冷哼两声：“还知不知道我是谁？”

俞倾故意道：“您好，哪位？”

电话那头，俞邵鸿顺顺气，然后才接着道：“俞倾，估计你现在都快要忘了自己姓什么。”他没再废话，“我在外面谈事，正好路过你出租屋这边，十分钟后你下来，我跟你聊聊。”

俞倾：“没时间。”

“你没空也不碍事，我就不劳烦俞大律师下楼，我亲自上楼找你。”

“不用上去了，我不在家，在外面。”

“在哪儿？”

“在地球上。”

“……”

俞邵鸿忍无可忍，直接挂了电话。

俞倾把手机静音，揣兜里。

傅既沉拧开柠檬茶，喝了几口，看着她：“你跟你爸老是这么闹下去也解决不了问题。”

俞倾侧目：“那还能怎么办？死结，无解。他不理解我，不尊重我的想法，非要说我的不婚主义是瞎胡闹，是吃饱了撑的，那我还跟他说什么？”

安静须臾。

傅既沉似漫不经心道：“听刚才你电话里的意思，你爸在北京？”

俞倾微微一顿，反应不算慢：“嗯。他隔三岔五就来出差。”

傅既沉：“要不，晚上你约你爸吃饭，我陪你过去。有什么矛盾，你们好好沟通。放心，不收你出场费。你心情好了才能更好地工作。”

想脱她的小马甲，门都没有。

俞倾抬手摸摸他额头：“没发烧呀，怎么尽说胡话？”

傅既沉：“……”

俞倾忍着笑，伸手抱抱他：“谢谢。”

然后，她用一本正经的语气说：“我爸知道傅氏集团，也知道你名字，他要是见到你，就更催着我结婚了。”

她再次说了声：“谢谢我的傅总。”

傅既沉望着窗外面，到现在，心气还不顺。

他不知道自己能不能撑到俞倾主动跟他坦白的那天。

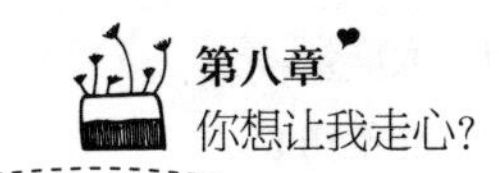

第八章 你想让我走心？

俞倾格外注意拿捏分寸，不让傅既沉瞧出任何端倪。她主动提出：“今晚我请你吃饭。今天花了你这么多钱，改天等我发达了，我一定会双倍还你这份人情。现在我还只有小钱，只能请你简单吃顿饭。”

“得改天了。今晚有安排。”傅既沉下意识地便向俞倾报备，“晚上约了人，同去的有潘秘书、财务总监，还有乔洋。”

“还是为了融资的事？”

“嗯。”

俞倾问他：“你是非要拿下那两块地？”

傅既沉点头。

“没想过要舍弃一块？”

“没。那两块地发展前景都不错。”

俞倾“哦”了声。要是拿下那两块地，傅氏集团旗下的地产公司的现金流就要吃紧。

“我晚上大概十一点回家。”傅既沉问她，“你是继续逛，还是跟我一块回家？”他现在要回去换衣服。

他不在家，她一个人在家也无聊。

“那我再逛逛。”她推门下车。

“等下。”

傅既沉抽出一张卡给她。

俞倾没要："我卡里还有钱，该买的都买了，就是随意逛逛。"

到了商场，俞倾直奔男士专区。她今天花了傅既沉不少钱，想回个礼。她转了一圈，一无所获。

逛累了，俞倾去一楼咖啡馆买了一杯冷咖啡。

她双手托腮，意兴阑珊地看着商场里人来人往，还在想着送什么给傅既沉，脑细胞都累死了不少。主要是她不知道傅既沉喜欢什么，也就没办法投其所好。这就是她不想恋爱的原因，太麻烦。

感情投入之后，哪天散了，收都收不回，徒留伤心。

咖啡喝完，俞倾好像知道要送什么给傅既沉了。

从商场出来，她走去露天停车场，身后有人喊："俞倾。"

俞倾转身看到俞璟歆就在不远处。她出行阵势浩大，有保姆、育儿嫂，还有两个保镖。育儿嫂怀里抱着一个婴儿。

从身形上一点都看不出她五个多月前才生过孩子，依旧性感婀娜。

当面，俞倾还是会礼貌性喊一声："姐。"

"嗯。"

俞倾寒暄道："你逛街？"

俞璟歆指指后面的大厦："那里有婴幼儿活动中心。"

俞倾不知道要跟这个不熟悉的姐姐聊什么，索性去逗孩子玩。

上次见这个小不点还是他满月时，现在他完全变了样。

他的眼睛很漂亮，像俞璟歆的眼，也有点像她的眼。

她用手指挠挠小外甥的手心，下巴微扬，冲他递个眼神。

小孩子像能看懂一样，咧嘴笑。

俞璟歆看看俞倾手里，空空的。

逛街什么都不买，完全不符合她碎钞机的名号。

俞倾从小就爱花钱，父亲以前说过，切断她零花钱，会让她无以续命。这个软肋，如今被父亲拿来要挟她。

"我这段时间也没顾得上回家，听说，你跟爸还僵着呢。"俞璟歆顿了下，又道，"你姐夫说，你都把包给卖了。"

俞倾正跟孩子玩得开心，突然转头："秦墨岭跟姐夫说的？"

俞璟歆摇头："不清楚。我跟他不怎么说话，他前两天提了一句。"

好了，现在所有人都知道她卖包度日了。

关于姐姐和姐夫不怎么说话，是因为他们也是所谓门当户对的婚姻，没感情。

安静几秒。

俞璟歆瞅着俞倾：“我也实在想不明白，你死要面子活受罪干什么。你就不能回去跟爸服个软，先把他附属卡里的钱转到你自己卡里，该跟他闹再跟他闹？你看你现在，逛街都只能过过眼瘾。”

俞倾：“……”

“真一点钱都没了？”俞璟歆问道。

俞倾一边把手指给小外甥抓，一边回：“有。前几天，哥来看我，偷偷给我一张卡。我没花，省着点。”

不容易，她知道存钱的重要性了。

她跟俞倾是两个极端，她没有购物欲。小时候，父亲每个月都会给她不少零花钱，她全部存了下来。而俞倾，那么多钱，听说还是月月光。

父亲经常发愁：你们姐妹俩的消费观，怎么就不能中和一下？

“孩子像你，眼睛特别像。”俞倾不想聊她目前的困窘。

俞璟歆“嗯”了声，还是多问了句：“你是排斥嫁给秦墨岭，还是纯粹不喜欢家里安排你的婚姻大事？”

“我就没打算结婚。不管给我介绍谁，我都排斥。”

“爷爷和爸，是决心让你嫁给秦墨岭，他们觉得没其他人比秦墨岭更合适。”俞璟歆提醒她，“今年年初，爸又增持了乐檬的股份，那是给你的嫁妆。你要真是铁了心不结婚，估计你跟爸没办法和解了。”

暮色一层层铺开来，外头不是很暖和。

俞璟歆没久站，说：“有事给我打电话。”她握着儿子的小手轻轻摇摇，“跟小姨再见，下次再跟小姨玩。天快黑咯，我们回家啦。”

他们一行人浩浩荡荡地离去。

这声“小姨”，让俞倾恍惚了片刻，有种家的感觉。

她又回头看了一眼俞璟歆。

不到十一点钟，傅既沉到家。他把笔记本电脑放到书房里，因为还有不少工作要处理，于是顺手开了电脑。

刚坐下，他又起身去了卧室，想知道俞倾在忙什么。

推开卧室门，看到沙发上的人，他脚步一顿。

俞倾已经洗过澡，穿着黑色性感吊带裙，正低头看手机，脸上带笑。闻声，她抬头，对他钩钩手指。

“不早了，还不睡？”

“等我的傅总呀。”

傅既沉装作已经忙完工作，打算洗澡休息的样子，微抬下颌，边解衬衫纽扣，边走过去：“刚刚你对着手机笑什么？”

俞倾把半干的长发用发圈高高绾起，露出漂亮的天鹅颈：“看到一篇文章，说怎么才能让走肾不走心的男人记住你。”

傅既沉靠在沙发边，俯身，低头在她脖间亲了下，然后跟她对视：“你想让我走心？”

俞倾搂住他脖子，嘴角勾着一抹笑：“我这样一个不走心的女人哪有那心思要求男人走心？心太复杂，走不好就要迷路。我路痴，还是不挑战这困难模式。”

傅既沉看了她一眼，没搭腔。

吻落在她唇上，她也回亲他。

他接着刚才的话：“怎么让走肾不走心的男人记住？”

俞倾：“变成一颗很大很大的肾结石，疼死他。”

傅既沉：“……”

俞倾从沙发上摸了张银行卡，递给傅既沉：“感谢傅总送我的所有衣服和包包，让我有了睥睨天下的底气和优越感。礼尚往来，这是我送你的。”

傅既沉接过银行卡，发现是张储蓄卡，反正面都看看：“里边有多少钱？是两万多那张？”

“里面余额不到一百，好像是六十二块三，具体不记得了。”

傅既沉看着她：“这有什么说法？”

“金额没什么说法，卡里被我花得就剩这么多。”俞倾往后靠在沙发里，“我没什么别的可送你的，只有这张卡了。”

她早就准备好了赠言：“希望这张没有多少钱的卡，能时刻提醒我们傅总，人生要居安思危，未雨绸缪。不要像我，存款一点没有，等到要用钱时，只能靠卖包。不管是个人还是公司，手头都要有足够的现金流，来应对随时有可能到来的，又无法预测的财务危机。共勉。”

她笑着：“苟富贵，勿相忘。”

傅既沉盯着银行卡看了好一会儿，之后拿出钱包，腾出卡夹里中间那个卡槽位置，把这张卡放进去。把钱包丢一边，他抱起她往门边走。

俞倾低头含住他的唇，吮了下。

傅既沉走到门边，示意她：“关灯。”

俞倾反手摸到开关，关上，卧室里瞬间一片漆黑。下一秒，她背上一凉，贴在墙上。这条吊带裙，二分之一露背。

“我身上这条裙子好不好看？”

傅既沉亲着她，“嗯”了声。

“别嗯，好看还是不好看？”

“好看。”

“我穿高定晚礼服更好看。”不过他是没机会看到了，她可不打算陪他出席什么活动，万一遇到她爹，那场面可就热闹了。

她正神游着，忽然一阵酥麻从四肢百骸袭来，她不由得抱紧傅既沉。

周一，早起的痛苦日子又到来。

俞倾没像之前那样哼哼唧唧，起得还算痛快。

到了楼下，空气里都泛着冷意。

还有几天就到十二月了。

早起的人还真不少，每栋楼都有几户人家的窗口亮了灯。

“傅总。”

“干什么？”

“我早起，其实你得给我工资。因为你有了一个五点钟陪你的人。”

傅既沉觉得她终于说了回人话，当然，还得是在把前边一句给去掉的情况下。

他看着她：“行啊，工资到时月结。那我让你完成了从虫到鸟的华丽蜕变，你准备付我多少工资？”

俞倾：“那我也是一只残次品小鸟，没找你索赔就是给你面子了。”

傅既沉上下打量她：“哪里残次了？”

“眼睛，没有夜视功能，看不到虫。”

“……”

到了公司，俞倾在傅既沉办公室待到八点半，吃了早饭才去法务部。

法务办公区只有章小池来了，正擦桌子。

桌子靠窗。柔软的阳光透过百叶窗，落在她身上。

“小倾城，早。”

“早。”

俞倾桌上有层淡淡的水汽，桌角两盆盆栽上挂着几滴水珠。章小池已经给她擦过桌子，盆栽也浇了水。

“谢谢啦。”

“这么客气干什么，你来得早时不是也帮我擦桌子。”

俞倾放下包和手机，把盆栽拿到窗边晒太阳。

安静美好的一幕，被办公区门口传来的刺耳的高跟鞋声，还有愤愤不平的质问声给打破。

“我在这个岗位干得好好的，凭什么把我换掉呀！就因为……”

“行了，你少说两句。”

后面这个声音是周允莉的。

“我咽不下这口气！就因为俞……”

进来的人看到章小池还有俞倾，下一秒，硬生生地把到了嘴边的话吞了下去。

“主管，早。”

章小池打声招呼。

“早。”

周允莉微微点头，直奔自己办公室。

袁雯雯也跟过去，走了几步，又转头看一眼俞倾，不由得撇了撇嘴角，满眼的不屑。

袁雯雯，就是当初抢了俞倾岗位的人。

门关上，周允莉气得揉揉眉心。

这个袁雯雯，在家里任性跋扈惯了，到了职场还这样。

袁雯雯还是气鼓鼓的：“都已经定岗了，怎么又要换岗？”

周允莉揉着鼻梁：“你现在的岗位本来就是俞倾的，再说，哪次重要项目的法律文件书不是俞倾帮你修改？”

袁雯雯欲言又止，无以反驳。

周允莉缓了缓，开电脑，示意她：“别杵在这儿了，该干吗干吗去，把你手头上的工作好好理理，争取早点跟俞倾交接。”

袁雯雯在心里叹口气：“换岗后，您知道有多少人在看我笑话吗？”

周允莉叹气：“那有什么办法？给你调岗也是为了你好。以后你给我记着，别跟俞倾硬碰硬。”

袁雯雯扯扯嘴角。

早会上，周允莉就宣布了俞倾跟袁雯雯调岗一事，当然，是说的换岗结束，各自回到原来的岗位。

不少同事不约而同地看向袁雯雯。袁雯雯早就感受到了各种看热闹还有幸灾乐祸的眼神。现在她墙还没倒呢，他们就打算要一起推了。

嗬。推吧，就算推倒了，她也还是比他们有钱！

她随便一个包就顶她们半年工资。

袁雯雯撸起衣袖，托着下巴，把新买的那块手表露出来。

其他人：“……”

袁雯雯嘴角勾了勾，她就是故意让他们羡慕嫉妒恨。她突然很感谢她那个暴发户爹，可以让她想买什么就买什么。

周允莉还在强调上周工作里存在的问题，发现他们的小动作，轻咳两声，他们赶紧回神。

章小池扫了眼会议桌，只有俞倾两耳不闻窗外事，认真记录会议纪要。

周允莉又提醒俞倾：“乐檬那个案子，你跟紧点，跟法律顾问对接好，有什么需要我们提供的，马上就要提供。”

俞倾点头：“好。”

听到“乐檬”两个字，她就头疼。

她没想到，父亲还增持了乐檬的股份，现在是乐檬的第三大股东。

散会后，俞倾盯着“乐檬”二字又看了眼，“啪”的一声合上文件夹。

刚出会议室，她的手机响了，没存名字，尾号是连号。

俞倾走到走廊尽头的窗边，这里安静，没人经过。

其间，响铃结束，然后响起第二遍，她滑动接听。

“是我。”秦墨岭低沉的声音从听筒里传来。

俞倾一时没揣测出他打这个电话的用意。

“俞律师的电话，还不是一般难打。”

“可能是因为有傅既沉的干扰波，对你信号不太友好。”

“……”

俞倾没闲工夫跟他扯皮：“秦总，有何指教？”

“朵新的商标侵权乐檬，你听说了吧？”

俞倾看看手里这份烫手的文件，她总感觉，是秦墨岭故意找碴，让她夹在中间难办。

她没吱声。

秦墨岭的声音又传来：“俞倾，不管你承不承认，你这些年的花销，其中有一部分就是来自乐檬的分红。你说你去哪儿找工作不好，偏去傅氏集团。辞职，回来。你想去硕与，我保证让你进去。”

俞倾笑笑，一一回怼他。

“秦总，你这么说就狭隘了。你们这些大老板不是经常同时投资两家竞品公司？按你这个逻辑，你花 A 公司的分红，就是对不起 B 公司了？工作也讲究缘分，巧了，我就跟傅氏集团有缘。傅既沉舍不得我辞职，我就算辞职，他也会把我抢回去。我暂时没有去硕与的打算。傅既沉也跟我提过，被我给拒绝了。秦总，您还有其他指教吗？”

静默几秒。秦墨岭说：“等我看看书，过两天，我再去找你。”

俞倾：“什么意思？”

通话已经切断。

俞倾把秦墨岭的号码拉入黑名单，犹豫数秒后，又给放出来。

以秦墨岭那个性格，要是真想找她，肯定会换个电话号码再打进来。

一个下午，不知不觉过去了。章小池伸个懒腰：“小倾城，你忙什么呢？从中午到现在头也没抬。”甚至连茶水间都没去。

“忙交接。”

“这么快？不是说要两三周吗？”

俞倾没吱声，下巴对着周允莉办公室方向扬扬。

章小池瞬间明白。俞倾现在在这个岗位上，碍着不少人的眼，特别是朵新销售部那边。

调岗，看似是周允莉在巴结俞倾，其实是不想看到她。即便她是公司未来老板娘，也不可能什么事都随心所欲。而老板为了顾全大局，总要权衡各方利益。毕竟，傅氏集团不全是傅家的，还有其他股东。

俞倾把该交接的都整理好。十分钟前，她收到周允莉的消息，让她明天就跟袁雯雯交接，周允莉见证。

这调岗速度，跟坐了火箭一样。

她手头还有几份重要的经济合同，要拿过去给潘秘书，顺便再把跟潘秘书之间的工作做个交接。她约了潘秘书，潘秘书让她下班前半小时过去。

时间差不多，俞倾抱着文件夹去总裁办。

潘秘书见俞倾来了，带上助理："我们得去会议室，合同太多，我办公桌上摆不下。"

俞倾充满歉意道："不好意思啊，潘秘书，可能要耽误你下班，我那边交接比较急。"

潘秘书什么都懂："不要紧，我没准时下过班，而且路上也堵。"

到了会议室，俞倾把合同一一摊开，有些注意事项她先说给潘秘书听，助理在旁边认真记录。

下班时间到了，他们还没忙完。俞倾的手机震动，有微信语音通话进来。

她的手机就搁在一堆合同旁，潘秘书下意识地看了眼，还以为是自己手机在震动，结果就看到了熟悉的微信头像。

是老板的微信，但屏幕上显示的那个备注，实在太魔幻。

俞倾："……"

她赶紧把手机拿过来，尴尬地笑笑。

潘秘书拿手扶额，原来老板在俞倾那里是这样一个形象。没忍住，他还是无声地笑笑。

傅既沉给俞倾打语音电话是想问她几点下班。

俞倾没接，摁断后给他发消息：在忙呢，有事留言，没事你就先回家。

这女人，就是个无情的机器人。

傅既沉关了电脑，下班。他路过秘书办公区的会议室，门口那个熟悉的背影映入眼帘。他脚步顿了一下，踱步过去。

闻声，几人都转头："傅总。"

傅既沉颔首，还不等他们站起来，他就压压手，示意他们继续忙。

他在会议桌对面找位子坐下，想着等俞倾一块儿回家。

忙完，潘秘书和助理识趣地先行离开会议室。

俞倾收拾文件夹："谢谢我的傅总等我。"

整理好，俞倾跟傅既沉一道离开。

刚出了第一道门禁，有部普通电梯停靠，走出来的是大厅前台的小姑娘，她手里拿着一个快递包裹。

"傅总，您的私人快递，刚到。"

"好，谢谢。"傅既沉接过包裹。

"你网购了？"俞倾凑过去瞅了眼。

"不会网购。"傅既沉自己也不知道是谁给他寄来的包裹，备注是书，发货方是北京一家书店。

他皱眉，心想自己从没在这家书店买过什么书。

平常他看的书，都是潘秘书代劳去买的。

俞倾伸手摸了摸包裹，知道里面是书，一共三本，大小、厚度不一。

"拆开看看，说不定是谁买了直接寄给你的。要不我帮你拆，万一里面有什么恐吓信。"

"用不着，现在快递都是实名邮寄。"傅既沉拆开来，最上面是一张手写卡片——

傅总，你好。前天逛书店，觉得有几本书不错，你很快也会用得上，顺带给你买了。不必客气，举手之劳。——秦墨岭

傅既沉再看看书，一共三本——

《治愈失恋的秘诀》《失恋后成为更好的自己》《失恋男人必读的200个励志小故事》。

傅既沉："……"

俞倾没看到那张卡片上写了什么，傅既沉看完就把它撕碎扔到了垃圾桶里。

她看着书名，没憋住笑出声。

"谁这么损啊？"

说完，她又后知后觉，这八成是秦墨岭。不过，她也只能假装不知道。

傅既沉把自己的包和钥匙扣连同手机放到她手里，他拿着那几本书走去

电梯。

俞倾紧跟上去，又瞅瞅那几本书，若无其事地问他："怎么有人给你寄这样的书？是不是因为你没告诉你朋友，你有未婚妻，他们搞恶作剧？"

"没留名。无聊的人多了去。"傅既沉又把几本书的书名看一遍，知道秦墨岭是以这种形式告诉他，俞倾早晚要回去和自己结婚。

"你说这几本书，我用不用得上？"他突然幽幽开口。

俞倾眨了眨眼，笑："肯定用不上呀。你的初恋还保留着呢，不谈恋爱，何来失恋之说？你说呢，傅总？"

傅既沉"嗯"了声。她什么时候都做得滴水不漏。不过手里这三本书，是不定时炸弹，又是警钟，时刻提醒着他——俞倾并不彻底属于他。

如果哪天俞家和秦家对外公布婚讯，他跟俞倾之间，基本没回头路可走。

坐上车，俞倾津津有味地看起了《失恋男人必读的200个励志小故事》。

傅既沉的目光从她身上扫了不下十八回，她一点反应都没有。他找话说："肖以琳不是说要给你手写道歉信？"

俞倾翻页，嘴角勾着笑。

过了半晌她才回："嗯。怎么了？"

傅既沉："道歉信给你了？"

俞倾点点头。

"写了就好。"傅既沉借此机会说，"犯错不要紧，人非圣贤，没哪个人一辈子不犯错。重要的是，犯错后要知道悔改。"

他握着她的后脑勺，用力晃了晃："俞律师，你说呢？"

俞倾忽然侧目盯着他，知道他刚才那番话是暗示她坦白从宽。

她扯偏话题："你要是不提，我差点忘了，肖以琳的语文功底不行，她'的地得'不分，好几处都用错了，我得跟她说一声，让她把抄送所有部门的电子版本给改正过来。"

傅既沉："……"

他把她的脸推过去："看你的书吧。"

他是千方百计给俞倾坦白交代的机会。可偏偏，俞倾油盐不进。

汽车再次经过俞氏银行大厦总部。俞倾在专注看书，没注意汽车开到了哪儿。这回换成傅既沉盯着大厦。

很快，汽车驶过大厦。

夜里十一点多，傅既沉忙完回卧室。俞倾还没睡，趴在床上看书。她早就洗过澡，半干的长发被扎成一个高高的丸子。

她穿着一条水蓝色露背睡裙。

绸缎质地的水蓝色睡裙比之前那条黑色吊带睡裙更清凉。

黑色吊带裙是半露背，这条水蓝色的是深V全露背，把她引以为傲的脖子和后背全部展示在傅既沉眼前。

傅既沉走到床边，瞅了眼她面前的书，还是秦墨岭买的那本，她看得入迷。

看在她今晚穿的这条睡裙的分上，傅既沉没跟她计较。

他坐在床沿，低头在她腰间亲了下。

俞倾没给反应，注意力都在书里。

傅既沉见她还盯着书，说："差不多得了，靠这么近，眼睛会瞎的。"

"哦。"俞倾又翻一页。她头一次看这种类型的书，觉得蛮有趣，看起来就放不下。

"帮个忙，把我手机拿来，谢谢。"

傅既沉亲着她后背："手机在哪儿？"

"不知道。"

她一晚上只顾看书，不记得手机搁哪儿了。

傅既沉在卧室找了一圈，没看到。他用自己手机打她语音电话。

俞倾依旧沉迷在好玩的小故事里。

傅既沉循声找去。之前俞倾窝在沙发里看书，手机掉到侧边夹缝里。他这边的呼叫还没停，俞倾手机屏幕一闪一闪。

他把手机够出来，刚要摁断通话，俞倾手机上给他的备注闪亮入眼。

他一字一句地读了出来："疯狂勾引小美鱼的猫。"

俞倾："……"

她头一歪，枕在胳膊上装睡着了。

他把气调顺了才走过去，用力推她："别装死，给我解释解释，什么叫疯狂勾引。"

俞倾咬着嘴唇，两眼紧闭，忍着笑。不管傅既沉怎么摇晃她，她就是不睁眼。傅既沉有一点特别好，就是从来不挠她痒痒。

她怕痒，以前跟他说过，就算玩笑时，也不许挠她痒痒。他就一直记着。

“今晚太晚了，我不跟你计较，你好好给我反思，想想这个备注要怎么改！最迟期限，明晚。改得我满意了，既往不咎。要是我不满意，你看我明晚回来怎么收拾你。”

翌日，周二。

俞倾和袁雯雯交接工作，忙了一上午。

工位没变动，搬文件柜里的合同花了好一会儿工夫，快到中午才交接好。

俞倾从早上到现在一口水都没喝，她拿上杯子去倒水，刚走两步，就见袁雯雯拿着一沓资料，迎面走过来。

“俞律师，还有份法律意见书要完成，资料都在这儿，明天下班前要写好发给副董事长助理。”她笑笑，“辛苦啦。”

她把资料搁在俞倾桌上，转身就要走。

“等一下。”

“还有什么吩咐？”袁雯雯转身。

俞倾下巴对着那沓资料扬了扬：“什么项目？”

“哦，集团高层决定投资入股一家科技公司。”

“这么大一个项目，我光是看资料、做尽调都要一两周，你口气倒不小，让我明天下班前就得完成。”

袁雯雯微微一笑：“所有资料我都给你准备齐了呀，前期尽调我也都完成了，只是写一份法律意见书，费不了你多少时间。”

俞倾退到座位前，翻了几页资料：“就你尽调来的资料，能用？”

袁雯雯：“……”

俞倾抬眸：“你还有没有一点职业素养？属于你的本职工作，你听说要调岗，直接甩手不干，等着把责任推给我。”

袁雯雯反驳：“什么叫把责任推给你？我这不是知道自己几斤几两嘛。我现在才知道，在其位，谋其政。”

“嗯，有道理。”俞倾笑笑，“你忙去吧。”

俞倾先去倒水喝，回来后，抱上这沓资料直接去了周允莉办公室，门敞开着。

“主管。”

周允莉正回邮件："俞倾啊，进来吧。"

"什么事？"她接着回邮件。

俞倾把那沓资料放在桌角："主管，集团要投资入股科技领域？"

"对。"周允莉这才看一眼桌上的资料，不用想，是袁雯雯把这个工作直接当皮球一样，踢给了俞倾。

踢就踢吧。反正对俞倾来说，信手拈来。

俞倾拿了最上面一份资料翻开来，假模假样在看："主管，这个投资项目，您熟悉吧？"

"熟悉。"前期都是她自己经手的，"要是有不懂的，你尽管问。"

俞倾把手里文件放回去："那我就放心了。"

周允莉没细品她这话里的潜台词："以后不管什么工作，只要不明白的，你就直接来问我，打个电话也行。"

她现在特别好说话。

"那谢谢主管了，不过打电话多麻烦呀。"

"嗯？"

周允莉还在打字。

俞倾"以其人之道还治其人之身"："既然您熟悉，又是您擅长的，今晚就麻烦您帮忙加班做出一份法律意见书。"

本来"噼里啪啦"在响的键盘声突然消失。

周允莉倏地抬头，脸上笑意全无。

俞倾跟没事人一样："我晚上要跟傅既沉去约会，一点时间都没有。麻烦您啦，主管。今晚您要是来不及做好，明天上午给我也行。对了，这些资料，袁雯雯交给我时，可是没有任何交接手续，您一定要好好保管，万一弄丢了，那可就是袁雯雯的责任。您忙，我不耽误您了。"

也不管周允莉脸上是什么表情，她转身，扬长而去。

周允莉鼻息不由得加重，半晌都没缓过劲，整个人都是崩溃的。

她有个手指压在了键盘字母 A 上，满屏都是"啊啊啊……"。

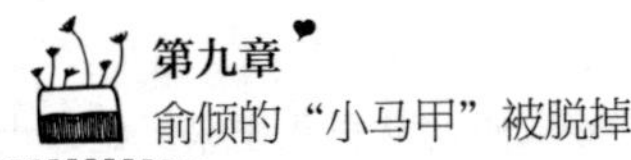

第九章
俞倾的“小马甲”被脱掉

中午，俞倾在办公室磨蹭了一会儿才去食堂。她一直在想给傅既沉改个什么微信昵称。

她到包间时，傅既沉已经开吃。

她瞅着他：“你一个人吃得下？”

傅既沉看她一眼：“为什么吃不下？你不来，没人跟我抢。”

俞倾紧挨着他坐下，凑到他碗边，啃了一口米饭。

“你碗里有饭，你吃我的干什么？”

“别人碗里的香。”

俞倾拿起自己的筷子，六道精致的菜，都合她胃口。她主动汇报改备注情况：“我绞尽脑汁，给你取了个你肯定喜欢的备注。”

“嗯。什么？”

俞倾从兜里拿出手机，解锁，递给他。

傅既沉点开微信，他的备注被改成“放飞小鱼风筝的猫”。

俞倾瞅着他：“怎么样？”

傅既沉看了又看，跟他给她的备注“钓到猫的鱼”还算搭。

他关上手机，怕她太骄傲：“勉强算你过关。”

俞倾给他夹菜：“多吃点，不然风大时，你都拽不住风筝的线。还有啊，记得把我放高点，低了看不到好看的风景。”

傅既沉敷衍地“嗯”了声。

现在不是他不想放高，而是放高了不安全，因为秦墨岭还想着追她。

早起的后遗症就是饭后困，俞倾打了个哈欠，拿上杯子去倒咖啡。

茶水间旁边就是走廊尽头的窗，闲聊远眺最佳地。行政部几个女人趁着午休，又开始忙她们的八卦事业。

她们对俞倾依旧是以前那样，笑着点点头打个招呼，而后继续说说笑笑。

俞倾还没进茶水间，袁雯雯端着咖啡，从里头出来。她边走边轻轻搅着杯子，冲着俞倾假假一笑，嘴角还有一丝不屑。

袁雯雯刚坐到位子上，就被周允莉叫过去，肖以琳也在主管办公室。

周允莉指指桌前面另一张空椅子：“坐。”

袁雯雯扫了一眼肖以琳，又看向周允莉：“主管，您找我什么事？”

周允莉抿口茶，说：“肖经理这边有个合同，你给调整一下。”

袁雯雯一头雾水：“调整什么合同？”

周允莉就没打算隐瞒袁雯雯，简明扼要地和盘托出：“肖经理还是想把北京这边的经销商换成卓华商贸。”

袁雯雯知道这事儿。当初就是为了这事儿，俞倾跟肖以琳开会时才有了冲突。现在这事连老板都知道了，她们还敢这么明目张胆地违规操作？

“这怕是不妥吧？”

周允莉脸上明显不悦：“你等我把话说完。不违约，继续跟钱老板合作。但也跟卓华把合同签了。”

袁雯雯不明白：“这跟之前有什么区别？”还不是不解除合同，又新签一份合同？这跟一房两卖是一个道理。

最后还不是惹一身臊？

周允莉耐心解释：“区别大了。钱老板继续做他的总经销，给卓华商贸设定成分销商。”

“可……分销商要从总经销那里进货，卓华那么大一个公司，能甘心从钱老板那里进货，让钱老板赚中间差价？”

周允莉看了眼肖以琳，这才说：“给卓华商贸单独开账户，他们可以直接打款到朵新账户，从朵新仓库发货，不用走钱老板那边。”

袁雯雯:“我好像记得,为了维护总经销利益,分销商不能单独开账户,不能越过总经销直接拿货。合同里都有规定吧?”

虽然她没接触过朵新的经销合同,但这么简单的道理,她还是懂的。

就像她爹,做某护肤品北京总代理,北京这边大大小小的专卖店都要从她爹这里拿货。要是每家店都能直接从厂里进更便宜的货,那她爹还赚个啥钱呀?

周允莉接过话:“合同里是有规定,所以不是让你过来调整嘛。”

袁雯雯看着主管:“怎么调整?”

这时,肖以琳开腔:“之前跟钱老板签的合同,里面有一条款规定,不许分销商单独从朵新进货。我想跟钱老板重签合同,把这条改一下,反正我们合同这么多页,他也不会关注这一条。签了后,就算他打官司,我这边也会有理由,就说他当初答应签这份合同,是为了保留经销商资格,公司也是给了他情面,才留下他这个经销商资格。”

袁雯雯:“……”

那以后北京这边就有两个经销商,虽然卓华商贸名义上是分销商,可他们跟总经销享有的权利是一样的。以卓华商贸的实力,岂不是能很快吞掉钱老板的市场?到时钱老板是哑巴吃黄连——有苦说不出。毕竟,白纸黑字的合同在那儿,也是他签了字盖了章的。

他自己不看合同内容,或是看得不仔细,也不能怪别人。

这招,真的狠。

“可是,突然说要重新签合同,你拿什么理由去说服钱老板,让他没有任何防备之心,就把合同给签了?”她看向肖以琳。

肖以琳笑笑:“这个简单。就说我们朵新这边开户银行有调整,反正朵新有好几个开户行,换个之前钱老板不知道的开户行就可以了。他为了方便打款进货,自然而然就把合同签了。”

她稍微停顿下,然后继续说:“所以要麻烦你换岗后,把电子版合同里的那条给改掉,再打印出来走流程。”

肖以琳该说的都说了,她感谢一番周允莉,然后起身告辞。

袁雯雯下意识地咬咬唇,她感觉自己在助纣为虐。

明明,钱老板什么都没做错。可朵新联合着另一个经销商想要吞掉他的市场,还不用付出一分钱的赔偿。

“发什么呆呢！”周允莉在桌上敲了两下。

袁雯雯回神：“主管，我觉得这样搞，不太合适吧？”她现在仿佛有点理解当初俞倾为什么要跟肖以琳吵架，她现在也想跟肖以琳吵一架。

“不合适？”周允莉反问，“哪儿不合适了？”

不等袁雯雯张口，周允莉接着道：“你当初顶替俞倾岗位时，你怎么不说不合适了？你写的法律意见书不合格时，让俞倾给修改，你怎么不说不合适了？你进傅氏法务部还是你舅舅托的关系，你怎么不说不合适了？”

袁雯雯：“……”

她竟无言以对。

下班前，俞倾接到周允莉电话，对方通知她，朵新侵权案子交给别的律师，让她一心一意跟进投资科技领域的那个项目。

“谢谢主管。”

周允莉不咸不淡地“嗯”了声。

俞倾知道，周允莉还在生气，气她把法律文件书直接推给自己。

挂了电话，俞倾看着手里的文件若有所思。让她头疼的乐檬的案子，不需要她过问了。只有一个可能，那就是傅既沉的安排。

万一哪天大家知道她是乐檬股东的女儿，她又没避嫌，参与了这个案子，会给人留下话柄。

傅既沉提前把麻烦给解决掉，这样她就不用夹在中间为难。

正走神时，俞倾接到傅既沉的消息：我在地下停车场等你。

俞倾：你今天这么早下班？

傅既沉：去爷爷家。

俞倾收拾好，直接乘总裁专梯下去，搭他的顺风车。

到了公寓楼下，俞倾下车，傅既沉去爷爷家。

俞倾目送汽车离开，刚到楼上书房，就收到鱼精给她发来的消息：爸知道你跟傅既沉在一起的事了。

没用几分钟，父亲的电话打进来。

俞倾知道这回躲不过去，她接听。

俞邵鸿气得快要发心脏病：“俞倾，你说你胆子是有多肥，你跑去傅氏集团上班，还跟傅既沉在一块儿！”

他给女儿下最后通牒：“我给你一星期时间，你把你工作辞了，跟傅既沉做个了断。”

“要是我不呢？”

“你要是照我说的做，我会考虑傅既沉的面子，暂时先不公布你跟秦墨岭的婚事，你回来就和秦墨岭领证，等明年办婚礼时再公布你们的婚讯。”

俞邵鸿把所有后果都说给她听：“你要真是一点都不为傅既沉的面子着想，我现在就公开婚讯，到时傅氏集团上上下下在背后会怎么议论傅既沉，你心里应该有数。”

俞倾不紧不慢道：“威胁我？”

“你亲爹威胁你，总比有天秦墨岭威胁你好。我是你爸，凡事好商量，等秦墨岭要决定公布了，那可真就没有回头路了。”

俞倾随手拿了一本书看，翻了一页书，又翻一页，再翻一页。

俞邵鸿那边，听到的是一阵阵“哗啦哗啦”的刺耳声。

俞倾还在翻书，快翻到中间页，一个字都没看。

“爸，我是律师。”

“嗯。知道你嘴皮子不饶人。”

“这都是小意思啦。”

俞邵鸿：“……俞倾，你别油嘴滑舌，我没跟你开玩笑！你以为这事你嘻嘻哈哈两句，就能过去？”他越说越气，“要不是秦墨岭放你鸽子，混账在先，这事我都没法跟秦家交代。现在两家长辈只有一个想法——你们这对半斤八两，赶紧结婚！”

“结婚，不可能。公布就公布，无所谓。”

俞邵鸿以为她没辙了，给她台阶下：“你回来吧，什么话都好说。”

俞倾合上书：“爸，我刚刚的话还没说完，我是律师，我怎么会让自己被威胁到呢？既然你们选择釜底抽薪，我就只好鱼死网破。如果是您公布，我立马找媒体，凭着我精湛的演技，我会在媒体面前哭诉，说我跟傅既沉相恋多年，您是如何棒打鸳鸯，非要拆散我跟傅既沉，让我嫁给我不喜欢的人。要是秦墨岭敢没经过我允许就擅自公布婚事，我分分钟让他变成男小三，把他钉在耻辱柱上，让他这辈子都下不来！”

“你……”

“我什么？爸，您是不是想夸我，反应敏捷，处事冷静，特别像您年轻的时候？”

俞邵鸿：“……”

他深吸口气，过了好半晌才出声：“俞倾，你说我怎么生了你这么个东西！”

“这就深奥了，要从遗传学和生命科学说起。”俞倾微笑，“您现在有时间吗？我可以免费给您科普一下这方面的相关知识。”

俞邵鸿直接挂了电话。

老爷子的别墅，离公寓这边有二十多分钟车程。

傅既沉上次过去，还是两周前。

老爷子刚练完太极，穿着练功服，精神矍铄，正站在梯子上，修剪院子里葱郁的乔木。这是今天不同寻常的地方。

老爷子平日里只修剪花花草草和灌木，至于乔木，任其生长。

汽车停稳，傅既沉下来。

“爷爷，您今天怎么有这个兴致？”

“咔嚓”一剪刀，树枝落下。

“十几年没修了，你看看，长得张牙舞爪的。”

傅既沉明白，爷爷借喻，十几年没管他，任由他肆意妄为，但终究出现问题了。

老爷子把剪刀合上，交给管家，他下梯子。

“听说，你放弃了一块地的竞拍。”

“嗯。俞倾给我提了醒。”俞倾给他那张储蓄卡的目的，就是提醒他负债别太高，要有足够用于运营的现金流。

爷爷既然让他来，那一定是有什么重要的事。

俞倾的事，瞒不过爷爷，也就没必要再遮着藏着。

老爷子便直言不讳：“俞家那丫头，不是一般能花钱。最高日消费，三千四百多万，订了两辆跑车，买了四块手表、八个包，还有多少瓶香水来着，这个我记不得了。”

傅既沉接过话：“她也是偶尔才那么花一次。”顿了顿，又说，“我赚的钱，够她花。”

“呵呵。”老爷子脱了手套，踱步去茶盘前，夹了一小杯热茶，“我还没说什么呢，你就开始护短了。”

老爷子嘬口茶，说：“你跟秦墨岭，你们游戏人间，没想到碰到了一个超级玩家。”

傅既沉：“……”

老爷子示意傅既沉看整个院子，今天下午他带几个工人一块儿修剪，把院子里所有的花草树木都修理了一遍。

“这下看上去整齐多了吧？没有规矩，到底不成方圆。”

傅既沉没应声，他双手插兜，随着爷爷手指的方向，视线一一掠过。

暮色一层层加深，院里的路灯亮了。老爷子放下茶杯：“走吧，进屋去。”

傅既沉到家，书房里的灯亮着。俞倾侧趴在桌上，眯着眼，一动不动。

他以为她又在跟他玩闹，走过去，低头含住她耳垂亲了下。

俞倾一个激灵，吓得猛地抬头。

闷闷的一声，傅既沉一只手捂着自己被撞的鼻子，另一只手揉揉她额头。

俞倾恍惚了一瞬，才知道自己在哪儿。

“你刚回来？”

“嗯。你怎么在书房睡着了？”

“想事情，后来觉得没劲，就睡着了。”

俞倾还有点迷糊，这会儿不管是脑子还是心脏，都处在低谷。她靠在傅既沉身上，缓了缓。

跟父亲打完那通电话后，她想了很多，也想到很多人，想外婆，想到了许久不曾联系的母亲。她想记起，上次跟母亲见面是什么时候，努力想了又想，没记起来。可在她小时候，母亲因为怨恨父亲，连带着也不喜欢她的那些言语和画面，现在依然深深刻在脑海里。

哪怕当初，外婆握着她的手哄她睡觉时，说那是母亲由于生气瞎说的，她也依旧没能忘记。

她还想到了俞家。其实那只是给了她一个姓氏的地方，不是家。

“你打个盹还有起床气？”傅既沉垂眸看她，她额头抵在他腹部上，一副没睡醒的样子。

俞倾回神：“对我来说，只要是眯上眼再睁开来，就有起床气。”

她起身，打个哈欠，径自走出去。

“睡觉了？”

“不睡，别动我电脑，我还要接着加班。”

俞倾去洗手间用冷水洗脸，清醒后，回到书房。

傅既沉靠在桌边，看着她进来，坐下。洗过脸之后，她又立刻精神满满。

他看眼时间：“快十二点了，睡觉。”

俞倾：“我不困。”

“我困了。”

“那你睡你的呀。”

傅既沉把她拽回卧室：“你待会儿窸窸窣窣的，会影响我。”

俞倾脱了睡袍，去找睡衣，被傅既沉直接带进怀里，拉被子盖好。

“什么工作，这么急着加班？”他问。

俞倾简单说道：“我推给周允莉了，不过我自己也想做一份。别人写的法律意见书，我不放心。”

她纳闷：“你们的目标公司，为什么没有新建科技？”

新建科技的实力和团队都不错，也经历过资本市场的洗礼，大浪淘沙，最终安然无恙。

“我个人挺看好新建科技。”

傅既沉问她：“新建科技的老板，你知道是谁吧？”

“乔维铭。”

俞倾后知后觉：“是不是跟乔洋家有什么关系？”

“乔洋二叔，我的网球老师。他不懂技术，不过他管理运营有一套。”

俞倾明白了：“你是为了避嫌，怕到时投资了新建科技，其他股东会怀疑你利益输送？”

她觉得大可不必：“其实，你们这种关系，也不算在要避嫌的范畴。照你这么说，金融圈里绕来绕去，有几个不熟悉？如果都避嫌，那还怎么投资？”

“不一样。新建科技的幕后老板是我，我是最大股东。”

“隐名股东？”

“嗯。”

俞倾突然有了兴致，靠近他，枕在他胳膊上。

傅既沉侧躺着，把她半压在身下：“你要不要这么现实？知道我身家多了，立马跟我套近乎。”

很难得，俞倾没怼回去，跟他说正经事：“傅氏集团高层知不知道新建科技是你的？”

“不知道。也没几个人知道。”

傅既沉见她兴致颇浓，就跟她多说了几句：“当初我创业，是乔老师无条件给我天使投。后来新建科技遇到困难，乔老师都有了申请破产的打算，我拿钱盘活了，后续又砸了不少钱进去，这才有你看到的新建科技。”

他也没瞒着她：“当初考虑隐名，是怕秦墨岭知道我投资新建，他会针对新建。”

秦墨岭旗下也有科技公司，跟新建的不少业务互相重合。

俞倾猜测：“你也是为了掣肘秦墨岭的科技公司才决定那么大手笔地投资新建的？”

傅既沉反问：“不然呢？我又不是做慈善的。”

俞倾直觉：“你是不是也没跟新建科技签隐名投资合同？不然秦墨岭不会查不到你是幕后大股东。”

傅既沉“嗯”了声。

职业病使然，俞倾建议他：“趁早想办法补一份投资合同，不然到时新建科技万一脱缰，你就再也掌控不了它。”

这种事情她看了太多，一开始创办公司的老板没钱，问朋友、亲戚借，承诺是入股，赚了钱分红。等到公司真的赚了大钱，人心就贪婪无比，公司老板不承认是入股的钱，硬说是当初借的钱。

要是没证据能证明是隐名入股，那也只能当成是借款，还本金加利息，之后公司赚多少钱都跟那些亲戚、朋友没丁点关系。

傅既沉：“我心里有数。新建科技那边，管理层三分之一是我的人。”

他拍拍她：“睡吧。”

俞倾也困了，转身，想爬过去枕自己枕头，下一秒，被傅既沉又圈进怀里，她的后背贴着他的前胸。

傅既沉没有困意，心里想着的是，要怎么让她在他面前说出自己的身份。

周五那天，天阴沉沉的。天气预报说，有雪。

大风刮了一上午还没停。

人站在高层窗边，感觉下一秒窗子都能被狂风卷走。

俞倾忙了一下午，终于得闲喝水。

自那晚起，父亲再也没打电话给她逼着她回家。而秦墨岭，也没出现。

她心里隐隐生出一种不安。今晚她还要和傅既沉吃饭，之前他带她逛街买了那么多衣服，所以今天她请客。

阴天，天黑得早。下班时，天已经黑透。

俞倾头一回请傅既沉吃饭，准时下班。

吃饭的地方是傅既沉定的，一家口味清淡的私房菜馆，位置比较偏，独门独院。房子应该有些年头，院子里古树木参天、葱葱茏茏。三层楼的房子就掩映其间。

如果是白天来，景色颇佳。

“这家店老板的身份也不一般吧？”

“从哪里看出来的？”

俞倾趁机夸他：“连你都过来吃饭。”

“你溜须拍马的功夫见长。”

“傅总过奖，这不是近朱者赤嘛。”

傅既沉幽幽望她一眼。

俞倾若无其事地欣赏院子里的景。

傅既沉说起这家店的老板：“季家一时兴起开着玩儿，算是自家食堂。”

俞倾屏住呼吸：“哪个季家？”

“季清远，听过没？他老婆跟你一样，对吃比较讲究。”

竟然是她姐夫家开的私房菜馆……俞倾下意识地把风衣衣襟拢了拢。

今天风大，要捂好小马甲。她总感觉，傅既沉要借此脱掉她的小马甲。但愿是她多想了。

到了预订好的包间，俞倾环顾打量房里的装修，看出是俞璟歆喜欢的风格。

傅既沉让服务员都离开，他不喜欢吃饭时旁边站这么多人。

包间门关上，傅既沉转身，透过窗子看院里的夜景，清新幽静。

这是他喜欢来这里吃饭的原因。

“季清远是俞璟择妹夫。”

俞倾的目光还在别具一格的室内摆设上，她假装感慨一下：“难怪了，原来都是有钱人。俞璟择的妹妹可真幸福。我跟她都姓俞，同姓不同命呀。”

傅既沉别有深意地笑了笑：“你命也不错。你看谁有那个福气让我天天陪着吃饭？”

“……”俞倾权当他安慰她。

服务员送来了餐前果盘。这是俞倾的饮食习惯，饭前吃点水果，充饥减肥。

果盘主题是“冬日雪屋”，跟今天的天气应景。

一个精致的用各种水果拼起来的彩色小屋，安静地坐落在水晶盘里。

雪屋屋顶用白色草莓装饰。屋前的篱笆和草地上落满了雪，雪花是用白巧克力屑做成的。厚厚的雪地上，有一小串小鹿的脚印。

俞倾研究半天，还没确定先吃哪个部位。

傅既沉没想到一个果盘而已，竟能让她像写法律意见书那样，一本正经地伤脑筋。

上一分钟她还小心翼翼，生怕自己身份暴露。这一秒，她沉浸在吃的世界里，无法自拔。

“俞倾。”

“嗯？”

傅既沉再看她时，她把小屋的窗户拆下来吃了。

他：“……”

窗户是柠檬削片做成的。

“你要说什么？”俞倾吃完“窗户”，半起身，对着小屋的烟囱，“咔嚓”一口，烟囱被咬了半截下来。

她又咬了一小段“篱笆”，两种水果混在一块儿吃。

傅既沉被她这种没心没肺的吃法给气得一时忘了要说什么。

“怎么不吱声了？”俞倾瞅着他。

傅既沉：“我好像记得，鱼也是有心的。”

俞倾点头：“有啊。不过鱼的心可小了。”她给他科普，“鱼只有一心房、一心室，只够自己住的。除了月鱼，鱼还是变温生物，也就是冷血动物，哪里温度舒适它去哪里。”

说着，她把其中一扇门卸下来放嘴里。

“还有什么想知道的？”

傅既沉：“……没了。”

他的手机震动，有消息进来：你跟俞倾到饭店了？

他回：嗯，她在吃水果。

——我们也到了。随时保持联系。

隔壁包间。

俞邵鸿感觉今天这顿饭有点鸿门宴的气氛。下午，他接到大女儿璟歆的电话，她说晚上想跟他一起吃个饭，就在季清远开的私房菜馆。

他也有些日子没见到大女儿了，就推了晚上的应酬，忙完直接过来了。

他到了包间一看，没想到俞璟择也在，还有季清远。

“你们今天都不忙？”

俞璟择退出聊天框，把手机搁桌上：“忙。璟歆说要一家人一起吃顿饭，我就过来了。”

他看向俞璟歆：“是不是有什么事？”

俞邵鸿也看向女儿：“怎么了？”

只有季清远，不紧不慢地喝着一杯白开水。今晚，他跟俞璟择还有俞璟歆，都是专业的演员。

只有岳父，被蒙在鼓里。

俞璟歆一脸淡定：“我这段日子精力都在孩子身上，也没空陪爸，前两天又听说了俞倾那事，总是这么下去不是办法。”

提起俞倾，俞邵鸿五脏六腑都疼得慌。

说秦墨岭是男小三，还要把人家钉在耻辱柱上，又要给他科普什么遗传学、生命科学。

他摆摆手：“不提她，不提她。提她我就少活好几年！”

“爸，你要是再不管她，就没人管她了。”俞璟歆给父亲倒上一杯红酒。

俞邵鸿把酒杯端到俞璟择跟前：“你喝吧。”

他转头跟女儿说：“你少倒一杯，我那杯给你哥。平时你们天天叮嘱，让我少喝酒少喝酒，可应酬时，不喝也不行呀，身不由己。今晚跟你们一块吃饭，我就不喝了。”

俞璟择跟俞璟歆不由得对望一眼，不喝的话，待会儿那场戏不是太好演呀。最好让他喝得半醉不醉的，才不至于太尴尬。

俞璟歆也不好执意让父亲喝酒，她给自己倒上一杯，刚要收起酒瓶，有只高脚杯被递到了她面前。

她微微侧目，季清远正看着她。

父亲还在场，她就勉强给季清远倒了一杯。

俞璟歆转过身，继续跟父亲闲聊，说的都跟俞倾有关：“爸，俞倾这种性格，也不是她的错，你别怪她。”

“怎么就不是她的错了？难不成还是我的错？”

“还真是。不是有句老话，养不教，父之过。”

俞邵鸿不乐意了：“我怎么就没教育她了？”

“她还小的时候，你忙得一年半载才有空去上海看她一次。她有时都认不出你，相处个一两天才跟你熟悉，但你又得回北京忙了。这可是你自己说的。”

俞璟歆隔空跟父亲碰杯，她轻抿一口红酒。

俞邵鸿欲言又止，大女儿这番话，字字诛心。

俞璟择顺势把一杯红酒递给父亲。

俞邵鸿拿起高脚杯，微微仰头，一饮而尽。

俞璟歆又给父亲倒了一杯：“我知道，您忙公司忙赚钱，忙着养我们兄妹三个，不容易。这杯我敬您。”

她再次跟父亲碰杯。

俞邵鸿又喝一杯。

他心里发闷。说起做父亲的责任，他挺对不起俞倾的。他转着手里的空杯子，叹口气，道：“我知道你们都怨我。”

“怎么会。”俞璟歆给父亲夹菜，“嘴上抱怨两句肯定免不了，不过心里都记着您的好。”

放下筷子，她给父亲又续上一杯红酒。

俞邵鸿苦涩地笑笑：“俞倾那个小王八蛋呀，她心里谁都没有。我算看透了，对她再好都没用。”

他跟大女儿倒苦水："我那天给她打电话，我想见见她，问她在哪儿，她说她在地球上，你说她气不气人！"想想心里都堵。

他抬手把酒灌了下去。

"她能跟你斗嘴，就说明也不是真的要气你，真想气你，直接把你拉黑了，眼不见心不烦。"俞璟歆拿上手边的毛巾，包住红酒瓶，正想给父亲的酒杯再加满。

"咯咯。"俞璟择干咳两声。

他是提醒妹妹，别再倒了，一会儿父亲要是喝趴下了，接下来的戏还怎么演？

俞璟歆光顾着跟父亲说话，没接收到俞璟择的信号。

季清远伸手拦住她倒酒的动作："差不多得了，这酒后劲大，喝多了伤胃。"

她的几根手指被季清远压在了掌心。

俞璟歆不动声色地抽出手，整个手背都放在湿毛巾上蹭蹭，接着给父亲夹菜："这道菜是厨师新琢磨出来的，爸您尝尝。"

季清远余光瞥了一眼她那只手，手指修长，白嫩，就是刚才擦手那个动作，实在碍眼。

这些小动作，都落在俞璟择眼底。

结婚四年，日子过成他们那样，也是一种本事。他一度以为，璟歆迟早要跟季清远离婚，谁知道，今年居然还生了孩子。

俞璟择倒了一杯白水："爸，这杯敬您，这些年，您辛苦了。"

俞邵鸿蹙眉，忽然笑了："不是……今晚什么情况？"

"就是觉得，您既当爹又当娘，不容易，一把年纪，还得成天替我们操心。"俞璟歆揽过话头。

俞邵鸿跟儿子碰杯，杯里的酒一口下肚。

他揉揉眉心："俞倾要是有你们一半懂事就好了。她呀，哪里有马蜂窝她往哪里捅，还非得把马蜂窝捣下来。"

说起马蜂窝，就不得不提傅家。

"你们还不知道，傅家老爷子，发飙了。"

俞邵鸿半起身，拿过酒瓶，给自己倒上半杯："我也理解老爷子，毕竟哪个长辈能忍受自家孩子被别人家孩子玩弄于股掌之间呢。"

俞璟择把酒瓶收起来，喊来服务员拿走。

俞邵鸿虽然一直吐槽小女儿，可还是想见见她。

他借此机会，示意俞璟择：“你现在就给俞倾打电话，让她过来一趟，趁你们都在，看看这个事到底怎么处理。”

俞璟择知道俞倾就在隔壁，他没打。

“等明天再找她，她现在赶过来，菜也凉了。”

“菜凉了，热热不就行了？”

“……”

俞邵鸿自己拿出手机：“我知道你们都向着她，你不打就算了，我自己给她打。”

“我打吧。”俞璟择拨号前，看了一眼季清远。

包间的墙隔音，可门没那么隔音。俞倾看到是他的电话，第一反应肯定是出来到走廊接。

那说话声说不定就被父亲听见了。

季清远会意，起身：“我去厨房，吩咐他们给俞倾加几道菜。”

他出去，关上门。

他没走远，就站在走廊上。

俞倾的手机震动，有来电，她下意识就挂断。

她刚要给俞璟择发消息，那边又打过来。

看来有突发情况，不然鱼精不会这么着急打两遍。

傅既沉正在扫尾她的那个果盘，还剩下半堵墙、半边篱笆。他不紧不慢地吃着，视线一直在她身上。

俞倾淡然道：“家里的电话，肯定又是跟我掰扯不婚还是结婚，我出去接，怕吵起来，影响你食欲。”

她快步离开，打开门，前脚刚跨出去，又硬生生退了回来，赶紧关门。

今天喝凉水都塞牙缝。她看到她姐夫正站在走廊上，好像在接电话。

还好，他侧对这边，没看到她。

傅既沉要笑不笑：“怎么又回来了？”

俞倾单手抱臂：“外面冷。”

她靠在门边，接电话。

“在哪儿？”俞璟择问。

“哦，跟上司在外面吃饭。”

“那你先忙，结束了打我电话。”

俞倾松了一口气，还以为家里发生了什么大事。

傅既沉看着她：“我现在不是上司。”

俞倾坐过去：“嗯。是我一个人的傅总。”

“家里是不是有什么事？”

“没什么。日常唠叨。”她转移话题，“傅总，我卖个东西给你。”

傅既沉调侃：“是不是要卖矿给我？”

“批发秋波给你。”她送他几个媚眼，然后抱着他脖子，“你收了我的秋波，是不是也得礼尚往来？准备送我什么？嗯？”

她撒娇时，没人扛得住。

傅既沉低头，给她一个深吻。

刚才那个上司不上司的小插曲就被她成功地打岔过去。

这顿饭吃得还算轻松，傅既沉没多提跟她家里有关的任何话题。

他们这个包间上菜慢，吃到一半时，傅既沉手机震动，他看了眼俞倾，这才接听：“嗯，看过了，有几处要修改，我给标出来了。稍等一下。”

他把手边的车钥匙递给俞倾，小声跟她说：“帮我到车里把电脑拿来，我发个资料。”

俞倾没有丝毫怀疑，拿上车钥匙就起身。不过到了门口，她还是挺谨慎，把门打开一半，先探出脑袋，看看走廊上有没有认识她的人。

结果她就跟两米外的那个人，四目相对。

她瞬间石化。那一刻，脑袋是空白的。

她的求生欲让她条件反射般想要关上门，先躲了再说。父亲总不可能破门而入，而且还有鱼精在，会帮助她打圆场的。

可就在这个时候，传菜生和服务员把门彻底推开，餐车上是热乎乎的菜。

她没法关门。

父亲一喝酒话就多，每次她被父亲的消息狂轰滥炸，就知道他喝了酒。今天看这架势就知道，他喝的也不少。

“俞倾！我今天终于逮着你了。你是不是真不打算认我这个爹了？啊？你说说你都几个月没回家了？我们家跟傅既沉家隔得不远吧？就是走路也用不了你多长时间呀。平常你怕傅既沉发现你是我闺女，你说你不敢回去，我原谅你，我大人不记小人过。可他出差不在家时，你总能回去看看吧！你就算不回家，你好歹也给我打个电话。现在电话包月，花不了你几个钱。你说我怎么养了你这么个东西……你早晚气死我！”

俞邵鸿一只手叉腰，一只手捂着胸口。

俞倾眯了眯眼。一股“泥石流”轰然而下。

她的小马甲，被大风吹走了。

而包间里，傅既沉正在品着美味佳肴，优哉游哉地看一出好戏。

“你刚才鬼鬼祟祟的干什么呢！是不是知道我在你姐夫这儿吃饭，你刻意躲着我？”俞邵鸿越想越气，想上前把她给拎回家。

他刚走两步就被俞璟择一把拉回去：“爸，您别激动，不许打人。”

“我……我……我什么时候要打人了？啊！俞璟择，你给我松手。”俞邵鸿想甩开俞璟择，没甩动，被俞璟择给钳制住，动不了。

父女间，隔着一米多远。

俞邵鸿不知道包间里还坐着傅既沉，俞璟择之所以拉着他，就是防止他看到。

俞璟歆感觉差不多了，适时终止这场混乱：“爸，您喝多了，认错人了，她不是俞倾，就是长得有点像。”

她走过来，搀住父亲另一只手臂：“走啦，走啦，别影响人家。”

俞邵鸿莫名其妙：“我怎么可能认错我闺女！她就是俞倾！我没喝醉！”

俞璟歆却坚持道：“您真醉了。您看您都说胡话了。”

俞倾：“……”

她知道是怎么回事儿了。

今天，傅既沉亲手给她脱小马甲。他收买了俞璟择、俞璟歆，说不定还有季清远。为了照顾她面子，他选择了这样一种脱马甲方式，只有她自家人在场。

俞璟歆拉着父亲：“走啦，不早了，一会儿可能要下雪。”

俞邵鸿郁闷至极，看向季清远：“他们俩向着他们妹妹说话，非说我醉了，清远，你告诉他们，我到底醉没醉！”

季清远顿了下，然后说：“反正不清醒。”

俞邵鸿：“……”

第十章 送她离开

俞邵鸿被儿子和女儿拽走，他叹口气，道：“你们两个小兔崽子，真以为我老眼昏花了是不是？”

俞璟歆这会儿也语气正常了：“爸，你给俞倾留点面子不行吗？说不定包间里还有其他人，你非得在门口嚷嚷？”

俞邵鸿心里酸不溜丢：“她能跟别人一块儿出来吃饭，就是不能跟我一起吃饭。你看她看到我，她连声爸都不喊。”

俞璟歆宽慰他：“被你吓坏了。”

“我长得有这么寒碜？你们哪个不是遗传了我的样貌？我要是长得不好看，你妈妈，还有俞倾妈妈，怎么都要嫁给我？”

“……”

俞邵鸿摁摁太阳穴，被俞倾这么一气，酒精还真有点上头。

走廊上，终于安静下来。

傅既沉走出来，季清远还在门口，两人握手，寒暄两句。

季清远淡淡地笑笑：“不好意思，今晚招待不周。陪我岳父喝了几杯，他喝了不少，我也喝多了。”

他看向俞倾：“你跟我老婆的妹妹，俞倾，长得还真挺像。”

俞倾别开脸，“扑哧”一声笑出来。

今晚，她哭笑不得。

季清远告辞。

傅既沉把她拽进包间，门合上。他找话说，指指刚上来的那道菜，说："佛跳墙，吃不吃？"不吃的话，等回到家，再让厨师给她做别的夜宵。

俞倾认真点头："吃。"

她坐回餐桌前。

傅既沉："……"

果然没心，这个时候还吃得下。

俞倾用余光扫他。

气氛还是有点尴尬的，就像奔现的网友，那层朦朦胧胧的纱彻底没了。

"傅总。"俞倾好奇，"你是怎么说服我一家人都陪着你演戏的？"

傅既沉没说是如何找他们帮忙的，只道："这事再拖下去，我们谁都没法掌控。"

说着，他给俞倾夹菜："陪你玩了这么久，你该玩够了吧？玩够了你好好想想，接下来你该干什么。"

俞倾没吱声，她现在特别怀念掉马甲之前，她跟傅既沉之间的气氛，也怀念，那时的她和他。

她在找一条回去的路，可一时不知道从哪里找入口。

回去的路上，俞倾支着脑袋，望着窗外走神。晚上走廊上那一幕，一遍遍在脑海里回放。不知道回去后，她跟傅既沉要怎么才能愉快相处。

傅既沉也一路沉默，不时地看看俞倾，再看看他跟她此时座位之间的距离。

"傅既沉，我下周一就辞职了。"车厢里昏暗，她也看不清他脸上到底是什么表情，"作为前老板，你有没有什么要说的？"

傅既沉跟她对望："硕与符合你的职业规划。"

不挽留一下拉倒。俞倾嘴角勾了勾："我谢谢你哦！"

傅既沉蹙眉，这句话怎么听着有点像骂人？

到家后，俞倾跟在他后面进屋。她瞅着他的背影，心情复杂。平时，她能直接抱住他，两人做最亲密的事，今天不行了。

傅既沉脱了风衣放一边："我还要加班。"然后他去了楼上书房，把门关上。

俞倾跟他一道上楼，盯着紧闭的那扇门，心想：他这是什么意思？

回到卧室，俞倾在沙发上坐了好一会儿。她千算万算，没算到秦墨岭要吃回头草，要这么拼命地横插一脚，打乱了她所有的计划。

原本她跟傅既沉之间，可以平静、隐秘得像深山泉水，没人注意他们。而现在，中间牵扯了那么多利益，牵一发而动全身。辞职是必须的。

可她真没想过要跟他现在分开，至少，这一秒还是决定跟他在一块搭伙过日子。但她不知道傅既沉是怎么打算的。他明知道她是谁，却还非要脱掉她的小马甲，可能是做好了要分开的打算。

毕竟，他不能像她一样随心所欲。他还有傅氏集团，他要顾及更多的利益。就像他今晚说的，不让她暴露自己的身份，以后不可控。

这个不可控，是傅氏集团和她家还有秦墨岭家公司之间的竞争，不可控。

那晚，他去了他爷爷家，应该是被家里人责备了吧。

又走神片刻，俞倾拿出行李箱，开始收拾衣物。

隔壁书房。

傅既沉没开电脑，没打开文件，在窗边抽了两支烟。那晚在爷爷家，临走时，爷爷送他到院子里，跟他说了句："俞倾这个孩子，她要么就真的一辈子不结婚，哪天她要是结婚了也肯定是嫁给秦墨岭。俞家和秦家之间的利益关系千丝万缕，剥离不开。"

他想走出，他跟俞倾之间的第三条路。

摁灭烟头，傅既沉吃了颗薄荷糖，关灯回卧室。

沙发上没人，床上一丝不乱。浴室的门开着，灯没亮，里面也没任何动静。衣帽间那边，门缝透着光。

傅既沉还以为她会像平常那样，看看书，看到他进来，跟他撒个娇，或者，早早躺床上，反思一下自己的态度。

他走去衣帽间，推开门。俞倾正往行李箱里放衣服，她转头，笑笑："忙完了？我这就收拾好，应该不耽误你休息。"

傅既沉面无表情道："你这是干什么？"

俞倾语气轻松："搬家呀。东西有点多，可能还要一会儿才能整理好，你先忙吧。"

傅既沉盯着她看了半晌，没跟她计较："俞倾，你跟我道个歉，我原谅你。这事就当没发生过，之前怎样，现在还怎样。"

俞倾嘴角勾着笑，早说嘛，害得她收拾了这么长时间。她本来以为，他是想借此跟她从此分道扬镳。她想矜持一下，不然以后不得被他攥在手心里拿捏呀。他们之间，她必须占有主动权。

“不应该是你跟我道歉吗？你看你把我的小马甲都弄掉了。这大冬天的，差点冻死人知不知道？”

说着，她转过身，又拿了一套衣服叠好，放进箱子里。

“傅既沉，你要是跟我道歉，再求我留下来，也许，我会考虑。”

傅既沉：“……”

跟她道歉？求她？她怎么不上天！

要不是她想离开，他都没打算找她算账，就当什么都没发生。

她倒好，解释没有，道歉没有，还来这一出。

俞倾把衣服摁了摁，觉得箱子里还能再装两件，她又从衣柜里拿了条裙子，对他刚才的话置若罔闻。

“俞倾，我再给你个机会。”傅既沉看了眼手表，“给你两分钟时间考虑，想想要怎么跟我道歉。”

俞倾更嘚瑟了，不仅不道歉，还回头冲他扬扬下巴。

她很开心，她还能像之前那样对他，他们之间的轻松气氛还在。

傅既沉没等到两分钟，他没了耐心，一把拉过她的手腕往外拽：“别收拾了，现在我就送你回去！”

“送我去哪儿？”

“你家！不然你去哪儿？”

他气得心脏疼，没见过她这样不走心的人。爷爷说得对，她是超级玩家，眼里只有游戏币。天天搞欲擒故纵，玩玩玩，玩不够了！

“把你包拿上，赶紧穿衣服。”傅既沉呼了一口气，“是送你回你家别墅，还是去哪儿？”

俞倾不服软：“去我哥那儿！”

傅既沉拿上车钥匙，风衣都没穿。

电梯里，俞倾拿脚背轻轻蹭他的小腿。傅既沉板着脸，没搭理她。

“真生气啦？”

“难不成还是假的？”

俞倾不理解，转着自己的钥匙扣玩：“人生啊，就不要太认真，快乐一点不好吗？别气了，你看我被你赶出来，我都一点不难过。”

傅既沉胸腔里压了一股火气，积攒了不少时间：“我能不气？我给你哥打电话，给你姐打电话，给你姐夫打电话，让他们帮帮忙，就是让你少点尴尬，多点乐趣！我就是当初创业最困难那会儿，我也没这么求过人！你看你，你有心吗你！难怪俞董被你气成那样。”

电梯门开了，傅既沉抬步出去。

俞倾咬咬唇，望着他似乎带着怒气的背影，像被人剥了一片鱼鳞下去。

不是说好了，不谈感情的吗？

傅既沉已经发动车子，摁了几下喇叭。俞倾这才抬步过去，拉开副驾驶座的门坐上去。傅既沉把衬衫纽扣又松了几颗，还是感觉喘不过气。他打开车窗，轻踩油门，汽车缓缓驶离停车场。

汽车开上主道，他踩下油门，车速快起来。

冷风像刀子般割在脸上，俞倾受不了，把风衣包裹在头上。

等红灯时，傅既沉才侧脸看了眼旁边那个气人精，看不见她脸了，她整个头都缩在衣服里。

“……”

他关上了车窗。

俞倾感觉不到冷风，放下衣服，开始整理头发，又拿出化妆镜补妆。她不能让鱼精看到她很狼狈的样子。

傅既沉揉揉鼻梁：“俞倾，你现在在想什么？”

俞倾正涂口红：“我在想，地球是圆的，我们总有一天会遇到的。”

傅既沉：“……最好遇不到。”

车里安静一瞬。

俞倾转头，笑笑：“你怎么知道？我正在祈祷——最好，我们再也不要遇到。”

这一轮暗中较量，傅既沉依旧完败。

汽车拐上另一段路，这边车多，车速慢了下来。

“俞倾，我送你回去，不是让你玩的。我也不是为了面子跟你赌气，没必要，你看我哪次不是让着你？但这回不一样。”

他抽空看她一眼，接着继续看路。

“请你记住你面壁思过时的任务。一、你把跟秦墨岭的婚约处理好了，尽量别影响了你们两家的和气，我一旦掺和进去，不好收场。二、你好好考虑一下，要怎么跟我道歉。道歉内容不限，我要你一个态度。你想好了随时给我打电话。在这期间，我也会做好我该做的事，而且跟任何女人都会保持距离。”

凌晨，下雪了。

俞倾没厚衣服在俞璟择家，找了他一件新的羽绒服裹上，趴在露台上喝着饮料，看小雪花飘呀飘。

对面楼窗口的灯，一盏又一盏，陆陆续续熄灭。

“还不睡？”俞璟择过来催她。

“明天星期六，不用早起，睡这么早干什么。”俞倾去屋里拿了一个高脚杯出来，把剩下半瓶饮料倒进去，给俞璟择。

俞璟择轻抿一口。几块钱一瓶的饮料，被她倒进这个杯子里，感觉像是喝几千块钱一瓶的红酒。

俞倾拿起自己的杯子跟他碰杯：“庆祝我们兄妹俩在寒冷的雪夜重逢。为伟大的亲情干杯。”

俞璟择转身，背靠在栏杆上：“说那么好听干什么？你就直接说感谢我收留你不就得了？”

“……”俞倾被饮料给呛着了，她转过头咳嗽几声。

俞璟择倾身，从前面木桌上抽了几张纸塞给她。

俞倾还在笑：“俞璟择，你知不知道自己有多扫兴？一点生活幽默感都没有。”

“你还以为谁都是傅既沉，挖空心思找段子陪你乐吗？”

俞璟择对傅既沉说不上反感，但也没什么好感。

不过能纵容俞倾，成了傅既沉的加分项。

说起傅既沉，俞倾叹气。她揉揉冻得发红的鼻尖：“搞不懂他那么气干什么。明明破坏游戏规则的是他，没有契约精神的也是他，他还理直气壮地怪我。我刚才都想发个律师函给他，又怕他气到自闭。算了，我不跟他计较。换别人把我赶出来，这辈子都会在我黑名单上。”

俞璟择瞅着这个是真的没心的妹妹，但也没说教她。

他说了说傅既沉是什么时候联系他，找他帮忙演戏的。

“三天前，还是晚上。”

俞倾想了想，那晚，他去了他爷爷家。

老爷子应该给他施压了。

“他前前后后给我传了三个版本的剧本，千叮咛万嘱咐，一定要幽默一点，不然你被脱了马甲，肯定会不高兴。”

“……”

“我猜，傅既沉这么生气地送你回来，是他绞尽脑汁想让你承认身份，以俞邵鸿小女儿的身份跟他认真相处，结果你呢，还想在游戏里继续厮杀。”

俞倾品着酸酸的饮料：“生活里做个纯粹的partner不好吗？为什么非要投资感情？这是一款高风险、低回报，极有可能让人一夜之间倾家荡产的危险产品。反正我不会投资，不管是现货还是期货。”

雪越来越大，随风漫天乱舞，肆意得很。

“爸和我妈结婚那会儿，也是觉得找到真爱了，非彼此不行，高调求婚，奢华婚礼。可之后呢？我这个爱情结晶还没出生，爸就不爱我妈了。当爱情没了，承诺算什么？结晶又算什么？就是个笑话。”

俞倾把杯底的那点饮料都嘬下去。

她转身回屋，又从冰箱里拿了一瓶饮料。

这是乐檬的饮品，口感不输朵新的柠檬茶。

俞倾用毛巾包裹瓶身，像倒红酒那样给自己还有俞璟择的杯子加上半杯。

“先生，这是午夜‘小鱼说感情’时间，您刚才是免费试听，若继续收听，请充值；若结束收听，请拿上这杯饮料回自己屋，该干吗干吗去。”

俞璟择：“……”

他还不困。

“那就再听十块钱的。”

俞倾：“起听价，一万。先生，您选择什么支付方式？”

俞璟择拿上杯子走了。

俞倾笑笑，接着“风花雪月”。

桌上手机震动，“嗡嗡嗡”震个不停。

消息进来一大串。

“俞倾啊，从遗传学的角度看，我的基因变异了。”

“这是令我很伤心的地方。”

“你说你怎么就那么气人！你非把我气死不成！”

“今晚不是我想主动跟你说话，是你哥和你姐非逼着我找你说话，让我带你回家。”

“我是很被动的。这一点，请你知晓。”

“我还是那句话，想我了，给我打电话。”

“还有，关于你在地球上，我考虑了一晚，我也在地球上。”

俞倾：“……”

她很确定，那瓶酒的后劲儿很大。

她爹，现在是真的醉了，开始说胡话了。

半夜一点多，风渐渐小了，雪没停，纷纷扬扬。

傅既沉被电话吵得睁开眼。只是睁开眼，不是吵醒。

陆琛人在国外，忘了时差：“你跟秦墨岭那个案子，你们俩是想玩死我？你非要赔偿，他不给。这样吧，我掏钱给你行不行？咱别闹了。”

“不行。”

“那你们折腾去吧，我不管了。”陆琛扯着领带松了松，忽然想起来，“俞倾搬走了没？”

尾音带笑，细细品品，有点幸灾乐祸的味儿。

傅既沉心气不顺，没吱声。

陆琛关上车门，继续说：“当时我就跟你说，你这个举动有风险，俞倾非搬走不行，你不信，你觉得她非你不可。”

今晚这出戏，是他搭桥铺路，替傅既沉联系的俞璟择。

这两年，他跟傅既沉见面机会并不多，公司在海外成立事业部，他亲自坐镇。要不是朵新跟乐檬的侵权案，他都大半年没跟傅既沉联系了。

朵新的策划、推广都是他的公司承包的，包括那个广告语创意。

他跟傅既沉和秦墨岭都熟悉。当初他为了跟来自普通家庭的前妻结婚，和家里闹翻，但人总要生存下去，婚后他就从商了。公司最开始的业务都是秦家和傅家给他牵线。大概是他家老爷子怕他被饿死，暗中帮了他。

等他终于扬眉吐气，彻底脱离家里的掌控，他也离婚了。

陆琛收收思绪，接着说俞倾：“她现在这样，有一半是被你惯的。让她承认个身份，你看你忙前忙后花了多少功夫。换成我，我直接把她跟俞邵鸿的关系调查出来摆在她面前，然后工作剥离，让她离开傅氏，该处理婚约就处理婚约。也就你，还要顾及她是不是开心，让她觉得脱个马甲都这么有趣。”

傅既沉揉揉眉心：“你现在话怎么这么多？”

“等你跟律师结一次婚，你就知道为什么了。”

又聊了两句，二人结束通话。

傅既沉看看时间，一点四十五分。

翌日。雪停了，天放晴。

俞倾没睡懒觉，起床化妆，昨天那套工作服勉强能将就穿一天，她抱着从俞璟择那儿借来的羽绒服下楼。

俞璟择今天还要去公司，正在玄关处换鞋，瞅瞅她身上的衣服：“这么敬业？被赶出来了还要去加班？”

“我是去找工作。”俞倾拿盒牛奶，叼了一片面包，“捎我一段路，省我挤地铁的钱。”

“找工作？”

俞璟择皱眉：“穿成这样，你去找工作？”

“哪样了？”俞倾拿上包，边走边嘬牛奶。

俞璟择提醒她：“这是傅氏集团工作服。”

“我知道。这是我花钱买的。任何时候，我都有权穿它。”

“……”

到了车上，俞璟择才知道俞倾要去哪儿。

司机一直将汽车开到硕与律所楼下。

俞璟择提前给她做心理建设：“何叔叔那个人，向来说一不二，他答应了爸，就不可能让你再进去。”

俞倾整理好衣着，一切妥帖后收起镜子：“不试试，怎么知道没有希望？”

“拜拜。”

关车门前，她又叮嘱：“你晚上早点回家，给我做饭吃。你家里也不请个阿姨，这样下去，我会营养不良。”

“你在傅既沉那儿是怎么解决早晚饭的，你现在就怎么解决。我跟傅既沉差不多，一个月最多能在家吃两顿饭，用不着请阿姨。”

“傅既沉家有两个厨师，中西餐各一个。”

俞璟择盯着她看了几秒，然后说：“要不你还是回傅既沉那儿吧。”

“砰”的一声，俞倾关上车门。

穿着俞璟择这么厚的羽绒服，一点不冷，她不紧不慢地朝大厦里走去，边走边给何君硕发消息。

何君硕跟俞邵鸿一样，有早起的习惯，这会儿在办公室已经忙完了别人一上午的工作。

他给俞倾倒了杯热水：“吃早饭没？”

俞倾点头：“吃过了。”她捧着水杯焐手。杯里冒着热气，杯沿凝上了一层细细密密的小水珠。

何君硕知道俞倾为何事来，就没跟她绕弯子：“我要是让你到我这儿上班，我跟你爸这交情，也就差不多完蛋了。”

俞倾开玩笑：“何叔叔，您跟我爸认识五十多年了，为了这点事就闹掰的话，友情是不是太脆弱了？不是听说以前的塑料都挺结实的吗？”

何君硕被气笑了，隔空点点她：“你这孩子，你爸能活到现在真不容易。”

俞倾轻轻吹着水，又说：“何叔叔，现在已经过了风口浪尖的时候，我这才来麻烦您。我爸最生气那会儿，我肯定不会让您为难。作为律师界最有威望的长辈，您真忍心看着我的专业一天天荒废？您也知道，一日练，一日功，一日不练十日空。”

她控诉：“我本来就爹不疼娘不爱，您还真要帮着我爸那个刽子手毁了我的事业呀？还有啊，何叔叔，您没有契约精神，明明我是靠自己的实力应聘进来的，您说毁约就毁约。我当初就是冲着您的口碑和职业素养来硕与，现在还是。以我的脾气，您知道的，绝不会第二次踏进您办公室。可我今天还是来了。我不缺钱，我外公外婆留给我的股份，够我花一辈子的。但我喜欢我的职业，我也希望有一天，能像您这样，一个名字，就是一张口碑名片。”

何君硕略一沉吟，评价道：“情感牌打得不错，我差不多被你打动了，再说点其他能让我冒着友情破裂的风险去录用你的理由。”

俞倾喝了几口水，用这短短几秒时间为自己争取。

“一、我能给上海那边的分所带来您想不到的案源，那些案源你们以前不可能拿到，是我舅舅和我妈妈那边的关系。”

何君硕没吱声，因为他跟俞邵鸿的关系，厉家那边所有的案源，他一个也拿不到，都到了竞争对手那里。

俞倾接着道："二、傅氏集团那边的案源，我尽量争取。三、我爸还是我爸，等哪天我们关系缓和，您说您是不是挺尴尬？就算您现在帮我爸，到时您也落不着好。您换位思考一下，要是您的儿子跟您闹翻，他在我爸银行上班，我爸把他拒之门外，您心里真的舒服？作为父亲，您气归气，还是希望他一切安稳吧。"

"行了，随时过来报到。情感和理智，你切换得不错。"何君硕放下杯子，拿上风衣，"我要去吃饭，早饭要是没吃饱的话，跟我一块儿去？顺便聊聊你接下来的工作。"

"食堂的饭，好吃吗？"

何君硕："……"

她的关注点，永远那么奇葩。

"没你家厨师做的好吃。"

俞倾穿上羽绒服，跟何君硕一道出门。何君硕给她分了组："到时你就跟我儿子搭档。他要求严，公私分明，大概就只有你能做得到。"

俞倾在脑海里扫描一番："硕与这边有姓何的年轻律师？"

"他跟妈妈姓，姓秦，秦与，我跟我第一任老婆的孩子。"

"您跟我爸不愧是发小，都是结婚小能手。"

"……"

何君硕今早连着被噎了三次。

去食堂的路上，他们迎面遇到于菲。俞倾和于菲皆是一怔，然后打招呼。

"你们早就认识？"何君硕问。

俞倾先开口："嗯，我现在的房东。"

何君硕对于菲说："你们以后是同事。俞倾是我一毛钱就能卖的那个朋友的小女儿。"

于菲笑道："原来是俞董女儿。"

寒暄几句，于菲还要去忙，何君硕跟俞倾前往食堂。他对俞倾道："没事可以跟于菲多聊聊，她业务能力强，做人有底线。"

一顿饭吃下来，俞倾跟何君硕聊了不少，受益匪浅。

从硕与出来，俞倾给俞璟择发消息：工作OK了。我回去就打辞职报告，把傅氏集团那边的工作辞掉。

周一下午，俞倾的辞职报告就批下来了，所有流程也都走完了。这是迄今为止，集团办理最快的一次离职。

交接手续也简单，她换岗到这个职位还没怎么开展工作，没用一个小时就全部交接完。

法务部的人知道俞倾离职，意料之外又感觉是情理之中。她在这儿上班，气氛说不出来的微妙。不管是她自己还是其他人，都莫名会感到拘束。

章小池最不舍俞倾，替她收拾私人物品，不由得叹气："以后见你可就难了。"

"怎么就难了？又不是出国了。"俞倾把几盆小盆栽也带走，这是章小池送她的，"周末要是不忙，我约你喝咖啡。"

她没多少东西，就几个杯子、几盆盆栽，还有一些小吊饰，半箱子就装好了。

"我去跟主管说一声。"场面上的事，还是要做得漂亮点。

俞倾拿上手机，去主管办公室。

她刚要敲门，里面传来声音："行啦，你就别唠唠叨叨了！雯雯啊，要我怎么说你好呢？我告诉你，人无外财不富，马无夜草不肥！"

俞倾抬起的手又落下，转身回去。

跟同事简单告别后，她抱上纸箱离开。

站在电梯前犹豫几秒，她摁了总裁专梯。

傅既沉开过会出来，发现总裁专梯竟然被占用。

潘秘书摁了键，猜想电梯里肯定是俞倾，他回避："傅总，我先回去整理资料。"

傅既沉点点头。

潘正乘坐普通电梯上楼。

很快，专梯停在会议室所在这层，门缓缓打开，那个熟悉的身影一点点进入视线。

两人对视数秒。俞倾对他笑笑："过来看看你。"

傅既沉发现自己生了几天的气，瞬间全没了。他跨进电梯，伸手："箱子我给你拿。"

“不用，不重。”俞倾单臂夹住箱子，腾出手从箱子里拿出一样东西，手背朝上，攥在手心。

“送你个小礼物。我在傅氏集团工作期间，收获良多，感谢傅总对我的照顾。”

“什么礼物？”傅既沉说着，手伸过去。

一包香辣小鱼干。

潘正以为老板这会儿肯定心情不错，终于见到俞倾，还是俞倾主动上楼来看他，虽然待的时间并不长。

俞倾离开，他就立马过来汇报新建科技那边的相关情况。

哪知，老板脸色比前两天更阴沉。

桌面正中间，躺着一小袋鱼干。塑封袋边缘是大红色，根据他多年给老婆买休闲小零食的经验推断，这袋小鱼干应该是香辣味的，或者麻辣味。红色包装袋，大多跟辣沾边。

老板丝毫不避讳，他已经进办公室，老板眼睛还盯着那包小鱼干一眨不眨。

来得不是时候，潘正犹豫要不要现在汇报，还是过会儿，等老板缓一缓？

傅既沉捡起小鱼干，放进抽屉。

两指压了压略胀的太阳穴，他问：“什么事？”

“集团拟定投资的几家目标科技公司的业务，跟新建的核心业务重合，乔老师那边担心，等傅氏资本入驻竞品公司，新建的市场和利益肯定受影响。”顿了下，潘秘书猜测，“乔老师的管理团队，可能想让您在中间斡旋，看能不能让傅氏集团放弃投资这个领域。”

傅既沉双腿交叠，靠在椅背上，不由得看着那个抽屉，没有丝毫犹豫：“放弃投资是不可能的，我没有任何理由阻止集团往好的方向发展。新建不该想着要怎么遏制别人发展，而是应该想着自己要如何变得更强大、更有核心竞争力。”

潘正又道：“新建科技那边给我打电话汇报工作，言语间透露，研发经费缺口比较大，想及早申请研发的新产品的知识产权。”

傅既沉坐直，拿过手机：“缺钱自己想办法，会花钱也要会融资，不然我一年花那么多钱请他们干什么？就为了给他们发工资？”

他拨了电话出去，那边很快接听。

“干吗？”

傅既沉关了电脑：“你怎么过来的？”

“坐地铁。”

“现在在哪儿？”

“在你们公司楼下，正目光告别我们傅总的办公室。”

傅既沉听到“你们公司”四个字，沉默了好几秒才出声：“在旁边等我。”然后他挂了电话。

潘秘书还有一事汇报：“乔老师请您这周六到他家里打球，还说朋友送了几瓶红酒，正好跟您一块儿品。您是过去还是？”

醉翁之意不在酒，也不在球。

傅既沉思考片刻，然后说：“过去吧。”他拿上车钥匙下楼，走了几步又折回来——气得忘了穿风衣。

俞倾抱着纸箱，找了一个避风处。她面对大厦站着，仰头看上面，楼层太高，她没法确定哪层是傅既沉的办公室。不知道她以前是站在哪个窗口看这座城，喝柠檬水，跟他在窗边拥吻。

玻璃幕墙在阳光下格外刺眼，盯的时间长了，被晃得眼花。

这时，一辆汽车在她面前缓缓停下。

俞倾收了视线，坐上车，随之也带了一股寒气进来。

“不耽误你时间？”这会儿，她又一本正经起来。

“不耽误，顺路。”傅既沉指指胸口，“正好去挂个心内科瞧瞧。”

俞倾哑然失笑。

傅既沉想自己多活两年，没跟她计较小鱼干事件。他发动车子，后面还跟了一辆车。

安静了一路，二人谁都没找对方说话。

堵车时，百无聊赖。傅既沉一只手搭在方向盘上，另一只手抵着下巴，始终看着前面那辆车的车尾，没多给她半个眼神。

他不知道她在忙活什么，他等着她说话，但她很能忍。

俞倾拿了化妆镜出来，装作补妆。她调好镜子角度，他正好入镜，他脸上所有的表情，她尽收眼底。

到了公寓楼下，俞倾扯下安全带。

傅既沉也下来，绕过车头走到她这边，凝视她：“没什么要跟我说的？”

俞倾把羽绒服穿上：“谢谢傅总送我回来。”

傅既沉想转身就走的，忍了忍，俯身，把侧脸靠近她的唇，握着她后脑勺往前推，她的唇紧紧贴在他唇角，贴了大概十多秒。

“回家去好好面壁思过！”

他放开她。

俞倾望着他背影：“哎，你往哪儿走？你的车不要了？”

“给你开。”

傅既沉走几步又转头：“吵架归吵架，不能苛待你。”

他坐上另一辆车离开。

俞倾目送汽车拐弯，不见。

周六那天一早，潘秘书给傅既沉打电话，提醒他，上午约了乔维铭，要去乔维铭那儿打网球、喝红酒。

这是老板的私人饭局，他询问道：“傅总，要不要我陪您去？”

傅既沉想了片刻，然后道：“我自己去吧，周六你在家多陪陪孩子。”

潘秘书微怔，没想到老板会突然这么有人情味。

搁以前，家庭、孩子、婚姻，老板从来不聊，也没丁点兴趣。

上午九点多，傅既沉前往乔维铭别墅。

路上，他翻看万年不看的朋友圈，发现俞倾没更新。

不知道这几天她在忙什么，有没有好好反思一下自己的所作所为。

很快，他到了乔维铭别墅，没想到乔洋也在。

今天阳光不错，微风和煦。

乔洋在院子里推着婴儿车散步，宝宝刚满周岁，是乔老师的孙子。

见傅既沉的车进来，乔洋把宝宝交给保姆。

“二叔，傅既沉来了。”她对着别墅里喊了一声。

傅既沉下车，乔洋浅笑着打招呼：“我是来了才知道，今天二叔请你过来打球，我也跟着沾光，中午有大餐吃。”

她看着他这辆新车，他平时很少坐。

“你的宾利呢？开去保养了？”她没话找话说，问道。

院子里不如车里暖和，傅既沉穿上风衣：“俞倾开那辆。”

乔洋一愣，那辆七八百万的车给俞倾开？

车贵不贵是次要的，主要是车牌号，天价。

她更纳闷了："你们……不是分了？"她也是前几天才知道，俞倾是俞邵鸿的女儿，秦墨岭要娶的女人。一开始她不信，直到俞倾离职。

傅既沉反问："谁说我们分了的？"

"哦，都是八卦，也忘了从哪里听来的。"乔洋去给他倒茶。

"洋洋，你别倒那个，我这儿有。"乔维铭从屋里端来一个小茶盘，"这是我刚煮的。"

院子里的木墩茶桌上，微风轻拂，阳光透过树叶，在桌上乱跳。

"既沉，你过来尝尝。"乔维铭跟傅既沉之间没那么客套，连寒暄都省掉。

傅既沉对茶没研究，感觉茶水都一样。就像俞倾的香水，他闻不出哪里不同。

因为今天乔洋在，傅既沉没打算多逗留："乔老师，您不用让厨师忙活，我中午要去老爷子那边。老爷子给我下了最后通牒，不去不行。"

乔维铭其实今天已经没什么事要跟傅既沉聊，之前请他过来，是怕他要让傅氏集团投资新建，到时，乔家就有可能失去对新建的掌控。

他无所谓，一把年纪了，对钱财看得很淡，可他家儿子和儿媳妇不让，说不能让傅氏集团接管新建。

他问过侄女乔洋了，知道傅氏集团拟投资的目标公司里并没有新建。至于让傅氏集团不投资这个领域，傅既沉没答应，他也就不让傅既沉再为难。

乔维铭关心地问了一句："还是因为俞倾那事？我也听说了。"

傅既沉点头："嗯。"

"你跟俞倾，困难不少哟。"

"好事多磨。"

待了一个多小时，傅既沉告辞。他不用去爷爷家，今天也没有工作安排。他盯着手机看了半晌，给俞倾打电话。

两人已经五天没联系。

"在忙什么？"

"加班。"

"在家加班？"

"律所。"

俞倾周四就来了律所，她的搭档秦与正好从券商那里接到一个案源，她这几天天天忙到半夜。

傅既沉拿出纸笔，写了硕与律所的地址递给司机，司机领会，下一个路口，汽车拐上去硕与的那条路。

“这几天都是几点起的？”傅既沉问。

“五点。”

“下回五点钟起床，拍张照片给我，不然谁知道你是不是真的起了。”

俞倾还有不少资料要看：“傅总，还有什么事？”

“没什么。跟你说一声，我今天去了乔老师那儿，乔洋也在那里。”

俞倾现在没工夫吃醋，她问他：“你有没有打算让傅氏集团投资新建？”

傅既沉不答反问：“你现在接的案子，就是傅氏集团的投资项目？”

“嗯。从券商那里拿到的资源。”俞倾想知道，“有没有打算？”

“我把我自己控股的公司卖给集团，其他股东会怎么看？我要是高价卖了，他们会说我利益输送给自己。”

傅既沉接着说：“低价卖了，我赚什么？”

就算平价卖了，那几个股东也不会领他人情，还觉得自己花了冤枉钱，觉得他的公司不值钱。

过了几秒。

“没必要。”

俞倾“嗯”了声：“过两天你要是有空的话，我找你谈谈。”

“谈什么？”

“反正不是恋爱。”

俞倾言归正传：“新建的问题。”

挂电话前，傅既沉问她：“想不想我？”

俞倾笑：“不想。我找了一个你的替身，我天天看着。”

傅既沉脸色变了又变，难怪这人五天都不联系他。

“什么替身？”难不成她找秦墨岭，跟秦墨岭在一起了？

俞倾：“招财猫。”

傅既沉：“……”

他按了按心口。

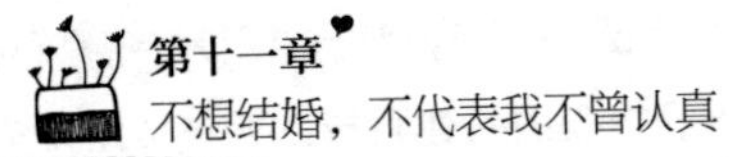

第十一章 不想结婚，不代表我不曾认真

挂了电话，俞倾轻轻戳了戳招财猫的额头。

有脚步声从门口经过，俞倾侧目，微笑着打招呼：“秦律，回来啦，正好找你商量个事儿。”

秦与进来，下巴对着那只招财猫扬了扬：“这个猫，不都是放在店里招财的吗，你怎么还放在办公室了？”

一只最小款金色招财猫，手不停地招来招去。

俞倾笑笑：“我的幸运猫。”

她这么解释：“给我们明年创收招财运。”

现在是十二月份，今年秦与这个团队已经超额完成创收。

明年任务重，压力更大。

“什么事儿？”秦与把椅子往后拖，坐下。

俞倾把这几天熬夜写出来的材料递给秦与：“傅氏集团的几个目标公司，一般般。这个一般般还是我勉强给的评价。”

秦与翻看资料，这才几天时间，她就把所有数据都分析出来了，一个人干了一个团队的活。

券商那边喜欢她这样的员工，一人包揽分析师、会计还有律师的活。

“再一般般，也是傅氏集团筛选出来的，我们要做的就是从这几个目标公司里给傅氏寻找最优的那个。”

俞倾手指拨弄招财猫那只不停摇摆的手："新建科技，你听过没？"

"听过，不了解。"秦与抬头，"你加班加点分析出这样一份完整又完美的报告，是想建议傅氏投资新建？你跟新建是什么关系？既然傅氏高层没考虑新建，那一定有原因。"

他言辞犀利，总能一刀劈开最尖锐的问题。

俞倾："我的确想建议傅氏投资新建。傅既沉是新建的幕后老板，当初傅氏集团想要投资这个领域，傅既沉就没让新建出现在名单里。"

秦与瞬间会意，他合上资料，说："不管傅氏集团投资哪家科技公司，傅既沉作为傅氏的总裁，他自己控股的新建科技，就与集团投资的科技公司互为竞方。这牵扯到竞业禁止。"

"是。很麻烦。"俞倾直言不讳，"所以我想提前把这个棘手问题给解决，在法律框架内解决。"

秦与若有所思。

办公室里安静下来，只有加湿器轻微的喷雾声。

秦与看向俞倾，他判断："傅既沉是隐名股东，而且没有隐名投资协议？"

俞倾点头。

"是个隐患。"秦与半开玩笑，"你这是假公济私。"

"对我个人而言，有点私心，但不管是对券商还是我们律所，那是增加一笔额外收入。案子越复杂，标的额越大，我们拿到的钱就越多。"俞倾笑着反问，"秦律，你说呢？"

秦与无以反驳。

俞倾："到时我亲自去跟傅既沉谈费率，要是把他那个麻烦给解决了，他要额外支付一笔钱给我们。放心，为了律所，我会尽量薅傅既沉的羊毛。"

秦与看看手表，说："走吧，中午请你吃火锅。受人之托，忠人之事。"

"秦墨岭请客？"

"嗯。"

秦墨岭是秦与舅舅家的表哥。俞倾来律所第二天就知道了。

"秦墨岭给了你什么好处？"

秦与实话道："没说，但应该有。到时分你一半。"

“这还差不多。”俞倾关了电脑，顺手关了加湿器。她拿过包，把手机塞里头。

秦与起身，目光无意间扫到她桌角。刚才被她的包挡住，他没注意看，没想到桌角还有两个一模一样的招财猫，不过那两只应该没放电池，是静止状态。

“你怎么买那么多招财猫？”

俞倾指指正在摇摆的这个：“它负责单号摇手，那个负责双号，还有一个，周末值班。”

秦与：“……”

跟她在一起生活的人，真要考虑给自己装一个心脏起搏器。

之前父亲说，那天跟俞倾聊过，又一块儿吃了一顿早饭，一上午心脏都有点不舒服，现在在所里遇到俞倾，莫名有心理阴影。

两人乘电梯直接到地下停车场，秦与把火锅店地址告诉俞倾，两人各自前往自己的汽车。

俞倾很少中午吃火锅，熏得一身火锅味，连头发丝都是，影响工作心情。坐上车，她给傅既沉发消息：跟你说一声，我中午要跟秦墨岭一块吃火锅。

傅既沉此时就在硕与律师楼前面的露天停车场，等着俞倾下班，带她去吃饭。他看到俞倾开的那辆车从地下停车场出来，上了主干道。

在车里坐了会儿，傅既沉吩咐司机，在附近随便找家火锅店。

俞倾跟秦与到了火锅店，秦墨岭早就在那儿等着。他订了两张桌子，指着旁边那张对秦与说：“专门给你订的位子，要辣的锅底还是不辣的锅底，都是你一个人说了算，享受至尊服务。”

秦与：“……”

不过正合他意，省得当电灯泡。

俞倾在秦墨岭对面坐下。她跟秦墨岭并不熟，一共见过三四回，除了在会所院子里和俱乐部见过的那两回，以前在家宴上也见过，但也只是打个照面，没有任何交集。

三人同一张桌子吃饭，是头一次。

秦墨岭把手表摘下来，放旁边。

“本来想晚上请你，又一想，晚上你要跟傅既沉约会，我总不好意思去掺和，只能抽中午的时间。”

“感谢秦总想得如此周到。”

“不用客气，我应该做的。”

俞倾没接话，拿湿毛巾擦擦手，然后捏了一块青瓜蘸酱吃。

她转头看向窗外。这是火锅店二楼，一眼望去，下面都是车子。

什么景也看不到，她又转过来。

服务员过来了，秦墨岭开始点单：“俞倾，你要吃什么？”

他没称呼她俞律师，也没喊俞小姐。

俞倾没假客气，主动说出自己要点的菜：“一份虾滑，一份鱼滑，一份青菜，一份蘑菇，要菌汤，再来一个酸奶冰激凌，谢谢。”

等他们点好，服务员走去秦与那桌。

秦墨岭问她：“你跟傅既沉打算什么时候断？”

俞倾支着脑袋，不紧不慢地啃青瓜：“这个你得问傅既沉，主动权在他那儿。所以下次你还是请他吃饭吧，至少能聊出点有用的信息，饭也不算白请。”

她指指自己，再指指隔壁桌的秦与：“我跟他是吃饭机器，没有感情的，哪里有饭哪里吃。”

秦墨岭：“……”

他淡淡地笑了笑：“这主意倒不错，我正好想跟傅总喝一杯。”

他没再接着抬杠。这次她能赴约，那是给秦与面子，不过这面子，她只会给一次。他没必要在饭桌上惹她不高兴。

火锅汤底上来，热气腾起，两人之间隔着一层水雾，谁都没吱声。

秦墨岭给了俞倾漏勺，一顿饭吃下来，他没给她夹菜，也没多废话，偶尔会问她要不要添一些酱料。

吃得差不多，秦墨岭亲自去拿了一盘水果来。

俞倾饭前吃水果，饭后很少吃。她象征性地拿了一粒提子放嘴里。

火关了，火锅渐渐冷却，没了热气，一切又清晰起来。

俞倾看向秦墨岭：“感谢秦总今天的盛情款待。”

“客气。”秦墨岭没像第一次跟她打电话时那样口气傲慢，这会儿给人的感觉如沐春风，“今天你能来，已经给足了我面子。该说感谢的是我。”

俞倾顺着他的话说："我今天过来，也是想跟秦总心平气和地聊几句。"

秦墨岭知道她接下来要说什么，他就自己做了好人："我也有事要跟你说。关于婚约，我会想办法让两家都放弃。你不愿结婚，我不会强求。"

俞倾怔然，这人突然这么好说话，让她始料未及。

稍作停顿，秦墨岭表态："希望有天我们的结合，是因为你对我有了感情，也是因为我能给你足够的安全感，让你不再惧怕婚姻，而不是来自家庭的施压。长辈那边，如果我实在说服不了，所有压力我来扛着，你不用操心。"

俞倾只有简单的一句："谢谢，麻烦秦总了。"

"没什么，之前是我处理不当。"

秦与那边也吃完，秦墨岭埋单。

他们两人先下楼，俞倾去了洗手间。

到了饭店外面，秦与跟秦墨岭站在路边等俞倾。

风冷，吹在脸上刺人。

秦与转身，背对风口，看在火锅还算不错的分上，他提醒秦墨岭："你别指望你解除了婚约，俞倾就会感激涕零，最后会嫁给你。"

秦墨岭："这个我清楚。但好感，积少才能成多，对不对？"

他拿了包烟扔给秦与："你的酬劳。跟俞倾说一声，我先回公司了。"

俞倾从二楼下来，一楼也有堂食区，有服务员推着摆满菜品的餐车过来，过道不宽敞，她往边上靠，避让。

不经意抬头，她就看到了那个安静地坐在角落独自吃火锅的男人。

傅既沉没看到她，他正朝锅里倒青菜。俞倾想笑，又觉得他别扭得可怜。她大步走出去，只有秦与在门口等她。

秦与问她："下午还要回所里？"

俞倾要回家洗澡换衣服，受不了这个味，说："不去了，在家里准备资料，你先回去吧，我遇到个朋友。"

秦与没多问这个朋友是谁，他先行离开。

俞倾折回店里，直奔傅既沉的餐位。

"嘿。"

俞倾在傅既沉对面的空位坐下来。

傅既沉倏地抬头，微微一怔："你看到我的车了？"

俞倾指指楼上："我刚刚也在这家火锅店吃饭，二楼。"

傅既沉现在极为关心的是："秦墨岭是不是也看到我了？"

他并不知道他们在这家店，搞得像他跟踪，又很可怜的样子。

"只有我看到你，他们现在已经走了。"俞倾拿一根筷子在他酱料碟里蘸蘸，然后放嘴里嘬。

傅既沉看着她："找我是不是有什么事？"

"没有，看到你就过来跟你打声招呼。"

傅既沉示意她："要是没什么事，麻烦让一下，你那个位子有人坐。"

俞倾双手托腮。

"谁？"她说，"等人来了我就走。"

傅既沉放下筷子，从防味套里拿出风衣。

俞倾不明所以，以为他这是不吃了，要离开。谁知，他从风衣口袋里拿出一个东西，直接放到她跟前。

是她送他的那包香辣小鱼干。

傅既沉："你现在可以让位子了吧？"

叫她给一包小鱼干让位子……俞倾扶额，笑出声。他在报那个招财猫替身仇。

俞倾笑够了，拿起那包小鱼干左看右看。

"你怎么还随身带着？"

"装兜里忘了拿出来。"

傅既沉又瞅一眼小鱼干："你吃了吧，省得我看着心里发堵。"他给她半杯饮料，"嫌辣就喝点冰饮。"

半杯冰饮下肚，俞倾才吃完那包小鱼干，嘴里火辣辣的。

"傅总，要是你心情允许的话，我想跟你聊聊新建的事情。"

"说吧。"

"我建议，让傅氏集团投资新建。"

傅既沉让她接着说。

"一、你们的拟投资目标公司，核心竞争力不如新建，有更好的选择，为什么要退而求其次？

"二、目前的新建，管理混乱，家族各种裙带关系，管理层素质参差不齐，短期内还看不出什么，再过几年，就会拖垮新建。

“三、新建的研发费用，被挪作他用。就算那边有你的人又怎样？很多事情完全可以绕开他们。毕竟新建不是上市企业，不需要公开财报和经营状况。因为不透明，可操作空间就太大了。”

傅既沉把煮好的青菜捞上来，边吃边听俞倾分析。

俞倾叨了一根他的青菜，继续道：“四、以前新建是乔维铭掌舵，所以一直未偏离航线，现在管理权基本在他儿子手里，早已不再是以前的新建。乔维铭跟你一样，是想做大新建，让它具有核心竞争力的业务一直处于行业领先地位。可现在的管理团队，想的可能是如何在自己的任期内大捞一笔。”

傅既沉筷子微顿：“这些内部资料你是从哪儿得来的？”

俞倾如实回答：“潘秘书那里。他只提供给我一些基础资料，是我自己研究分析出来的。要是我拿到了他们的真实财报，我会把他们扒个底朝天。你前期投入了那么多精力来发展新建，你真忍心看着大厦一点点倾覆？”

她接着分析：“五、借这次机会，你要拿到新建的绝对掌控权，给予你隐名投资的权利以合同保障。你要是还没考虑好到底要不要傅氏投资新建，那你找个理由试探一下，你现在对新建到底还有多少控制权。怕是要让你失望。而且理由我也替你想好了。”

傅既沉：“嗯，什么理由？”

俞倾：“你就说有让新建上市的打算。到时可是要对企业进行一次全方位的体检，你就看乔家那边是什么态度。”

她说了多久，傅既沉就吃了多久，他喝了杯温水，拿餐巾擦擦嘴角。

“你知不知道，让傅氏集团投资新建，有多困难、多复杂？”

俞倾点头，她三指对捏，像点钞票那样快速搓了几下：“只要给我足够诱人的酬劳，保证给你办得妥妥儿的。”

傅既沉双腿自然交叠，往后靠在沙发上，笑了笑。

“对我的事这么上心？”

俞倾一脸认真：“没办法，你的车油耗太高，我得想办法赚钱养车。”

她尽量说服他：“我知道你有你的办法和手段，最后照样能让新建回到你手里。但代价一定非比寻常。如果能在法律框架内以最低的成本完成权力转移，为什么不呢？”

傅既沉盯着她，却说了句：“你怎么瘦了？”

俞倾：“……”

她下意识地摸摸脸颊：“有这么明显？”

不过她还真的瘦了两斤。这几天她没吃好，又熬夜。

“俞璟择那儿没好吃的，天天啃面包片，喝牛奶。硕与律所的菜也不好吃。”

硕与只有一个食堂，每天中午三菜一汤，不像傅氏集团，那么多食堂，应有尽有，她可以挑着吃。

傅既沉考虑片刻，然后说：“早饭我让厨师去给你准备，中午饭的话，我给你叫外卖。”

俞倾谢绝：“外卖就算了，其他人都在食堂吃，就我一人搞特殊，不好，显得矫情。”

她从包里拿出一张名片给他：“要是傅总想好了，愿意跟我合作，就打这个电话号码。费用方面，我们到时面谈。”

傅既沉结账，两人一道离开。

到了外面，傅既沉驻足，面对她站着，问：“想没想好怎么道歉？道了歉，我们回家。”

俞倾问：“我哪里错了？”

傅既沉有种深深的无力感。这好像是他们之间的一个死结。

她不想收心，他想让她认真。

他不想妥协，她也是。

“开车慢点。”

俞倾挥挥手：“期待我们的合作。”

傅既沉看着她背影：“硕与的中午饭不好吃你也多吃两口，听到没！”

俞倾坐上车，打开两边车窗，冷风刮过，她能闻到身上的火锅味。

她拉下遮阳板，从镜子里看自己。

她没觉得自己哪里跟以前不一样。她知道自己瘦了两斤不是看出来的，而是每天都会称体重。

傅既沉竟然肉眼发现她瘦了。

手机震动，俞璟歆给她打来电话。

“姐。”

“嗯。”俞璟歆说话向来直接，“爸让我劝你回家，他想跟你当面好好聊聊。我思来想去，你还是回家一趟吧，不然爸不会死心。他这回八成是走温情卖惨路线，目的就是让你内疚。你自己心里有数就行。”

“……”

俞倾还是挺感激这个与自己并不熟悉的姐姐的，包括在会所脱小马甲那次，她也全程配合演戏。

“姐，麻烦你和姐夫了。”

“没有什么麻烦不麻烦的，一家人，这么客气就见外了。”

俞倾决定去见“鳄鱼爹”。

今天阳光不错，俞璟歆带着孩子回家。

院子里摆了不少大型玩具，俞璟择哄着外甥玩。

原本俞璟择在公司加班，接到俞璟歆电话，说自己有些日子没回家陪父亲了。

他也一样，平常只顾忙工作，对家这个概念，很淡。想到这个，他便一道回来。

没想到父亲让璟歆打电话给俞倾。

俞璟歆结束通话。

“俞倾来不来？”俞璟择把小外甥放在垫子上，他抱了一中午，现在胳膊发酸。

“来。我的面子，她还是给的。”俞璟歆叮嘱，“你看好孩子，我上楼跟爸说一声。”

俞邵鸿听说俞倾要回来，哼起小曲。他找了张白纸，抄起笔埋头写起来。

“爸，你干什么呢？”

“我这回可不能输给那个小王八蛋。她不是伶牙俐齿嘛，我换个她接不住的套路。我先打个草稿，做到心中有数。”

俞璟歆：“……”

她深深叹了口气。

父亲在面对俞倾和面对员工时，判若两人。

院子里有汽车进来。

俞璟歆还以为是俞倾，她走到露台上，看到进来的车是季清远的。

她今天过来没跟季清远说，没想到他找过来了。

那个挺拔的身影下车，边穿着风衣边朝孩子走过去：“宝宝，爸爸回来了。”

她盯着这个既陌生又熟悉的男人，思绪万千。

季清远没看到俞璟歆，问俞璟择：“璟歆呢？”

“在楼上书房。”俞璟择在逗孩子。

季清远下意识地抬头看向二楼。

俞璟歆猝不及防，就在两人眼神对上之前，她猛然转身。

她动作太快，以至于季清远都不确定，她刚才是不是在往他这个方向看。

“你今天不忙？”俞璟择问道。

季清远半蹲下来，抱起儿子：“忙。下午宝宝有早教课。”

只要他不出差，不管多忙，他都过去一起陪着宝宝上课。

俞璟择觉得新鲜：“这才半岁的孩子，话都不会说，路也不会走，你们就开始给他上课了？”

季清远：“不是上课，是亲子时间，培养父母，特别是父亲，对孩子的耐心和责任感，挺不错的。”

俞璟择点点头，是不错，他感觉应该给父亲和俞倾报一个这样的班。

俞璟歆一直在楼上跟父亲闲聊，父亲催她：“清远来了，你赶紧找他去，你在我这儿干什么？”

“陪您呀。”

“少拿我当借口。”

俞邵鸿盯着刚修改过的那句话，觉得不完美、不够犀利，没法直戳那小王八蛋的内心。

他找橡皮擦掉，拿过手机搜索。

“你赶紧下楼去。”他又催一遍。

俞璟歆置若罔闻，她趴在父亲肩头，饶有兴致地看父亲修改，这已经是第三稿。

“爸，您还把这当成辩论赛了呀？”

俞邵鸿：“这不是辩论，这是捍卫做父亲的尊严。”

过了会儿。

“璟歆啊。”

“怎么了？”

“你再这样赖着不下去，我有理由怀疑你是想偷偷记住我的稿子，给俞倾通风报信。”

俞璟歆“呵呵”两声：“爸，我真不是要打击你，就你这个稿子的战斗力，我要是真拍了发给俞倾，俞倾会觉得过来是浪费她时间，说不定半路就掉头回去了。”

俞邵鸿：“……”

他推开女儿：“你赶紧走。”

俞璟歆笑出来。

直到要去给宝宝上课的时间到了，俞璟歆才不紧不慢地出来。

她直接上车，季清远抱着孩子随其后。两辆汽车接连驶离。

俞璟择摇摇头，让人收拾院子。

接下来就是父亲和俞倾的战场，他没多逗留。

迎着夕阳最后一缕光，俞倾的车驶进院子。

她来之前回去洗了澡，换上新长裙，化了一个简单的生活妆。

“爸爸。”人未到，声先来。

俞邵鸿正坐在沙发上，假装看杂志。

这声“爸爸”可谓久违。

只有俞倾小时候才会用这样轻快的声音撒娇般地喊他，懂事后，那就是麦芒，尖尖的。他提醒自己，这是陷阱。

俞倾进屋，脱了外套挂起来。

“爸。”

“嗯。”俞邵鸿拿下眼镜，把书合起来。

俞倾走过来，茶几上有瓶红酒，还有两个高脚杯。

俞邵鸿开口：“俞倾，咱父女俩痛快点，今天你要是能说服我，或是打动我，你想不想结婚，我随你。”他看着女儿，“要是你做不到，婚期不变。敢不敢挑战一下？我知道，你不是那种认㞞的孩子。”

俞倾侧坐在沙发上，支着脑袋，笑笑：“爸，我忘了告诉你，我现在一点都不勇敢，基本上秒㞞。”

俞邵鸿：“……俞倾，你给我认真点，你不能这样！”

他做个心理建设，想着自己可不能被她带歪。

他缓了缓，然后继续说：“俞倾，你听爸爸好好把话说完。爸爸从来不会拿自己孩子的婚姻去换取利益，不管是你的，还是你姐姐的。”

安静几秒。

“爸爸自己做男人挺失败的，这个我承认。但爸爸看男人的眼光还是可以的，你姐夫、秦墨岭，都不错。”

俞倾拿了一个抱枕塞脖子下，说：“爸，自知之明和吹牛这两个词，以您的实力，终于世纪合体了。”

俞邵鸿：“我看人的眼光哪儿差了？我怎么吹牛了？啊？！”

说完，他拍拍心口。他告诉自己，不生气，生气就着了她的道。

他倒了杯红酒，给自己压压惊。

俞倾也要了一杯，慢慢悠悠地晃着杯子。

红酒在灯光下时而妖娆，时而深沉。

俞邵鸿想了想之前的草稿，接着道：“为了给你找个合适的人家，你以为我容易？我要权衡这个女婿，我以后有没有能力制衡他，让他在婚内安分守己。我还要精心给你准备嫁妆。”

他抿口红酒，继续：“你大概不知道，你太能花钱了，一般人家不敢娶呀。你说你眯着眼碎钱时，谁心脏受得了？自从你会花钱，自从你能跟我顶嘴，金融危机什么的，在我这里都是小菜了。”

俞倾被呛到，直咳嗽。俞邵鸿伸手给女儿拍拍背。

他跟女儿碰杯：“这点要感谢你，有了你，爸爸的抗压能力特强。闺女呀，爸爸再强大，也有老的那天。等爸爸老了，赚不动钱了，你哥哥姐姐都有了家，你怎么办？你还好意思去花人家的钱？爸爸也希望自己能活到一百岁，赚钱赚到一百岁，这样我可以陪你到七十岁，养你到七十岁，钱随便你花。但谁知道我能活多久。我不是逼着你结婚，而是好不容易有个合适的女婿人选，爸爸想给你争取过来。”

俞倾始终沉默。她盯着杯子看了一会儿，然后跟父亲碰杯，一口闷了一杯酒。她搁下酒杯，头靠在父亲肩头。

“爸，谢谢你今天跟我说这么多。你可能不知道，我站在傅既沉办公室窗口，能看到俞氏银行大厦，我经常会想，那个时候你在干什么，想没想我呢。我甚至有时候会怀疑，你到底爱不爱我。可我又觉得，你是爱我的，不爱我，怎么会把我养得这么败家。可你要是爱我，为什么非要逼着我结婚？

“这次跟你闹翻，离家出走，我才发现，其实我什么日子都可以过。穿几百块的鞋子，背几百块的包，也挺好。每天早起挤地铁上班，就连下雨都舍不得打出租车，月初盼着发工资。我觉得那才是生活，酸甜苦辣都有。

“有时加班很晚，出了地铁站，路上人不多，一个人走着走着就会迷茫，思考我到底属不属于这个城市？我在这里到底是为了什么？然后心里好像有个声音在说，你爸爸在这里，傅既沉也在这儿。

“爸，现在我也早起了，五点钟就起来。傅既沉跟我说，您起得比他还早。每次路过俞氏银行大厦楼下，看到您办公室的灯亮着，我多希望是您前一天晚上忘了关。但我知道，不是。现在天冷了，五点钟起床太痛苦，但我一想到，我爸都已经在去公司的路上了，我得陪着他。

“爸，您不用担心我不结婚的话，以后日子会过得很拮据。不会。我自己能赚钱，能养活自己，以后也能养着您。虽然没法让您过上大富大贵的生活，可普通的富足日子还是可以的。”

俞邵鸿在心底连着做了好几个深呼吸，眼前也是模糊的，这是他活了五十多年以来，最失态的一次。

他拍拍女儿脑袋，没敢出声，生怕暴露情绪。

俞倾坐直。

俞邵鸿没看女儿，直接上楼去。

到了二楼，他才抹把脸。在楼上缓了好一阵，直到眼眶不红了，他才拿着几张银行卡和车钥匙下楼。

俞倾起身：“爸，我回去了，还要加班。”

俞邵鸿把银行卡和车钥匙给她：“爸一直以为你不懂事，没有心。卡还你，要是用不着，钱你就存着，等以后花。”

他晃晃女儿脑袋：“爸爸还是希望，有生之年能牵着你的手，走过那条红毯，把你交给值得你托付终身的那个男人手里，这样我才放心。但不管怎么样，现在开始，爸爸尊重你。也许你只是还没到那个年纪。”

俞倾没客气，收下卡，抱抱父亲：“谢谢爸爸。您早点休息，我回去了。”

“你喝了酒，让司机送你。”

“好。”

俞邵鸿一直送女儿到门口，看着女儿的汽车离去才回屋。

家里彻底安静下来。

他又倒了杯酒，坐在沙发上回味刚才那一幕。

他正走神，大女儿打来电话。

“爸，俞倾回没回家？”

“回了，刚走。”

“这么快？你们俩是不是又吵起来了？”

“没吵。”

俞邵鸿叹气：“歆啊，那个小王八蛋，她道行太深了，我赔了夫人又折兵，关键我现在还感觉对不起她，心里愧疚得不行。”

“跟我说说，你是怎么完败的。”

“不提也罢。”俞邵鸿揉揉太阳穴，“我要没猜错，她现在肯定在庆祝自己的战绩。歆啊，你说……我能不能再把她银行卡给要回来？”

俞璟歆：“……再见啊。”

“别挂，别挂。我不就是跟你私下说说的嘛。我就算有点后悔，也知道不能出尔反尔。不然啊，她可能真就一辈子不回来了。”

俞邵鸿还是操心：“她坚持不婚主义，这可愁死我了。”

俞璟择到家，香味扑鼻而来，客厅的桌子上是打包回来的烧烤。

他换了鞋进来，瞅瞅俞倾：“你这是心情不好，暴饮暴食？”

俞倾幽幽道：“我什么时候心情不好过？零战败纪录保持者可不是浪得虚名。”

俞璟择坐下来，拿了一串烤面筋：“爸输了？”

“他温情卖惨，我真情实感，你说他能拼得过我？”俞倾给俞璟择倒了一杯啤酒，“请为我狂欢吧。”

她把那些银行卡和车钥匙，一一展示给俞璟择看。

俞璟择：“等爸明天理智回归，彻底清醒，他不得自闭？”

俞倾把卡收进钱包：“自闭的同时也是快乐的，他心里某个地方是满足的。感情获得满足时，物质上嘛，肯定要折耗一点。”

她说：“要是有谁能把我心里的缺口填满，别说是几张银行卡，我所有财产都能给他。”

俞璟择微微怔了一下。不知道她是随口一说，还是无意中真情流露。

他一直以为，她什么都不在乎。

等他们吃完喝完收拾好，已经十一点多。

俞倾回自己房间，在窗边坐了会儿。

万家灯火，很安静。今天她在家里喝了两杯红酒，刚才跟俞璟择又喝了不少啤酒，有点上头。

手机响了，是傅既沉打来的电话。

“在干吗？”

俞倾头靠着窗玻璃，回答：“在琢磨个事情，觉得挺不可思议。”

“什么事？”

“发现身边的所有人都不了解我，反倒是秦墨岭，也许比我自己还了解我。中午他那句话，扎到我的心了。”

电话里突然没了声。

俞倾揉揉脑袋，还是有点晕。

傅既沉略清冷的声音传来：“这个所有人也包括我？”

“嗯。”

“是不是我这个电话打得也不是时候？”

“是的。”

“打扰了你想秦墨岭是如何了解你？”

“不是。你打扰了我想，为什么我的傅总不了解我。”

傅既沉沉默片刻，然后说：“行，我尊重你，去了解你。从明天开始，我陪你游戏人间，陪你吃麻辣火锅，我跟你拼事业！”

俞倾笑了。

“睡觉吧。”傅既沉挂了电话。

俞倾把手机丢到地板上，转头靠在沙发里，不知不觉就睡着了。

周末一整天，傅既沉也没联系她。

周一早上五点钟，闹铃准时响起来。俞倾把被子蒙头上，听着几个闹铃一起闹。她抬了几次手，才摸到床头灯开关。

坐起来后，缓了几分钟，她又关上灯，拿着手机对着床的另一侧拍了一张照。

五点三十五分，俞倾到达傅既沉住的公寓的停车场，他的司机已经在那儿等着。

她打开车窗，打声招呼："杨叔叔，我今天送傅既沉上班。"

司机会意，又怕俞倾一人待在地下停车场害怕，没离开，把汽车开到另一个停车位。

俞倾望着电梯，等数字跳到"1"时，她把早上拍的那张照片发给傅既沉：我起来了，以此为证。

"叮咚！"电梯到了，门打开。

傅既沉边迈步出来，边看着手机。

眼前的照片上黑乎乎的，什么都看不见。

——你拍的这是什么？你人呢！

俞倾看着几米外的他：你不是有夜视功能吗？怎么，没看到我啊？

傅既沉微怔，还以为自己看得不够仔细。他点开照片放大，已经放到不能再大，黑黢黢的，还是看不到人影。

他高举手机，仰着头，放在灯光下看。

俞倾没憋住，"哈哈哈"笑出来："傅总，我在这儿呢！你到照片上找什么！"

傅既沉猛地转头，汽车里，那个女人趴在方向盘上，笑得肩膀乱颤。

他："……"

举起的手无处安放。

俞倾用双手挤脸颊，试图让自己早点安静下来。

笑声在清冷的地下停车场回荡。

她气人的本事无人能及，但三言两语也能让人消气。

"傅总，五点钟，我陪你。以后都是。"

傅既沉刚才被气得心肝脾肺肾都疼，可五点多，她出现在这里，惊喜轻而易举地治愈了胸闷气短。

他脱了风衣，扔到后座上，人坐上副驾驶座。

"昨天很忙？"俞倾发动车子。

傅既沉拽过安全带，扣上："不忙。我回了一趟家。"

俞倾点点头："家里催你结婚了？"

傅既沉答非所问：“俞倾，你对我的所有事好像都挺关注。”

“傅总，你说错了，不是挺关注，是格外关注。你是我唯一一个关注的男人，不然我会五点钟来接你？”

不管她是开玩笑，还是偶尔一本正经一下，总是让傅既沉猝不及防。

他不知道要如何接话，又辨不清她的话到底有几分认真，几分随性，几分是走心的。

傅既沉胳膊肘抵在车窗上，手撑着额头。因为俞倾，家里边第一次催他结婚。爷爷说，他结婚后，所有人都能安稳下来。

“傅老爷子让你娶哪家姑娘？”

傅既沉：“他们想让我娶谁不重要，重要的是不许我娶哪家姑娘。”

俞倾笑笑：“傅总，知道傅老爷子为什么不许你娶我吗？”

傅既沉侧目：“洗耳恭听。”

“因为你想娶我，娶不到呀，傅爷爷为了不让你受打击，就把我名字放在不许娶的名单上了。”

“……”

傅既沉淡淡反问道：“谁告诉你，我非你不娶？”

“你的心告诉我的。”说着，俞倾很苦恼，“我真想把你的心给摇醒，让它别沉迷于恋爱、结婚，我好带它出去玩儿。”

傅既沉敲敲车玻璃：“好好开车。”

俞倾安静了会儿。

汽车从辅道进入主干道，她专注看路。

天还没亮，夜空上散落着几颗星，略显清冷。

天际好像泛起一丝白，街上人和车不多。路两边的早餐店早就开门，吃饭的顾客还没几个，三三两两，分开来坐。

店里热气腾腾，玻璃上蒙着一层淡薄的雾气。

“吃不吃早饭？”傅既沉转过来，问她。

俞倾摇头：“太早了，吃不下。”

下一个路口，就要拐到银行大厦门前那条路上。

俞倾提前把手机递给傅既沉，让他帮忙拍一段银行办公楼的小视频。

“拍那个干什么？”傅既沉接过手机。

“送几克棉花给我爸，攒够了就能做件贴心小棉袄。”

她脑子里都是各种新鲜点子，傅既沉没时间揣摩她又要闹哪一出，照做，拍了十多秒的小视频。

等红灯时，俞倾给父亲发消息：爸爸，早啊。

附带那个小视频。

之后又发送一条：小视频拍得不怎么样，是傅既沉掌镜，原谅他的摄像水平，您就勉强看看。我在开车。

俞邵鸿正在看报表，今天有贷审会。

收到女儿的消息，他快步踱到窗边，打开窗子往楼下看。

楼下汽车穿行，不知道哪辆车是女儿开的，也可能，早就开过去了。

俞邵鸿又看一遍那个视频，伴随着呼呼的风声，拍的是他亮灯的办公室窗口。

毫无美感，却不耽误他一遍遍地欣赏。

他竟然觉得傅既沉好像也还不错。

下一秒，他心中警铃大作，这样的想法要不得，傅既沉可是自己的竞争对手。

从银行大厦到傅氏集团，也不过短短十分钟车程。

俞倾直接把车开到负一楼电梯旁，车停下，没熄火。

“傅总，明早见。也或许，今天下午我们就有机会见，我可能会来傅氏集团一趟。要是不出所料，傅董会跟我约时间面聊。”

傅既沉解了安全带，还拉在手里：“聊那个投资项目？”

“嗯哼。”

“你跟我爸说了，新建科技是我的？”

“没。还不到出王炸的时候，等我搞定其他董事再说。”

傅既沉松手，安全带缓缓自动收回去。

俞倾指尖在方向盘上像弹琴那样有节奏地起舞。

他提醒她：“那几个老狐狸，很难搞定。凭你，有难度。”

“你知道狐狸狡猾是为了什么吗？肉。多给他们两块肉就没有搞不定的事儿。人为财死，鸟为食亡，左右离不开一个利字，没必要去跟他们正面交锋。”

俞倾看看腕表，六点零二分。

她往后靠在椅背上：“傅总，想问你要几分钟时间。”

既然她一心想谈事业，他就奉陪。

傅既沉没急着上楼，也看了眼手表：“给你八分钟。”

“如果我给你搞定了新建的控制权，你准备给我和我的团队多少酬劳？”

“……”还以为她要谈什么要紧的事。

俞倾嘴角扬着：“不是说了嘛，不管谁，左右离不开一个利字。无利不早起。”

傅既沉公事公办：“一千万。”

“这个价格没法接。”

一千万看上去不少，可她还要跟券商那边的团队分，然后还要跟律所分成。最后到每个人手上，真没多少钱了。

他们这么多人要辛辛苦苦忙好几个月，拿这点钱，不值当的。

俞倾伸出两个手指头：“两千万，给你省下的，不止两个亿。傅总，这个买卖很划算。”

傅既沉笑了笑。俞倾读得懂，这个笑容耐人寻味——他嫌她要价高了。

傅既沉：“一千两百万。俞律师要觉得不合适，那也没有办法，不过买卖不成，情谊在。”

俞倾让步，但也争取：“一千两百万就一千两百万。不过，要税后。”

“过分了啊。”

“这是我最大的诚意。”俞倾伸手，“傅总，合作愉快。”

傅既沉盯着她：“你眼里是不是只剩钱了？”

“你说对了。”她一点都不谦虚，“不然我怎么到哪里，都那么讨老板和团队喜欢呢？”

她的手还悬在那儿。

傅既沉跟她的手轻握：“第一次跟俞律师团队合作，各方面还不是很了解。费用的话，先支付百分之二十，余款等案子结束再付。”

俞倾慢悠悠道：“可以啊。”随即话锋一转，“不过费率的话，相应也要提高。如果到时项目处理的结果符合您预期，您还要另行支付费用的百分之十，也就是多支付一百二十万。”

傅既沉：“……你是一点亏都不吃。”

俞倾登录邮箱，开始修改合同。

“吃亏是福，但这个不是亏，是我的脑力付出该得到的报酬。你后付费，我的压力就大了，到时要面临你们对结果的吹毛求疵，代理费真心不好拿。压力大，脑细胞就容易死，要买点营养品补补的。你这个百分之十就当是营养费。”

合同的支付方式略有改动，她发给券商那边的负责人看。

“等券商确认过，我们找你签委托代理合同，顺便把保密协议也签了。”

邮件发送完，俞倾收起手机。

她看了眼时间，还有两分钟可聊。

“这两分钟我送给你了，想问什么都行。”

傅既沉没什么要问的，好心给她提个醒：“傅氏集团其他两个董事你没打过交道，说服他们投资新建科技，难于登天。还有新建科技内部的管理团队，不用非正常手段的话，你搞不定。劝你三思，这个案子可能你会白忙活，最后无疾而终。”

俞倾侧坐，面对他：“要是容易，你会爽快掏那一千几百万？”

她给他宽心：“我自有办法让那两个董事跟我站在同一个立场。我的立场向来是利益，所以很容易跟所有人成为‘好朋友’。”

她感慨道：“人生就像一场场辩论赛。你要跟很多人去辩论，父母、亲人、兄弟姐妹、朋友、同事，乃至竞争对手。既然辩论，那就是每个人的观点在他的那个立场，都是对的。我从来不去花很多精力否定别人的观点，我只要把我的观点输出给别人，让他忘了自己的观点，让他立场不再坚定，这就足够。我也就赢了。”

说着，她嘴角勾起一丝笑。

“有一句很经典的话，小孩子才去计较对错，才一直追着让对方道歉。”

她又在讥讽他。道歉一事横亘在他们中间，谁都不愿妥协。

傅既沉：“你一天不挖苦我，心里难受是不是？”

“是的。”

俞倾还有事要忙，催道：“超时了。傅总，您去忙吧。”

傅既沉下车。走了几步，他又回头。

“俞倾，你下来一下。”

“怎么了？”俞倾推门下车。

傅既沉走过去，给了她一个拥抱：“祝你旗开得胜。”

“谢谢。”俞倾仰头，“你就等我凯旋吧。”

他跟她对视，犹豫片刻后，退让一步：“你要是不想说道歉，那你写给我也行，随便你写几句。我说过，我只要你一个认真的态度。”

“傅总，我还在痴痴地等你来求我，跟我道歉呢。”

“天亮了，别做梦了。”

“哈哈。”

俞倾觉得傅既沉对她的生活态度有误解：“不结婚，不谈情，不代表我就朝三暮四、水性杨花，更不代表我不为你着想，不把你当一回事。认真是我的人生态度，哪怕是游戏，我也会很认真、很投入地玩。”

傅既沉：“……”

她总是能做到前半句让人不由得悸动，后半句让人抓狂不已。

冰火两重天。

他俯身，在她唇上落了一吻，然后叮嘱：“开车慢点。”

汽车绝尘而去，只留下一串尾气。

傅既沉到办公室忙了没一会儿，潘正也来了。

潘正把今天的日程安排表拿给老板，顺便汇报新建科技那边的情况：“乔老师的儿子，比我们想的还要贪婪，证据我在着手搜集。”

傅既沉看完今天的日程安排表，放一边，道：“嗯。你先搜集，可能用不上。”

潘正以为，经过昨天一天纠结后，老板决定不再追究新建管理层的责任，甚至有可能看在乔老师面上，连新建科技的控制权也不计较。

当初老板创业，跟傅老爷子和傅董闹得挺不愉快，乔老师了解后，二话不说，对老板鼎力相助。

这份人情，换成谁都没法不铭记。

乔老师的为人，他也看在眼里，更别说老板。只是乔老师对自己儿子太过溺爱纵容，如今就算想管，也心有余而力不足。

“我心里有数了，不会惊动乔老师。”

傅既沉知道潘秘书误解了：“俞倾要接这个活，她想以最小的成本把权力和股份转移到我这儿。”

他也想看看，她到底有什么好法子。

傅既沉又瞥了一眼日程安排表，下午三点，董事长约他，十有八九跟俞倾有关。

忙了一上午，傅既沉从一堆文件里抬头时，快十二点。

自从俞倾辞职，工作，吃饭，午休，他又回到了曾经的机械化模式。

下午两点五十分，傅既沉去了父亲办公室。

傅董在忙，差点忘了还要跟儿子会谈。

这次谈的不是公事，忙起来就容易被抛到脑后。

秘书给傅既沉送来咖啡，带上门离开。

傅既沉从来喝不惯父亲的咖啡，又苦又涩。

他自己去倒了一杯温水。

“爸，要是跟俞倾有关的事，咱俩真没什么好谈的。”

“我只是把你爷爷的意思传达到，至于你怎么想、怎么做，那是你的事。”傅董暂停手上的工作，捏捏鼻梁。

“既沉，你别怪你爷爷让你相亲、结婚。他那个年代的人，是没办法接受俞倾这种新潮思想的。”

傅既沉态度坚决：“相亲不可能。当然，也有例外，除非相亲对象是俞倾。”

傅董头疼：“可俞倾那样的态度，婚也不想结，我就是想帮着你在你爷爷跟前说话，我也不知道要怎么帮呀！”

“爸，俞倾只是不想结婚，别的地方挑不出毛病。”

“呵呵。”

情人眼里出西施。傅董无奈，心里五味杂陈。

傅既沉在手机上输入俞倾的号码，说：“爸，我当着您的面给俞倾打电话，她对我什么态度，让她自己说。听完你就明白了。”

电话很快接通。

“傅总，好呀，是不是合同有需要修改的地方？”

傅既沉开了免提，又摁了录音，打算到时放给爷爷听：“不是公事，耽误你几分钟。你把你早上送我来公司时说的那番话，再说一遍。就是‘不结婚，不谈情，不代表你就朝三暮四’那一段。”

“傅既沉，我说过，我不想结婚，不代表我不曾对你认真。在法务部好好工作，是对你的认真。五点钟陪你起床，是对你的认真。现在接这个案子，也是对你的认真。为什么非要用婚姻去衡量一个人对你是真情还是假意？”

“先不说了，我这边要开会。”

傅既沉把这份录音重命名：小美鱼。

傅董沉默数秒，挥挥手：“行，我心里有数了，你爷爷那边我来解决，你回去忙吧。”

从父亲办公室离开，傅既沉给俞倾发消息：谢谢。刚才在我爸办公室，是给他听的。

俞倾：说给你听我乐意；但你要拿这个去当挡箭牌可要付费。钞票，钞票。

傅既沉也学会了她那一套，直接发了一个表情图给她：喏，一个亿，拿去花吧。

第十二章 一见倾心

俞倾等了一下午，没等到傅董约她面聊，却等来了傅老爷子的电话，对方约她下班后见面，在律所旁边那家咖啡厅。

她理理思路，考虑要怎么应战一位曾叱咤商场，不怒自威的老人。

傅老爷子说开明倒也开明，可有些想法总是带着他那个年代的人特有的保守。

她理解。

“咚咚！”

俞倾回神，回头看到是秦与。

“难得见你发呆。”秦与进来。

俞倾搁下手机：“棋逢对手了，在考虑要从哪里突破。”

秦与把资料放她桌上：“托了不少关系给你弄齐。”他接着刚才的话题，“在考虑怎么应对乔维铭？”

俞倾这会儿没时间看，把资料收起来放保险柜里：“乔维铭还不会让我绞尽脑汁。”

秦与把门关上，坐下来：“有眉目了？”

这个剪不断理还乱的案子，烫手，搞不好就有损团队名声。

“早就有对策。”俞倾把心里的想法说出来跟秦与讨论。

“你要是觉得合适，我们后天就去找乔维铭。这是唯一一条我们直接攻打对方心脏的捷径。”

秦与考虑片刻，不免担心：“这是场硬仗，怎么打得靠策略。怕乔维铭不吃这套，到时他儿子要是在场的话，那就更不会买账，不可能痛快把隐名投资合同给签了。”

俞倾已经想了好几个应对策略，到时见机行事，随机应变。

“谁在不在场对我来说都没差别。我不是傅既沉，还要顾及乔维铭的面子和情分。”

她笑：“我只顾及那一千多万我能不能拿到手。”

秦与也笑笑。解决隐名投资合同只是第一步，关键是怎么拿到控制权，又要怎样说服傅氏集团高层投资新建科技，每一步都异常艰难。

“券商那边，我负责沟通协调，你就安心想着怎么应对乔维铭，后天一早我在所里等你一块过去。”

“好。”

俞倾今天准时下班，五点十分到了咖啡厅，傅老爷子已经在那儿，杯子里的花茶下去一半。

看来他已经等了她不少时间。

俞倾是第一次在现实里见到傅老爷子，不过对他并不陌生。

傅老爷子是商界风云人物，即便早早退休，他在资本市场的个人投资，依然是一个风向标。

“傅爷爷。”

“坐。不用拘束。”傅老爷子正襟危坐，俨然像在会议室给下属开会。

对于今天这样的见面，他自己也觉得不妥，但又没有比这个更直接有效的方法。

俞倾点了一杯咖啡，二人之间的气氛有些紧张。

傅老爷子快人快语，单刀直入：“今天冒昧打扰你，实在是很不礼貌，我也是迫不得已才来找你。实不相瞒，我本来不想掺和你跟既沉之间的事，希望他父亲能处理好。哪知道，他父亲临阵倒戈了。”

俞倾：“……”

说到儿子倒戈，傅老爷子到现在气都不怎么顺：“我知道你口才了得，一般人招架不住。听说你大学在法学院打辩论赛时，对手被你说得开始疑惑自己坚持的观点。所以……”

他自己都感到难为情："今天爷爷有个不情之请，我说话时，希望你别打断，也不要出声，我怕我自己被你给带歪了。我有自知之明，肯定说不过你，我唯一的要求就是你不要说话，让我把话说完。"

俞倾扶额，她怎么会给傅家长辈这样的印象？

傅老爷子接着道："我对小辈的婚姻，从来都很宽松，他们何时结婚、跟是什么样家庭背景的女孩结婚，我没有过任何要求。对我们家来说，即便是联姻，那也不过是锦上添花，这朵花，可有可无。"

咖啡上来了，香味扑鼻，俞倾心情舒缓不少。

既然傅老爷子不让她开口，她就认真品咖啡。

傅老爷子谨慎措辞："如果你的婚恋观跟大多数人一样，就算你是来自一个再普通不过的家庭，我也不会说一个不字。"

说着，他喝了几口花茶。

"你对既沉，连起码的理解和在乎都没有。他都已经在公司公开你是他未婚妻，你还是这样的态度。我不评判你的想法和坚持是对是错，每个人都有权选择自己过什么样的人生，走什么样的路。可作为既沉的长辈，我孙子被这样拿捏，我没法高兴。"

俞倾放下咖啡勺，抬眸。

傅老爷子压压手："你别说话，你喝你的咖啡。"

俞倾："……"

傅老爷子长话短说："我就问你，你想不想跟既沉结婚，或者是有没有结婚的打算？"

他退让："你要是有这样的诚意，你点点头。你只要表态，爷爷还是信得过你的。我心里也就踏实了。"

俞倾微微抿唇，没点头。

傅老爷子给她考虑时间，他又让服务员加了一杯热茶。

时间一分一秒过去，傅老爷子觉着差不多了，说："没让你跟既沉现在就结婚，该订婚订婚，至于婚期，你跟既沉决定。我们随你们。"

俞倾不由得握紧咖啡杯，觉得有点烫手。

"抱歉啊，傅爷爷，我真的从来没考虑过结婚。"

傅老爷子欣赏她的坦诚，但接下来的话也让他难以启齿。可他要是不管，以后既沉会越陷越深，不如现在快刀斩乱麻。

他再次提醒："你不用说话，点头或是摇头就行。你比既沉小五岁，等你过两年突然觉得跟他在一块儿不新鲜，你再找了别人，那他怎么办？我怕他受不了那个打击。你要抛弃他，趁早，行不行？"

俞倾哭笑不得。论说话艺术，她觉得傅老爷子比她厉害。

她明白老爷子约她见面的用意。

她拿出手机打字，打了一行又删去。

她不知道老爷子是不是老花眼，怕他看不清。

她拿出纸笔，写的字很大。

——傅爷爷，给我点时间，我和我的团队接了傅氏集团还有傅既沉的一个案子，我答应了傅既沉圆满处理好。他待我不错，我只能从工作上回报他这份真心。您看，可以吗？

傅老爷子犹豫两秒，还是同意了。他问："这个项目要多久？"

俞倾：最少三个月，最长应该不会超过半年。等项目结束，我不会再跟他有联系。

傅老爷子离开前又充满歉意道："我很抱歉，以长辈身份来找你解决这个事。"剩下的话，他又咽下去。

俞倾没急着离开，一杯咖啡喝完，又续一杯。

外头渐渐黑了。她趴在桌上，看外面路上堵得水泄不通。

对面有人坐下，她没察觉，看着外面出神。

秦墨岭要了一杯咖啡，拿本杂志翻看。

十分钟过去，她还维持着那个姿势。

他刚才去律所找秦与，秦与正忙，他便告辞，路过咖啡馆，没想到看见俞倾在里面。

他从落地窗前经过，她没注意。他坐下来，她还是没发现。

俞倾续杯的那杯咖啡凉了，她坐起来，打算回去。

看到对面的人，她愣怔一下。

"什么时候过来的？"

秦墨岭合上杂志，说："好一会儿了。你在想工作？"

"嗯。"俞倾敷衍道。

"找我有事？"她问。

秦墨岭道："没事。我路过这儿，喝杯咖啡。"

“那我失陪了，回去要加班。”俞倾又打包了一杯咖啡，埋单离开。

下班高峰期，车流基本不动。

在最后一丝耐心被耗尽前，俞倾终于把车拐进了银行大厦后院。

她给父亲打过电话，一路绿灯到了楼上。

俞邵鸿自接到女儿的电话开始，心里很不踏实。

这样的好，让他忐忑。

“爸。”俞倾敲门进来。

俞邵鸿开了一天会，说得口干舌燥。

他吃了半板润喉糖，还是没什么作用。

“今天不忙啊？”

“忙。”

俞倾打开咖啡，放到父亲面前：“想你了，就过来看看你。”

俞邵鸿盯着女儿看：“你还是把我忘了吧。”

俞倾笑：“我要是真忘了你，你不得哭呀？”

俞邵鸿：“等眼泪哭干就好了。你这样，我比哭还难受。”

他嚼碎润喉糖，开始喝咖啡。

可能是心理作用，他感觉自己没喝过这么好喝的咖啡。

俞邵鸿言归正传：“说吧，找我到底什么事？”

“没什么。路上太堵，走走停停，耗油。我就到您这里歇歇，等车不多了我再回去。”

俞邵鸿盯着咖啡看了又看：“这么说，这杯咖啡它根本就不属于我？”

“谁喝了就是属于谁的。”

俞倾拿了一本杂志，卷起来，当成望远镜。

她走到窗边，看对面，在密密麻麻的楼群里寻找傅氏大厦。

“爸，你忙你的，待到八点钟我就回去。我正好想想我案子的思路。”

俞邵鸿没舍得把一杯咖啡喝完，留半杯，想着等加班累了再喝。

一大堆报表，他接着看。

不时，他会抬头看女儿在干什么。

她拿着“望远镜”，四处看。他办公室这个位置，看北京的夜景，绝佳。

他跟女儿从来没这么平和地相处过。

“小王八蛋，最近有没有跟你妈妈联系？”

“没。”

俞邵鸿张张嘴，欲言又止。

灯光璀璨，俞倾看的时间久了，眼花缭乱。

她收起杂志，搁杂志架上，发现已经七点多了。

“我回了。”

俞邵鸿看电脑右下角的时间：“还差一刻钟才到八点呢。”

俞倾穿外套：“我看路上没那么堵了。不然我又要加班到半夜。”

俞邵鸿送女儿去坐电梯，难免就要唠叨几句：“别天天只顾忙工作，赚的那点钱也不够你一小时花的。你抽空谈谈恋爱，其实谈恋爱也挺有意思的。”

俞倾：“有意思也就那几个月，之后的时间都是被这几个月的有意思深深伤害着，我可不做那个赔本投资。”

俞邵鸿叹气：“也没你说的那么……”

俞倾打断父亲：“听说当年，不知道有多少女人羡慕我妈，结果呢，没到两年，您就不爱了。”

电梯门打开。

“拜拜。”俞倾摁了关门键。

路上还是堵。俞倾给傅既沉打电话，问他在哪儿，有没有空聊几分钟。

傅既沉还在办公室，周六、周日两天没加班，等他审核签字的单子积了一大堆。

他开了免提：“你还敢打电话给我？”

“为什么不敢？”

“你把我都抛弃了，你心里没数？”

俞倾笑了声。

“傅爷爷跟你说了？”

“嗯。毫不留情地打击了我一番，说我在你心里，跟新鲜感是一样的存在，让我早点认清现实。”

傅既沉审核好，点击通过。

“我正想着，要怎么找你算账。我还以为爷爷给了你天价分手费，你心动了。要是为了钱，我也就原谅你。结果爷爷说，他没花一分钱，你很爽快就同意分开。”

话都说到这个份上了，傅既沉问她：“你真就准备这样算了？”

说这话时，他握着鼠标的手微顿。

电话里没声，傅既沉没催。

俞倾望着前辆汽车的尾灯，说："傅既沉，当初在一起前，我跟你坦白了，我不婚，你说你也是。现在我们对婚姻的看法有了分歧，我还在我们的这条路上，你却走上了另一个岔道。"

傅既沉放下手上的工作，拿过手机："俞倾，我们好好聊聊行不行？"

"聊什么？"

"婚姻。"

"那我们没共同话题。"

"我想知道，你为什么这样排斥婚姻。"

"风险大，这个理由够不够？"

傅既沉几乎没有思考："那你嫁给我，我们签婚前协议，你的婚前财产是你自己的，我所有的财产，我们共同持有。要是你提离婚，我们夫妻共同财产的三分之一归你。包括我持有的傅氏集团的股份，也给你三分之一。要是我提离婚，我所有财产都归你。俞倾，这个投资你不亏。"

"谁说我不亏？结婚就意味着我要付出感情，要是离婚了，我就只有钱，再也没有你了。"

"既沉一晚上都没说话了。"奶奶叹了一口气，她一边担心着，还一边不忘指责傅老爷子，"你老糊涂了！你去找俞倾，你干吗还非得跟既沉说？打击他，你很有成就感是不是？"

看着孙子坐在沙发上沉默，她心里不舒坦。

傅老爷子从冰箱里拿出汤圆："你这么说可就是不讲理。什么叫我打击他，我很有成就感？"

锅里烧的水开了，"咕咚咕咚"。

热气顶得锅盖"乒乒乓乓"作响。

奶奶揭开锅盖，水汽升腾。

傅老爷子把汤圆放锅里："我一把年纪，连这张老脸都不顾了，去跟人家二十多岁的小姑娘谈判，还不许人家说话。我当时都觉得无地自容，这要是传出去，得让多少人笑话我。"

想着今天在咖啡馆的事，他到现在都觉得难为情。

“我为什么呀？还不是为了他？能争取的机会我尽量去争取了，但俞倾就是不松口。既然这样，大家就都没必要再浪费时间，不然只怕都会越陷越深。”

他拿勺子搅动汤圆。

“我从来都没下过厨，今天给他煮夜宵，他知足吧！”

傅既沉来爷爷家有一会儿了，对着手机出神。

夜宵好了，奶奶喊他去客厅吃。

傅既沉看着碗里的夜宵：“晚上吃汤圆不消化。”

傅老爷子递勺子给他：“有东西吃就不错了，还挑三拣四！”他在傅既沉旁边坐下，“跟俞倾都摊开来聊过了？”

“嗯。”

傅老爷子点点头：“说开了就行，别拖泥带水的。”

黑芝麻馅的汤圆，香甜软糯，傅既沉吃得没滋没味。

傅老爷子没再多言，眯着眼，两手揉太阳穴，操心孩子的婚事，实在耗神耗力，这两天他被气得也没睡好。他理解不了俞倾的想法，不过也没必要搞懂，那跟他无关。可他更不解，自己教育出来的孙子，一贯理智冷静，权衡利益得失，不会鲁莽行事，怎么就被感情给绊住了呢？

傅既沉只吃了两个汤圆，放下勺子。

奶奶知道他们爷孙俩有事要聊，不然大晚上的，孙子那么忙的情况下，不会过来，而老头子也不会坐在餐桌前没走。

她收拾碗去了厨房，让家里工人都歇着去。

傅老爷子开口：“你是来兴师问罪的？”

傅既沉擦擦手：“过来吃个免费夜宵。”

“呵呵。还不够你绕路开过来的油钱。你这不划算呀。”

傅老爷子不紧不慢，有节奏地按压穴位。

“俞倾今晚跟我划清了界限，还是在嘻嘻哈哈中划清的。以后五点钟不再去接我，有联系的话，也是为了工作。我的车，她还给我了，理由是，油耗太高，开不起。她放在我公寓的物品，也全拿走，说最近没衣服穿。在一起这几个月，她花了我不到两百万，但之前她要雇我一星期给她打工，转给我一百九十万，两清。她把我微信的备注改成了傅总。把送给我的钥匙扣也收回去了。”

傅既沉把手里的纸巾团了团，扔进垃圾桶，他起身："爷爷，您跟奶奶早点休息，我回去了。"

他拿上风衣离开。

半夜，傅既沉回到公寓，折腾了一晚，除了堵心，还有工作堆在那儿。

洗过澡，傅既沉去书房加班。

电脑旁，并排摆着秦墨岭送他的那三本书。

《失恋男人必读的200个励志小故事》格外刺眼。

周三那天，俞倾依旧五点起床。

天还未亮，人从屋里出来，寒风刺骨，可以看见白色的哈气。

没想到管家爷爷比她起得还早，正在院子里打拳晨练。

"嘀嘀"，汽车开锁。

管家这才注意到俞倾已经起床："怎么这么早就走？你早饭还没吃呢。"

俞倾摆摆手："以后都不用做我那份早饭，我去所里吃。"

汽车驶出院子。

她搬家了。

常住鱼精那儿也不妥，她搬回别墅陪父亲。

第一次从新家去所里，不知道路上要花多久，俞倾记录时间。

二十一分钟后，汽车开进律所楼地下停车场。这是清早五点多，要是搁上下班高峰期，怕是没有一个半小时到不了。

今天她跟秦与约了要去新建科技见乔维铭。

俞倾把要带的资料装进文件包里。秦与还没到，她打开备忘录，把乔维铭儿子的个人喜好又看了一遍。

六点半，秦与到了。

俞倾办公室门敞开，他轻轻敲了两下门，进来。

桌上，今天三只招财猫全上岗，整整齐齐站一排，不过都是面朝墙壁，背朝着门口。

"你这么放，还怎么招财？"秦与开玩笑道。

俞倾关了电脑，穿上风衣："没有契约精神，正罚它们面壁思过。"

秦与笑："面壁思过还不够，还要罚写一万字悔过书。"

"这个主意不错。"俞倾背上包，又拎上文件包，"走吧，还要去一趟傅氏集团接人。”

“接谁？”

“乔洋。”

秦与点点头，没多问。

两人一道离开。

等电梯时，他盯着她看了几秒，刚才就感觉哪里有点不对劲，这才发现她今天没穿职业套装，穿的是烟灰粉大衣，头发被束成一个高马尾辫。

温柔安静，自带仙气，没有一点攻击性。

他很不习惯她这样的装束，要不是了解她，知道她业务能力强，她现在这样的装扮，给人第一印象就是一个精致的高级花瓶。

俞倾侧脸：“秦律，你想说什么？”

秦与直言：“今天这个严肃场合，怎么偏偏选了这么邻家女孩款的衣服？”

“恃美行凶。”

“……”

电梯到了，俞倾先跨进去，秦与随后。

他又看了一眼她身上的大衣：“你这衣服在哪儿买的？我想给她买一件。”她皮肤跟俞倾一样，白得耀眼，穿着肯定好看。

俞倾难得八卦一次：“女朋友？”

秦与迟疑了一瞬，点点头。

俞倾告诉他品牌。

秦与听后：“算了。一件衣服十几万，送给她，她会觉得贵，不舍得穿。”

俞倾建议：“那你可以去定做。巴黎那边有很多老牌的工作室，价格比成衣贵好几倍，不过一般人都认不出那些标牌。你要是有需要，我可以帮你推荐几个裁缝。”

这个主意不错。秦与：“等忙完这个案子，我过去一趟，给她多定做几件。”

俞倾很难想象平时严肃又眼神犀利的秦与，会有这样温和的一面。

看到好看的衣服，第一反应就是要给女朋友买，还要多买几件。

秦与是所里的颜值担当。放眼律界，也没人能碾压他的个人魅力。

每次券商那边有项目，团队里的女人们，第一个想到的就是秦与——

秀色可餐，看着也养眼，可以缓解疲劳。

他认真工作时，更是能迷倒一片花痴女人。

楼下，司机已经在那儿等着。

秦与问俞倾：“座位上有没有什么特别安排？接到人后，需不需要我配合？”

俞倾：“你坐副驾，到时需要你给我发个消息。”

她把时间节点告诉他。

快到傅氏集团时，俞倾给乔洋发消息：乔经理，十分钟后我到你们傅氏楼下。

乔洋正在傅既沉办公室。昨天俞倾给她打电话，说要见目标公司的负责人，让她陪着一块儿去，有些财务方面的问题需要她对接。

还不知道几点能回来，她过来跟傅既沉请假，因为有个会议不一定赶得及回来参加。

“俞倾约你？”

傅既沉抬头。

“嗯。跟那个投资项目有关。”乔洋猜测，“可能是尽调时，俞律师遇到了棘手的问题。”

傅既沉没接话。

办公室气氛陡然冷下来。

乔洋不知道怎么了，她也没说错什么。跟俞倾出去，她也是为了工作。

半分钟过去，傅既沉还是没出声。

乔洋视线落在傅既沉脸上，几秒后，她又稍稍挪开。他面无表情又漫不经心时，极具杀伤力。

每次开会，他要是突然沉默，会议室里每个人都会不由得屏息。

傅既沉考虑片刻，然后说：“帮我捎个东西给她。”

“……好。”乔洋不知道是什么，目光随着他的动作移动。

傅既沉从笔筒里找了一支记号笔，款步走到冰箱前，拿出一瓶柠檬茶，在瓶身上圈了几个字。

他又看了一眼腕表，然后开始在瓶身上写字，龙飞凤舞，很快写好。

走出傅既沉办公室，乔洋才看瓶子。

傅既沉圈出的几个字是广告语，“一见倾心”。

瓶身空白处有他的签名，还有日期。

日期具体到了几点几分。

乔洋揣测，可能是两人吵架了。

傅既沉用这种方式表白，再加道歉。不管是因为什么，反正，可以看出他动情了。

二人到了楼下，汽车张扬地停在正门口。

一侧后车门从里面被推开来。

乔洋直奔那边，客套两句，坐上车。

汽车拐上马路。

乔洋发现路线不对，因为要去拜访的那家公司总部并不是在这个方向。

她提醒俞倾："俞律师，你们方向错了。"

"哦，没错。"俞倾淡笑，"我跟秦律要去新建科技一趟，关于傅既沉的隐名股东事宜，今天做个规范。要麻烦你在车里等我们一会儿，处理好新建这事，我们再去拜访客户。"

乔洋脸上的表情僵滞，很快，她扯个微笑，说："原来是这样。"话没有过脑子，她来了句，"傅总都跟你说了？"

俞倾反问："你也知道隐名股东这事，知道傅既沉是新建科技的幕后老板？"

乔洋下意识地抿唇，反应不算慢，她没说自己知道与否，不然俞倾让她做证人的话，可就麻烦了。

她避重就轻道："跟傅总有关，那肯定是傅总跟你说的呀。"

她赶紧转移话题，把饮料给俞倾："傅总让我捎给你的。"

"谢谢。"

俞倾拿过来，盯着瓶身看了又看，然后回复傅既沉：傅总，水收到了。谢谢贵公司提供外派期间的茶水。

俞倾把饮料放进包里，过了片刻，又拿出来看了一眼那个"一见倾心"。

她旁边的乔洋，如坐针毡。

乔洋没想到俞倾会釜底抽薪。

她知道新建科技是傅既沉投资的，二叔跟她说过的。

可堂哥乔翰不想认账，只想把傅既沉的投资当成借款，还了就完事，至于新建，跟傅既沉半毛钱关系没有。

为了这事，二叔跟堂哥争执过，可拗不过堂哥。

她清楚一切，也只能假装什么都不知道，不然她夹在中间两难。

俞倾手机震动，有消息进来，是秦与发给她的，两人开始愉快地聊天。她这样，就是为了给乔洋时间“通风报信”。

乔洋瞥了一眼俞倾，俞倾在专注地回消息，大概是傅既沉发来的，不过她现在内心天人交战，无心管这些。

她不否认，她希望新建一直由乔家管理。

不只二叔一家，他们乔家还有其他人在新建任职，包括她父亲。

最后，理智的天平倾斜。

乔洋给二叔发消息：俞倾和她所里的律师正在去新建的路上，说是为了给傅既沉签隐名投资合同。

她又看一遍，措辞没问题。

“说是”这两个字，证明她之前对此事不知情，免得这消息给俞倾留下把柄。

乔维铭正在开早会，看到消息，心里“咯噔”一下。

脑袋有两秒是空白的。

他怎么都没想到，傅既沉会搞突袭。

他一直以为，傅既沉会看在他的面子上，事先跟他商量。

定定神，乔维铭转头交代秘书几句，然后对着乔翰招招手，示意他到会议室外面去，又跟与会高管道：“你们先讨论，我这里有个大客户过来。”

他们都没放在心上，接着开会。

二人到了办公室，乔维铭把门反锁。

乔翰蹙眉：“爸，怎么了？到底出什么事儿了？”

乔维铭把事情一五一十地告诉儿子：“你看看到底怎么办。”他不由得看手表，“俞倾他们说不定二十分钟左右就到了。”

乔翰双手叉腰，舌尖抵抵牙关，说：“一不做，二不休。新建就是我的，是你当初问傅既沉借的钱，该多少利息到时一并算给他。”

乔维铭叹气：“这犯法呀。”

“犯什么法？他有合同吗？没吧。法律也讲究个证据，不是张口就来。”乔翰倒了杯冷水，几口喝下去。

“我们辛辛苦苦这么多年，凭什么替他打工？”

乔维铭："要是没有傅既沉，也就没有新建。再说，人家也给了我们股份呀，工资一毛不少，分红也不少。"

乔翰冷嗤一声："那点股份算什么？那点工资和分红算个啥！"

"傅既沉可是从来不打无准备之仗，既然来了，那就说明他有我们的把柄。你还是别贪心，不然落得两头空。"

"行了，行了，您烦不烦？！您少说两句行不行！让我冷静冷静！他要是敢来狠的，我也不是吃素的。反正您到时候就别吱声，不要签合同就行，今天这事儿我来解决！来一个律师团我也不怕！"

乔维铭摁着突突直跳的眉心，想给侄女乔洋发消息，问他们到哪儿了，消息编辑好，又删去。

车堵在路上，离新建还有两公里左右。

秦与还在跟俞倾聊着：现在就让乔维铭知道我们要过去，他肯定提前让他儿子也到场。他们人多了，对我们来说，是不是不利？

俞倾：我就是要让乔翰也在场。如果只趁着乔维铭一人在，其实事情才难办，因为他害怕儿子会怪他，左担心右担心，到时肯定会想法子拖延时间，让乔翰回来，说不定还不放心合同，再找个借口，说等乔洋过来。这样耽搁下去，没完没了。你不是也知道，有些事情最怕拖。

秦与：速战速决，需要攻心，攻不好，前功尽弃。

俞倾：从他们知道，到我们过去，这段时间里他们纠结、挣扎，又矛盾、害怕，是心理防线最脆弱的时候，也是攻心的最佳时机。跟你配合，我不担心。我负责打消他们的嚣张气焰，你负责专业部分，没有拿不下来的人。

二十多分钟，历尽煎熬。

乔洋也跟着一起上楼，她说好长时间没看到二叔了，正好过去看看。

俞倾："你们家里人感情可真好，几天不见就是好长时间，我记得你周六还在乔老师家的。"

她拆完台之后，还给人递了架梯子："这样的家庭氛围我很羡慕，不像我们家的人，一年到头都见不到两回。"

乔洋也只能干笑。看来俞倾什么都了解透彻，她心里突然没了底。

上楼之前，乔洋给乔维铭打了电话。

等他们到董事长办公室，乔维铭已经泡好了咖啡等他们。

乔翰也在。

他双腿交叠，懒洋洋地靠在沙发里，板着脸，一副油盐不进的样子。

俞倾进来后，他突然愣了一下——找个花瓶来谈判？

虚与委蛇地寒暄几句后，乔维铭以为俞倾要切入正题，哪知道跑偏了。

俞倾坐在乔翰对面，把合同递给乔洋看："你看看有没有什么问题。"然后，她话锋一转，"听说乔总对跑车颇有研究。"

乔翰差点没接住这个话："一般。"

俞倾让乔翰给推荐几款跑车，说她最近想换车。

乔翰脑袋里始终绷着一根弦，说起来也有点敷衍，不过俞倾拿笔全记下来，有时还要反复确认。

他又多说了几句。

合同简单，一页半，中规中矩，没什么看不懂的地方，也没什么苛刻的条件。

乔洋看完，握着咖啡杯，心里千头万绪。

乔维铭坐在她旁边，也跟着一块儿看。傅既沉对他是真的信任有加，即便已经到了这个时候，合同条款还是偏向着他。

他长呼口气。

那边，乔翰想打断俞倾，自己说几句，可俞倾哪会给他时间，不停地问，问题一个接一个。

秦与轻咳一声，假装提醒俞倾："俞律师，我们十一点还约了人。"

"哦，等一下。好不容易遇到个懂行的，我多咨询咨询。"

乔翰打量着俞倾，心想：这个女人到底是怎么当上律师的？

不过他又一想，她是俞邵鸿女儿，也就不奇怪了。

家里有钱给她败，也不知道从哪里弄个文凭，再托关系进律所，摇身一变，成律师了。

乔翰喝了半杯咖啡，耐心快要被磨光。

"俞律师，我们还是谈正事儿吧。"

俞倾看向乔翰，笑笑："乔总，你可能不知道，目前我的正事儿就是买车。"

乔翰一噎。

俞倾惆怅："我在想，我是买四辆还是买两辆。四辆的话，车位暂时不够用。要是买两辆，又多一个车位。"

“……”

乔翰快疯了：“买三辆不就行了？”

俞倾摇头：“我有强迫症，从不买单数，不然那一个会很孤单。”

乔翰：“……”他扶额。

这个女人，要逼死他。

俞倾收起笔记本，目光转向乔洋：“您跟乔老师都看过了，合同没问题吧？”

乔洋：“嗯。”

俞倾用充满歉意的语气跟乔维铭说：“乔老师，不好意思，耽误您签合同了。既然你们看过了，没问题，签字、按手印就行，一式两份，您留一份。”

“签什么合同呀！”乔翰立刻板起脸。

俞倾：“乔总，您说呢？”

“傅氏集团现在仗着有实力，想欺负人了是不是？嗯？”乔翰倒打一耙，“傅既沉借给我爸钱，现在看着我们新建起来了，就打算赖账，说是投资？你们怎么不直接把公司抢了去？”

俞倾起身倒了一杯温水，递给乔翰：“乔总，消消火。咱不吵，我只是代理律师，谈不拢咱就走法律程序，你跟我吵架你还气得慌。”

乔翰看看杯子，再看看俞倾，眼睛微眯。

俞倾坐回去，继续说：“如果你觉得，傅既沉抢了你的公司，你可以去法院起诉他。你肯定有证据，一告一个准儿，一共是6.9亿的投资款，可以直接让他把牢底给坐穿。”

乔翰：“……”

俞倾：“乔总，如果我现在直接递一张借条给你，要是你借的，你肯定沉默；要不是你借的，你还不直接跟我急？”

她不紧不慢道：“可能关于隐名投资，你并不清楚，但乔洋和乔老师知道。不然他们看到我给的合同，会一点疑惑都没有，会不问问我这是什么情况？乔总，你说是不是这个理儿？”

乔翰张张嘴，突然不知道要说什么。

这时秦与开口：“接下来不再是闲聊，你们说的每一句话，都要为其负法律责任的，你们想好了再说。平时你们在家里可以信口开河，无所顾忌，想说什么就说什么，可到时到了法庭上，说的每个字，你们都要为之负责。没人跟你们儿戏。”

乔维铭到了嘴边的话，又硬生生地咽下去。

秦与把一些复印资料给他们人手一份：“傅总的投资款，不管是从他账户上投出的，还是从别家投资公司账户上投出的，都有凭证在这儿。平时你们怎么向他这个大老板汇报工作，也都有邮件往来作为证据。”

俞倾：“其实，有没有这个合同，无所谓。法律上讲究的是个证据链。签了，那是傅既沉想尽量给你们争取最大的利益。签不签，你们凭良心。不过不签的话，那就走法律程序。你们手里资料的最后一页上，是你们执意侵吞公司的后果，该判多少年，都有。”

她拿起合同，绕过茶几，走到乔翰旁边：“傅总委托，让我尽量私下和解，以我的脾气，我是不给别人这样的机会的。不过我还是要尊重傅总的意思。所以，我想再确定一下，这到底是投资款还是借款。”

乔翰攥着那沓资料，“哗啦”作响：“俞律师，你们……”

“你先回答我，我再回答你。”俞倾打断他，“乔总，傅既沉投资的钱，到底是不是借款？你只需要回答我，是，或者不是，很简单。”

“这些钱，当初……”

俞倾再次打断他：“乔总，我们现在需要弄清这笔钱的性质，到底是借款还是投资。你想好了再说，这个时候说出来的话，都是要负法律责任的。”

乔翰咬紧牙关，青筋暴突。

俞倾的声音突然很平和：“乔总，你想没想过，这几年，你在潇洒挥霍时，乔老师在谴责自己的良心？我在我爸眼里，就不是个东西，天天碎着他五点钟早起拼命赚来的钱。跟你一对比，我发觉我比你强一点。至少，我没让他良心难安。你说呢？”

俞倾不用乔翰表态，她走到乔维铭那边：“乔老师，其实，傅既沉什么都知道，不然，他不会不让新建科技出现在傅氏集团拟投资的名单上。为什么他不想让傅氏投资新建？”

乔维铭默不作声。这个时候，多说多错，他只能保持沉默。

俞倾自问自答：“因为到时一个尽调，你们新建可就要现原形了。管理、财务，一塌糊涂，研发资金也被挪作他用。傅既沉不在乎隐名协议，更不在乎公司掌控权，他想得最多的是，如何力保你们。因为您只有乔翰一个儿子，真要有什么事的话，您日子没法过。”

乔翰打断，接过话：“俞律师，别说得那么好听，既然想力保我们，他还在乎什么隐名投资协议和公司掌控权？说这么多，他还不是想拿回控制权？他当初就只投资了几个亿，拿了绝对控股股份。这几年是我们一家忙里忙外，才把公司做大做强，这到底是谁欠谁的呀？”

俞倾笑笑：“乔总，你这样的聊天方式就对了。不能一时赌气，说投资款是借款，这样会伤了和气。”

她顿了几秒，给他们消化的时间。

“合同签好后，公司还是归你们管，不过所有存在的问题，你们自查，半年内全部解决。要是补救及时，也就用不着走法律程序。其实惩罚并不是目的。”

乔翰：“……”

他眯了眯眼，才发觉自己被这个女人给绕进去了。

他竟然一个不小心，跳进了她挖的陷阱。

这些律师，肯定都是随时录音，同步上传。

从新建出来，俞倾看了眼时间：“乔经理，今天上午见客户怕是来不及了，改天吧。”

乔洋嘴角扯个笑，心里再气也不能表现出来：“以你那边为准。”

几人回到傅氏集团，正好是午饭时间。

俞倾带着合同，去傅既沉的包间等他。

傅既沉像往常那样去食堂，推开包间的门，微怔。

那个熟悉的身影，正趴在窗台上朝外看。

听到脚步声，俞倾回头：“傅总，谢谢你的茶。”她晃晃手里的柠檬茶。

傅既沉脱了风衣，走过去：“看来很顺利。”

“必须的呀。熬了好多个通宵，又有傅总的柠檬茶助阵，想不赢都困难。”俞倾又望向窗外。

她胳膊肘抵在窗台上，傅既沉把手掌伸过去，给她垫着。

他盯着她：“今天怎么穿得这么无害？”

俞倾：“好不好看？”

傅既沉点头：“俞倾，分手，你没有契约精神。”

“半道不遵守合同规则，你更没有契约精神。”

傅既沉：“我替你道歉，道过歉，我们和好。”

俞倾转头看他，没明白他是什么意思。

傅既沉一个人扮演两个角色：“‘傅既沉，我道歉。’‘好，我原谅你了。’”

俞倾笑了：“你是戏精啊！”

傅既沉笑不出来：“这页掀过去了，你隐瞒身份的事，我不计较了。”顿了一下，继续道，“我再跟你道歉。对不起。明早请你继续接我。”

俞倾微微仰头，喝了半口茶，然后说：“傅总，不是你一句道歉，我就要立马原谅你的，先不说我们现在的婚恋观不一样。”

傅既沉接过话：“嗯。那你说说，除了这点，还有什么让你没法立刻原谅我。”

俞倾：“你让我无家可归，不可原谅。这段时间，早上五点我只能靠闹铃叫醒，再也没人把我拽起来给我递衣服，不可原谅。晚上睡前，我见不到你，不可原谅！凭什么你一句道歉，我就要立马原谅你，跟你回去？”

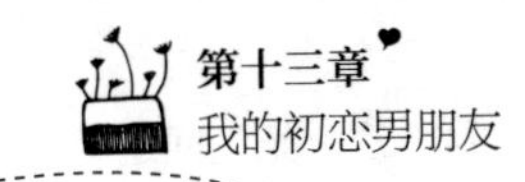

第十三章 我的初恋男朋友

傅既沉直直地望着俞倾，烟灰粉风衣，在阳光下有几分明媚张扬，衬着她眼角眉梢，更是如此。她那几句强盗逻辑的控诉，把他的心戳得稀碎。

他的心因为昨晚那句“再也没有你了”早就已经七零八落。

“俞倾。”

“嗯。你说。”

俞倾没一次喝完柠檬茶，留了半瓶。傅既沉没说什么，把她揽到怀里，低头去含她的唇。她别开脸，把饮料瓶口塞给他。

傅既沉：“……”

她暂时不想亲吻，他就没强求。

要是希望亲密，她不会惺惺作态。

经过深思熟虑，傅既沉做了决定：“我们还是按照以前的模式相处，我不给你任何束缚，不谈婚恋。”

俞倾拧上瓶盖，用半信半疑的眼神打量他。

傅既沉也不是没条件：“不过你要把我当成你男朋友，适当带我去你家露露脸，让你们家里知道，秦墨岭没任何机会。”

不等她反驳，他也强词夺理一回：“就当是补偿我。”

“补偿你？”

“嗯。你昨晚把送给我的钥匙扣收回去了，我没法睹物思人。所以你不可原谅。”

俞倾：“……”

傅既沉收起玩笑：“我不知道我们还能一起走多久，我尽量在这条路走完之前，能让你愿意尝试去投资，我和你的婚恋风险产品。”

俞倾把玩着手里的饮料瓶，拧开盖子，然后再拧上去。

她看着他，说：“反正你就是铁了心护着我，不给别人叼走，留着自己晒小鱼干吃。”

傅既沉见她态度放松，再次低头亲她。这一次，她没回避。

俞倾：“两秒钟，别得寸进尺。”

傅既沉含着她上唇亲了下，随即又吮吸下唇。

包间门“咚咚”响了两下，是服务员送餐来。

傅既沉放开俞倾，两人坐回餐桌前。

俞倾手托腮，盯着桌上的玫瑰花瓶看。

她跟傅既沉之间的矛盾暂时解决，可她答应了傅老爷子跟傅既沉断了，现在她跟傅既沉和好了，要是瞒着老爷子，显得自己不厚道。

她盯着玫瑰花看。傅既沉看着她。俞倾转头，跟他的目光撞上。

“你盯着我看干什么？又不是没看过。”

傅既沉：“第一次恋爱，我终于有女朋友了，紧张激动，不行？”

俞倾无语。

细细品着他的话，她无声失笑。

——厚颜无耻。

她拿了自己的一根筷子，跟他的一根交换。

“又要凑成一双，一起过日子了。不知道这回能过几个月。不过不管多久，希望步伐一致。前路愉快。”

私事到此，俞倾从包里拿出合同：“喏，给你看一眼，等吃过饭去你办公室，给我一个交接手续。”

等傅既沉接过去看完，她把合同收到一边。

她工作起来是无情的，就算是他，也没法从她手里直接拿到合同。

吃过饭，交接完合同，俞倾匆匆回所里。

办公室里安静下来，嘴角还有她嘴唇留下的温度。

临走前，她给了他一个很敷衍的吻。

傅既沉把合同扫描进电脑，喊来潘正，把纸质版给他保管。

潘正惊讶俞倾的办事效率，也不免担心："乔翰那边不会善罢甘休。接下来如何拿到掌控权，才是让俞律师最头疼的。"

"要是能轻易解决，我也不会给她那么多钱。"傅既沉把门禁卡一张一张穿在钥匙扣上。

潘正瞥了一眼那个钥匙扣。看来他们是和好了，钥匙扣又回来了。

"傅总，晚上邹行长的饭局，七点。去的人不少，听邹行的语气，要给您介绍个朋友认识，是冯董的女儿。"

说白了，就是银行董事长家的千金看上了傅既沉，让邹行给牵个线。

老板跟银行家的女儿还挺有缘，现在又来一个。

"傅总，您过不过去？"

"为什么不去？"傅既沉漫不经心道。

他把钥匙扣收起来："我正好去催催在他们那儿的贷款。"

潘正："他们可能就想用这一百多个亿的贷款试探一下您的态度，看您是不是会考虑跟冯董家女儿结婚。"

如果单纯从利益上来说，两家的结合，是双赢。

这也是为什么眼光一向颇高的冯董，会放下身段，主动抛出橄榄枝。

"邹行长说，这是私人饭局。"言外之意是，不要带无关紧要的下属，只让老板一人赴约。

潘正询问："我要不要找个借口陪您一起过去？"

"不用。"

下午，忙完手头工作，傅既沉去了楼上董事长办公室。

傅董刚回公司不久，一杯茶还没喝完。

傅既沉开门见山道："是您让邹行长给我介绍相亲对象的？"

傅董一脸茫然："没啊。怎么了？老邹要当红娘？"

"嗯。"傅既沉道，"冯董家的闺女。"

傅董宽慰他："所以啊，你不要自暴自弃，就算俞倾抛弃你，还是有人愿意嫁给你的。"

"我跟俞倾和好了。"

傅董缓缓点头："恭喜。"

他们父子间的对话，向来简单。

傅既沉在父亲办公室坐了会儿，两人也没说什么，他一直在安静地喝咖啡。

傅董想起酒会一事，说："季清远上午亲自给我送来请柬，你代我去吧。季家的酒会，俞倾家肯定都过去。"

傅既沉想了想，说："您也过去吧，到时带我妈一块儿。我想把俞倾介绍给她认识。她们都喜欢香水，应该有的聊。"

傅董一皱眉："俞倾也喜欢香水？你还要介绍她跟你妈妈认识？你确定你要这么做？"

"怎么了？"

傅董一提香水就头疼："万一，俞倾珍藏的香水，你妈妈没有，你妈妈有的那款，俞倾没有，你想过后果吗？"

傅既沉看着父亲，没吱声。

傅董叹口气："那以后，咱爷俩就要满世界给她们找香水了。找不到的话，我们连家都不用回。"

傅既沉："……"

傅董想到前些年，他带老婆去朋友家小聚，结果其间聊到一款香水，老婆发现她没有。

回家后，她告诉他，自己特别想拥有。

他没当回事，还说了她几句。

后来，老婆眼泪掉下来了。

他莫名其妙，问她是不是哪里不舒服。

老婆说："没不舒服，就是把婚前脑子里进的水往外排排。"

话里话外都透露着，自己后悔跟他结婚了。

他又托人，费了不少周折，给她寻到一瓶一模一样的。

"既沉啊，三思。你要想过我以前的日子，我不拦你，但你别拖我下水。"

傅既沉没有丝毫犹豫："要是到时候她们真要香水，您出钱，我出力。"

时间差不多，他还得去赴饭局。

放下咖啡杯，他告辞："爸，您忙吧。别忘了，到时酒会带我妈一块儿去。"

"既沉，你等下。"傅董喊住儿子。

傅既沉走到门口又驻足转身："还有事？"

傅董："你爷爷以为俞倾跟你断了，现在你们说和好就和好，你爷爷那边，你总得给他一个交代。万一他不知情，又让朋友给你介绍对象，不妥，对谁都不太尊重。"

"这您不用担心，俞倾会处理好。"

五点钟，俞倾收拾桌子，准备下班。

她约了傅老爷子见面，喝喝咖啡。

原本她要去傅老爷子家附近找家咖啡馆，不好意思让老人家来回跑，结果傅老爷子体谅她下班后会堵车，就把见面地点还是选在上次那家咖啡馆。

怕给傅既沉带来困扰，她还是决定跟傅老爷子开诚布公地聊一聊。

关了电脑，俞倾敲敲几个招财猫的脑袋，它们还在面壁思过，她把三只猫换个顺序，让它们接着反思。

她背上包，锁门离开。

傅老爷子今天也是早早就到了。下午没什么事，他一路走过来的。

他不知道俞倾今天找他，是为何事。

可能是想跟他说明，她跟既沉之间断了。

昨晚，孙子在他家说的那番话，字字砸在让他内疚的点上。

他当时想说几句开解的话，但说不出口。

"傅爷爷，又让您久等了。"俞倾把包和外套放旁边，坐下来。

"没事。"傅老爷子也不想耽误她时间，因为律师都忙得很，"有什么话你尽管直说。"

俞倾双手交叠，端正坐好，像小时候上课一样。

"爷爷，我跟傅既沉和好了。您是我们的长辈，又这么关心我们的分合，希望我们在一起。现在我们决定尊重您的想法，好好走前面的路。我希望与您分享这份喜悦。"

傅老爷子："……"

他不知道是该欣慰还是得心碎。

就是这话说得感觉是为了他，他们才决定在一起似的。

俞倾接着道："爷爷，昨天跟您见了面，回去后，我也认真反思自己，结果发现我伤害了傅既沉。我不能因为别人的意愿，就要跟他分手，这是对他极大的不尊重。分手，得我跟他商量好了来。打个不恰当的比喻，合同签订，要双方同意；合同解除，亦需要双方协商解决，单方解除合同，是违约。”

傅老爷子说不过她，他现在只想知道：“那你跟既沉，你们什么时候把婚给订了呀？”

俞倾如实道：“没有这个打算。我们还是按照我们的方式相处。”

傅老爷子：“你们还是玩心不改？”

俞倾早就做好了心理准备：“爷爷，争论的话我就不说了，我就说说我心底的想法。”

傅老爷子虽然一肚子不高兴，可场面上还是维持得不错：“嗯，你说，我正好想听听。”

俞倾：“说矫情点，我也希望，我有那个运气，我和傅既沉能像您跟奶奶这样，在很多很多年之后，还是一家人，还能斗嘴，还能吵闹。

“可现在，我还没觉得谁能让我那样冒一次险，哪怕倾家荡产我也愿意。我跟傅既沉，也不过在一起才三个多月。

“傅既沉跟我说了，要是我们结婚，签婚前协议，他要是提离婚，财产全归我，我不亏。可对我来说，我不缺的就是钱呀。

“爷爷，除了我的这点专业知识，我真的穷得只剩钱了。所以，我特别喜欢我的工作，因为这是我仅有的那点财富。”

傅老爷子沉默半刻，他懂了。知道自己再多言，也是废话。

“那就希望，很多很多年之后，你跟傅既沉坐在这里，能聊聊你们年轻时，多么让人……恨得牙根痒痒。”

俞倾笑了：“借您吉言。也谢谢爷爷的祝福。”

又坐了会儿，傅老爷子的司机来了。

俞倾从咖啡馆出来，收到了傅既沉的消息：晚上有应酬，有人要给我介绍相亲对象，冯董家的女儿，叫冯麦。因为牵扯到合作还有贷款，我过去一趟。主要是给自己挣个名分，让别人知道，我谈恋爱了，初恋的名字叫俞倾。

俞倾之前不知道冯麦居然跟她有差不多的背景。

自那晚卖包之后，她跟冯麦再无联系。

凭直觉，她觉得冯麦跟秦墨岭关系匪浅。

今晚这个饭局，又是唱的哪出？

俞倾的安排被这个饭局打乱。傅既沉不在家，她回去也无聊，在咖啡馆门口站了半分钟。

最终她决定回办公室加班。明天，她还得去新建科技一趟。乔翰那个男人，要是上了正道，是一个不可多得的人才。

分神间，她到了律所一楼大厅。

俞倾刷电梯卡，前脚刚跨进去。

“您好，请问您是硕与的律师吗？”

俞倾转身，一个气质温婉、着装优雅，看不出实际年龄的女人款步过来。

女人黑眼圈很重，即便化了妆，脸色还是憔悴。

她摁住开门键，对着那个女人点点头：“是。”

女人：“那我跟你一块儿上去，我找于律师。以前她在这个律所，不知道现在还在不在。”

她向俞倾打听：“四十岁左右，挺漂亮的，很干练。”

硕与里姓于、余的女律师都有，年龄符合的还不止一个。

俞倾问：“您知道她名字吗？”

女人摇摇头：“我家孩子跟她家孩子以前在一个培训学校上课，我只知道她姓于，也没有她联系方式。”

俞倾登录内部网，找出律师的照片：“您要找的是哪位？”

女人一眼就认出了于菲：“就是她。”

然后她揉揉额头，有点局促：“我也傻了，忘了到你们律所网站上找。”

俞倾缓解她的尴尬：“每个女人，每个月，总有犯傻的那么几天。我刚已经下楼了，想起来还要加班，这不，只好折回来。”

女人脸上有了一丝笑容，知道俞倾是宽慰她：“谢谢。”

电梯停住。

办公区域大，俞倾带着女人去找于菲。

他们律所每个办公室都灯火通明，没几人下班。

俞倾敲了几下玻璃门，推门：“于菲姐，有人找。”

于菲只觉得眼前的女人眼熟，一下想不起来对方是谁、在哪儿见过。

女人主动自报家门，把两个孩子哪一年一起在什么培训学校上课的事说出来：“我姓陈，陈言，耳东陈，语言的言。”

于菲这才想起来。

陈言知道律师忙，赶紧说了说此行目的，她没避开俞倾：“我要离婚，想跟你咨询一下。”

于菲本来要出去给陈言倒茶，俞倾示意于菲：“你们聊，我去倒。”她问陈言，“您是要咖啡还是温水？”

“白水就好，谢谢。”

于菲擅长的专业领域是商事诉讼、仲裁还有企业兼并购。

她代理的民事案件少，基本是亲戚朋友找她，案子也简单。

至于离婚案，她从不接。

但陈言的精神状态不是很好，她没直接拒绝。

印象中，陈言是个幸运、幸福的全职太太，她老公挺宠她，她一直过着养尊处优的生活。

陈言微微咬着唇，说：“他出轨了。”

只有四个字，却道尽了她的痛苦。

“今天他下班早，到家后辅导孩子功课，我一眼都不想看到他，出来闲逛，一路开车开到你们律所楼下，就临时决定上来找你。”

十年的感情，终究没抵过外人的新鲜感。

于菲默默叹口气，这就是她不愿接离婚案的原因，太糟心了，基本是女人处于弱势，是受伤的那方。

陈言只有一个诉求：“我想争取两个孩子的抚养权，哪一个我都舍不得不要。可我又没有经济来源，我不知道……我不知道该怎么办。”

这一个月她过得如同行尸走肉，还要在孩子面前强颜欢笑，装作什么都没发生，每天都是煎熬。

于菲一点都不了解陈言老公的情况，于是想先了解一下：“你跟我说说，你先生的情况。”

陈言：“他是朵新饮品的销售总监，年收入的话，税后在两百万这样，我知道的是这么多。”

俞倾端着一杯温水，正好走到门口。

陈言竟然是赵树群老婆。

于菲想了片刻，然后说：“我不主张你现在就离婚。这是我从一个离婚女人的角度给你的建议。我自己就离婚了，个中滋味我知道。特别是现在，你连工作都没有，你拿什么去争抚养权？”

俞倾进来，把水杯放在桌上。她没逗留，回了自己办公室。

于菲还没跟陈言聊几句，她的客户来了，之前约好晚上见面聊案子。

“抱歉，没法陪你了。你要是不急着回去，等我这边忙完，我们再详聊。”

“是我应该感到抱歉，来之前都没预约。”陈言暂时不想回家，“那我等你。”

她去了外边的客户接待区。

一路走过去，每个人都忙得不可开交。陈言越发彷徨，这些年为了家庭和孩子放弃工作，她什么技能都没了。离婚后，她要怎么养活自己？

俞倾起身去文件柜里找资料，转身就看到陈言。偌大的空荡的招待区，她一人坐在那儿，神情落寞。

手机屏亮了，她摁了一下，之后拿手背抹眼泪，满手都是眼泪。

在一个陌生的地方，谁都不认识她，她终于可以不用压抑自己，眼泪止不住地往下流。

俞倾好像看到了二十多年前自己的母亲，虽然那时她还很小，可至今都记忆犹新。

她暂时放下工作，拿了一包纸巾送过去。

陈言感觉失态，接过纸：“谢谢。”

她杯子里的水早就冷了，俞倾又给她换了一杯热水。

陈言对俞倾有莫名的亲近感，特别是在自己脆弱又无人可诉说时，释放了温暖和善意的俞倾，成了她倾诉和信任的对象。

“于律师不建议我现在就离婚，我脑子也乱了。这一个多月，一天都没睡好。”

俞倾没打算听这些，毕竟她认识赵树群。她只说：“那等于菲姐忙完，你们再好好聊聊。”

陈言擦擦眼角：“我其实认识你。你叫俞倾，以前在傅氏集团上班，是吧？”

俞倾一愣，她仔细回想了一下，很确定，这是她第一次跟陈言打照面。

陈言坦诚道：“我之前跟踪过赵树群，想找到他跟肖以琳在一起的证据，留着离婚时用，没想到有一次跟踪到你和他出去谈事，我还以为他又新找了一个，后来发现是误会。”

她嘴角挤出一丝笑：“谢谢你啊，一直都照顾我心情。”

手机响了，还是赵树群的电话。

陈言没接，震动结束。

有消息进来：言言，你晚上想吃什么？我给你们做饭。

陈言没回，眼泪又掉了两串下来。

俞倾别开眼，看向窗外。以前母亲歇斯底里地吼她时，就这样眼泪哗哗地流。

陈言擦干眼泪，起身："俞律师，你名片能给我一张吗？等周末我过来时，请你跟于菲喝咖啡。"

今天她就不等于菲了。她要是回家晚了，两个孩子会等她，睡太晚会影响明天上课。

陈言跟于菲打声招呼，告辞。

俞倾站在窗口，夜色无边。她在想，此刻，母亲在干什么。

站了片刻，她回去干活。

晚饭还没着落，俞倾边翻资料，边撕了一袋小鱼干吃。

七点半，于菲送走客户，经过俞倾办公室门口时，一股香气传来。

她往里探头："什么好吃的这么香？"

俞倾："猫粮，要不要来一袋？"

于菲笑了，摆摆手："最近本来火气就大，不能再吃辣。对了，陈言那边，我不建议她马上离婚。你这个不婚主义者，是什么意见？"

"跟你一样。"

于菲点头："那等她下次来找我，我叫上你。"

"好。"

一晚上，俞倾一共吃了四袋小鱼干。嘴巴辣，头脑清醒。

快九点，她才离开律所。

傅既沉那边，饭局也接近尾声。

酒过三巡，一群人天南海北地闲扯起来，话题百无禁忌。

"既沉啊，你今年三十了吧？"

他们有意无意，开始把话题往他年纪不小了，该结婚了这方面扯。

傅既沉拿了一张餐巾纸折叠成长条："别把我说得那么老。我才二十来岁，刚初恋的年纪。"

众人一阵大笑："要点脸啊！"

傅既沉幽幽道："怎么就不要脸了？我今天二十九岁十一个月零二十九

天，还差两天满三十。我抓住了青春的尾巴，谈了场恋爱。”

又是一片哄堂大笑。

冯麦坐在傅既沉斜对面，一顿饭下来，她看了傅既沉十余遍。

这个男人心思藏太深，有时眼神里会透出一丝真情实感，又很难捕捉。

整晚，他总能随着饭桌上的话题，在三分漫不经心和两分一本正经之间，随意切换，毫无违和感。

“你撕餐巾纸干什么？”邹行长问。

“做错了事，补救。”傅既沉转头问包间里的服务员，“给我一勺米饭，谢谢。”

包间里安静下来，所有目光聚焦在傅既沉身上。

傅既沉把餐巾纸撕成一长条，找出笔，在纸上画图。

上次酒桌上打趣傅既沉的那人，今天一时兴起，问：“你还真抢了人家秦墨岭的媳妇？什么时候请我喝喜酒？”

那人喝了不少酒，这会儿头晕乎乎的，完全忘了这个饭局是要给冯麦介绍对象。

话音落，邹行长在桌下踢了那人一脚。

邹行长是让他闭嘴，别“哪壶不开提哪壶”。

那人脑袋短路，拧眉：“我去，谁踹我的！啊？不想活了是不是！”

邹行长：“……”

他没忍住，在心里骂了句脏话。

傅既沉若无其事地跟那人道：“什么时候能请你喝喜酒，取决于今晚我这个补救过不过关。”

“什么意思？”

傅既沉：“第一回谈恋爱，不习惯戴戒指，俞倾给我的戒指我落在办公室了，回家她看不到，又要不高兴。就地取材，我自己做一个。”

他把画了小鱼的餐巾纸绕着无名指缠一圈，多余的撕掉，接头处用两粒米饭粘起来，一个简易的“小鱼牌”戒指做好。

傅既沉凭着这番操作，成了今晚最大赢家。

除了冯麦，另两名女士把傅既沉的戒指拍了下来。她们不是自己用，说要给儿子传授点浪漫秘诀。

此时包间里，邹行长还算冷静一点，其他男人开始自制戒指，说今晚回家不管喝多醉，媳妇儿都会原谅自己。

那个脑袋短路又爱调侃傅既沉的中年男人，给傅既沉转了五块钱，备注：学费。

“既沉啊，你的戒指再给我瞅一眼，我看看小鱼是怎么画的。”

傅既沉没给：“你不能画小鱼。鱼是俞倾。”

男人迟疑两秒，然后说：“那我画老虎。”

邹行长接过话：“你还是别拿生命去挑战你媳妇，不然明天我们银行高管位置会出现空缺。我还得招人。”

“……”

众人哄堂大笑。

十点多，饭局散了。邹行长和傅既沉走在最前面，后边的人刻意跟他们拉开距离，下楼也是乘坐了不同的电梯。

邹行长今晚喝了不少酒，但很清醒。

“你呀，怎么说你才好！”

傅既沉看着那枚戒指，说：“今晚要不是您组的饭局，真以为我会来？贷款要是再不批，我这边撤回贷款申请。”

邹行长跟傅董是至交，说教起傅既沉来，向来不给面子：“啧啧，长本事了，开始威胁我。”

“威胁倒是不敢。我在想着，我为什么不把利息给俞倾家的银行赚。就算他们那边利率高，我也不差那点钱去支付多出来的利息，您说是不是？”

电梯到了。

傅既沉道：“下周贷审会再不给通过，到时冯董求我，我都不贷这笔贷款。”

邹行长的专车到了，却不见傅既沉的车开过来。

“你车呢？”邹行问。

傅既沉指指 A 区停车场。

邹行长会意，他上车离开。

傅既沉走去停车场，没急着上车，在垃圾桶边点了支烟。

冯麦最后一个从酒店出来，她的车也在 A 区停车场。

远远地，她就看到了傅既沉，神情冷淡。

包间里他风趣幽默的样子，早被收起。

他单手插兜，笔挺地立在那里，白色烟雾弥漫。

脚步声近了，傅既沉也没转身。

“专程等我？”冯麦驻足。

傅既沉弹弹烟灰，说：“生意上的事，最好别儿戏。鉴于你是女士，我给你一回面子，没有下次。”

冯麦双手插兜里，望着一排排汽车，一眼望去，全是冰冷的金属感。

“今晚要是秦墨岭当众为我做一枚戒指，我直接就嫁了。可他跟俞倾一样，狼心狗肺。他们俩在这点上，倒是挺般配。”

傅既沉侧目：“你骂秦墨岭你就直接骂，没人管你，别带上俞倾。还轮不到你对她评头论足。”

“呵呵。”冯麦冷嗤。

她这才说公事：“放心，我公私还分得清。今天这顿饭，我不是借着贷款为难你，只是想跟你说，要是你跟俞倾缘尽的那天，你想结婚的话，可以考虑我。我有喜欢的人，就算结婚，你也不需要花时间应付我，我们各玩各的。甚至，我们可以做有名无实的夫妻。傅总，失陪了。”

她微微欠身，抬步离开。

傅既沉掐灭烟，走向汽车。回去的路上，他看了两遍手机，俞倾没给他发消息，也没有打电话。

他点开日历，今晚要不是提到多大，他差点忘了，还有两天就到他生日了。俞倾好像还不知道他哪天生日。她从来不关心这些。

汽车拐到小区门前那条路上，傅既沉下意识地看向人行道。

不止一次，他在这里遇到俞倾从地铁站出来，慢慢悠悠地往他们的家走。

傅既沉吩咐司机：“先去俞董家一趟。”

“好的，傅总。”

汽车经过小区，在下一个路口转弯。

路上不堵，没用二十分钟车就开到了。

没有门禁，车子只能停在别墅区大门口。

傅既沉发了一个定位给俞倾，这是俞倾回消息最快的一次，她也发来一个定位，是他家小区门口。

刚才他经过那边，她新换的车他不认识，错过了。

傅既沉拨通电话：“怎么也不提前跟我说？”

俞倾靠在椅背上：“你应酬完了自然会回家，我催你干什么？”

傅既沉受宠若惊，没想到她竟然会主动去看他。“往回开吧，我等你。”

俞倾“嗯”了声，挂了电话。

傅既沉下车，走去路边等她。

晚上气温低，呼出的热气清晰可见。

他看着汽车一辆接一辆地从眼前经过。

终于等到俞倾的车，她把车窗打开。

“你怎么不在车里？”

“怕你眼神不好，看不到我。”

俞倾找个不碍事的地方停好车，傅既沉坐上副驾驶座。

汽车熄火，灯灭了，周围彻底安静下来。

傅既沉问：“等了我多长时间？”

“半个多小时吧。”俞倾解了安全带。

傅既沉把小区的所有门禁卡给她一套——那天分手，她那套留在了公寓。

他伸手：“过来坐。”

俞倾抓着他手，从驾驶座坐到他腿上，他把她抱在怀里。

他身上有淡淡的红酒味，还有一丝若有若无的烟草气息，她凑近他唇边，薄荷糖味，她亲了一口。

“不问问我，今晚跟冯麦相亲怎么样？”

“不问。准备憋死你。”

“……”

傅既沉一只手捧着她脸颊，另一只手揽着她的腰，亲下来。

两人的吻，激烈炽热，昏天黑地。

直到俞倾脸上被纸戳着，她好奇心大发，吻这才停。

“你手指上是什么？破了？”

“没。”

俞倾开了汽车顶灯，拿过他的手。入目的是一条小鱼，神情骄傲。

她笑了。

“给自己挣名分了？”

“嗯。过不了几天，金融系统的人就该知道，你是我女朋友。”

傅既沉看着戒指：“再过几天，等你气消得差不多，搬回来吧，不然来回跑也麻烦，浪费时间。”

“我没生气呀。我只是有点咽不下，别人给我受的那口气。”

“……”

傅既沉也反思过自己，他不该攥着她手，把她从衣帽间拉出去。

“这点我接受惩罚。你说怎么办？”

俞倾拿起他的右手，用力拍了几下，就是当初要送她回家，攥着她手腕的那只手。

“你不是觉得你这只手挺有劲儿吗？我买了三只招财猫，让它们天天招手。我还在它们手心贴了字条。”

“写了什么？”

“我不该手贱，俞倾，我错了，对不起——来自傅既沉的忏悔。”

傅既沉失笑，把她紧紧抱怀里。

他侧脸蹭着她脸颊：“对不起。那天我怕你真的走了，走了可能就再也不会回来了，我把你拽出去，是想把你的行李给留下来。”

俞倾反驳：“谁说我要走了？我不是想端着一下吗？”

“那就回来。以后五点，我喊你起床。”傅既沉的吻落在她耳垂上，很轻。

一下，两下。

俞倾回亲他：“暂时可能不搬回去，不是跟你赌气。我周末会去陪你。”

傅既沉问：“怎么了？”

是跟她父亲有关。

俞倾：“我不是决定搬回家陪我爸吗？他一高兴，就把晚上回家的时间表调了，以前他一个人，几点回来好像都一样，现在会早早回家，在家等我。我要是搬走了，你说他该多失落。”

安静几秒。

傅既沉决定：“那你周末去我那儿，平时回家，反正我们还有一辈子的时间要一起走，不差这一年半年的。”

他也不是没要求：“每早去接我。”

俞倾：“接你也行，一会儿给你出个题，你要是答对了，我明早就去接。”

“行。”傅既沉看了眼时间，不早了，“你回去吧。题目出好了，发给我，路上我做好。”

俞倾找出纸笔，写给他：“我喜欢的一样东西，限时十分钟，答不对就算了。”

她把便笺撕下来给他：“好运，傅总。”

傅既沉看了一眼那几个字，发蒙，一点看不懂。

他下车，目送她驶进小区。

回去的路上，傅既沉一直在研究那几个字：特麦豆抄艾各。

一开始他以为是方言，可怎么看也不像是上海话。

俞倾发来消息：还剩两分钟，加油哦。

傅既沉盯着那行字，还是没思路。

应该是方言，他不知道的方言。

他看着手表，时间一秒秒流逝。

忽然他知道了。

——Tomato 炒 egg。

——西红柿炒鸡蛋。

俞倾笑了：这是我爸唯一会做的一道菜，他还自称大厨。你要是会做两道菜，你就赢过他了。晚安。

傅既沉松了一口气，就是当初毕业答辩，他也没像现在这样紧张过。

到家后，傅既沉把那枚戒指收起来，放在她常用的那个抽屉里。

这一夜，傅既沉总算睡踏实了，无梦睡到五点钟。

今天，是他恋爱的第二天，离他生日，仅剩一天。

踩着时间点，五点四十五分，傅既沉到了楼下，没看到俞倾昨天开的那辆车，他自己的座驾也不在。

他给俞倾发消息：是还没到还是没起？

俞倾早就来了。她车多，换了一辆，距离傅既沉不到五米。

她回：起了呀。怎么了？

傅既沉：来接我，忘了？

俞倾轻轻推门下去，回复：不好意思，鱼的记忆短。亲亲，这边建议你提供聊天记录或是录音呢。

傅既沉：“……”他气得转头。

身后有熟悉的笑声，傅既沉转身。

俞倾：“嘿，我的初恋男朋友，早上好呀。”

她有意无意的情话，总能戳到他内心。

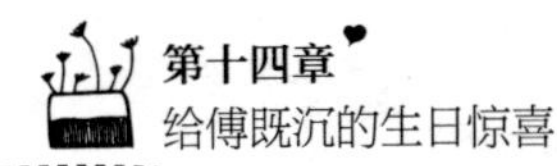

第十四章 给傅既沉的生日惊喜

路过俞氏银行大厦总部时，不管是俞倾还是傅既沉，都下意识地看过去。

傅既沉拿出手机，准备拍个小视频替俞倾打卡。对着大厦拍摄时，他不由得蹙眉："俞董没来。"

"不应该啊，我爸跟我差不多时间出门。"

她来接傅既沉的时候，父亲就来公司了，这个时间点父亲早该坐在电脑前忙碌了。

俞倾看一眼后视镜，汽车并到靠路边那个车道，速度慢下来。

傅既沉确定："灯没开。"

俞倾只想到一个可能："应该是重要文件落家里，我爸又回去拿了。"

汽车加速，驶过银行大厦。

俞邵鸿一早出门时接到老爷子的电话，老爷子让他回老宅，一同回去的还有俞璟择。

"砰"的一声，乳白色精致瓷杯被摔在客厅瓷砖上，瞬间四分五裂，刺耳的声音响彻俞家老宅。

杯子碎片划过瓷砖釉面，团花花纹上有了细细划痕，青绿色茶水淌了满地。

屋里只有用人轻手轻脚地收拾地面碎片的声音，空气也一片死寂。

俞邵鸿撑在沙发扶手上，捏着鼻梁，没吱声。

俞璟择望着那幅偌大的瓷砖团花。这是奶奶喜欢的花纹，一整幅画，占了大半个客厅。

釉面损伤，修复起来，怕又得花不少钱。

俞老爷子如钟般坐在那儿，手里抄起的拐杖最终又缓缓落下。他的手臂一直在抖动，连带着拐杖末端碰触到瓷砖时，发出轻微敲击声。

“我倒是要看看，你们准备怎么纵容她！你们怎么不把公司捧到她面前，让她败？！”

用人收拾好，擦干地面，赶紧撤到厨房。

清早六点，大多数人还在梦里，俞家便以争执开始了这一天。

俞老爷子昨晚接到老友电话，对方恭喜他给小孙女找了一个好婆家。

他这才知道，原来俞倾跟傅既沉还没断。

俞老爷子看向儿子：“这其中的利害关系，还用得着我说吗？你跟璟择，你们到底想要干什么！”

理亏，俞邵鸿沉默，俞璟择亦是。

俞老爷子舒了一口气：“你们由着俞倾作天作地！人家傅既沉在生意上可是一点都没马虎，哪天他不围追堵截我们？”

他们依旧不吭声，任由老爷子数落。

俞老爷子从没像今天这样发过飙。他早就退居幕后，对公司基本不过问。可最近，他被火气攻心。

特别是昨晚，他气得一夜没睡。

“饮料市场，朵新已经对我们的乐檬构成威胁。科技领域，傅氏集团又开始打压我们，专门投资跟我们核心竞争力差不多的企业。市场需求就那么大，接下来又是要瓜分、抢占市场，他们傅氏哪一点让我们好过了？拍地，傅既沉一丝没松懈。他跟冯董一直是战略合作关系，不管双方怎么僵持，他们从没打破过平衡，该怎么合作还是怎么合作。”

说着，俞老爷子拍拍胸口，那股窝囊气又被顶起来。

“你们想没想过，傅家老爷子为什么纵容傅既沉追俞倾？那是因为傅既沉没把生意当儿戏。就算是想谈恋爱，也是利益排在最前面。任何时候，他也不会昏了头。要是俞倾能这样为家里着想，她爱怎么着就怎么着。可她是怎么做的！”

俞璟择起身，给爷爷倒了一杯温水。

爷爷被气成这样，有他的责任。向来，做生意和随心所欲，就是不可调和的矛盾。为了让俞倾高兴，他跟父亲的的确确放弃了一些原则。

但傅既沉没有。

俞老爷子：“不只你们，秦墨岭也开始犯浑，他爷爷差点就被他给气死了。朵新商标侵权乐檬的事，他竟然要跟傅既沉和解。”

这事，俞璟择知道，也明白秦墨岭为何退让，为了不让俞倾夹在中间为难。秦墨岭突然这么有人情味，让他大跌眼镜。

“我已经联合其他几个股东，要求董事会问责秦墨岭，把生意当儿戏，置公司利益不顾，随心所欲！”

俞老爷子喝几口温水，顺顺气。

“能干，他就好好干，不能干，他就请辞！”

俞邵鸿还想多说两句，又考虑到父亲的血压，闭嘴了。

最让俞老爷子生气的不是商标侵权案子和解，而是科技公司。

俞老爷子拿拐杖敲敲茶几上的一沓文件：“别说你们都不知道，俞倾现在在帮傅氏集团投资并购科技公司。她这是帮着我们的竞争对手，来跟我们打对垒。”

事关女儿，俞邵鸿没忍住，为女儿辩解两句：“爸，这个不能怪俞倾，这是他们一个团队接的项目。拿人钱就要替人办事。做人要有底线，我不能让她违背自己的良心和原则做些什么。”

俞老爷子冷哼一声，气归气，倒也没再接着斥责俞倾。

俞倾非要不婚，傅既沉能坚持多久不好说。他们为此这样处处让着傅氏集团，等哪天傅既沉跟别人结婚了，他们损失的可就不是一星半点。

到时其他股东也会有意见，做生意，最忌讳的就是感情用事。

俞老爷子考虑之后，决定：“等俞倾这个项目做完，让她回自家参股的公司。到时我跟老秦商量，乐檬饮品和乐蒙科技，就交给俞倾和秦墨岭。得让她知道，傅既沉是怎么打压我们的，别成天活在梦里，还以为钱是大风刮来的！”

俞璟择不同意：“她喜欢做什么工作就做什么工作。”

“我知道，你向着你妹妹，不想让她在我们家跟傅既沉之间两难。”俞老爷子态度坚决，“没有那好事儿。家里的财产有她的份，享受权利，必然要承担相应义务。”

俞家所有的财富，他分成了三份。

俞璟择一半，另一半，俞倾和俞璟歆平分。

他没偏心任何人，甚至亏待了俞璟择。毕竟，公司大大小小的事，基本是俞璟择操心，他多得是应该的。而两个孙女，坐享其成，只要等着拿分红。那些有男孩的家里，没一个像他这样分配财产，基本是给了孙女嫁妆后，家产全是孙子的。

可他没这样做。

几个孩子，从小爹不疼娘不爱，他给两个孙女家产，想让她们不管何时都硬气，都有资本。

说到俞倾的不懂事，他痛心疾首：“她对这个家，一点感情都没有。白眼狼。”

俞邵鸿：“爸，不怪她。”

俞老爷子接过话：“我也没怪她，就是说个事实。当初我跟你说过多少遍，让你不要把俞倾放在厉家，厉家教出来的孩子，没几个有人情味。俞倾两个舅舅为了公司控制权都互相残杀。”

他摇摇头，没再多说，说了也扫兴。

俞邵鸿不是没想过在俞倾三四岁时把她接到北京。可俞倾外婆不舍得。听说他要接俞倾回去，她在他跟前掉眼泪。他面对一个老人，还能说什么？他理解俞倾外婆的做法——她担心他再婚，没人疼俞倾。

俞邵鸿看向俞老爷子：“爸，俞倾自私是自私了一点。”

有时，没心没肺，也没什么人情味。

“不过，她心地还是很善良的，她也在慢慢改变。我们得给她点时间，她二十多年养成的性格，不可能几天就能改过来。”

俞老爷子：“可竞争对手，不给我们时间呀。”

俞邵鸿张张嘴，无力反驳。

外头，晨光熹微，天亮了。

茶歇时间。俞倾刚倒了咖啡回位子上，办公室迎来了不速之客。

早上经过父亲的办公室，人不在。这会儿上班时间，俞璟择来找她。出于职业敏感性，她猜测跟昨晚傅既沉高调公开跟她的关系有关。

“俞总，好久不见。”

俞璟择关上门，外面的杂音被隔离。他把风衣搭在椅背上，说：“火烧眉毛了，你还有闲情逸致品咖啡、吃饼干。”

俞倾细嚼慢咽，又喝一口咖啡，然后说：“我的眉毛是文上去的，不怕烧。”

俞璟择：“……”

俞倾抽了湿纸巾擦手，问：“爷爷找你跟爸爸算账了？”

“你说呢？”俞璟择反问。

这个结果，在俞倾的预料之内。她跟傅既沉之间，不单纯是情不情爱不爱的事，还牵扯到两家利益。

“秦墨岭也难逃问责。”俞璟择把事情的严重性据实告知。

盘子里还剩两块饼干，她推到俞璟择面前。俞倾慢条斯理地擦指尖。现在她成了罪大恶极的人。

俞璟择不吃甜食，特别是这种甜中带苦的饼干。他把盘子端到三只招财猫面前，把猫挪位置，让它们围着盘子坐。

俞倾看他一眼：“爷爷让你给我捎什么话？”

“完成手头这个项目，回公司，跟秦墨岭一块管理乐檬饮品和乐蒙科技。你分管法务部门。”

俞璟择怕她脾气犟，到时跟爷爷直接开战，又说：“你要是实在不想回，过段时间再找爷爷聊，等他气消了。”

“行。我回。”

俞璟择手一顿，不可置信，盯着她看。

她表情严肃，眼神正常，不像开玩笑。

“这么想得开？”

“为什么想不开？”

俞璟择心里还是不踏实：“你别压抑自己。”

“我是那种人？”

俞倾又拿了一块饼干吃，这是她的早饭。

她忙了一早，等想起来去食堂，早就过了饭点。

俞璟择：“怎么就突然想通了？”

“这不是想不想得通的问题，只要不逼着我结婚，其他的我都可以。你也知道，我向来站利益。”

昨天赵树群老婆过来，更给她敲响了警钟。一味付出感情，放弃了自我，换来的绝不是天长地久。

俞璟择再三确定：“想好了？”

俞倾点头：“傅既沉给我钱，我都能一心一意地为他解决困难，更别说是为你分忧解愁。”

原本回国时，她就有这个打算。要是鱼精一人忙不过来，她愿意分出一部分精力帮他。哪知道爷爷非让她结婚，闹得不欢而散。

“当初选择做非诉，跟着团队做跨国并购，做 IPO，做股权置换，不就是为了攒点经验，给自家公司用。”

俞璟择吃惊不已。他越发觉得，自己一点都不了解她。明明家里人，就数他跟她相处时间最长。

俞倾说起以前：“那时每结束一个项目，我都会反思，会写上几万字的心得体会，然后反问自己，要是自家公司以后涉及这个领域，该如何扬长避短，又该怎样让各部门甚至各合作企业之间，互相牵制。”

有时她能写一个通宵，累得头疼。

“累了我就靠购物缓解。”

俞璟择：“嗯，知道了。你想说你是一个有内涵的碎钞机。”

俞倾：“……”

玩笑两句，俞璟择言归正传：“到时你就要跟秦墨岭并肩，对手是傅既沉。”

俞倾自然明白，这样才踏实，也才能走得更长久。

“我跟秦墨岭对付他，我们在势不两立中，各自得到自己想要的。”

午饭时，秦与在公司食堂看到俞倾，她跟于菲同桌用餐。

他端着餐盘过去：“打扰你们两分钟。”

于菲：“坐，没关系，我们都是闲聊。”

秦与在俞倾边上坐下，问：“今天不是要去新建？还是去了已经回来？”

俞倾摇头：“没去，临时改变策略。”

于菲以前跟乔翰打过交道，她的一个客户跟新建科技有合同纠纷，乔翰那人，心狠，为了伤敌一千，宁愿自损八百。

甚至自损一千，他也在所不惜。

俞倾思虑再三，还是决定换个策略：“新建那边还有几个棘手的官司，投资之前必须解决，不然影响估值。到时让于菲姐处理，你跟进，我跟券商那边负责拿下傅氏集团那两个难缠又不好说话的董事。”至于掌控权转移，“等我回到我们家公司再说。”

秦与微怔：“要辞职了？”

俞倾：“换个方式合作，到时高薪聘请你和于菲姐做乐檬饮品和乐蒙科技的法律顾问。”

秦与若有所思：“你这是准备大刀阔斧地重建公司架构？”

俞倾点头。不然，怎么跟傅既沉的公司竞争？

更深入的细节，秦与没多问，这些涉及商业机密。

“你们慢用。”

他端着盘子找了一个空位，拿出手机，边吃边聊天。

俞倾和于菲已经习惯，他每天中午都要利用午饭时间跟女朋友聊天，偶尔还会视频。

说到秦与女朋友：“好幸运的小丫头，他们在一起十几年了，从高一到现在，天天跟刚谈恋爱一样。”

于菲不由得感慨：“以前我觉得异地恋不靠谱，其实，是没找对人。找不对人，就算在一个公司，也阻止不了他出轨的心。”

“但异地恋，修成正果的确实少。”

关于不少男人都有的劣根性，俞倾多说了几句：“距离产生美是真的，不管婚姻还是恋情，有了距离，必然有美。但这个美，跟你自己无关，是你男人眼中，别的女人的美。”

于菲笑了，觉得有意思，竖大拇指：“精辟。”

她自己深有感触。

那会儿她跟陆琛就是这样，距离有了，美有了，但不是自己的美。

“所以，不管是同城还是异地，一句话，自律的好男人都太稀缺。任何时候，人都要爱自己，爱好了自己再爱别人，不迟，还能爱得更好。这个道理改天要说给陈言听，不然她得落得一无所有。”

“你年纪不大，看得倒是挺透彻。”于菲问，“是不是因为看透了，才不想结婚，甚至连恋爱都不想谈？”

“可能吧。”

俞倾自己也没细想过这个问题。

正聊着，于菲有电话进来，是前夫陆琛。

“什么事？”她的声音瞬间没了温度。

陆琛：“我今天回北京了，晚上想见见儿子，我们三个好长时间没在一块吃饭。你几点下班？我去接你。”

“不劳陆总大驾了，儿子放学后你接，把饭店地址发给我，我自己过去。”

通话结束。

“于菲还愿意跟你一块儿吃饭？”傅既沉扔支烟给陆琛。

陆琛从机场过来，没顾得上休息，直奔傅氏集团，跟乐檬的侵权案子和解，他过来签明年的合作合同。

签完，他到傅既沉这儿坐了会儿。

说起前妻，陆琛叹了一口气。

“她跟我吃饭是照顾儿子心情，哪是给我面子？”

关于这一点，于菲做得不错，不管大人之间如何，她总会抽时间一家人聚聚，让儿子享受家庭氛围。

从他们争吵，到离婚，断断续续有一年时间。即便是在那一年里，于菲心情再差，再难过，也没迁怒到儿子身上。只要儿子回到家，她该怎样还是怎样，就好像什么事都没发生过。

但面对他，她只有厌恶。自打离婚后，于菲但凡给他打电话，都是为了钱。

陆琛点上烟，抽了几口，索然无味。他掐灭，说：“你忙吧，我回去了。”他要回家倒个时差，然后去接儿子放学。

傅既沉指间夹着烟，没点火，在烟盒上轻轻磕着。他看着陆琛：“明天我生日。”

陆琛缓缓点头：“生日快乐。”

傅既沉：“……”他没跟一个时差混乱的人计较。

陆琛这会儿犯困，显然还没弄明白傅既沉突如其来的这句话的深层含义。加之，他现在心里想的都跟晚上和于菲吃饭有关，脑子短路了。

傅既沉直言：“俞倾不知道我生日，应该也不会给我准备生日礼物，想让你……”

陆琛打断他：“你是……想让我给你买生日礼物？”

傅既沉把手里的烟塞回烟盒，挥挥手：“你滚吧。清醒了再给我打电话！”

陆琛已经站起来，又坐下：“我现在困得就只剩两只眼睁着了，脑子根本就转不动。你直说。”

傅既沉：“你晚上不是要跟于菲一块儿吃饭吗？你请于菲帮个忙，让她明天上午在俞倾跟前装作无意间提一句我生日的事。”

陆琛：“傅既沉，你已经自欺欺人到这个境界了吗？”

傅既沉一点都不在乎陆琛的奚落：“我想收到俞倾给我的生日礼物。”

“你缺礼物？你要是实在想要，我发动群里的人，捐钱给你买一车礼物，两车也行！”

“我只缺俞倾给我的礼物。”

陆琛投降，无话可说。

晚上八点钟，傅既沉还在公司加班，接到俞倾的电话。

这是两人今天的第一通电话，一旦忙起来，俞倾基本想不起他。

他早就习惯。

“傅总，你好呀。”

“嗯。忙完了？”

“没。但想你了，你说怎么办？”

傅既沉差点没接住这句情话：“我去接你。”

“可我现在就想看到你。”

她温柔撒娇的声音通过电流传来，穿过耳膜，直击心脏。

傅既沉放下手头的工作：“我先跟你视频。”

“视频就算了，很费流量的。”

“……”

暧昧的气氛，一秒被破除。

“五分钟后，给我开门，我马上拐进傅氏集团大厦地下停车场。”

收线。

俞倾把手机扔到副驾驶座上。下班后她去逛街买了份礼物，然后直接从商场过来。

傅既沉在电梯那儿等着接人。

专梯门缓缓打开，入目的是俞倾坏兮兮的模样，她手里还抱着一个礼物，包装精美。

"傅总，晚上好。"

还不确定这礼物是不是送给自己的，傅既沉故作不知："逛街了？"

"嗯。"

她走在前面，傅既沉随其后。他给陆琛发消息：谢了。

陆琛：你先别急着谢，我还不知道于菲愿不愿意帮。等吃得差不多，我再跟她提。有好消息我第一时间告诉你。

嗯？原来不是于菲说的。

傅既沉抬头看着俞倾的背影，恍然大悟——原来她记得他的生日。

二人到了办公室，门关上。

俞倾双手把礼物递给他："送给我的男朋友，希望以后的日子，相杀愉快。"

这个祝福词不太对。

相杀愉快？傅既沉了然于心。

不过他还是开心能收到她的礼物。

他逗她，借此提醒他生日马上就要到了："谢谢你的生日礼物。你是怎么知道我的生日是哪天的？内部网特意查的？还是看了我身份证？"

俞倾："……"

她眨了眨眼。今天是他生日？这么巧？

傅既沉从她的表情就确定了，她压根不知道他生日，只是凑巧今天送了他一个礼物而已。

"生日快乐，我的傅总。"俞倾先把气氛搞起来，她上前一步抱住他，"三十年前的今天，一个聪明英俊的小王子出生了。三十年后，我有幸遇到了他。"

傅既沉拆台："明天才是我生日。"

俞倾忍着笑，坚决不放弃救场："三十年前的今天，小王子美丽而又伟大的母亲临产。在所有人的祝福和期盼中，第二天，一个聪明英俊的小王子出生了。三十年后，我有幸遇到了他，他就是我的初恋男友，傅既沉。亲爱的，生日快乐。让我们嗨起来吧。"

话音落，两人都笑出来。尤其是俞倾，趴在傅既沉怀里，笑得停不下来。

傅既沉双手绕到她身后，开始拆礼物。

俞倾平复呼吸，刚才笑到眼泪快掉下来。

“明天我生日，记住了。”

俞倾抬头看他：“明天真是你生日？”

傅既沉光顾着拆礼物，漫不经心道：“嗯，一会儿我把身份证拍照发给你。”

礼物拆开来，是一个金色小猫储蓄罐。

“怎么送我储蓄罐？”傅既沉不明所以。

俞倾从他怀里起来：“你昨晚公开我们的关系，就该想到我爷爷会怎么做吧？”

傅既沉点头。不管公不公开，他跟俞倾只要在一起，就迟早要面对俞老爷子那关。

傅氏集团和冯家是一个利益共同体，俞家和秦家是一个利益共同体。竞争的双方，不可能把到了嘴边的肉给让出去。让了，自己就会被饿死。

年轻人的恋情，在俞老爷子那里，是最不靠谱的。俞老爷子不可能拿俞家这些年打下来的商业版图，去赌他跟俞倾能长长久久。

俞倾：“等手头这个项目结束，我就要回乐檬，跟秦墨岭搭档，这是爷爷给我的任务和考验。”

让她别昏了头，让她跟傅既沉多学学，任何时候，以公司利益为先。

“那时候，我跟你之间，我不会让你，你肯定也不会让我。”她指指那个储蓄罐，“等到我们正面交手时，你要是被我伤到了，你就把那天的感受写下来放里面，过段时间我就会打开看看。”

傅既沉盯着她的脸，喉结很轻地动了几下。“谢谢。”他把她抱在怀里，“希望有一天，我们在某个领域可以合作，把我们两家由纯竞争的关系，变成竞合关系。”

俞倾搂着他脖子：“就算是相杀，每天下班了，你也要抱抱你的小美鱼。”

傅既沉低头，含住她的唇。

晚上十点钟，冲过澡，俞倾趴床上，双手托腮，盯着床头落地灯看。

长发散落在后背、肩头，还有几缕滑到身前。未干的发梢扫到手机屏，在水晶灯的照耀下，屏幕反射幽光。

俞倾爬坐起来，点开和爷爷的对话框：“爷爷，晚上好。”

俞老爷子：“不是很好。我正在修瓷砖釉面。”

俞倾：“……”

白天听鱼精说，爷爷摔了杯子，把奶奶喜欢的团花瓷砖给划了几道小划痕。

俞老爷子：“这么晚了，有什么事？”

俞倾跟爷爷之间有着一层浅浅的隔阂，说话不能像对父亲那样，想说什么说什么。

她的语气一本正经：“明天我男朋友生日，我想带他回家给他过生日。我考虑来考虑去，觉得应该先去您那里坐坐，然后再带他跟我爸一起吃顿饭。明晚您跟奶奶，在家吗？”

俞老爷子气了一天一夜，这会儿总算心气顺了。

他放下手头的活：“那明晚就到老宅来吃饭吧。”

“谢谢爷爷。”

俞老爷子找出眼镜戴上，新建了一个家庭群。

被拉进群的人大都一头雾水。他们早就有一个群，不过这个群大多时间处于安静状态。

除了有家庭聚会，其他时间大家很少聊天。

俞璟择查看群成员，发现少了俞倾。

俞璟歆：“爷爷，您是不是有什么事儿？”

俞老爷子：“俞倾跟我说，她明晚要带傅既沉回家吃饭。”

群里其他人都是一脸吃惊，不敢相信。

俞老爷子：“难得她愿意尝试跟人处对象，不管最后结果怎么样，总算迈出了第一步，不容易。她又答应回公司帮忙，这说明她长大了不少。我们得给她点鼓励。”

他发话：“你们要是明晚没什么特殊情况，都回来吧，好久没聚聚了。”

俞璟歆正想说，季清远不一定有时间，之前听说他周五晚有应酬。

结果季清远冒泡了：“好。”

她抬头瞥了一眼靠在床头的人。

群里，爷爷又发来了语音。

俞老爷子：“明天还是傅既沉生日，你们带瓶好酒过来就行，其他的也不用特意买，礼物我准备。”

俞璟歆："爷爷，您知道现在年轻人喜欢什么吗？要不要我们给您参考参考？"

俞老爷子："现在年轻人喜欢什么，我还真不了解，不过我知道傅既沉最想要什么。"

俞璟歆好奇："您还专门了解过？"

俞老爷子："这都成圈子里的一个段子了，是米饭糊的纸戒指。你说傅既沉是有多想要戒指？别人以为俞倾买给他，他忘了戴，你们还不清楚俞倾是什么人吗？她能买戒指？"

说着，俞老爷子不由得摇头叹气。因为俞倾是他孙女，用现在流行的话来说，他自带滤镜，怎么看自家孙女怎么好，俞倾再浑蛋，也只能他自己说教，其他人不能说她半点不好。

但傅既沉，真不容易。

"要是俞倾愿意跟傅既沉结婚，那我求之不得。可她玩心不改，没人说得动她。"

俞老爷子吐露心声："说实话，我挺看好傅既沉这个孩子的，不管什么时候都拎得清。现在俞倾愿意把他带回来，我们有机会就撮合撮合。俞倾结婚了，我心思就了了。"

俞璟歆提醒："爷爷，您送戒指给傅既沉，合适吗？"

俞老爷子："我跟你奶奶去买，让俞倾自己送。"

俞璟歆担心："俞倾不一定会送。"

俞老爷子："我们老两口这么大年纪了，大冷天去替她准备礼物，她还真能忍心驳我们面子？"

俞璟择出声："不好说。"

俞老爷子："……"

"不管怎么样，先买了再说，万一她就愿意送呢？"

最后，俞老爷子又不忘叮嘱："你们也别因为傅既沉来家里了，就觉得是一家人。他一天不跟俞倾领证，就一天不是我们家人。"

"就算是一家人了，我觉得该怎样还是怎样，没必要在生意上让着谁。别想着占人便宜，但也别吃亏，不然时间长了，容易失衡。"

这是俞家家庭群里聊得最晚的一次，十一点半，群里还在刷屏。

此时，俞倾已经进入梦乡。

梦里场景模糊，有很多人，她看到了外婆，看到了母亲。

梦里，她还把表哥的零花钱都哄来买了卡通美少女换装贴纸套盒。语文书上被她贴得到处都是，盖住了课文。老师让她站起来读书，她眼前只有花花绿绿的贴纸，差点急哭了。

上海的弄堂，北京的胡同，镂花窗，青石板，都在梦里。

然后不知怎么，梦里的场景就变成了剧院，她在舞台上跳舞，底下坐着的人是傅既沉，偌大的剧场，只有他一个观众。

周五，天阴冷。

寒冬的空调房里，人也懒了几分。

午饭后，俞倾打个哈欠，昨晚做了一整夜的梦，很累。

她编辑好消息，发送。

——晚上给傅总庆生，地点：俞家老宅。

傅既沉正在爷爷家，一家人简单吃顿庆生饭，把晚上的时间留给他跟俞倾。

盯着这条消息，他连饭都忘了吃。他不可置信，赶紧回复：俞倾，你别开玩笑，我会当真。要是晚上你不带我去，我就自己去，拿着你这条短信当凭证。

俞倾直接发来她跟爷爷聊天的截图：不骗你。哪天都能逗你，今天不会。今天是你生日，你最大，我让着我的傅总。

家里人看了他不下一百八十回，他一点都没感应到。

他还在跟俞倾聊天，筷子也放了下来。

傅既沉还是感觉不真实：怎么突然带我回家？

俞倾：送礼物不该送寿星最想要的吗？

傅既沉无以反驳。

俞倾：下班后我去接你。我跟我爷爷，可能还没你跟他熟悉，到时你在他面前多夸夸我哦。

傅既沉放下手机，迫不及待地宣布这个好消息：“我今晚去俞倾家吃饭。俞倾要在家给我过生日。”

傅老爷子：“嗯。慢慢来。”

叶瑾桦拿起酒杯：“儿子，恭喜你，终于守得云开见月明。对了，你过去吃饭的话，也不能空手，妈妈下午去给你准备礼物。其他人的礼物我看着准备，送俞倾的礼物不能随便，得挑她的心头好送。她最喜欢什么？”

傅既沉：“香……”——水。

可千万不能说香水！傅董急中生智打断儿子：“包！俞倾喜欢箱包，这在我们傅氏集团都是出了名的，连我们董事会的董事都知道。”

父子俩对望一眼。

傅既沉跟母亲说：“可以给她买一个系列，所有尺寸和颜色都要。”

叶瑾桦点点头：“好，有几个就买几个。”

吃过饭，傅既沉还要赶去公司。

他刚走到院子里，手机震动，父亲转来两万块钱：谢谢。

这是好处费？

傅既沉：爸，您跟我就不用这么见外了。刚才我也没想那么多，想到香水就直接说出来了。

傅董：没跟你见外。你要是想给俞倾买香水，你自己买，钱我出。要是钱不够，你拿发票来找我报销。我就一个要求，别让你妈妈知道俞倾也收藏香水。

傅既沉：能瞒得过一时，等我跟俞倾结婚了，还怎么瞒？

傅董：当爸的，也不想打击自己孩子。你是不是有点杞人忧天？俞倾会跟你结婚？

傅既沉：“……”

下一秒，父亲把那条消息撤回，重新编辑后发过来：生日快乐，心想事成！俞倾会跟你结婚的。爸爸提前祝你们幸福美满、长长久久。

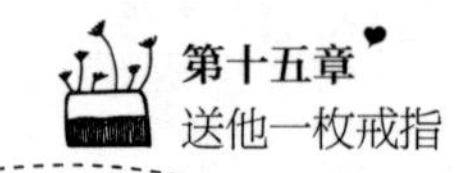

第十五章 送他一枚戒指

消息撤回了，伤害撤不回。

傅董深知这个道理，所以又赶紧转了四万块钱给傅既沉。

几分钟时间，他损失六万。

傅既沉的消息进来：不是都说了，跟我就不用这么见外，怎么还转钱？

傅董客气道：今天你生日，生日红包。

他看着对话框，之前微信转账的两万，傅既沉到现在都没收，刚才通过网银转过去的四万，很有可能，傅既沉还会再转回来。毕竟，儿子刚才说了，不用见外。他也觉得，一家人不用那么见外。

父子感情，不需要靠钱来维系。

结果这个想法还没落地，对话框里提示，对方已收款。

傅董：“……”

今天阴天，五点半，天已经黑透。

俞倾去接傅既沉，到了傅氏集团楼下，傅既沉早在台阶边等她。

等傅既沉坐上车，俞倾解开安全带，侧身过去，整个身体基本趴在傅既沉身上，她被他清冽的气息包围。

冷风顺着窗缝往里钻，俞倾一个寒噤，赶紧关上窗。她靠在他耳边，说：“生日快乐。三百六十个月，满月快乐。”

傅既沉笑了："谢谢。"

俞倾坐直："带我们招财猫回家。"说起招财猫，她今天给那三个替身放假，把电池抠下来了，允许它们歇一天不招手，明天接着上岗。

汽车驶入车流，傅既沉的座驾紧随其后，他车里全是母亲替他准备的礼物。

下班高峰期，又逢周五，路上堵得就跟在景点排队一样，好半天才挪一下，人挨着人，车赶着车。他们是最后到老宅的，其他人都已经过来。

俞璟歆把儿子也带来了，季清远抱着儿子在水族箱前看各种小鱼。

除了俞奶奶，傅既沉跟俞家每个人都打过交道，也认识很多年。因为是竞争对手，了解程度不比对自己亲戚少。

聊了会儿，俞倾被奶奶喊去厨房。

傅既沉现在对小宝宝挺有耐心，哄着季清远的儿子玩。孩子不怕生，睁大眼睛，对着傅既沉咿咿呀呀，不时还咧嘴笑。

厨房里，奶奶把戒指盒拿给俞倾。

俞老爷子也来到厨房，说："这是我跟你奶奶逛了半天才选中的，各个尺寸都买了一个。送不送，我们尊重你的意见。一个戒指也不代表什么，既然傅既沉想要，你可以考虑送一个。"

俞倾看着戒指盒，说："戒指是承诺，分量很重。"

俞老爷子："你带他回家，比这个戒指的分量还重。"

俞倾看向爷爷，有点恍惚、疑惑。

俞老爷子："带他回来，是在我们家人面前给他身份；送他戒指，是在外人面前给他身份。其实，别人也不会在意他到底戴没戴戒指，就是他自己在意而已。咱换位思考，要是你在你朋友面前，自己用米粒糊个纸戒指戴着，傅既沉知道后还是无动于衷，你现在是什么心情？"

俞倾微微抿唇，犹豫着说："爷爷，您别生气，我接下来要说的话，不是跟您抬杠。我不知道我是什么心情，因为我不可能戴戒指。"

俞老爷子："……"

他还是有被气到。

俞倾握着戒指盒，表情松动。

俞老爷子："我们一家人商量了大半夜，都替你想好了怎么送。今天好几个甜品师忙了一天，给你做了个特别的蛋糕。"

此时，客厅里。傅既沉跟季清远坐到了沙发上，在喝茶，有一搭没一搭地闲聊，孩子被俞璟歆接过去了。

季清远不时去看一眼儿子，然后，视线从俞璟歆脸上掠过。

傅既沉："我一直有个疑惑。"

季清远收回视线，偏头，问："什么？"他抿着茶。

傅既沉考虑两秒，然后低声道："你是不是父凭子贵？"

季清远："……"

"咯咯！"

他差点把自己给呛死。

俞璟歆看过去，不知道什么情况。

季清远跟她眼神有几秒交汇，她很快收了视线，接着跟儿子玩。

这时，俞倾推着一个蛋糕从厨房出来。

"傅总，过来看看你的蛋糕。"

傅既沉放下杯子，拍拍季清远的肩膀："不是笑你。我还挺羡慕你的。"

季清远："傅既沉，不说话能憋死还是怎么了？"

傅既沉失笑，去找俞倾，看他的蛋糕去了。

他看到蛋糕那刻，就跟做了一个梦一样。那是一个小美人鱼蛋糕。小美人鱼是用巧克力制成的，神情骄傲，一只手拿着黑白巧克力做成的付款码，一只手托着一枚戒指。

戒指旁是价格牌：一颗真心。

傅既沉拿了戒指戴上，尺寸正合适。

他俯身，把左边心脏部位对准那个付款码，说："付款成功了。"然后他转身轻轻抱住俞倾。

那个小美人鱼蛋糕，大部分创意灵感是俞璟歆贡献的。昨晚大家在家庭群里讨论到半夜十一点半。

季清远没怎么发言，不过群里的消息他一条没落下。

俞璟歆对他、对他们的家，从没这么上心过。

当然，跟他自身有一半关系。

也就是这两年，他们回到北京，同床共枕，同处一室。

结婚头两年，他们在不同国家，不同城市，最长时间七个月没见面，也不曾联系过。那段时间正好是过完年到中秋节之间，他们不用应付家里长辈。

在他们认识前，他交往过女朋友。她心里，亦有人。

后来，婚姻就过成了这副半死不活的样子。

傅既沉戴着戒指，过来炫耀了。

季清远收了思绪。

俞邵鸿和俞璟择还在忙活，他们亲自充气球。各种颜色，一个一个，在屋里轻轻飞着。

傅既沉跟季清远道：“你和俞董说一声，我这么大的人了，过生日用不着布置。”——更不用这些花花绿绿的气球。

季清远睨他：“别自作多情，那是给我家宝宝看的。”

傅既沉：“……”

他拿起茶杯，若无其事地喝了几口，掩饰尴尬。

季清远说着，又看向儿子那个方向。

宝宝仰着脑袋，眼睛眨也不眨，盯着这些神奇的彩色气球。

而俞璟歆，不时逗儿子，用手遮住他的眼睛，很快又拿开。

儿子被逗笑。

“你觉得，是追求一个已经心有所属的女人容易，还是追一个像俞倾这样，压根就没心的女人容易？”季清远转过头，问傅既沉。

傅既沉摩挲着茶杯，他下意识地看向俞璟歆。心有所属的女人，应该就是指俞璟歆了。至于哪个容易，哪个不容易……

傅既沉道：“反正都不容易。”

季清远用水杯跟他碰杯，什么都没说。

餐厅那边，俞倾在吃餐前水果。她趴在盘子上，把蓝莓一颗颗叼走。

俞璟择坐过来，吐槽：“你就不能优雅点？”他把牙签放到她面前。

俞倾没用，抱着盘子吃自己的。她问俞璟择：“傅既沉跟季清远这么有共同语言？聊一晚上了。”

俞璟择：“同是天涯沦落人。”

俞倾细细品味这句话，然后说：“孩子都生了，季清远不会还没转正吧？”

俞璟择也不知道其中细节：“可能。”

俞倾小声问：“是不是季清远做了什么对不起我姐的事？”

俞璟择也拿了一块水果吃：“据我所知，没有。”

俞倾点点头，她不理解的是：“我姐愿意结婚，愿意生孩子，但就是不愿接受老公。这日子得过得多拧巴。”

反正她光是想想，都受不了。夫妻生活不得是在双方心情都很愉悦的情况下进行吗？前几天她生气，都不愿意跟傅既沉有亲密接触，怕影响生活品质。

俞璟择：“我也不好多问璟歆，你有机会跟她聊聊。”他只知道前情，至于为什么她突然又愿意生孩子，这是未解之谜。

他问过俞璟歆，她都是敷衍过去。

俞倾还记得他们结婚时的场景：“当时季清远的结婚誓词不要太感人，我姐还哭了，当时场下那么多人都被感动到。”

她还以为，他们自此能慢慢培养感情。

上次逛街她遇到俞璟歆，说跟季清远都不怎么说话，她以为，即便话不多，也至少是心意相通。因为毕竟都有了孩子。

谁知道，夫妻四年相处下来，关系竟然连当初的陌生人都不如。

俞璟择：“矛盾就是从结婚誓词开始的。”

“嗯？”

俞倾不明所以。

“璟歆说，季清远在婚礼上说的誓词，其实是想说给他喜欢的那个人听。”俞璟择揉揉眉心，无奈。

俞倾：“……”

菜准备得差不多了，所有人落座。

俞璟歆坐在父亲身边，跟季清远之间隔了几个位子。

季清远看向俞璟歆，她没给他这边多余的眼神。

俞倾已经走到傅既沉身边，但为了照顾姐夫面子，她移步坐到父亲另一侧，跟傅既沉坐对角线。

傅既沉抬头就能看到俞倾，这样的位子安排，倒也不错。

一顿饭吃下来，其乐融融。

十点钟，他们散场。

汽车拐上公寓门口那条道，俞倾和傅既沉不约而同地想起一件事，去了药店。傅既沉升起挡板，吩咐司机就在门口停车。之前他们短暂分手，俞倾搬家时把避孕药都扔了，现在还要再买。

下车后，傅既沉让司机先开回去，他和俞倾走回家。

俞倾跟傅既沉一道去药店。她直奔货架，拿了常吃的那种药，傅既沉拿了几盒安全套。结账时，两人对望一眼。

当着收银员的面，谁都没多言。自打他们在一起，她就一直吃药，省去各种麻烦和担心。她不打算结婚，更没想过要孩子。

到家后，俞倾把美人鱼巧克力放到冰箱里，自己去卧室洗澡。

她在这里住惯了，轻车熟路，连卧室的味道，都让人安神。

傅既沉在楼下抽了一支烟，之后也在楼下浴室冲了澡。

他拿着刚才买的东西上楼。

俞倾刚好从浴室出来，赤脚。这里现在没她的衣服，她穿了傅既沉的浴袍，整个人被包裹在里面。

傅既沉关门。

她站在那儿不动，把头发扎起来。

傅既沉把手里的东西放在床头柜上，他盯着那瓶药看了数秒，怎么看怎么碍眼，直接把它塞进抽屉。

“傅总，你家地板好凉呀，脚都冻麻了，走不动路。”

傅既沉回头跟她说：“地暖开着呢。”

俞倾等他过来抱她：“看来脚真出了问题，都已经开始冷热不分。”

傅既沉：“不是你脚有问题，是你心坏了。”

俞倾哈哈笑，把头发扎好，伸手：“抱抱。好久没来，找不到去床上的路，怕走丢了。”

傅既沉解衬衫纽扣：“放心，丢不了。你闭着眼都能找到。一直往前走，等你撞到东西，没法走了，那就是床。”

俞倾：“……”

说着，傅既沉几步走过去，弯腰，抱起她。

俞倾喜欢他公主抱抱她时，他的臂力和力量感。

傅既沉垂眸看她：“以后别穿我浴袍，把你好看的地方都挡住了。”

俞倾用鼻尖蹭着他下巴：“傅总，你太肤浅了。我最美的地方，难道不是我有趣的灵魂？”

“这个时候要是还有空再想着你灵魂美，十有八九，是我肾出了问题。”

“……”

傅既沉把她放在床上。

俞倾抬腿，脚踩在他肩膀上：“我的脚是冷的还是热的？”

傅既沉把她的脚拿下来搁床上，她双腿弯曲，他俯身站在床边，轻轻摁住她两脚脚背，低头亲上她。

俞倾一个激灵，忘了脚到底是冷还是热。她顺手拿过他的枕头抓住，分散他给她的情迷。

鱼水之欢，两人暂时忘了灵魂美。

不知道过去多久，她人就像被一阵风顶着，轻轻飘上云端，她无意识地绷直脚背。她睁眼，傅既沉两臂撑在她身侧，正安静地看她。她抚抚他手臂，肌肉坚实，线条流畅。

傅既沉额头上一滴汗正好落在她眼睛上。

这是今天夜里，他们的第三次。他们好长时间没像这样疯狂。

俞倾侧头，床头柜上没水。

“给我倒杯水，我吃药。”

不管什么时候，她多累多困，都不会忘了吃药。

傅既沉跟她商量：“别吃了，我今晚用了套。”

俞倾摇头：“那也不安全，还是有风险。”

“药吃多了，对身体不好。”

“没事。反正，”顿了下，俞倾说，“你不是一开始就知道，我从没想过生孩子。”

傅既沉略沉默，然后问：“万一，我是说万一，等你以后有可能爱上我，你又想要孩子了呢？”

俞倾跟他对望：“孩子不是生下来就行了。我不结婚，给不了他一个完整的家。我也不会仅仅为了让自己老了时不孤独，而要一个孩子。再说，我不知道怎么去爱别人，更别说是一个那么小的孩子。”

傅既沉抚着她脸颊：“你不知道怎么爱，没关系，我去爱他，然后告诉他，怎么爱妈妈。”

妈妈这个词，温暖又柔软。只不过，俞倾对母爱很陌生。

傅既沉又保证：“愿不愿意结婚，什么时候结婚，想不想要孩子，我都尊重你的决定。”他的要求只有一个，“别吃药了。对身体真不好。

是药三分毒。”

“没事的，我百毒不侵。”

“……”

傅既沉抵着她额头：“严肃点行不行？”

俞倾没吱声，偏头看向床的另一侧。

床头柜上没有药。

浑身发酸，又累又困，她还是坚持爬起来：“虽然现在是半夜一点，你生日早过去了，不过我还是愿意让着你，你就不用到楼下倒水，我自己下去。”

傅既沉摁住她肩膀，跟她对视片刻。然后他穿上衣服，去了楼下。

卧室门半掩，他的脚步声越来越远，消失在楼梯上。

俞倾坐了会儿，刚才运动一番，全身是汗，她下床去浴室。

这是她第一次洗澡时走神。她没看时间，不知道自己在浴室待了多久，等她出来，傅既沉还没回，这一杯水倒了应该有半个多钟头。

俞倾吹干头发，傅既沉进来。他换了新的睡衣，身上是清新的沐浴露味道。看来他在楼下洗过澡。不过他洗澡向来很快，今天不知为何会严重超时。可能跟她一样，想事情，忘了时间。

傅既沉把水递给她，从床头柜抽屉里拿出药瓶，倒出一粒给她。

全程，他表情寡淡。

俞倾盯着他掌心的药丸，知道他是故意这样。以前她每次吃药，也不见他伺候得这么周到。她把药捏过来塞嘴里，一口气喝了半杯水。

其间，傅既沉眼睛一眨不眨地看着她。

俞倾放下水杯，说：“傅总，晚安。”

“嗯。”

俞倾身上搭着一条浴巾，被子也没盖，定好明天早上的闹铃，关了落地灯，背对着傅既沉躺下。

傅既沉平躺，抬手熄灯。

卧室陷入一片漆黑。他拿过手机，添加了一个闹铃，时间是四点五十五分。

没多会儿，俞倾睡着，呼吸均匀。傅既沉摸摸她后背，冰凉。

他靠过去，抱着她，把被子分一半给她。

这一刻，他又觉得，季清远比他容易。

俞倾还在睡梦中，枕头边的手机震动。

头脑里绷着一根弦，她比以往清醒得要快，赶紧关了闹铃。

四点五十分。

她跟傅既沉各自枕在自己枕头上。他睡得正沉。

俞倾挪到他旁边，小心翼翼地钻到他怀里，把他一只手搭在自己腰间。

他们两个人习惯差不多——不喜欢黏在一块儿睡觉。

不管前一晚两人抱得有多紧，就算她躺在他怀里，第二天一早醒来，他们肯定是分开的，各自有各自舒适的睡姿。

“嗡——嗡——嗡——”

闷闷的手机震动声传来，不是她的。

俞倾赶紧眯上眼。原来他也定了闹铃，只不过没她的时间早。

傅既沉睁眼，关了手机，再一看，俞倾在他怀里。

他双臂环住她，用力收紧。

俞倾睁开眼，黑暗里，什么都看不清，她鼻尖抵在他心口，感受着他强有力的心跳。

五点钟，两人闹铃同时震动。傅既沉放开俞倾，推推她：“起来了。”

声音冷淡，跟他的怀抱是两个温度。

看在他刚才那么用力抱自己的分上，俞倾没跟他计较。

她起来洗漱，化妆。他去楼下健身房锻炼。

两人出门。

今天傅既沉开车，送俞倾去律所。俞倾双手枕在脑后，懒洋洋地靠在椅背上。偶尔，她会毫不掩饰地直盯着傅既沉看。

他专注看路，没回应她。

今天他穿了一件黑衬衫。俞倾之前从傅氏集团茶水间听过跟他衬衫有关的八卦。行政部的女人们总结过，他心情不错时，衬衫颜色大多是暗红、酒红、深蓝；心情不好时，多数穿黑色，甚至穿过灰色；心情不好不坏，或是要出席重要场合时，基本是以白色为主。

按照她听来的八卦，今天这个黑衬衫，加上佩戴黑色袖扣，说明他心情糟透了。

这是一粒小药丸惹的祸。

在她胡思乱想间，汽车停在律所楼下。

楼上亮灯的房间不多，稀稀疏疏，零星几个，分散在不同楼层。

傅既沉开口，说了从起床到现在的第二句话："我明天出差，差不多要一个星期，可能时间更久。"

俞倾解下安全带："嗯。"然后她轻戳他胳膊，"哎，你不会等到我那瓶药过期了再回来吧？"

傅既沉："……"

缓缓心情，他转身，从后座拿过风衣，推开车门。

俞倾也下车。

傅既沉绕过车头，送她进律所。

俞倾双手插兜，紧跟他步伐："傅总，你今天有点闹情绪呀。"

傅既沉："不是有点，是大闹情绪，没看出来？"

俞倾笑："小气吧啦，别闹了。"

"总得有个不闹的理由。"

俞倾贴着他走，两人手臂蹭到一块儿。她说："今早，四点五十分，我主动去你怀里，这个理由够不够？"

说着，她转头盯着他看。傅既沉顿步，缓缓颔首："够了。"

两人在律所门口分开。

俞倾到了办公室，打开窗，楼下的车早就开走。

下午茶时间，陈言来了律所。

赵树群下午不去公司，在家带两个孩子，她借口逛街，直接来找于菲。

陈言要请于菲和俞倾到隔壁咖啡馆坐坐，于菲指指茶水间："我给你们煮咖啡，保证不比咖啡馆的口感差。"

而且咖啡馆的私密性也不如律所。

陈言想了想，还是决定品尝于菲的手艺。

她双手抱臂，坐在沙发上走神。

俞倾忙完手头的活，保存文件，拿着一些水果和零食过来。

于菲煮了三杯咖啡。周末，她比平时要清闲一点，下午也没有客户预约。

"怎么样，想好了没？"

她把咖啡递一杯给陈言。

"谢谢。"陈言拿着咖啡，叹了一口气，"想了好几天，你说得对，我现在要是离婚，会一无所有。"

真等到她跟赵树群闹翻了，那点感情消失殆尽，他还会那么好说话吗？

她不确定。

那些反目成仇，老死不相往来的离婚夫妻，一定也曾经爱过，说不定爱得比一般夫妻还多、还深。

陈言搅动咖啡，奶和糖，她都没加。

“我不知道他跟肖以琳断没断，前两天他们还一同去拜访了经销商，因为堵车，我跟丢了。想到他……”

她咬着唇，很用力，嘴唇泛白。

于菲：“你不是我客户，那我就什么戳人说什么了。”

陈言眨了眨眼：“要是客户，你说话就不戳人了？”

俞倾接过话：“戳客户的话，客户被气走了，还怎么赚钱？”

说罢，几人都笑了。

陈言坐直，做个深呼吸，说：“你戳吧，最好把我戳醒。”

于菲问她：“你干吗要跟踪赵树群？你为什么非要花自己的大好时间，去给自己找痛苦？”

陈言也觉得自己挺悲哀：“我控制不了，我……”

俞倾突然想到一事：“我在傅氏集团时，听说赵树群跟肖以琳断了。就算是真的，估计你也不会信。这份信任破坏掉了，再建立的可能性基本为零。你对他的疑心，会伴随你一辈子。”

陈言不否认：“那我怎么办？”

俞倾：“只有一个办法，你别再以他为中心过日子，你把重心转移到自己身上，让他围着你转。”

陈言也想，可现实如此骨感，她连一分钱收入都没有，怎么让他围着她转？

她吐露心声：“这些年，他对我再好，我的底气，也从来就没落过地。”始终小心翼翼地飘浮在半空。

于菲抿口咖啡，然后说：“所以，女人不一定要拼一番事业，但一定要有一份自己的工作。上班和不上班，心态完全不一样。上班时，你有六点钟起来洗头发、化妆的动力。不上班，你用洗面奶洗脸都觉得没必要。”

陈言还在搅咖啡，一口没喝。

于菲从果盘里拿了一袋饼干吃，她递一袋给陈言：“新出来的口味，尝尝。”

陈言没胃口，却还是接了过来。

于菲语重心长道："趁赵树群现在的心思还在家里，你该管的钱好好管着，找份适合自己的工作，哪怕是只有几千块钱的坐办公室的工作也行。你现在不需要靠自己的工资养活自己，心态容易调整。等你真的离婚了再去找工作，你会发现，生活里的酸苦辣咸属于你，甜，跟你半毛钱关系没有。"

陈言拆了饼干吃，柠檬味，酸甜酸甜。

她许久不曾这样，安静地喝个下午茶，吃点自己喜欢的甜品。

"我其实想过，我跟赵树群离婚后，他肯定还会再结婚，也会生孩子，到时受委屈的就是我的两个孩子了。一旦他有了新家，我再从他那儿拿钱，没可能。"

于菲顺着她的话说："所以才劝你三思。"

她又拆了一小袋饼干。

"现实不是电视剧，电视剧里的所有辛酸和不容易，几集就放完了。至于大结局后，里面主人公的日子是不是一地鸡毛，没人知道。可你自己的日子，是一天天煎熬过来的。"

细嚼慢咽地吃了一块饼干，于菲又接着道。

"不管离婚自己过，还是再婚，抑或选择跟那个渣男继续婚姻，反正都苦，自己过了，自己知道什么滋味，尽量选个适合自己的吧。"

陈言抿了一口咖啡，苦味蔓延。

于菲给自己又添了半杯咖啡，坐回来后，继续。

"长辈对这种事，基本是劝和，让你为了孩子着想，忍着。他们只告诉你不离婚，却没告诉你不离婚后，要怎么继续这伤痕累累的婚姻。陈言，你暂时不离婚，不是你原谅他，委屈自己的开始，而是你改变自己，让他为出轨付出代价的开始。"

陈言点头，这几天她也在看招聘信息。

俞倾吃了两块水果，听着她们的婚姻感言，脑壳疼。

于菲："你要是还没结婚，或是刚结婚，我绝对劝你分开。现在你有两个孩子，又离开职场十来年，而且家在外地，父母年龄也大了，你说……"

她也跟着叹气。

她想到了曾经的自己，但她跟陈言又不一样，至少她有一份事业，父母在身边，身体健康，是她的精神支柱。

她自己有房子，父母也有房子，不用为生计发愁。

然而陈言，什么都没有。

俞倾举起咖啡杯，跟她们两人碰杯："生活就像苦咖啡，自己手动加点糖和牛奶，苦中作乐。"

陈言微微笑了笑："谢谢。"

聊了大半个小时，陈言离开。

于菲又拿了一小袋饼干："挺好吃的。我忙去了。"

"嗯。我也继续。"俞倾端着咖啡回办公室。

电脑屏幕上，屏保已启动，五彩的泡泡，一个接一个。

于菲、陈言、俞璟歆，还有身边很多人，包括她的母亲、她的舅妈，她们的婚姻，一地鸡毛，每天计较得失，把时间都耗在了痛苦上。所以，结婚有什么好？

一个人过日子，赚了钱买香水，它不香吗？

接下来的一周，俞倾的每天都被工作占满，等到她闲下来时，她才想起，傅既沉已经出差七天。

其间，他们一个电话没打，一条消息也没有发。好像又回到了最开始的日子——从不报备行程，也不过问对方在干什么。没有想念，也不担心是否被背叛。

新建科技的案子，能进行的都差不多有了进展，剩下不好解决的，要等她去了乐蒙科技再说。

又到周末，天依旧阴沉。

俞倾约了秦墨岭去打球，主要是谈新建科技的股权问题。

她元旦后就要从律所离职，去跟秦墨岭共事。

今天风大，他们选了室内场馆。

"你要收购新建的一部分股份？"秦墨岭惊讶，本要递给她球拍，也忘了，球拍悬在半空。

俞倾反问："有问题？"

她自己拿过球拍。

秦墨岭给她泼冷水："傅既沉不会卖给你。你就是他老婆，他也不会考虑卖给乐蒙科技。"

俞倾手心握着小球："不问他买。"

秦墨岭唯一能想到的是："你难不成还找乔维铭买？"

俞倾没否认："不行吗？"

不是不行。秦墨岭看着她："你野心是倒不小。"

俞倾："一直都不小呀。你听过鱼天天撩猫的吗？我大概是独一份。"

秦墨岭："……"

俞倾拿着球拍，走去自己那边场地，她总感觉有两道锐利的眸光在打量她。她忽然抬头。

二楼，傅既沉正幽幽地看她。

原来他出差回来了，今天他穿暗红色衬衫。他趴在栏杆上，手里拿着高脚杯。即便隔得远，俞倾也还是一眼就看到了他无名指上的戒指，在红酒杯的映衬下，格外醒目。

傅既沉跟她对视，她对他钩钩手指，然后下一秒，她若无其事地打球去了。之后，他的目光再也没投过来。

傅既沉上午回到北京，下午过来跟冯董打高尔夫。

贷款审批下来了，既不是按他说的下调一个百分点，也不是按冯董说的下调零点五个百分点。双方各让一步，下调了零点八个百分点。

高尔夫活动已经结束，刚洗了澡，喝杯酒放松，他收到消息提醒，显示年卡有消费。

他让前台查了一下。没想到是俞倾消费的，她预约了场内网球场地，竟然带着秦墨岭一块过来。

休息室那边有人喊他。傅既沉收了视线，过去谈事。

临近傍晚，俞倾跟秦墨岭离开俱乐部。俱乐部大门口，傅既沉在那儿等着，他的座驾横在大门前那条路上。秦墨岭的车过不去，缓缓停下。

俞倾打开车窗，傅既沉走过来，俯身，托着她的后脑勺往自己跟前推，亲了她一下，然后说："我晚上有应酬，十一点左右到家。"

那边，秦墨岭按了几下喇叭："友情提醒，两秒后车窗自动升起，注意脖子，要是卡着，概不负责。"

傅既沉："……"

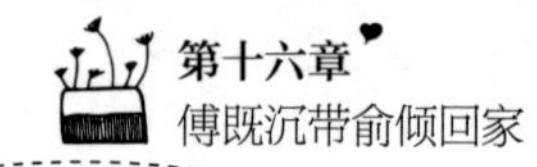

第十六章 傅既沉带俞倾回家

天色渐黑，傅既沉目送那辆车离开。

他刚走到车边，冯麦的车开过来了，让她匪夷所思的是：“二十多分钟过去了，你的车才开到大门口？”

傅既沉：“等俞倾。”

冯麦像看到了以前的自己，她说：“劝你一句，别盯太紧，不然你就是现在的我。俞倾跟秦墨岭是一路人，不喜欢被束缚。你要是让她有了窒息感，她会逃的，说不定再也不愿回来。秦墨岭就……”

张张嘴，她欲言又止。

“一切顺利。”

她踩下油门。

他不会是冯麦，俞倾也不是秦墨岭。

俞倾先回了一趟别墅，俞璟歆在家，在陪俞邵鸿吃夜宵。

“小王八蛋，要不要吃点？”俞邵鸿问。

俞倾摇头：“跟秦墨岭在外面吃过了。”

她去楼上收拾几件睡衣，打算带过去放在傅既沉那儿备用，省得再穿他的浴袍。

她下楼时，俞璟歆还没走。

“姐，你怎么还不回去？宝宝不找你？”俞倾坐到餐桌边。

俞璟歆在吃烧烤，咽下去后才说话：“宝宝去他奶奶家了，今晚在那儿过夜，我回家也没事。”

俞倾点点头，趴在桌上，拿了一根竹签玩。

俞邵鸿瞅着小女儿，看得出，她有心事，于是问：“吃撑了？”

俞倾：“难道你还没看出来，我在用生命给你抹桌子？”

俞邵鸿：“你一天不气人，是不是觉得那天就算没过？”

俞倾想了想：“好像是哎。”

她没再跟父亲斗嘴，而是问俞璟歆：“姐，你回家问问姐夫，他到底跟傅既沉说了什么，搞得傅既沉想要孩子。他们俩嘀嘀咕咕一晚上，我就觉得不太对。你小心，姐夫想要生二胎。”

俞璟歆：“……”

俞邵鸿敲敲她脑袋：“说话别没大没小的。”

“你们吃吧，我去看看那只被气到甩尾巴的猫。”俞倾刚站起来，被俞邵鸿一把拉回去，“你等等。”

“怎么了？”俞倾差点没坐稳，连忙朝椅子中间挪挪。

俞邵鸿话到了嘴边，又觉得难为情。他要是母亲，还能跟女儿聊聊心事，可他是父亲，有些话不适合他说。

他只好把之前的话咽回去，改成：“你跟你妈妈，还没联系啊？”

俞倾摇头：“有时差。”

俞邵鸿喝了半杯啤酒，然后说：“你要是心里有什么想不通的，你问问你妈妈，或许，她点拨一下，你就立马通了呢？”

俞倾没接茬，拿起他的酒杯，问：“你这是第几杯？”

俞邵鸿伸了两个手指头。

俞倾看着杯子里淡淡的黄色：“你现在的酒量不行啊，啤酒度数那么低，才一杯半，你就开始说醉话了。我不跟你聊了，傅既沉回家看不到我，又要闹情绪。姐，再见啊。”

俞璟歆挥挥手。

俞倾坐上车，引擎发动了，她没立即开走，翻出了手机通话记录。上次她跟母亲打电话还是在半年前，她告诉母亲，她从原东家辞职，要回国了，回北京。通话一共三十二秒。

母亲说知道了，没问她怎么突然要回北京，也没问她回来后要做什么。

之后，母亲也没再关心她在北京过得怎么样。有时候她疑惑，她这些年在哪个国家、哪个城市，母亲是否知道。

是否记得她生日是哪天，今年多大了。

好一会儿过去，汽车驶离院子。

俞璟歆用胳膊肘撞一下父亲："你也真是，你怎么哪壶不开提哪壶？她妈妈都不要她，你非得在她心情不好时说？"

"我不是看她心情不好，她外婆又走了，没人知道她想什么，我才让她找她妈妈的嘛。"俞邵鸿把杯子里的酒闷下去，又倒了一杯，"都怪我。"

"不怪你怪谁！"

客厅里安静得落针可闻。

俞璟歆无意指责父亲，把他手里的杯子夺下来，给他换了一杯白水："吃点烧烤吧，别喝了。"

"璟歆啊，你小时候怨过爸爸吗？"俞邵鸿说这话时，没敢看女儿。

俞璟歆手里正拿着烤鸡翅，动作一顿，说："忘了。一孕傻三年。"

"你哪天有空，你找俞倾聊聊。"

"我不知道怎么聊。她不想说的话，没人问得出来。就像我，谁找我聊，我都会几句话打发了。她跟我一样。"

俞邵鸿长长地叹了一口气，觉得烧烤也没了滋味。

俞倾回到公寓，傅既沉还没回来。她洗过澡，换了一件星光蓝睡衣。

手机没电了，她找充电器。

她那侧床头柜的抽屉里，有一长条餐巾纸，散开着。

餐巾纸上面画了一条小鱼，接头处还有两粒米，干了，很硬。

这是当初傅既沉做的那个"小鱼牌"戒指。

俞倾把它拿出来，绕着自己手指缠了一圈半，又放回去。

卧室门开了，傅既沉进来。他手里拿着一个白色小药瓶，扔给她。

俞倾没接住，药瓶掉在了床上。

"什么？"说着，俞倾捡起来，发现是避孕药，另一个牌子。

傅既沉摘了手表，说："我特意咨询过医生，这个牌子的药副作用最小。"他走过来握着她肩膀，"鱼骨头不疼了，又嘚瑟去打网球？"

他不忘提醒她："以后你再带秦墨岭过去，让他出一半钱。"

俞倾："……"

难得一次，她没回怼。她凑过去，亲了他一下："辛苦了，替我找药。"

傅既沉把她抱起来，靠在墙边。

俞倾顺手关了落地灯，他那边的灯还亮着，暗暗的暖黄。

"你就不怕我给你的药，是维生素？"

俞倾扣住他脖子："相信不是。"

傅既沉跟她商量："先给你个过渡期。知道你突然不吃，心里没安全感，先按量吃，等过段时间我再给你换成维生素，之后我们就什么都不吃了。我用套，保证你安全。行吧？"

俞倾没吱声，下巴搁在他肩头。

"我就当你默认了。"

俞倾还是没说话。

傅既沉检讨："是我之前没给你一点心理准备，要求你太多了。"没联系的这几天里，他不止一遍反思。

是他要求太多。

"你没看过和谐的家庭是什么样子，我带你看。以后周末去我家。"

俞倾摇头："算了，周末我还是跟你一块加班，这样充实。"她不想见他的长辈，会觉得煎熬。

傅既沉靠在她耳边，说："我妈最不喜欢的就是谈论家长里短。她最喜欢香水，而且，跟你喜欢同一个调香师。她收藏香水很多年了。"

俞倾突然直起身，他妈竟然跟她喜欢同一个调香师！她眼里闪着小星星："真的假的？明天星期天，我们去你家吧。"

傅既沉："好。我先跟我爸打个招呼，让他有个心理准备。"

俞倾挣扎着下来："现在就说吧，我等不及了。"

傅既沉拿过手机，盯着屏幕看了半晌，先转了六万块钱过去。

傅董回了个问号。

傅既沉：周末愉快。

傅董看着六万块钱入账通知，忐忑不安。

大半夜，孩子突然转钱，有两种可能。

一、孩子良心发现，认为自己浑蛋，觉得要对父母好一点。

二、孩子要开始坑人了。

平心而论，傅既沉作为孩子，足以让他跟老婆欣慰，从小到大都让他们省心，除了生意上的意见会有分歧，别的，挑不出毛病。

第一种可能基本排除了，然后就是坑人这条。

傅董点开对话框，再看一遍“周末愉快”，然后回复：你以前不会这样拐弯抹角。

傅既沉：您以前也没给过我六万块钱啊。

傅董算是明白了：香水的秘密，你是不想替我保守了，是吗？

傅既沉：不是不想，是保守不了了。

傅董以退为进：你以前答应我的事，绝不会食言。

过了片刻，傅既沉回过来：现在不是长大了嘛。

傅董：“……”

他放下鼠标，揉脑袋。所以当初，他为什么非要生傅既沉这个二胎？

傅既沉的消息又进来：爸，提前跟您说一声，我明天带俞倾回家。她从小就不知道正常的家庭氛围应该是什么样的。

傅董叹口气：那你们回来吧。

傅既沉放下手机，转头再看俞倾，卧室里早没了她影子。

“俞倾？”

他喊了两遍，浴室和衣帽间都没人回应。

他出去找，俞倾抱着平板电脑，从书房出来。

“你干什么呢？”

俞倾滑过一张张照片，半天走一步，说：“明天去你家做客我不能空手，你看看哪瓶香水是阿姨没有的，我送她一瓶。”

她所有香水都拍了照留存。

傅既沉：“……我妈香水太多，我没注意过。”

那么多瓶瓶罐罐，好几个房间都是，就算看了，他也记不住。

“不管有没有，你送了就是心意。”

“那不行，重复了，就没意思。”俞倾收起平板电脑，“那我就送一瓶绝版的给她。”瓶子是绝版。

后来调香师改变了配方，那个香味也成了绝版。

傅既沉拿过平板电脑，牵着她：“睡觉了。”

俞倾满脑子都是香水，兴奋到连深入交流都忘在了一边：“哎，阿姨有多少香水？几千瓶？”

傅既沉把平板电脑丢到沙发上，抱起她：“实在好奇，你明天去数数。”他让她靠在床头的墙边。

俞倾攀着他脖子，保持平衡，还在说香水：“我的香水都有编号，现在排到……”

余下的话被傅既沉吃下去。

她身上现在喷的这款香水，跟她的人一样，性感。不过傅既沉闻不出。

俞倾整个身体靠傅既沉支撑，她感觉自己摇摇欲坠，于是紧紧抱着他肩膀。

他晚上应酬喝了不少酒。红酒味与荷尔蒙的气息混合，赶走了所有不愉快。

卧室的灯，熄了。

一场欢爱。

灯，又亮了。

傅既沉今晚提前备了一杯水，他手已经伸到瓶子边，打算亲自倒药给她，又作罢。自己何必给她施压呢。

他转身去了书房。

俞倾靠在床头，睫毛湿润。

药瓶还没开封，她用力拧开，戳开瓶口塑封，她看到一粒粒小小的白色药丸。

傅既沉说得没错，她的安全感来自药物。哪怕她明知这些药吃多了对身体总会有伤害。药丸在舌尖化开，苦味充斥口腔。她喝了几口水，嘴里还是残留着苦味。

时间不早，傅既沉还没回屋，俞倾穿了睡裙，去找他。

傅既沉在书房外面的露台上，灯没开。他指间的烟，闪着猩红的光。

外面冷，俞倾穿了他的风衣，开门过去。

“你到那边。”傅既沉指指上风口。

俞倾没听话，就在下风口站着，她趴在窗台上，看城市的万家灯火。烟雾从她脸上飘过去，随冷风消散。

傅既沉把烟灭了。

“怎么不抽了？还有半支，多浪费。”

“烟味熏着你。”

“熏不着。我喜欢闻烟味。”

俞倾歪着脑袋：“只喜欢傅总身上的烟草味。”

傅既沉偏头，看着她：“你是怎么做到，跟我有关的你都喜欢，偏偏避开了喜欢我这个人？”

俞倾一副很认真的样子：“因为我射击水平太菜，瞄不准靶心。”

傅既沉：“……”

翌日。去傅既沉家之前，俞倾回别墅拿礼物。

俞邵鸿给她准备了一些礼物。上次傅既沉到老宅，每人都有礼物，这一回，他自然要回礼。

不过给叶瑾桦的礼物，是俞倾准备的。

那瓶她珍爱的香水，也是她跟叶瑾桦共同喜欢的那个调香师调制的。

俞邵鸿再三叮嘱：“到人家里少说话，尽量别说，记住了没？”

“知道。”

“不是知道，要记住！”

俞邵鸿担心不已，怕她一说话就让人心肌梗死。

收拾妥当，俞倾穿上大衣。

俞邵鸿给她把衣领整理好：“爸爸就等着陪你走结婚红毯，为了惊艳亮相，我天天锻炼，保证没有一点啤酒肚。”

俞倾：“你要想让我夸你帅、夸你年轻，你就直说。”

“你这孩子！”俞邵鸿拍她肩膀，“滚蛋吧。”

俞邵鸿也要出去，他拿上外套跟俞倾一块儿离开。

俞倾瞅着他臂弯的外套，问：“爸，你今天还要加班？不歇一天？”

俞邵鸿叹气，心想一个个的，都不让他省心。

“怎么了？”

“你姐跟你姐夫闹矛盾了。”

“啊？”俞倾迈出去的步子又收回来，“昨天不是还好好的吗？”

“说来话长。”俞邵鸿没瞒着小女儿，“你不是也知道，宝宝去了他奶奶家吗？”

俞倾点头：“然后呢？”

俞邵鸿也是早上才知道，那是季清远特意把孩子送到他妈妈那边，想跟俞璟歆过二人世界，季清远还特意叮嘱，让她早点回家。

结果俞璟歆可好，打包了烧烤来陪他喝酒，半夜才回去。

“你姐夫在家等了一晚，什么都没吃。后来你姐夫就生气了。”

俞倾瞅着父亲：“那你这是要干什么去？”

俞邵鸿无奈：“我去趟清远那儿，跟他解释一下，昨晚你姐陪我聊天，聊得忘了时间。我不能让他们两口子再有矛盾。”

俞倾把父亲推回去：“你就别再当传话筒了。那么大的人，连基本的沟通能力都没有，这样下去，迟早离婚。”

俞邵鸿不放心：“可这事儿也的确是你姐的错。”

俞倾：“我分分钟让这个错变成季清远的。”

“……”俞邵鸿半信半疑。

俞倾拿过父亲的手机，以父亲的口气给季清远发消息：

清远啊，我琢磨来琢磨去，这事错在你。你只让璟歆早点回家，你没告诉她，你几点在家。你不在家，她早点回家有什么意义？

你以前应酬不在家，家里有孩子。可昨晚孩子也不在家，她跟没魂了一样，就只好来娘家。你要是这么说：我在家，早点回。你看她会不会等到半夜再回？

四年了，都是她在家等你。你看你，才等一回你就有意见，还生气，你有什么气好生？她等了你四年，你知不知道？

看完，俞邵鸿愣了一下，问：“还能这样？”

俞倾把手机还给他：“不是还能这样，是我说了实话而已。”

“您在家好好歇歇吧，我走啦。”她挥挥手。

去傅既沉家的路上，堵车严重。

俞倾放了首音乐，很轻快。她指尖跟着旋律落在方向盘上。

想到今天一早，傅既沉要给她报射击班，她兀自失笑。

等她到了别墅区门口，傅既沉早在那儿等她。

俞倾不熟悉里面的路，两人换个位置，傅既沉开车，俞倾坐副驾驶座。

“紧不紧张？”傅既沉问。

俞倾摇头，说：“就想快点看到香水。”

再说，她原本就认识傅董，至于叶瑾桦，同是喜欢香水的人，她们之间肯定有说不完的话，她不担心会冷场。

她转头：“你去我家时，还紧张？”

傅既沉没应声，看似在专注看路。

之前傅既沉不明白，父亲为什么让他在母亲面前隐瞒俞倾收藏香水这件事，直到他亲眼所见，才理解了父亲的心酸。

吃饭时间早就到了，她们两人还在那儿探讨香水。

母亲和俞倾盘腿坐在落地窗前的矮桌边，桌上面摆了六瓶香水。

叶瑾桦拿起俞倾送的那瓶，爱不释手。她说：“这瓶我做梦都想着要呢，拍卖会一次不落，就是没看到它影子，这下好了，它们一家团圆了。”

这瓶香水是这个系列的第六代，每一代的瓶子各不相同。

它特别就特别在，大家都以为要出第七代时，品牌方宣布，要改变配方。巧的是，之前的瓶子设计师也宣布退休。

原本第六代就是限量版，后来就成了绝版。叶瑾桦之前买过第六代，送给了朋友。等她再想买，没有了。

她还专门为这个系列的香水做了一个套盒，每次看到空着的那个位置，心里怎么都不是滋味。最年轻的第六代流落在外，是个悲伤的结局。

俞倾观赏完第四代的香水瓶，问：“阿姨，您年轻时就开始收藏香水了吗？”

“也不算年轻，那会儿都三十五岁了，是从很肤浅地喜欢香水瓶子开始。后来我才慢慢入门，现在可以闻香识品牌。”

叶瑾桦问：“你呢？”

“我十四岁开始喜欢香水。那时我刚去国外，谁都不认识，我哥带我去他同学家参加派对，他同学的父亲是调香师，那个时候我才了解香水，才知道它的魅力。”

“我也觉得香水的魅力独一无二。”

俞倾小心翼翼地放下香水：“阿姨，我们给它们拍个全家福吧。”

叶瑾桦正有这个想法：“必须拍，今天是它们重逢的第一天。对我来说，意义就更不一样了。”

两人一拍即合，开始给它们安排站位。

俞倾考虑片刻，然后说："得给它们来个拍照背景，不然太单调。"

叶瑾桦瞅着木桌："一盆马鞭草，一瓶迷迭香，怎么样？"

俞倾询问："要不要再配一朵红玫瑰？"

"这个可以有。"

叶瑾桦起身，去客厅拿了一朵新鲜的玫瑰花，花枝修剪一半，留下三四片绿叶。今天没太阳，光线一般，俞倾把落地灯搬过来，调试光线。

两个人差点忙坏了。

那朵红玫瑰斜放在桌上，有后面的马鞭草衬着，慵而不懒。

叶瑾桦拿来专业相机，调成怀旧模式。

她来掌镜，俞倾负责调整香水的位置。

客厅那边，傅董安心看电视，调到一点声都没有，盯着字幕看，怕打扰那两人拍照。

傅既沉靠在沙发里，坐在那儿时间长了，腿发酸。

"一张照片，怎么到现在还没拍完？"他问父亲。

傅董不紧不慢道："全家福拍完，还要拍单瓶照，然后两两合照，再三瓶、四瓶、五瓶，都要合一遍。你数学不是好吗，算算要拍多少次。"

傅既沉："……"

照片终于拍完，两人入座吃饭。

傅既沉小声问俞倾："玩高兴了？"

俞倾笑着，连连点头。

叶瑾桦也回送了她一瓶香水，限量版，明年才上市。

她之前因为"穷"，又跟家里闹矛盾，没关注新品发布会。

这瓶香水味道偏高冷，叶瑾桦说，适合她在办公室里用，自己忍痛割爱，给了她。

叶瑾桦跟俞倾面对面坐，吃饭时闲聊："倾倾啊，你有没有给自己定什么目标？比如，香水要收藏到多少瓶才打算退休？"

她说了说自己的想法："我打算是收藏一千九百九十九瓶，限量或是绝版的，入门级的不要。不过现在还差不少瓶。"

俞倾："我也想要两千瓶左右。"

傅董跟傅既沉对望一眼，默默低头吃饭。

叶瑾桦举起杯子："那祝你二十年内就能梦想成真。"

俞倾笑着："谢谢阿姨。祝您五年内梦想成真。"

叶瑾桦转脸："你们父子俩不祝福我们梦想成真吗？"

傅董："……"

傅既沉："……"

午饭后，俞倾和叶瑾桦喝下午茶，聊香水。傅既沉和父亲插不上话，去了公司加班。

暮色降下来，傅既沉的办公室迎来不速之客。是季清远来找他，之前在电话里也没说什么事。

傅既沉提前让秘书煮好茶，他自己还是喝白开水。

他打量自己的办公室，感叹："今天蓬荜生辉啊。"

非商务原因，季清远从不过来。即便有商谈，大多也是约在外面，他上次来傅既沉办公室，还是好几年前的事。

傅既沉把茶递过去，盯着季清远，问："你不热？还是我办公室暖气不足？"

季清远站起来，这才脱风衣。

他昨天一夜都没怎么睡，今天讨论了一天的项目研发方案，脑袋昏沉。

"我跟璟歆吵架了。"

傅既沉没调侃他："挺好，至少她愿意跟你讲话了。"

季清远："……"

看傅既沉的表情，不是幸灾乐祸。

从这么清奇的角度看，好像是这么回事。

可俞璟歆说的是："季清远，这日子再过下去，挺没意思，趁早离婚。孩子给我，财产归你。"

以前他们日子过得再乏味，也都没想过要离婚。

季清远今天过来，是请教傅既沉："你之前跟俞倾闹得差点分手，后来是怎么和好的？"

她们姐妹俩的性格，应该有共通的地方。

傅既沉："沟通，道歉。我道歉。"

季清远点点头，道歉的话，他能主动开口。可沟通，太难。

俞璟歆根本就没有和他说话的欲望，不管他问什么，她总是敷衍过去，要不就打岔。时间久了，他自己都觉得没意思。

在傅既沉这儿坐了会儿，季清远去找俞璟歆。

俞璟歆今天加班，她在银行风投管理部任职。

天黑了，俞璟歆已经对着窗外发了半下午的呆。

回神，她不知道自己胡思乱想了一些什么。她盯着无名指上那枚没有温度的婚戒，如今除了孩子，除了两家之间牵扯不断的利益，她再也找不出她跟季清远的婚姻存在的任何意义。

敲门声响。

俞璟歆晃动鼠标，点击电脑页面，然后才对着门口说："请进。"

她以为是下属过来汇报工作。随着门被打开，她的视线落过去。

看到季清远，俞璟歆怔了两秒。等她反应过来，季清远已经关了门，走过来在她对面坐下。

道歉的话，想着时容易，真要说出口时，又异常艰难。

季清远看向俞璟歆，如他所料，她不待见他，只盯着电脑看。

"璟歆，你有什么话，能不能摊开来说？你闷在心里，我不知道。"

因为彼此太陌生，他猜不透。他想知道，她等他的这四年，到底在想什么。

俞璟歆面前有一沓废了的材料纸，她拿支笔在上面随意地写着。

沉默了会儿，季清远再度开口："要说你天生话不多，我可以理解，但你跟你家里人，有说不完的话。"

俞璟歆抬头："因为我跟你不熟，不知道说什么。总不能没话找话地，问你，你的那个她结婚了没，过得好不好，你是不是还会经常想起她。要不然，还是跟你说，我在想谁谁谁？矫情，是不是？还是闭着眼过日子吧。"

她低头，接着乱写。

季清远喉咙间像有烈酒灼烧，松松纽扣，还是闷得喘不上气。

他觉得，傅既沉比他容易。

夜深了。

大半个小时过去，俞倾还在那儿把自己当成跷跷板，来回颠动。

傅既沉拍拍她的背："睡觉吧。"

"不困。"

傅既沉没办法，只能继续看书，任她自娱自乐。

半小时前，她用自己的肚脐对准他的肚脐，横趴在他肚子上，不停摇晃。不知道她搞的又是哪一出。

明天周一，又要早起。

"到底怎么了？"

傅既沉看了几页书，没忍住，虽然明知道是坑，他还是主动问道。

俞倾："我是把我心里的想法，通过肚脐传给你。肚脐以前是通心脏的，你知道吧？"

傅既沉："……"

他放下书。

"还是你用嘴说比较快。"

俞倾爬下来，盘坐在他腹部，说："其实我是一点都不想说的，想跟你心有灵犀，哪怕你感知不到，我都不怪你。"

得了便宜还卖乖。

十有八九，她要说的话跟香水有关。

傅既沉承诺她："二十年内，我肯定让你梦想成真。一千九百九十九瓶是吧？"

俞倾："我还是继续用肚脐传给你吧。"

傅既沉："……"

他一把拉住她："五年内给你集齐。"

"晚安。"俞倾亲了他一下，睡觉去了。

卧室灯关了。傅既沉默默叹口气。

"俞倾。"

"嗯？"俞倾犯困，打个哈欠，"怎么了？又要反悔？"

傅既沉决定跟她斗智斗勇，她用打不中靶心的说辞来避开谈情说爱，那他将计就计："还是给你报个射击班吧。只要用心，总能射中靶心。"

"万一，我射中了别人的靶心怎么办？"

"……"

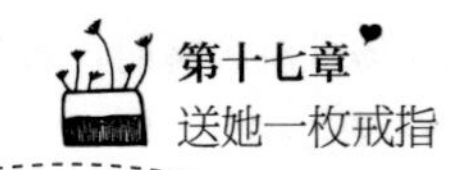

第十七章 送她一枚戒指

十二月的最后一个周五，又下雪了。

雪花纷纷扬扬，随风起舞。这是今年的第二场雪。

俞倾坐在这间陌生办公室，还没习惯身份的转变。别人喊她俞总时，她反应不过来。她更喜欢别人称呼她俞律师。她从硕与律所离职了，今天是她来乐檬饮品上班的第一天，原本要元旦后，提前了几天。

隔壁，就是秦墨岭的办公室。

窗外，天地间白茫茫一片。这场雪从夜里下到现在，还没有要停的迹象。

天气预报说是大雪，看架势，要成暴雪。

她上一次看到这么大的雪还是好几年前，那时她还在国外上学。

圣诞假期，她去旅行。旅游的那个地方突降暴雪，游客被困在山脚下，她也是其中一个。那么多人等雪停，等景区清理被大雪封住的公路。

人群里，她遇到了母亲。母亲也是来度假，那时母亲刚结束她的第二段婚姻。她跟母亲一共聊了不到十句话，其余时间都是沉默。后来路通了，母亲跟她挥挥手，没有要和她同行的意思，她们便各走各的。

“咚咚”，秦墨岭敲门进来，提醒她，十五分钟后他们出发。

“我陪你过去吧，下午我没其他安排。”

“你就算过去了，我们也不一定能赢傅既沉。”俞倾把桌上的文件整理归类。

她要去新建科技，约了谈投资事宜。傅既沉也会过去。

秦墨岭靠在桌沿，趁俞倾转身时，他按住招财猫的手不给动，俞倾转过来，他就立即松开。

他还是决定过去。

“输赢不要紧，只是你一个人过去，他们那边人多，你势单力薄。”

也不是只有她一个人，还有乐檬其他高管，不过那些人在傅既沉眼里，没一点存在感。

俞倾手机震动，到了吃药时间。以前她住傅既沉公寓时，每晚跟他深入交流完，她不用定闹铃就记得要按时吃避孕药。

现在不是每天都在一起，只能靠闹铃，还得闹好几遍。就怕当时手上有工作，想着等忙完了再吃，结果忙完就给忘了。俞倾从包里拿出药瓶，因为要带到公司来，她就把避孕药放在了装维生素的小瓶子里。

秦墨岭看她倒出一粒白色药丸，问：“你怎么吃药？”

俞倾就着水把药咽下去，若无其事道：“哦，补充点维 C。”

秦墨岭伸手：“给我一粒。我今天有点着凉，吃点预防感冒。”

俞倾：“……”

她赶紧把瓶子拧起来，塞包里：“不给，这是傅既沉买给我的，谁也不给吃。”

傅氏集团。

傅既沉跟潘正准备去新建，叶瑾桦过来了。叶瑾桦极少来公司，尤其今天还下这么大的雪，她行色匆匆，应该是有什么重要的事情找老板。

潘正看看手表，说：“傅总，不着急，我们十分钟后再出发也赶得上。”

傅既沉点点头。

潘正关上办公室的门，在外面等。

“要出去是吗？”

“嗯。去乔老师那儿谈事。”

“还以为今天这么大雪，你就在公司。”叶瑾桦提着一个手提袋，小心翼翼地放在他桌上。

傅既沉走过来看了看，单从手提袋外观，看不出里面是什么。

“您去逛街了？”他以为是母亲买的东西。

手提袋不轻，叶瑾桦喘口气，说：“没，我是从家里来的。这是我这些天整理出来的香水，都是单瓶，一共六十一瓶，送给你了。也许能跟俞倾收集的配一整套。放在我这儿，孤孤单单，到了俞倾那儿，说不定就一家大团圆。”

她叮嘱儿子：“袋子里面还有我写的要怎么保存香水的字条，你看一下，可以每天送一瓶给俞倾。这样天天都有好心情。”

傅既沉不可置信地看着母亲，即便是单瓶，也是母亲花了不少精力和金钱淘来的。

“妈，您的心意我领了。”

太贵重，他不能收。

“君子不夺人所爱。”

叶瑾桦看着他：“你跟你爸，也好意思称君子？”

傅既沉：“……”

叶瑾桦没再调侃儿子，言归正传：“从小到大，你也没让妈妈操过心。好不容易有妈妈能帮上忙的地方，妈妈义不容辞。先给你单瓶，等到重要节日的时候，妈妈捂着胸口，会给你一个套装。”

她拍拍儿子肩膀：“赶紧忙去吧，我去楼上找你爸，吓吓他。”

傅既沉：“……”

“妈，谢谢。”

叶瑾桦挥挥手，迈着轻盈的步伐离开。傅既沉拿了一瓶装进口袋里，然后叫来生活秘书，按照母亲说明书上的要求，来归置这些香水。

时间差不多，傅既沉跟潘正下楼。今天下雪，路上堵，他们提前了一个小时出发，即便这样，时间还是不太宽裕。

傅既沉示意潘正：“走过去吧，这样的车速，肯定迟到。”

寒风刺肩，雪还没停。

俞倾跟秦墨岭也在路上走。他们经过的路段有汽车追尾，堵得水泄不通，半小时过去，交通还是处于瘫痪状态。

他们两人撑着伞，走去新建。

“你慢点，时间够的。”秦墨岭对着俞倾的背影喊。

俞倾自顾自地跑着：“不能踩着点。”

秦墨岭把伞收了，小跑着追俞倾。他们终于跑到了新建大楼下。

俞倾做了好几个深呼吸，整理头发。

几个高管紧赶慢赶也到了。

有人上气不接下气道：“俞律师，你是不是天天跑步？”

俞倾摇头，这次还不算狼狈。以前她在国外，跟客户约好了时间，谁知道临时交通管制，她被困在半途，进退不是。后来为了赶时间，她只能脱了鞋子跑。

他们到了会议室，里面只有乔翰和乔维铭，傅既沉他们还没到，券商那边的工作人员也没到。

俞倾喝了半杯水，迅速进入谈判状态。

会议室门开了，傅既沉在一群人的簇拥下进来。他面色沉静，根本看不出来跑了一段路。乔洋跑岔气了，现在心口还疼。

明明还有二十多分钟，傅既沉非要那么赶。他跑起来了，其他人也不好意思慢慢悠悠地在后面走。

傅既沉看了一眼俞倾，之后坐下来，打开自己的电脑。

乔洋代表的是傅氏集团，一点都马虎不得，她很快调整状态。

今天是第一轮交锋。

所有项目最终要达成合作，中间还不知道要谈判多少次，要据理力争多少回。当然，更多的是两方高层的私下博弈。

利益分配到达了双方心照不宣的一个平衡点，底下人便开始忙活。

上次他们傅氏投资一家企业，会议室里众人争论成一锅粥，让人头疼。

她夜里做梦都是跟对方在争执。

以往，傅既沉很少跟她同坐在一个谈判桌上，他应对的都是复杂的大额兼并收购合同。这次是因为新建是他个人投资，他作为最大股东要到场。

而秦墨岭，也很少亲自出面。他今天过来，大概是为了陪佳人。

这个会谈，其实只有一个争议焦点，那就是乐蒙科技想入股新建科技，傅既沉也同意了，但必须以技术入股，给他们 15% 的股份。

俞倾不同意，要至少 25% 的股份。

其他小争议达成一致意见后。

傅既沉开口：“25% 也不是不行。”

所有人都看向他。

俞倾一点都不激动，知道他接下来的话才是坑。他在生意上分毫不让，她太了解。

傅既沉迎着俞倾看似认真又带着坏笑的眼神：“到时修改公司章程，你们乐蒙持有的股份不具有表决权。”

没有表决权的股份，她要它何用？

俞倾：“那还是15%吧，到时傅总给我们乐蒙两席董事的职位。”

双方争执不下。俞倾想要参与新建的管理，傅既沉不许。

乔洋不时会看一眼对面。她斜对面就是俞倾跟秦墨岭，俞倾的目光始终在傅既沉这个方向。傅既沉应该也是全程在看俞倾。

他们两人竟然能做到在对视时，理智厮杀，谁都不让谁。

俞倾想要25%有表决权的股份，只要入股了新建，到时她就会从她堂哥和二叔手里收购股份。

她二叔跟堂哥共持有新建25%的股份，再加上本身拥有的25%，俞倾就可以跟傅既沉平起平坐，互相制衡。

大概傅既沉也料到了俞倾的想法，坚持给15%的股份，这样就算俞倾收购了她二叔和堂哥的股份，也只不过才持股40%。

傅既沉持有60%，依然具有绝对控股权。

双方谈到这里僵住了，谁都不让步。

傅既沉关电脑，说：“俞律师要是有合作诚意的话，我们下次再聊。晚上我还约了人，失陪。”

会议室里很安静，其他人在默默整理手头的文件。

俞倾被傅既沉如此无情地拒绝，总是会失落的吧。

他们这样想着。

俞倾也开始收拾资料：“我肯定有合作诚意呀，要是没诚意，怎么会这么想跟傅总一同管理公司？”

气氛稍稍缓和了一点。

俞倾暧昧里都不忘利益：“公司股权，你一半，我一半，不伤感情不伤钱，多好。”

傅既沉：“你怎么不做梦？”

其他人：“……”

乔洋下意识地瞥了一眼旁边的傅既沉，心想：难道他是跟俞倾掰了？

这么多人在场，他一点情面都不给她。

俞倾把电脑装包里，起身，接过傅既沉的话：“我现在不就是在做梦？我梦到了我们傅总，他对我说，俞倾，新建都是你的了，给什么钱呀。”

傅既沉：“……”

有人没忍住，笑出来。本来紧张的气氛，瞬间热闹开。

他们惊诧，傅既沉跟俞倾是如何做到从相杀瞬间切换到相爱的。

秦墨岭拎着俞倾的电脑，说：“走吧。你要再梦下去，一会儿整个傅氏集团都是你的，你得哭了。”

“为什么哭？”

“把碎钞机给碎坏了。”

“……”

会议室的人，陆续走出。

傅既沉最先离开。他晚上有活动，几个朋友约他出去。

今天是今年的最后一天，他们要跨年。他没时间陪他们到那么晚，准备待一会儿就走。

坐上车，傅既沉给俞倾发消息：我今晚十点钟之前到家。

消息刚发出去，手机闹铃响。

一个特别的提醒：明天停止服用药丸。

他替俞倾设置的。这个周期结束，马上到她经期，那药要停用。

傅既沉现在就告诉俞倾：明天你就不要再吃药了。

他不明白，她为什么那么固执。当初刚开始吃药时，她恶心，难受，月经量好像也不太正常。明知对身体不好，她还是坚持吃。

俞倾回过来：你还记得我从哪天开始吃药？

傅既沉把一张截图发给她：一直帮你记着。毕竟是药，药物成分对你身体的损伤，也可能在很多年后才显现。不管以后我们在不在一起，我都希望你有个好身体。

过了好一会儿，俞倾才回复：傅总呀，要是我们分开了，你以后会找个什么样的？

傅既沉：还会找个像你这样的。姓俞，叫俞倾。她父亲叫俞邵鸿，还有一个哥哥跟一个姐姐。

天黑时，雪停了。

正是下班高峰期，一个小时过去，汽车才挪过了一个路口。

其间，秦墨岭下去一趟，等他回来，汽车往前开了十多米。

俞倾无聊到看完一期娱乐节目。她问：“你下去干吗的？”

秦墨岭从口袋里拿出一瓶维生素C，他倒出三粒，自己两粒，又给俞倾一粒：“我比你大方。”

俞倾：“……”

她无语：“你怎么这么幼稚？”

秦墨岭喝了几口水，把药咽下去，然后说：“幼稚不是挺好？以前过得太认真，累。”

这段时间，自打跟俞倾和傅既沉杠上，他觉得挺有意思，时不时来个惊喜。

以前他的生活里就只有赚钱，乏味透顶。

今晚跨年夜，因为这场大雪，街上比往年冷清。

“晚上有没有什么安排？”秦墨岭问她。

俞倾摇头。傅既沉出去玩了，家里今晚没聚餐，约好了明天回家，她带傅既沉回去。

秦墨岭也不想回家。他们那一大家子人多，一晚上待下来，吵得头疼。

他说：“找个地方吃饭吧。”

今天过节，又没预订，在附近找个有位子的饭店不容易。

几个电话打下来，都是预约满了。

秦墨岭只好打朋友电话，让对方帮忙给安排一个。

SZ餐厅在三十六楼，吃的只是一个环境和心情，位子全是临窗，品着美味佳肴，俯瞰这座城的夜景。

今晚正好有大雪衬着，格外美。

等餐期间，俞倾去洗手间。路过收银台时，她脚步一顿。

“陈言。”

她走过去。

这会儿收银台不忙，陈言正低头对数据。

听到有人喊，陈言猛地抬头，先是一怔，继而笑了：“这么巧呀。你跟男朋友在这儿跨年？”

“不是，只是同事。”

“下次要过来吃饭，直接打我电话，我给你订位子。”

陈言把核对好的数据做个标记，说："于菲姐介绍我过来的。上班两周了，感觉还不错。"

当年她学的是财务专业，大四实习时，在实习公司认识了赵树群。

毕业后她就跟赵树群结婚了，没有一天工作经验，现在重拾起来很困难。

先从收银做起，她也开始看书，准备考证。

俞倾没打扰她工作，只说："等你哪天休息，我们出来喝咖啡。"

陈言："行，到时约上于菲姐。"

俞倾又看了眼陈言，抬步去洗手间。

她感觉陈言状态好了不少，大概是忙得没时间去想那些让人难过的事。

俞倾跟秦墨岭简单吃过饭后就回家了，傅既沉已经回来。

很难得，他出去玩时能这么早归。

傅既沉正在书房，俞倾对着书房吹了一记口哨，没停留，直接回卧室。

"俞倾，过来。"

没人回应他。

傅既沉把桌上的A3纸收起来。这是俞倾给他画的未来五年的蓝图，她想要把她的香水版图拓展到四个房间。

她还打起了他健身房的主意，想缩小他的健身房，腾一半出来给她的香水做家。

傅既沉拿着这幅设计草图去了卧室。俞倾换上了一条裸粉色礼服裙，半个后背都露在外面，长发被盘起。

他失神片刻，忘了自己过来要做什么。

"嘿，两个小时后，新年过来。"俞倾笑着，脚上穿着高跟鞋，站在一块羊毛地毯上。

傅既沉把草图放一边，问："还要出去？"

"不出去。"俞倾朝他伸手。

傅既沉走过去，揽着她纤细的腰身，把她抱在怀里。两人紧贴在一起。

她穿上这么高的高跟鞋，高度和他接吻正合适。

俞倾环着他："我跟傅总共度的第一个跨年夜，自然要隆重。"

"你呢？准备怎么跟我跨年？"她亲着他的唇。

傅既沉："让你真正跨一次年。"他也准备好了，"不过要等零点。"

他俯身，在她心口落下一吻。

“你那个草图，是不是野心太大？还要占我健身房。”

俞倾笑：“对呀，连你这个人，都被我的香水标记了，你的地方，可不就都是我的？有异议？给不给占用？不然没地方了。”

傅既沉看着她：“有，我房子多呢。我们搬去别墅，腾一层楼给你放香水。”他开始亲她。

还有两个小时才到零点。怕错过了时间，傅既沉专门定了闹铃。

十一点五十五分，闹铃响了。两人刚从浴室出来。

傅既沉关了闹铃，开始准备。

“你准备让我怎么跨年？”俞倾好奇。

傅既沉：“会是你前二十五年人生中，最难忘的一次。”

他把事先准备好的东西拿出来。

“这是什么？”

“时间轴。”他自己制作的。

他把它放在地板上。

傅既沉从床头柜里拿出母亲送给他的那瓶香水，放在马上就要到来的新一年的图标上。

“一会儿我倒计时数到‘一’的时候，你就跨过来。”

俞倾看着那个小礼物盒，不知道是什么礼物，现在迫不及待想打开：“傅既沉，你现在就倒计时吧，没关系的，我愿意早两分钟跨到新的一年。”

傅既沉：“俞倾，你有点出息行不行？”

他让她站在即将过去的一年上，他打开手机，开始倒计时。

俞倾手搭在他肩上，已经把一只脚伸到了新的一年，就等着到了零点跨过去，拆新年礼物。

当傅既沉口中的“一”落音，俞倾早已跳到新的一年，傅既沉怕她摔着，下意识地用手揽了一下她的腰。

“新年快乐。”

俞倾跪坐在地板上，忙不迭地拆礼物，敷衍地说了句：“嗯。快乐，我的男朋友。”

礼物拆开来，是她心仪已久的一瓶香水。

之前她猜到了有可能是一瓶香水，但没想到是这瓶古董级，市面上再也找不到，就连拍卖会上都不见影子的绝版香水。

她盯着这瓶香水反复看，如获至宝，想到这应该是叶瑾桦割爱送给她的。

“这是我妈送给你的，其实跟我没什么关系。”傅既沉半蹲下来。

俞倾转脸：“那你的礼物呢？”

傅既沉示意她：“你回头看。”

过去那一年的图标上，不知道什么时候多了一个小盒子。

特别简单的丝绒盒，没有标志。

“还是香水？”

她又觉得不对，他不会送同样的惊喜。

俞倾打开来，是钻戒，闪瞎眼，开普系列，透着仙气。

不知道他花了多少钱拍下这颗钻石，然后切割成她喜欢的形状。

宝石对女人有致命诱惑，谁都没法免俗。

傅既沉晃晃自己的无名指，说：“你这个人，嫉妒心还挺强的，我怕我有了戒指，你也想要，又不好意思说，就给你买了。”

俞倾：“……”

她失笑。

“我嫉妒你的素圈戒指？”

她不解：“戒指怎么放在过去那年的图标上？”

“去年就想送给你。”傅既沉拿出戒指，“这个戒指只是个晴雨表，心情好的时候你就戴上。”

他拿着她的手，问：“你现在心情怎么样？”他提醒她，“你刚收了香水。”

那意思是，心情不要太好。

俞倾假装叹气：“我乐极生悲了。我发现我只有单瓶，我想要的是一整套。”

傅既沉：“……”

他还是把钻戒戴在了她的无名指上，说：“没关系，你就是悲伤到掉眼泪，眼泪流成河，这个戒指也不怕，它防水。”

俞倾趴在他怀里，差点笑岔气。

傅既沉把她抱起来，两人去了床上。他看着她：“先要谢谢你的礼物，那个未来五年的蓝图。虽然不讲理，不过至少五年内，我们都还在一起。新的一年伊始，希望我们还有无数个五年。一千九百九十九瓶香水，我不知道你有多少瓶，但五年内我只给你凑到一千九百九十八瓶，最后那瓶，等到二十年后再给你。就算不在一起了，我也想知道，二十年后，你什么样，过得好不好。”

他亲她，又要了她一次。

新的一年，凌晨两点了，这座城市还没安歇。季清远回到家，卧室里冷冷清清。他开了灯，床上没人，沙发上也没有人影。今晚他家里有聚餐，俞璟歆没跟他一块回去，借口也是那么敷衍，说是闺密团要一起跨年。

她没回去不要紧，他晚上被家里人围攻，问他是不是又联系前女友了。

不管他说什么，都没人信。

季清远去隔壁客房，依旧不见俞璟歆的身影。她的车在家，外套也在楼下。他去书房找，台灯亮着，她趴在桌上睡着了。

“璟歆，醒醒了。”季清远轻轻拍她后背。

俞璟歆一个激灵，睁开眼就要坐起来，突然拧眉眯眼——她的脖子因为睡姿不对，僵疼到不敢动，像落枕了一样。

季清远把转椅转个方向，让她头靠在他身上，给她按摩。他拇指用力按揉耳后的穴位时，俞璟歆疼得差点没受住，不由得抓紧他衬衫。

“忍一下。”

“怎么在书房就睡着了？”他垂眸看着她，只看到她半个侧脸。

“加班。困了。”

“新年礼物收到了吧？”季清远没话找话说。

俞璟歆“嗯”了声。

他送她的礼物，向来简单又肤浅。

那是一张转账支票。当然，她也俗，只爱金钱。

揉了十来分钟，俞璟歆的脖子能正常伸直，但转头还有点疼。

她起身，感到腰酸背疼。

“洗澡睡觉吧。”季清远关电脑，屏幕亮起来，映入眼帘的不是有一堆数字的报表，而是他跟她的婚纱照。

他侧目，俞璟歆正好也看过来。她刚刚想起，睡着前，她好像在看他们的婚纱影集。屏幕上这张，他低头在亲她。

气氛诡异，有些尴尬。

俞璟歆：“我在想，离婚后这些合照要怎么分离出来。”

一句话把气氛毁得差不多。

季清远把电脑关了，说："用不着分离出来，多麻烦，永久删除就行了。"他把笔记本电脑电源线拔下来，将笔记本电脑锁在了保险柜里。

他还改了保险柜密码。

俞璟歆："……"

元旦，天放晴。第一缕晨光落下来，照在软绵绵的雪被上。

整座城都被大雪覆盖，柔美，令人惊艳。

俞倾今天睡到自然醒，五点钟的闹铃被傅既沉关了。睁开眼，她躺在傅既沉怀里。不知道是他一直抱着她没松手，还是他又偷偷定了闹铃，在她醒来前，把她揽在怀里。今天要回家，她没再赖床。

傅既沉睁眼后的第一件事就是拿过俞倾的左手看，无名指上戒指还在，他轻轻摩挲了一下。

俞倾其实一点都不习惯手指上套个环。她说："傅总，能不能给我一个我必须要戴这个戒指的理由？"

须臾，傅既沉："你以前不是说过，要是离婚了，你只有钱，就再也没有我了吗？你只要戴着戒指，就会一直有我，不管我们婚否。"

"听上去还不错。"

俞倾枕在他胳膊上："戒指往往能困住一个女人的心，但圈不住一个男人的心。你说可不可悲？"

"你不存在这种烦恼。"

"为什么？"

"你鱼鳞滑，又会上蹿下跳，谁能困住你？"

"……"

俞倾笑，突然翻身，压在他身上，想收拾他一顿，后来还是笑趴下。

"傅既沉，我马上就要说不过你了。"

"过奖了，我只是班门弄斧。"

傅既沉抱着她，一个反转，她到了他身下。

"要不要？"他问她。

俞倾顺势钩住他脖子，清早的第一场运动，两人紧紧贴合。

他们出门时，快十点。今天傅既沉驾车，俞倾悠闲地坐在副驾驶座上。

阳光清冷，天寒地冻。

“今天别吃药了。”傅既沉又突然想起来，不厌其烦地再说一遍。

俞倾正在看路边的便利店，没注意听傅既沉说什么。

车速慢，她看得仔细，很确定，透过窗子能看到的饮料展示柜上，有朵新的标志。

“跟你说话呢。别当耳旁风。”

俞倾头也没回，指指窗外：“傅总，你们朵新今年投放了展示柜？”

傅既沉看一眼，但也没看清，接着看路。“嗯。”具体操作流程他不是很清楚。

俞倾转头看他：“赵树群动作挺迅速。”这才一月份，冷冻展示柜就竟然投放下去了。

乐檬饮品一直有展示柜，不过已经投放不少年了。

单开门，款式老。要是再投放新的，那又是一大笔支出。

“我们乐檬今年增加了地推力度，你们朵新也学我们。我们换了明星代言人，你们也换，还换成跟我们代言人不太对付的一个明星。陆琛是非要复制我们的成功道路给朵新用？”

傅既沉瞅她：“知道这叫什么吗？”

俞倾示意他说。

“妇唱夫随。”

“……”

俞倾今天连着好几次被傅既沉噎住了。新的一年，他战斗力爆表。

她支着额头，暂时没心思跟他斗嘴。

她再度看窗外时，一家烟酒专卖店里也有朵新饮料展示柜。

“你们投放了不少台啊，各个渠道都有。”

傅既沉想了下，然后回答：“具体数字忘了，应该有不少，覆盖到每个区域。”

俞倾点点头，想着等上班了，她就去问他们乐檬市场部要资料，肯定有朵新今年所有的投入数据。而赵树群那边，自然也有他们乐檬的数据。

“俞律师。”

“干什么？”

俞倾收回视线。

傅既沉幽幽道："你的期货账户，里面还有钱吗？亏得怎么样了？"

俞倾："……"

还有这样插刀的？直接问亏得怎么样了。

期货这个话题，于她而言，就像当面问一个男人他的持久力一样，提不得，是禁忌。

前面路口正好要等信号灯，傅既沉停下车。

他侧过身，给她一个温柔的安慰吻："之前你给我的一百九十万，继续有效，你可以雇我七天，我帮你赚钱。"

时间的话，他建议："我们选在初夏，那时候是饮料公司竞争最激烈的时候，我们可以出去度度假，不理会那些烦心事。"

俞倾望着他，心想这个主意不错。

俞家别墅，他们最后到。

院子里的积雪还没化，俞邵鸿抱着宝宝在看雪景。俞璟择负责堆雪人，已经堆好一个，小雪人笨笨的，看上去挺可爱，围了一条围巾。

宝宝被包裹得像个小粽子，只露两只圆溜溜的眼，左顾右盼，对一切都充满好奇。季清远跟俞璟歆一个站在花园这边，一个站在花园那边，刻意保持了一段距离。

俞倾来了后，气氛明显活跃。她欢快地踱到俞璟择身边，喊了一声"哥"。她也想要一个雪人。

俞璟择瞥她一眼，看她表情就知道没什么好事："要送我新年礼物？"

俞倾："……对呀。"

她找根树枝，在雪地上画个爱心，然后写道：新年快乐。谢谢哥哥从我十四岁时就开始照顾我。新的一年，我会更爱哥哥，希望哥哥也更给力哦。

俞倾转头跟父亲说："爸，你大概不知道，我哥以前什么都由着我。有一次我们那个城市下大雪，我想要一个雪人，他二话不说就给我堆起来。"

俞邵鸿："人呀，不能老活在回忆里，得往前看。前方，你哥压根就没有要给你堆雪人的想法。你醒醒好不好？我看着都难为情。"

俞倾哈哈笑了出来。

俞璟择："你让傅既沉给你堆。"

"他跟姐夫在那儿打网球，不打扰他了。"

她发现，傅既沉跟季清远现在特别有共同语言。

“爸爸给你堆。”俞邵鸿主动请缨，把宝宝送去给俞璟歆抱着，“你呢？想要个多大的、什么造型？爸爸也给你堆一个。”

俞璟歆无语：“……我都多大了，还玩雪人。”

俞邵鸿小声道：“这跟年龄有关系吗？你就不能像俞倾那样，心里明明白白，嘴上稀里糊涂？”

他不由得叹气：“你跟季清远，你们俩就是都太没意思了。你看看，好好的日子被你们给过成这样。现在有现成的教材，你们倒是跟着学呀。”

俞璟歆没吱声，找个没风、有太阳的地方跟儿子玩去了。

俞邵鸿问管家要了工具和手套，开始给俞倾堆雪人。

花园另一边，傅既沉和季清远中场休息，抽了半支烟。

现在算是半个家人，傅既沉就多问了句：“你们还冷战着呢？”

“嗯。”季清远把烟掐灭，含了一粒薄荷糖。

俞璟歆太轴，他一点辙都没有。

“现在基本不说话。”

傅既沉思忖半刻，然后说：“我做回好人。”

季清远不明所以。傅既沉拧开杯子，倒了一杯盖水。他用手指试了一下温度，温温的。他走到季清远身后，直接把水泼到季清远后背上。

季清远：“……”

他没敢反应太大，怕他们看过来，便压着声音质问：“你干什么！”

傅既沉示意他：“你去找俞璟歆，就说我不小心把水泼你身上了，让她给你找电吹风吹干。”

季清远反手扯着衬衫，衬衫湿漉漉的，贴在身上，很不舒服。他快步去找俞璟歆，俞璟歆正在一楼露台陪孩子。

“璟歆，我衬衫湿了，你找个电吹风帮我吹干。”

俞璟歆刚才去二楼房间给宝宝拿东西，看到了他跟傅既沉嘀嘀咕咕，傅既沉往杯盖里倒水，还往他身上泼。

“电吹风坏了。”她指指边上，“今天阳光不错，你站在太阳底下，半小时就能晒干。”

季清远：“……”

俞璟歆起身，去了屋里。

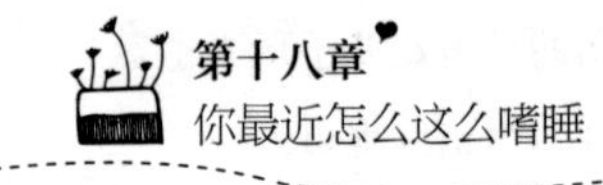

第十八章 你最近怎么这么嗜睡

天冷，风吹在后背，季清远不禁打个寒战。宝宝坐在婴儿车里，咿咿呀呀，对着他笑。他俯身，揉了揉儿子的脑袋。

儿子天真的笑容是他目前唯一的慰藉。

俞璟歆还没出来，不知道回房里干什么去了，大概是不愿跟他同处一个空间。

季清远把儿子交给育儿嫂，他去院子里找傅既沉。

傅既沉跟俞邵鸿正在给俞倾堆雪人，每人都滚了一个圆圆的雪球。

刚才他们打网球，热了，便脱了外套，这会儿在零下几摄氏度的雪地里，穿着一件衬衫，就显得格外另类，有点脑子坏了的感觉。

俞邵鸿不知刚才发生的那个小插曲，他皱眉，一脸无奈地望着季清远，心想这是多想不开，要自虐。

"你赶紧穿衣服去，别着凉了。"

傅既沉抬头："吹干了？"

"没有！"季清远转身，一只手还捏着衬衫，不让它贴在背上。湿了的地方现在已经发硬，有了要结冰的感觉。

他成了行走的晾衣架。

其他人一头雾水，听不懂他们俩说什么。

俞倾趴在傅既沉背上，问："你们俩什么情况？又干什么坏事了？"

傅既沉把刚才的好心之举一说，他是真的想帮忙。大家看着狼狈不堪的季清远，本来想同情几秒，后来实在没憋住，无情笑场。

俞倾贴着傅既沉面颊，小声道："季清远现在是病急乱投医，结果遇到你这个庸医。"

傅既沉："我开的药方没错，是他服用的方式不对。"

那边，季清远顾不上被嘲笑的心情，实在冷到不行，他问俞璟择："你有没有新的衬衫？找一件给我换。"

他跟俞璟择身高差不多，衣服尺码也一样。

俞璟择从来不住这边，说："没有。"

俞邵鸿的新衬衫多，可他是 180 的号，季清远穿的话，小了。

他实在看不下去大女儿这一对，对着季清远挥挥手："你赶紧进屋去，就赖着璟歆，她不会那么心狠，真不管你。"

"她说家里电吹风坏了。"

"我们家不止一个电吹风，新的也有。"

季清远大步流星地去别墅里，俞璟歆正从洗手间出来，她刚才开了电吹风，没坏。

两人对视几秒。

"进来吧。"俞璟歆转身又走向洗手间。季清远有点不可置信，没时间去思考那么多，赶紧跟过去。

俞璟歆从置物架上取了一条干净毛巾，示意季清远："把衣服拽出来。"

季清远照做，把衣摆从裤子里扯出来，边角都是褶皱，他微微抬起下颌，解了几颗扣子。俞璟歆站到季清远身后，把毛巾从他衣领塞进去，之后，她另一只手从他衬衫衣摆里拽毛巾，把毛巾在他背上给摊平理好。

她的每个动作都格外细致，像给宝宝塞吸汗巾那样。

她的指尖不可避免地碰到他的后背。

季清远被冻得发麻的脊背不由得一僵。

俞璟歆打开电吹风，开始给他吹衬衫，衬衫湿了大半个背。

今天外头零下七八摄氏度，他怕不是脑子有问题，还穿着湿漉漉的衣服在院子里晃了一圈。有毛巾隔着，湿冷的衬衫贴不到皮肤，电吹风的热风也吹不到身上。这是结婚四年里，他第一次享受这样的待遇。

季清远站在那儿一动不动，生怕哪里惹俞璟歆不满意。

这一刻，他又非常遗憾——遗憾傅既沉没把一杯子水都泼他身上。

那样的话，衬衫湿得更透，还能多吹一会儿。

电吹风的“嗡嗡嗡”声，将两人的沉默与尴尬覆盖。

十几分钟过去，外面的人没见季清远出来，基本可以断定，那一杯盖的温水发挥了该有的作用。

“几句话就能说清、就能彻底解决的事，为什么到了他们那儿，就这么别扭、这么困难？”俞倾不理解，问父亲。

俞邵鸿在削胡萝卜，给雪人做鼻子。

“哪对夫妻有矛盾不是几句话、几句道歉的事儿？不就是赌着那口较劲儿的气，谁也不想先低头嘛。”

他看看胡萝卜，还是不够有艺术感，接着削。

“堆这个雪人，在你眼里是找童趣，在你姐看来，是无聊。还有泼水这个事，在大多数人眼里，那就是幼稚，是吃饱了撑的没事干；在有生活情趣的人眼里，就是浪漫。人跟人的想法不一样。”

他看一眼小女儿：“要是谁都能跟你一样化矛盾为幽默，那离婚率噌噌就下来了。”说着，他叹了口气，“可惜呀，有能力把日子过好的人，又不愿结婚过日子。”

俞倾把圣诞帽给雪人戴上，慢悠悠道：“既然都有能力把日子过好了，为什么还要花那个时间再把婚姻日子过一遍？”

她又举个例子加以佐证：“就像考前复习，你都掌握了的内容，再疯狂刷题，是不是浪费生命？”

俞邵鸿：“……”

新年第一天，俞倾没再接着气父亲，她到傅既沉旁边来。

傅既沉负责的这部分差不多已完工，只差一条围巾，他示意俞倾：“你去问管家找条不用的围巾来。”

俞倾往别墅那边望了一眼，季清远还没出来，于是说：“等等吧，我姐和季清远好不容易单独相处，不打扰他们了。”

“我衬衫湿了，你会不会帮我吹干？”傅既沉问俞倾。

“你这么好奇，试一下不就知道了？省得再羡慕季清远，也不留遗憾。我也做回好人吧。”

说着，俞倾拧开傅既沉随身带来的那个保温杯。她也学着傅既沉，倒了一杯盖水。就在傅既沉以为她真要泼他时，她把水喝下去了。

“不舍得泼你，太冷了，等天热了我再泼你。”

两个雪人完工，也都装扮好，他们回屋。

季清远的衬衫还没吹干，在露台就听到电吹风的声音。

俞倾抱起小外甥，奶香奶香的，她没忍住亲了一下。宝宝的小手乱挥，嘴里不停地咿咿呀呀。

“嘿，宝贝，我是你天仙小姨。”

宝宝扑闪着眼睛，像听懂了一样，咧嘴笑。

傅既沉盯着俞倾看：“你也喜欢小孩子？”

“对啊。这么可爱，有什么理由不喜欢？”她又亲了一下外甥的额头，“宝宝，我们穿上外套，去看雪人。”

傅既沉点点头：“我以为你是不喜欢小孩子，才不想生。”

俞倾侧脸，眨了眨眼：“打个不恰当的比喻，喜欢吃饭，跟不喜欢做饭，不矛盾啊。”

傅既沉：“……”

吃过午饭，对俞家来说，元旦假期算过去了，他们各自都有事要忙。

俞倾跟傅既沉继续他们特别的“约会”，换成她当司机，一路开到她之前租房的那片区域。

“傅总，请多体谅，跟你这个集团总裁没法比，我刚接管工作，不少事要亲力亲为。我下午要跑市场，顺便陪你。”

傅既沉想了想，说：“那我也跑一下朵新的市场。”

自从收购了朵新，他基本没过问过。

“你怎么选出租屋那边跑市场？”

“熟悉。跟有家便利店的老板算是认识了，聊天方便。”

俞倾找到停车位，停了车，带傅既沉到她常去的那家便利店。她认识店老板是因为之前的房东，钱老板。

钱老板跟便利店老板以前是邻居，后来钱老板做了朵新的总经销，又往便利店送货。

“你们朵新能有今天的市场份额，离不开像钱老板那样的经销商。”

当初朵新没名气，有实力的经销商看不上这个品牌，全是靠着实力一般的经销商，尽心尽力做市场。

如今钱老板这个经销商，像极了有钱男人的糟糠之妻。

傅既沉对朵新的经销商管理模式并不了解，就没发表任何看法。

天冷，店里不忙。

老板正在看视频，声音开得不小。

有顾客进来，他接着看，头也没抬。

俞倾站在朵新今年投放的饮料展示柜前，双开门，侧面宣传海报是今年新上市的主打产品。

海报颜色鲜亮，搭配协调，让人心情舒爽。

这是陆琛公司设计出来的。

展示柜给她的整体感受，只有一个词可以来形容，那就是“高大上”。

它边上紧挨着的，是他们乐檬的展示柜。

没有对比就没有伤害。乐檬的展示柜，款式老了，几年过去，只有三成新。这些是其次。展示柜侧面的物料粘贴纸上，还是去年的产品海报。海报边角已经卷边翘起，黑乎乎，脏兮兮。

俞倾默默叹气，对着两个展示柜拍了一张照片，发给秦墨岭：你自己看看，差距在哪儿。你要是自我感觉良好的话，那你就把你自己想成我们乐檬的展示柜，边上那个是傅既沉。

秦墨岭：“……”

俞倾收起手机，拿了两瓶饮料，一瓶乐檬的，一瓶朵新的。

有人过来结账，老板才抬头，愣了愣，一下想不起俞倾姓什么，但还记得她这个人，是租老钱家房子的小姑娘。

“好些日子没看到你了，忙呢？”

俞倾：“不住这儿了，在这附近吃饭，过来买瓶水。”她指指窗玻璃那边的展示柜，“只是换了个柜子，店里都变亮堂了。”

“可不是嘛。”老板扫码结账，“这是朵新投放的。一开始老钱让我把别的老展示柜给撤掉，给他的新柜子腾地方，我还不太愿意。”

俞倾接过话：“嗯，来回折腾，是挺麻烦。”

她笑着说：“要是给陈列奖的话，倒也可以考虑。”

老板也笑了：“可不就因为陈列奖。”

二、三季度，每个月还有一百多块钱的陈列奖，想想，也挺划算。

“展示柜的下层还给放别家饮料，换也就换了。换完之后感觉还不错。”

俞倾拿上两瓶饮料，告辞：“您忙。”

傅既沉在门口等她。他刚才也进店转了转，看完就出来了。

俞倾把乐檬的那瓶给他，她自己留下朵新的柠檬茶。

“聊得怎么样？”他问了句。

“产品陈列上，完败给你们。赵树群完全不按套路出牌。”

俞倾拧开瓶盖，漫不经心地喝了几口。

傅既沉牵着她：“第一季度刚开始，你还有两个多月的时间去追赶。”

两人边聊，边走向下一家便利店。

今天赵树群也来跑市场。这个区域的经理是肖以琳，他没让她陪着，自己过来。原本他要在公司忙，但一个上午过去，他走神走了一半时间，想的全是跟陈言现在的态度有关的事。

陈言找了份工作，对他很冷淡。

进入不了工作状态，他就出来跑市场。谁知道刚停好车，他就看到了傅既沉跟俞倾，两人手牵手，喝着对家饮料，一家一家店地跑市场。

这大概是把相爱相杀诠释得最淋漓尽致的一对。

连着走了两个多小时，各个渠道的店，俞倾都进去转了一圈。

夜色降临，她跟傅既沉回家，还是她开车。

她打开导航软件。

傅既沉：“你找不到路？”

“对这边不是很熟。”

傅既沉指指前边路口：“左转，再过两个路口，就拐上我们公司门前那条路。”

俞倾点点头，发动车子，跟他闲聊：“除了几条常走的大路，其他都要靠导航。最熟悉的是回你公寓的那条路，闭着眼都能走到。挤地铁上班那段时间，路上无聊，出了地铁站我就数步数，从地铁站出口到家门口，1820步到1862步。有时你不加班，比我早到家，我数着步数，就知道到你的距离还有多远。”

傅既沉微微侧身，看着她：“手机记录的步数？”

“重要信息都给你了，还抓不住重点。数步数，是数，不是看步数。”俞倾看后视镜，打了转向灯，车子拐弯。

“手机记录的步数不太准确。”她又说了句。

傅既沉没再说话，不时，目光从她脸上掠过。

她有时的认真，又让他恍惚，不知她是不是把他放在心上过。

元旦假期结束，俞倾让秘书发了通知，十点半，召开中层会议。

开会前，她去找秦墨岭，对各部门负责人做个大概了解。

秦墨岭正在埋头看资料，不时按压太阳穴。看完的部分，他用红笔在旁边空白处写上建议。桌角还堆了一沓，是各省区的工作汇报。他这两天盯着电脑屏幕看得眼睛疼，就让秘书打印出来看。

俞倾敲门进来，不由得皱眉。秦墨岭今天竟然穿了一件粉色衬衫，骚气冲天。

秦墨岭瞥了一眼，没搭理她。那天她把乐檬那个陈旧的展示柜比喻成他，太伤自尊。他有那么邋遢？

俞倾关上门，在他对面坐下。他板着脸，面无表情。

“秦总，新年好。您这是旧貌换新颜呢？”

秦墨岭还是没抬头：“嗯。”他语气寡淡，“新年新气象，买了件新衣服，还去做了个面部提拉。”

俞倾：“这手术很不成功啊，你看你脸还耷拉着。”

秦墨岭：“……”

他被气得大脑充血，忘了看到第几行。

他抬眸，问：“你不觉得，你应该跟我道个歉？”

“我都没让你给我写份检讨，你还要倒打一耙。你不该检讨一下，为什么竞争对手的展示柜已经投放并且正常使用了，乐檬这边竟然还是去年的产品海报？”

俞倾拿过他桌角的维生素 C，打开，倒了两粒，扔嘴里。

连着跑了两天市场，她又累又冷。

今天早起时，她浑身没劲，有点要感冒的感觉。

秦墨岭拍拍那沓资料：“我快三天没合眼了。”

当然，这话有夸张的成分，不过他确实睡眠不足。

自从收到她那张照片，特别是跟朵新同框，他咽不下那口气，元旦期间连门都没出。

俞倾打开记事本，说：“找你了解一下几个部门经理的情况。”

秦墨岭登录邮箱："发给你，查收一下。"

他猜到她会找他了解情况，半夜睡不着，就给整理出来了。

俞倾打开手机邮箱："你上午有没有别的会？"

秦墨岭答非所问："我跟你一块儿参加中层会议。"

十点二十分，俞倾跟秦墨岭提前十分钟去了会议室。

各部门负责人早就到了，在窃窃私语。

主帅换了，他们对这位主帅一无所知，脾气、工作风格，完全摸不透。

俞倾进来了，他们坐好，看自己的电脑。美女养眼，不管男女，都会偷偷多看几眼俞倾那个方向。

注意力都被她的颜值和气质吸引过去，连秦墨岭今天穿了粉色衬衫，他们都没多余的目光去关注。

俞倾受以前工作氛围影响，跟券商合作时，每天大小会议不断，人到齐就开始，没有废话连篇的开场白，都单刀直入，直奔主题。

"朵新一共投放到市场多少台展示柜？每台大概成本多少？每月给商户的陈列费多少？他们业代从跟终端商户谈进场到展示柜投放完毕，一共花了多长时间？"

一连四个问题抛出来，还都是跟竞争对手有关。

营销总监一愣。所有问题，他一个没准备好怎么回答。他以为俞倾今天会了解公司去年的销售情况以及今年的目标任务、新品的宣发等等。

开会前，他足足准备了两小时，谁知道她这么不按常理出牌。

市场督查的负责人也低头不语，这些信息，他应该事先掌握，却失职了。三天假期，他陪家人来了一个短途游。

会议室里本来偶尔还有点击鼠标的声音，这会儿也静了下来。

秦墨岭今天过来是旁听，他懒散地靠在椅子里。这件粉色衬衫还是他年轻风流那会儿买的，没有合适的袖扣配。

他直接把衣袖挽上去，不时，他会瞅一眼营销总监。

会议室里众人还沉默着。

营销总监硬着头皮道："散会后，半小时内我给您答复。"

"我以为我们销售部会有这些数据。"说着，俞倾看向营销总监，"那我说说我收集、筛选出来的数据，到时跟你那边得到的数据做个对比。"

营销总监："……"

一刀比一刀剁得狠，让他这个专门管销售的人感觉无地自容。

俞倾自答刚才的几个问题：“朵新在全国范围内一共投放了 40 万台左右的展示柜，双开门和单开门比例差不多。单开门成本 900 块，双开门在 600 左右。仅展示柜投入就达三个亿。给商户的陈列费，二、三两个季度，特通渠道最高达 210 块，普通便利店的陈列费，每月也有 60 到 70 块，抵货款。”

稍顿，她接着说：“他们朵新的业务员，从跟店老板谈展示柜进场，到展示柜送过去，产品陈列完毕，据我知道的，最短的，用时四小时，最长的，没超过三天。”

她说完，会议室更沉寂，只有签字笔写字发出的“沙沙”声。

不管是财务、营销，还是市场督查的负责人，都在奋笔疾书。

朵新那边的动作太快，赵树群也狠，把时间点卡在元旦假期前几天，同行放松了，只盼着假期，想着跨年。

而朵新，紧锣密鼓地开始投放展示柜。展示柜投放结束，正好元旦放假，打了他们一个措手不及，根本就没给他们反应的时间。

而且之前，朵新那边没有走漏任何风声。

“我们再来说说别的问题。”俞倾抿了一口咖啡。

所有人的心都提到了嗓子眼。

“朵新的业务代表，控点能力和商户的客情，你们有目共睹了。”俞倾问，“我想知道，我们乐檬的业务代表，地区经理，有多少能达到这样的控点能力。下周例会上，我希望有答案。”

营销总监：“……好。”

她这是给所有人都上了紧箍咒。

俞倾：“我不懂销售的门道，至于你们销售部怎么管理业务人员，怎么维护经销商，我就不班门弄斧了，只要在法律框架内，都 OK。”

营销总监松口气，心里的大石头也落了地。他就怕俞倾这个外行，要插手内行的事。

“薛总监，对于朵新投放了新展示柜，您这边准备怎么应对？”俞倾接着问。

这个问题，营销总监有准备：“我们乐檬的展示柜虽然款式老了，但还能用。我准备用新品海报给展示柜量身定做一件‘外套’，从上到下都换装，让展示柜旧貌换新颜。”

“物料成本，大概在两千万左右。”

俞倾点点头：“海报主打色调，准备选哪种颜色？”

营销总监：“……”

他没做功课，这些一般是外包给宣传策划公司做的，但在领导面前，最忌讳说“不知道”这三个字。

“最迟下班前，我会选几个方案发到您邮箱。”

俞倾“嗯”了声，接下来却话锋一转：“目前市面上唯一对我们展示柜造成视觉冲击的是朵新的展示柜。”

她把朵新海报的图片发到群里：“朵新展示柜侧面海报以柠檬黄为主，配色海冰蓝，清透、舒爽。只有苹果绿和葡萄紫，不输柠檬黄的视觉效果。”

营销总监懂了，主色调要选苹果绿。“葡萄紫给人的感觉厚重，不清爽。”

俞倾颔首，顿了几秒，接着说：“之前跟我们合作的宣传公司，是不是该换换了？产品推广毫无新意可言。换成哪家公司我不管，我只要看到最终能让我满意的方案。”

营销总监应下来：“好，到时竞标。”

俞倾没再多言。她清楚，薛总监跟合作的宣传公司，都有私下利益往来。她不打破这种利益平衡，还是交给他们自己找合作公司。

但既然宣发的钱花了，她自然要拿到最优的设计方案。

“要是没其他事，散会吧。”俞倾合上笔记本。

秦墨岭和俞倾一前一后走出会议室。

等脚步声远去，其他几人有气无力地靠在椅子里。

短短十几分钟，比开一天的会还累人。

进了电梯，秦墨岭才说话：“你今天的这个会议，史上最短，他们一个个却如履薄冰。”

俞倾：“不是我厉害，而是他们底气不足。”

“你平常给他们开会，他们是什么状态？”她问。

秦墨岭：“没注意。今天不是闲得慌嘛，无聊，就观察了一下。你真打算换掉宣发公司？”

他转头看着她。

俞倾：“嗯。设计太土，可能觉得跟我们合作时间久了，关系维护得好，我们不会换掉他们，所以他们有些敷衍。”

电梯到了他们那层。

秦墨岭摁住按键，提醒她：“文凝策划公司，老板叫冷文凝。”

俞倾不认识，问：“怎么了？你前女友？”

秦墨岭：“季清远前任。”

俞倾：“……”

秘书办公区，不适合说这些。

俞倾示意秦墨岭去她办公室。把门关上，她皱眉：“到底怎么回事？”

“没怎么回事，我还以为你知道。”秦墨岭解释，“冷文凝跟我们乐檬合作了六七年，那时你家还没投资乐檬，季清远跟你姐还不认识。”

“那就好。”俞倾摊开资料，开始忙起来。

“我不是针对谁，设计的东西不值那个价，宣传方案老掉牙，我是钱多得没地方花了，要送到她手里？”

秦墨岭打量着她，说：“行。你说了算。看在咱俩同吃一瓶维生素 C 的交情上，我站你这边。”

“……”

临近中午，朵新的例会也散了。赵树群第一个走出会议室，还没走到电梯口。

“赵总监。”

赵树群转身，乔洋从身后追上来。

“有事？”

乔洋递给他一份报表，说：“乐檬去年净利润 19.6 个亿。想从秦墨岭那里分市场的蛋糕，就跟从老虎嘴里抢食一样，得拼命。现在他们团队里又多了一个俞倾，今年的市场，比去年难做。”

赵树群微微颔首，边看边走。

乔洋提醒他：“北京这边的市场，不能有什么把柄落在俞倾手里。不然一个负面舆论，会把我们的口碑都砸进去。”

赵树群知道乔洋暗示的是什么。肖以琳跟卓华商贸签了合同，钱老板的市场被卓华抢占，钱老板现在是哑巴吃黄连——有苦说不出。

本以为能慢慢解决钱老板的合同事宜，但谁都没想到，俞倾会去了乐檬，会站在朵新的对立面。俞倾连傅既沉的面子都不顾，就别说会对朵新心软。关键的一点是，钱老板跟俞倾还熟识。

要是俞倾知道了肖以琳把北京市场签给了两个经销商，她肯定会从中做文章，到时朵新就会特别被动。

赵树群回到销售部，肖以琳正在办公室，他敲敲她的门，喊她："过来一下。"

肖以琳把手里的销售报表"啪"地一下反扣到桌面上，他这个样子，就跟她欠了他一个亿似的。

当初都是你情我愿，现在他后院着火，却把账全算在她头上。

"什么事？"肖以琳也没好脸色，靠在他桌沿，双手抱臂，居高临下地望着他。

赵树群："钱老板跟卓华商贸，你那边进展到什么程度了？"

肖以琳心烦，没吱声。钱老板难缠，怎么都不愿放弃做朵新的经销商，跟钱老板的合同要到十月份才到期。卓华商贸，老板实力太强，比较难管。

赵树群这两天没休息好，公司的事、家里的事，都让他闹心。

他揉着鼻梁："我以为你上次经过俞倾那件事，检讨也写了，也受了处分，能长点教训。"

结果她屡教不改。

跟卓华商贸的合同，他没仔细看。她说卓华老板答应了，先做分销，准备十月份接钱老板的市场。即便是分销，今年也能赚不少。袁雯雯那边出合同，审合同，给通过了。他就没怀疑她。

天天有那么多合同，不管是他还是副总裁，基本是闭着眼签字，根本就不看具体内容，毕竟有下面的人审核了。

哪知道肖以琳串通了袁雯雯，把合同条款给私下改了。当他知道的时候，卓华商贸已经打款，准备发货。

他工作也失职——没仔细看合同，管理下属不善。

"这段时间你把工作分一部分出来，我帮你处理，你集中精力，亲自去把钱老板这事给搞定。"

肖以琳："你陪我去。"

"肖以琳，别得寸进尺！"

这事对肖以琳来说，如今也很棘手，更烫手。

"别生气了，是我不对，原谅我一次。"

赵树群挥挥手："把门带上。"

肖以琳走了，办公室里安静下来。

赵树群闲下来时，就不由得走神。

这几天，陈言对他越来越冷漠，除了在孩子面前会偶尔回应他一句，其他时间，不管他说什么，她都不吱声。

他问她，自己要怎么做，她才不离婚。

他从没想过离婚，也不是不爱她了。

当时陈言依旧没说话，把手伸到他面前。

他愣了半天才反应过来，她是问他要工资卡。

以前都是每个月月初，他按时转十万块钱给她，遇到节日，他还会多给她两万，让她自己买喜欢的衣服或是包。

昨晚，他把工资卡给她了。

假期后的第一天，在忙碌中，迎来暮色。

傅既沉结束海外视频会时，已经六点钟。手机上，除了工作群里的消息，没有任何俞倾发来的信息。

"还在公司？"傅既沉发了条语音。

俞倾回过来：嗯。正在想你，你就发来了语音。

傅既沉：我要是不主动给你语音，你打算默不作声想我到什么时候？

俞倾：打算想你到你发语音给我，然后我告诉你，傅既沉，我想你了。

傅既沉盯着信息后半句。

他们昨天没见面。

在同一座城市，隔得并不算远，两天不见的话，说不过去。

——一会儿当着我的面，说一遍给我听。

傅既沉在冰箱里拿了两瓶香水，去接俞倾下班。他还有不少工作要处理，去接人的路上，一分钟也没闲下来。

不时，他会抬头看一眼两旁建筑。

楼体广告屏上，他们朵新今年的新品广告已经开始循环播放。

到了乐檬楼下，傅既沉等了十几分钟，俞倾才出来。她本来得加班到九点多，他过来接她，她就把工作带回家做。

"好久不见。"俞倾关上车门。

“嗯。怕你想我，就把自己送来给你看看。”傅既沉提醒她，“当面要说给我听的那句话，没忘吧？”

看在他来接自己的分上，俞倾就凑到他耳边说了句：“想你了。”

傅既沉从车载冰箱里拿出一瓶香水：“工作辛苦了。”

俞倾一把拿过来。这瓶香水她以前都没看见过，这该有多“古董”，瓶子也别致。

她问他：“是不是我再说一遍，我想你了，你还会给我一瓶？”

傅既沉把她的脸推过去：“等你脸大了再过来。”

俞倾笑了，抱住他：“我今天的脸不小呀。”

傅既沉：“有点出息和骨气。”

“在你和香水面前，这些皆可抛。”

俞倾把香水放在他左边肩膀上，她也随之趴在他左肩上。

之后，她把香水放在他右肩上，她又起身，把下巴搁在他右肩上。

“我就是棵墙头草，哪里有香水，我往哪边倒。”

傅既沉：“……”

他垂眸看她：“一瓶香水，你就这么开心？”

俞倾：“因为这瓶香水，是你送的呀。”

傅既沉经常被俞倾一句话撩拨到，忘了自己身处何地。

他愿意相信，这是真的。

不过，他又时常被现实给无情打脸。

她要是真的喜欢他，不至于对他的感情没半点回应。

傅既沉突然想起一事，关心道：“月经来没来？”停药四天了，应该来了。

俞倾只顾欣赏香水瓶，心不在焉地摇摇头。

傅既沉揉揉她的脑袋：“你自己的身体，你能不能上点心？有没有哪里不舒服？这样下去不行。”

俞倾的确感觉到有点不舒服，不过他给她买的这个品牌的药，刚吃一个周期。她说：“忍忍就过去了，吃惯了就没事。”

傅既沉无奈地看着她：“我抽空带你去看医生，如果医生说你不适合继续吃避孕药，就必须停掉，以后不许再吃。”

俞倾没作声，还在看香水。

傅既沉考虑再三，还是说：“俞倾，能不能认真回答我一个问题？

要是为难的话，你就什么都不说。”他也就明白她是什么意思了。

俞倾把香水再次放到他另一边肩膀上，脸蛋从他脖子上擦过去，柔柔软软，他脖子也被她弄得酥酥麻麻。

“我什么时候不认真过？”

她搂着他脖子：“我只有不想说真话的时候，但对你，”她想了想，“除了以前对你隐瞒我的身份，我好像从来没有说过假话。我一直以为，你还挺了解我。”

傅既沉大多时间能懂她的点，只是关于感情，他现在是当局者迷，做不到百分之百理智地去揣摩她的心思。

俞倾拿香水在他脸颊蹭了蹭，仰头看着他：“既然你自己想找愧疚，我觉得我必须满足你。你当初已经知道我是谁，也知道我跟家里闹得不可开交，你还是执意脱掉我的小马甲，你有你的理由，我理解。但在我的角度，你可能就要跟我分道扬镳了。”

说着，她用香水挡住了自己的一只眼睛。

一只眼里是香水，另一只眼里便是他。

“那晚你在书房，我等了你一阵，你还是没来。我在想，你到底是给我时间收拾行李，让我自己走，还是怎么想的。我没法十分确定你的心意，只能先收拾。

“我把箱子填满了。其实你知道的，我最不缺的就是衣服，但那是你给我买的，我想，多带一件是一件。因为我不确定我以后还能不能碰到像你这样好玩，而我又愿意去跟他玩的人。

“我衣服都收拾了一箱子，你还是没来。不管怎样，我想，即便是分开，我们也要很体面地分开，甚至我都想好了，到时我给你一个拥抱，感谢遇见。”

傅既沉静静地看着她，没插话。

俞倾把香水换了个位置，挡在另一只眼前面。

目光里，依旧是，一半是香水，一半是他。

“我是俞倾，是个女人，但我也是个人。女人和人，很多的缺点和劣根性，我都有，只不过大多时候我不在意，没那么矫情，只要不触到我底线，我自己幽默一下也就过去了。

“那晚，其实你要是跟我道歉，哄我一下，也就没事了，我一向大方。

但你直接把我拉出去，要送我走。走就走呗。

“傅既沉，也就是你，换其他任何人，这辈子，我肯定和他老死不相往来。你知道的，外婆走了后，我就没有家了，之前租的房子也被房东卖掉了。”

沉默片刻。

“我忧你所忧，想你所想，带你回家，生意上你再绝情，我私下从来不找你碴。所以，傅既沉，你还想让我怎样？我不想结婚，不想生孩子，你就觉得你委屈。照这样说，我何尝不委屈？你要是真爱我，为什么你就不能为我考虑，不要要求我结婚生子，陪我开开心心地走完我们有缘分的这段路？”

说完，俞倾把香水小心翼翼地放进包里。她从包里拿出两个卡通创可贴：“喏，贴在心口，免得心碎。”

傅既沉接过那两个创可贴，发现上面是卡通小猫咪。

这是他跟俞倾第一次正儿八经地交心。

交完了，他只剩内疚。

冰箱里还有一瓶香水，是给她明早准备的惊喜。

傅既沉打开冰箱，拿给她。

惊喜来得猝不及防，俞倾抱着他啃了一口：“谢谢亲爱的。”

下一秒，她推开他，欢天喜地地跟她的两瓶香水玩去了。

傅既沉没再打扰她，他看着自己这侧窗外。

他把她刚才那番话思考了一遍。在这段关系里，她的妥协和退让，好像真的比他多。俞家，用对她的那点好，去逼她做不愿意做的事。

明明她更喜欢她的律师职业，而他呢，用对她的爱，去绑架她。

贪婪就像个无底洞，怎么都填不满。

三天过去，俞倾的经期迟迟没来，傅既沉不放心，决定带她去医院。

俞倾觉得他小题大做：“不要紧，停药才一周，过几天说不定就来了。”

“闭经，总不是好事。”傅既沉有点后悔，他怕他给她换的新牌子避孕药，对她身体造成什么不可挽回的伤害。

那种药，虽然副作用小，可毕竟也因人而异，不是对每个人都一样。

情况特殊，傅既沉没找傅家的家庭医生，也没让潘秘书预约医生。

他找了个俞倾不用开会的下午，自己驱车带俞倾去医院。

挂号，排队，他亲力亲为。而俞倾，全程都在忙工作，电话不停。

“没得商量。我们乐檬一年的广告宣传投入达到了十个亿，中间她到底赚了多少，我不清楚，但肯定不少。就这样，她还敢敷衍？”

傅既沉瞅着俞倾，她面无表情，好像是被气到了。

乐檬产品的宣传策划以及各渠道的广告，都是由文凝公司承接，老板冷文凝家里有背景。

冷文凝拿到项目后，基本上分包给了其他广告公司和策划公司做。

俞倾双臂环抱：“竞争对手的新产品广告已经铺天盖地，她那边最终广告拍摄方案还没定，代言明星的拍摄档期也没定。这钱，她真好意思拿？我没索赔，就已经给她面子了。”

过了几秒。

“我们一年花那么多个亿，我还没资格要求宣传海报主色调是什么了？他们设计什么就得用什么？这都是谁惯出来的？就跟他们说，是我说的，那个设计方案，不行。想干就干，不想干的话，趁早提前解除合同。”

她问道：“跟文凝策划的合同几月到期？”

营销总监：“三月中旬。”

“嗯。到时招标。”

营销总监又提醒俞倾：“冷文凝家里不一般。”他跟冷文凝合作的这几年，也是苦不堪言。

毕竟人家走的是上层路线，不是他这个小人物得罪得起的。

他作为大客户的代表，明明是上帝的角色，却还要在语言上讨好对方，窝囊也是真窝囊。

俞倾不清楚冷文凝家里是什么背景，也无心打听，她只需要知道：“傅既沉家里的背景，能压得过她家吗？”她又补充，“傅既沉外公家，叶家。”

营销总监：“能。冷文凝家跟叶家又没法比。”

俞倾：“那我还怕她做什么？”

营销总监：“……”

傅既沉看向她，她也坏笑着望过来，又聊了几句，通话结束。

叫号机那边又叫号，傅既沉看了眼挂号单，还有三个人就到俞倾。

他见她挂电话，问：“你跟冷文凝又刚上了？”

“什么叫刚？她影响了我的利益，不但不反思自己，还硬气得很，说我对海报设计吹毛求疵。”

俞倾收起手机，靠在傅既沉身上。他身上的气息，让她安神。

傅既沉打趣她：“要是没有我，那你准备跟冷文凝妥协？”

“没有这种假设，不可能发生。”俞倾两手插在他风衣兜里，“要是不认识你，我就不会留在北京，就不会到乐檬，自然所有这些事都不可能发生。我连冷文凝是谁我都不会知道，还怎么妥协？”

傅既沉抓到了她这番话里的一个重点——她留在北京，是因为他。

至于冷文凝，家世确实不一般，不过跟俞家的财力比，又差太多。俞家在金融界，无论谁，都会给面子。

做生意，和气生财。俞家犯不着跟冷文凝结下梁子。

冷文凝也深谙俞家的想法，这几年，跟乐檬的合作中，她高姿态惯了。

但到了俞倾这儿，一切充满变数。

叫到了俞倾的号，傅既沉陪她进去。

医生了解情况后，开了检查的单子。一圈检查做下来，折腾好几个小时。快到下班时间，他们回到门诊找医生。

医生看了所有检查报告单，没什么大问题，不过建议俞倾先别吃短效避孕药了，她对这个药，反应敏感。

俞倾问：“是这个牌子的不能吃，还是都不能吃？”

傅既沉抢过话：“医生都说了，别吃短效避孕药，跟牌子没关系。以后不许再吃了，伤身体。”

医生看看傅既沉，再看看俞倾，郎才女貌的一对，影响夫妻感情的话，她就没再多说，建议他们采取其他避孕措施。

从医生办公室出来，俞倾拿胳膊肘撞傅既沉，一下，两下，三下。

从门诊楼一直撞到停车场，她还在心里数着一共撞了多少下。

只要她以后不再吃避孕药，不管她怎么找他碴，他都忍着。

她想不想要孩子，随她，但身体不能随意折腾。如果有一天她厌倦了跟他在一起的这种日子，觉得乏味了，要跟他分开，他也希望很多年后遇到她的时候，她健康，也依旧性感美丽。

天黑了，下班高峰期，他们直接回家，没再去公司。

傅既沉知道她郁闷，从口袋里拿出一瓶香水，在她眼前晃了晃。

俞倾倏地抬头，笑意霎时堆了满脸，丝毫不遮掩。

这几天收到的每一瓶香水，都堪称经典。

“这多不好意思。”

说着，她赶紧拿过来，生怕他收回去。

香水治百病。

俞倾先拍照，然后问：“傅既沉，你天天送我香水，能坚持送多长时间？”

“一辈子。”

俞倾侧眸，略作思忖：“等今年分红到账，我打算买架私人飞机。”

傅既沉：“送给我？”

“也算半送。”她一脸认真，“我提供飞机，包住宿，这样方便你淘香水。”

“……”

有了香水，俞倾一路乐呵呵的。

到家后，傅既沉去了书房。翻开文件，他突然想起什么，合上文件夹，下楼。

俞倾在楼下客厅办公，茶几上摊满了各种资料，笔记本电脑开了两台。

听到脚步声，俞倾回头。见傅既沉穿上了风衣，拿了门禁卡，她问：“要出去？”

“嗯。”傅既沉没说要去哪儿，没说几点回来，换了鞋子就走。

俞倾太忙，也忘了问。

二十分钟后，家门开了，傅既沉回来。

俞倾看了一眼，接着忙，以为他是去车里拿东西。

傅既沉刚从药店回来，买了一瓶避孕药。他把那瓶避孕药倒了，瓶子没扔，拿到厨房，反复冲洗，还消了毒，确定一点味道都没有了，晾干。

“你这是要做什么？”俞倾见他忙了快一个小时，不解。

傅既沉把维生素 C 倒在这个瓶子里：“你不是天天吃惯了吗，不吃你心里不踏实，我给你把维 C 放里头，你心理上欺骗一下自己。”

俞倾手托腮，盯着他看了好一会儿。

接下来的一个多月，俞倾每天都带着这瓶假的避孕药上班去。

一开始，她心里不踏实，每天会吃上一片。时间久了，傅既沉每次都用套，她就渐渐不吃了。偶尔想起来，感觉无聊，她也会含上一片。

酸酸的，就像人生。

二月中，迎来了情人节，他们的新品广告片同步推出。

俞倾看完短片，挑不出毛病，却也没什么创意。

跟文凝策划的合同，还有一个月到期，招标，找到合适的策划公司，迫在眉睫。文凝策划那边，笃定她不敢换别的合作公司。冷文凝对她招标的做法不屑一顾，没放在心上。

今天散会时，俞倾撂下几个字：三月一号，招标。

其他人面面相觑，看来两位大小姐要硬碰硬了。

俞倾回到办公室，对着电脑走了一会儿神。她不知道要不要跟俞璟歆说一声，而冷文凝又是俞璟歆的心头刺，今天是情人节，想想还是算了，不给她添堵。

俞倾给俞璟择拨去电话："情人节快乐呀。"

"你是来问我要礼物的？"

"……"

俞璟择看了眼手表："有话赶紧说，我在开会。"看到是她的号码，他才出来接听。

"那你还接电话？"

"怕你有急事。"

俞倾言归正传，一秒切入主题："我准备换掉冷文凝的策划公司，想听听你的意见。"

俞璟择趁这个空当，点了一支烟。

电话里没一点声，他在思考。

俞倾没打扰他，始终保持安静。她知道这件事牵扯众多，也深思熟虑过，不过她还是愿意听听鱼精的意见。

俞璟择弹弹烟灰，说："既然你决定换掉，一、控制成本；二、冷文凝让你受委屈了。既然这样，没理由不换。"

俞倾没想到俞璟择会鼎力支持："谢谢哥，你忙。"

搁下电话，她趴在桌上歇了会儿，思绪像脱了缰的野马，狂奔不停。

她想到了姐姐，想到了季清远，还有冷文凝。

"咚咚"，敲门声响。

俞倾没听到。响了十多声，俞倾皱眉，坐起来，她发现自己竟然又睡着了。

敲门声继续，她赶紧拿化妆镜，把头发整理好。

“请进。”

秦墨岭推门进来，盯着她看了看，问：“又睡觉了？”他关上门，“你最近怎么这么嗜睡？”

俞倾把那个刚要浮上来的念头狠狠压了下去，她伸伸懒腰：“五点早起的人，还不许困一下了？”

“你又不是第一天五点起。”

“这不是春天来了，春困嘛。”

俞倾转移话题：“找我什么事？”

之前那个会，秦墨岭没参加，他今天约了人谈事，刚回来，就听说了她坚持要换策划公司这事。不管之前冷文凝是什么态度，至少她也让团队连夜加班弄出了设计方案，既然对方示好了，为了保全关系网，他问：“我们是不是也给她一个台阶？”

秦墨岭又接着表态：“不过我尊重你，你要是坚持招标，那就招标。”

“每一分钱，我都要花在刀刃上。换个合作公司，说不定我们花八个亿，就能达到在文凝公司花十个亿的广告效果。”

俞倾问：“你是不是嫌那两个亿烧手，你不想要？还是你想花十个亿，请个祖宗回来供着？”

她拧开药瓶，倒了两粒维C扔嘴里。

“连夜做好设计方案是他们分内的事，我不需要感恩戴德。”

想到之前那事，她现在都怒气未消。

“我要求宣传海报的主色调是苹果绿，冷文凝还不高兴，想给我个下马威。我是有多想不开，再去给她台阶下？”

女人之间的事，秦墨岭没多言。他伸手：“你以前吃了我两粒，没忘吧？”

俞倾：“……”

她无以反驳，给了他两粒。

秦墨岭吃下去，说：“你跟冷文凝，针尖对麦芒，她要是知道你执意换掉她的公司，公开招标，还不知道要闹出什么动静。”

俞倾拧上瓶盖，把瓶子放一边，打开电脑：“你跪安吧，我忙了。”

秦墨岭无意间瞥到瓶身上的字，唰的一下，脸色骤变：“俞倾，你刚给我吃了什么！你竟然给我吃避孕药！”

他握着自己的脖子，但已然来不及，药早就吞了下去。

俞倾：“……”

她哈哈笑出来。

秦墨岭没觉得俞倾是故意的，只以为是她拿错了药，误把避孕药当成维生素C。他拿出手机：“我必须去医院洗胃，等回来我再找你算账！”

俞倾见状，才告诉他实话。

秦墨岭从未有过这般失态，面无表情地瞪了她一眼，回自己办公室去。

他喝了两大杯水，还是隐隐不放心。

他打开手机，开始搜索：男人误服了避孕药，有什么后遗症？

第十九章 有小鱼苗了

秦墨岭看着网上五花八门的答案，一颗心像坐过山车，差点被翻腾碎。

“砰”的一声，他把手机扔桌上，手机滑出一段距离，差点就掉地上。

就在他懊糟不已时，有不速之客打扰。

冷文凝到了楼下才给他打电话，要到他办公室讨杯咖啡喝。她肯定是听说了俞倾三月一号要招标的事，过来看看什么情况。俞倾办公室就在隔壁，她不去找俞倾，竟来找他。该有的客气还要有，秦墨岭让秘书煮了咖啡。

冷文凝对咖啡挑剔，每次过来，都要现磨。

天冷，冷文凝也只穿了一条深色长裙。大概是汽车开到了地下停车场，她连外套都懒得拿，直接上楼。

秦墨岭瞅着她，来势汹汹的样子。

冷文凝摘了墨镜，开门见山道：“你们这是要闹什么幺蛾子？”连寒暄的话都省了。

秦墨岭现在心情不咋地，避孕药的阴影还没散去，对她这种骄纵的态度，他一点不买账：“准备给乐檬换个新欢的幺蛾子。”

冷文凝一顿：“你今天吃错药了？”

秦墨岭：“……”

伤口上又被疯狂撒了一把盐，他何止是吃错药，性别都快要被毁了。

冷文凝收收脾气，但不吐不快：“俞倾她到底想干什么？显摆她有能耐？这才上任多长时间，她就要换掉策划公司？她到底知不知道快消品行业的营销有多重要？稍有不慎，就会彻底输了市场。”

她盯着秦墨岭：“俞倾任性妄为，你也不懂是不是？你别拿乐檬的生死开玩笑行不行？”

秦墨岭没接话，抬了抬眼皮，一副事不关己的样子。

他叼了支烟，女士在场，他没点着，只是无聊地咬着过滤嘴。

冷文凝感觉一拳打在了棉花上，那种软绵绵的挫败感无以言表。“看你面上，我过来好生商量，有钱大家一起赚。麻烦你带句话给俞倾，别一意孤行。”

咖啡来了，秘书感觉气氛不对，放下咖啡杯就离开。

秦墨岭指指咖啡：“快喝吧，工作上的事，你找俞倾谈。”

“我主动找她？”

冷文凝冷嗤一声：“呵。”讽刺写了一脸。

秦墨岭一字一句道：“主不主动找她，是你的事。带不带话，是我的事。换不换策划公司，是俞倾的事。”

冷文凝知道秦墨岭是什么意思了——他不会干涉俞倾的任何决定。

话都说到这个份上，他们再聊下去，就没什么意思。

她漫不经心地搅动咖啡，心想：俞家的姐妹俩，可真是一个比一个让人堵心。

隔壁办公室。俞倾靠在转椅里，一圈圈转着。

她不知道秦墨岭现在是什么心情，估计不信她的话，以为那个药就是避孕药，在那儿怄着气。

想着，她失笑，可笑着笑着，笑意就淡了。

她的舌尖，已经过了最酸的那股劲儿。也可能，是口腔适应了这个酸味。

就连秦墨岭都发现她最近嗜睡，她没法再自欺欺人下去。

上个月月初，傅既沉陪她去医院的第二天，例假就来了。她遵医嘱，没再服用避孕药。

这一个多月里，她的身体没有再出现任何不适。但月经，再次推迟。

她心里暗示自己，是经期不规律，可不该胀的地方，这几天隐隐发胀。

关键的一点是，嗜睡。

她从来没刻意逃避过什么，这是第一次。她不想去药店买测试纸，也不想去医院做个检查。仿佛只要她不去确定，孩子就不会来。

这几天，除了来公司，她谁也不想见，特别是傅既沉。算上今天，她四天没去找他，也没让他过来。她跟他说，她最近忙，他从不多问。

但今天是情人节。她还有什么理由，不跟他见面?

半个下午在胡思乱想中溜走，快下班时，俞倾接到俞邵鸿电话。

俞邵鸿先关心了她几句，问最近工作怎么样，适没适应角色转变。

俞倾感到莫名其妙："爸，我们住一块儿，这些问题你哪天不可以问，还用得着专门打电话问？"

俞邵鸿干咳两声。

"爸，有什么话您就直说。"俞倾今天也没什么心思跟父亲调侃，心里千头万绪的。

俞邵鸿在心里叹口气，问："你妈妈的朋友圈，你看了没？"

俞倾很少看朋友圈，而且母亲好像从来都不发朋友圈，至少在她印象里，母亲没发过。

"怎么了？"她问父亲。

俞邵鸿顿了下，然后才说："你妈妈今天复婚了。"

俞倾："……"

俞邵鸿生怕说错什么："你外公外婆不在了，你是她最亲近的人，祝福一下吧，好不好?母女一场，不容易。"

说着，他声音也不由得变小:"她发了朋友圈，应该就是想告诉你的。"

俞倾并不奇怪父亲对母亲复婚的大度，因为他早就不爱母亲，心里没她，便能大方祝福。

当然，这样的祝福也难能可贵。

"她就你一个孩子。也许，她并不是不爱你，只是不知道要怎么爱你。"

俞倾还是没吱声。

"你要是实在不想打电话，你点个赞也行。"

"……"

俞邵鸿不敢再多说，他能跟女儿开任何玩笑，唯有她跟她母亲的关系，那是禁忌，平时都不能多提。

俞倾往后，靠在椅子里。“你有我妈微信？”

“嗯。加了后就从来没联系过。”俞邵鸿说了说为何主动加她母亲的微信，“就想着你哪天结婚了，我跟她商量，该给你一个什么样的同台祝福。”

俞倾又瞥了眼桌上那个药瓶，觉得碍眼，她拾起来放抽屉里。

俞邵鸿没再废话，叮嘱女儿看一下朋友圈，就挂了电话。

俞倾从联系人里找出母亲的微信，母亲的朋友圈里只有一条动态。

文案只有一个英文单词：LOVE。

又附上了两张照片，一张是母亲和第二任丈夫的牵手照，另一张是她年轻时的单人照。

母亲的现任丈夫，她第一次见到，是在母亲的婚礼上。

姓庞，她以前称呼他庞叔叔。

华尔街金融大佬，全球性资产管理公司的幕后老板，却为人低调。他白手起家，打拼了三十多年，创办了自己的商业帝国。

长相硬朗，身高一般，气场凛然。和母亲一样，庞叔叔之前有过一次婚姻，感情经历也是异常丰富、精彩。

母亲心底的人，应该是父亲。而庞叔叔心里，亦有很多年前的初恋。

两个在资本市场看过了千帆的人，竟然离了又复合，还特意飞去拉斯维加斯选在情人节这天零点注册。

俞倾看着母亲附上出来的照片，她跟母亲已经很久很久没见了，除了感觉更陌生，其他好像一点也没变。母亲依旧迷人、高贵，身上散发出来的特立独行的女王气质，仿佛要溢出屏幕。

要说祝福，俞倾希望母亲复婚是因为发现了庞叔叔是她的灵魂伴侣。

也希望她的这一次婚姻，长长久久，来抚平年轻时第一次婚姻给她带来的那些伤痛。

俞倾不知道要怎么留言，至于点赞，好像也没必要。

她刚要退出来，父亲的电话再次进来。

“照片看了吧？”俞邵鸿问。

俞倾：“嗯。”

“第二张照片，在你妈妈右后方，有个戴着遮阳帽，拍得不是很清楚的小孩子，是你。”

“……”

俞邵鸿没再废话，收线。

俞倾放大那张照片看，还真是她。那条裙子她有印象，外婆家的影集里有几张照片，就是她穿这条裙子拍的。

盯着那张照片看了半晌，俞倾还是不知道要怎么留言、怎样祝福，于是就退了出来。

还不等她想太多，傅既沉的消息进来：下班直接回公寓，无论几点都行，我在家等你。

破天荒，俞倾第一次回去这么早，到点就关了电脑离开。

情人节，大街上人群熙攘。

其间，路过药店，俞倾瞥了一眼，又匆匆收回视线。

路上车多人多，她开到小区门前那条路上，已经六点。

俞倾微微咬着唇，心一横，打了转向灯，靠边停车。

她在车上坐了几分钟，大概是心理作用，小腹的坠胀感越来越清晰。

推门下车，俞倾直奔药店，拿了两个牌子的测试纸。到了收银台，她才发现有一个拿错了，那是排卵测试纸。那么大的字，她竟然也能看错。她又折回去换了一个。

到家，她看到两个厨师在忙活，傅既沉在餐桌前，不知道在忙什么。

闻声，傅既沉抬头："这么快？"又紧跟着提醒，"你先别过来。"

俞倾抬起的脚又收回，转身去了客厅。

"傅总，情人节快乐。"

"嗯。"

俞倾打开电视，不知不觉就走神。本来她想着，要给傅既沉准备礼物，但被这件事搅乱了心神，什么都没有准备。

"我去楼上。"俞倾拿了包，上楼。

"判刑"的那一刻到来，两个测试纸，几乎同步变色。

俞倾的脚麻了。那种酸麻，从脚底向百骸蹿来。

等她从洗手间出来，有那么一瞬，只觉得天旋地转。

用套还怀孕的那点概率，砸中了她。

俞倾双手抱臂，头抵在落地窗玻璃上，认为该面壁思过的是她。

二十五年前，母亲刚怀她时，应该是喜极而泣的吧。那个时候的她，是父母爱情的见证。

可她在母亲肚子里才几个月，他们就情变了。母亲的痛，她没法感同身受。但她知道，那一定是抽筋剥骨般的痛。

手机响了，她的思绪被打断。

是营销总监的电话，向她汇报北京区域市场的最新情况。原本这种事他有权自己处理，不过事关朵新，他还是请示一下，慎重点。

“俞总，朵新的北京市场在打内部价格战，卓华商贸是分销，但单独开设账户，从朵新厂方直接发货，以每件低于钱老板三块钱的价格给商户供货，钱老板的市场快要不保。”

俞倾有点蒙，定定神，快速从自己混乱的世界里抽离。

没想到肖以琳还是换掉了钱老板，但肖以琳现在又管不了卓华商贸，所以把市场价格给搞乱了。

营销总监继续：“本来也不关我们什么事。”每家饮品企业的销售部，各种骚操作都有，见怪不怪，但是，“他们价格那么低，影响了我们乐檬产品的销售量。”

乐檬跟朵新产品线差不多，对便利店和超市老板来说，卖乐檬的饮料跟卖朵新的饮料，也只不过是牌子上的差别。

哪家赚钱他们就多卖哪家的。

现在朵新每件价格比之前便宜三块钱，店老板自然要多进朵新的饮料。

各个小商店的仓储空间都是有限的，囤了朵新的饮料，自然就没地方再放乐檬的饮料。

进货少了，自然卖得就少了。这直接影响了乐檬的销售量。

钱老板跟卓华商贸争夺市场也不知道哪天是个头，要是来上两三个月，乐檬损失不小。

俞倾考虑片刻，然后做出决定：“你联系我们的法律顾问于菲，让她帮钱老板打官司。”

“好。您忙。”

俞倾的理智随着工作电话的结束，慢慢散去。

孩子这事，再度缠绕心头。她上楼有一阵子了，估计傅既沉也布置得差不多。

俞倾去衣帽间，找了条礼服裙换上。她选了傅既沉喜欢的款式，低V

露背。

对着镜子，她把头发盘起，不自觉地望向镜中她的小腹部位。

简单收拾一番后，俞倾下楼。厨师已经离开。

“可以过来了。”傅既沉喊她。

俞倾笑笑：“什么惊喜？搞得这么神秘。”说着，她走过去。

傅既沉关了餐厅的灯，桌上的蜡烛照亮。

俞倾手背在身后，尽量让自己轻松一点，免得破坏这么好的氛围。

看到餐桌上的惊喜，她愣了愣。

餐桌上是一层厚厚的玫瑰花瓣，上面用香水瓶拼成了一条小鱼的形状。这个时候，她应该激动地抱着傅既沉又蹦又跳，再给他一个深吻。

但她没有。不知道为什么，她下意识就没再像以前那样乱蹦。

俞倾张开双臂：“傅既沉，你抱抱我。”

傅既沉没觉得哪里不正常，毕竟他拿出了他全部的家当，一瓶存货都没了，只为今天让她高兴。

她应该被感动到，他这么想。

精心布置了这么久的餐桌，俞倾没舍得收，两人就在中岛台上将就着吃了一顿情人节大餐。

她今晚有点沉默，傅既沉察觉出来了，以为是公司的事，他没多问，尽量转移她的注意力，聊点开心的。可他发现，她对什么都没兴趣。

“冷文凝那个人，你高兴了就合作，不高兴就不合作。别因为这个，心思那么重。”傅既沉看着她，“你身后还有我。”

俞倾点点头：“嗯。”

傅既沉把她的红酒拿给她，跟她碰杯：“第一个情人节，是以后无数个情人节的开始。”

“谢谢我的初恋傅总。”俞倾捏着酒杯，微微仰头，红酒碰到了唇，她没张嘴，拿开酒杯。

俞倾这种心不在焉的状态，一直持续到躺在床上。她自己也感觉到了，想去调整，想去敷衍，可状态怎么都回不来。这不是一件让人扫兴或是生气的事，过去了就能彻底过去。

它过不去。

它关系到她跟傅既沉的分合，它会在她心头留下一道疤。

她被放弃过，那种滋味，她清楚。

大概脑子进水了，身体不好就不好呗，为什么避孕药要停吃呢？

“还不睡？”傅既沉已经洗过澡，上了床，关灯。

刚洗过澡，他身上冰凉。

俞倾在他胳膊上蹭了蹭，想着今天是情人节，等明天再告诉他吧。

傅既沉瞅着她的侧脸，昏暗里，只能看清一个大概轮廓，不知道她此时的表情。他抬起的手抖了下，又缓缓落下，握了两次，才握紧她肩头。

“对不起。我……不知道，我不是故意的。套子，应该没问题的。”

他有点语无伦次。他现在也不知道是自责多一点，还是难过多一点。

“对不起。”

他声音沙哑，又说了一遍。

俞倾猛地抬头：“你怎么知道了？”

她努力回想，是不是测试纸没扔掉。

但她怎么也想不起来，脑子里一团糨糊。

可不应该没扔呀。

傅既沉缓了好一会儿才说：“我看到了测试纸的盒子。”盒子在置物架上，大概当时她心烦意乱，忘了丢掉。

从她今晚的表现来看，他知道，肯定是有了。

他不敢问，她要不要留下这个孩子。

肯定也是不留，不然，她不会这么痛苦、纠结。

“我尊重你所有的决定。”

他躺下来，还是抱着她。

卧室里只剩呼吸声，两个小时过去，俞倾还没睡，她知道，他也没睡着。

“傅既沉。”

“嗯？”

“你在想什么？”

“没想什么。”

顿了下，他说：“希望一直别天亮。”

俞倾转个身，紧紧抱住他。

后来是几点睡着的，谁也不清楚，反正感觉才刚眯上眼，闹铃就响了。

傅既沉关掉闹铃：“再睡会儿吧。”

俞倾“嗯”了声。

这是第一次，他们睡着了也没放开彼此。

可天还是亮了。

七点半，两人不得不起床，洗漱。

傅既沉给俞倾准备了早饭，从吃饭到出门，两人都没怎么说话。

司机感觉到了两人之间气氛不对，很识趣地把挡板降下。

他们各自看着窗外，这是第一次，他们一起迎着太阳上班。

忽然，傅既沉回头：“俞倾，我想反悔一次。”

俞倾转身，两人对视，她问：“反悔什么？”

傅既沉握着她的手，说：“我想自私地替我自己争取一下，能不能把孩子留给我？我舍不得他。我也知道，你不要他的时候，也就是你跟我分开的时候。你不是说你是风筝吗？孩子就是这根线，会一辈子连着我跟你。你飞多远、飞多高都行，有了孩子我就再不用担心找不到你了。”

俞倾看着他，眨了眨眼，忽然转过身。

上一次痛苦难过的时候，是外婆离开，那不是魂丢了，是根没了。

傅既沉坐过来，把她抱怀里：“我们给他一个家，好不好？这样，你有家了，我有家了，我们三个人都有家了。俞倾，能不能别放弃孩子，也别丢下我？”

俞倾没吱声，回应他的，是她抡起手机，对着他后背，一下，两下，三下……打他。

傅既沉长长地舒了一口气，知道她愿意留下孩子了。

“傅既沉。”

“你说。”

“想给你取个绰号。”

“什么绰号？”

“‘游戏’。以后别人要问我，‘俞倾，你假期干吗了’，我就说我在家打‘游戏’呢。”

“……行。只要你不卸载，你打成王者也行。”

“……”

俞倾推开他：“傅既沉，从现在开始，你就算嘚瑟，也麻烦你在我跟前收敛着点。你那边是大太阳，我这里狂风骤雨！”

她支着额头，尽快让自己静下心来，工作上等她去处理的事，还不少。

傅既沉挪到车窗边，离她尽量远一点。他看着窗外，不由得笑了笑。

“俞倾。”他转头，“我们给孩子取个什么小名？”

俞倾淡淡地瞅着他，这会儿她还没适应准妈妈的角色，满腹心事，哪有心思想名字？

“鱼子、猫崽、俞香水、傅有钱，你看哪个好？”

傅既沉：“……”

傅既沉又静下心来细细品了品那四个小名，好像也都不错。虽然最后那个名字，透着浓浓的土味。

俞倾现在一句话也不想说，只想自闭。她趴在车窗上，思绪混乱。

车外面，路上赶着上班的人，匆匆忙忙。

二月的天，仍然透着凉意，她却一点都不冷，甚至感觉到燥热，想换上 T 恤。

不觉间，到了乐檬大厦楼下，正逢上班高峰期，门前车来人往。

傅既沉没下去，在俞倾下车前，他给了她一个特别用力的拥抱。“晚上你是回家住，还是去我那儿？”

俞倾想都没想：“我回家住。”

她现在嗜睡，加上昨晚又没睡好，家里没人打扰她，能睡个安稳觉。

去了他那儿，他说不定又要半夜睡不着，找她讲话，问她各种跟孩子有关的事。

傅既沉现在怎么都好说话：“明早我去看你。”

“我暂时不想看到你。”俞倾两手捏他腮，“你太嘚瑟了，刚才笑了一路对不对？别以为我转过脸就感应不到。”

傅既沉尽量板起脸：“刚才我没笑啊。”

说完，他别过脸，再次失笑。俞倾对着他一顿打，开了门，扬长而去。

傅既沉目送她进大厦，这才吩咐司机发动车子离开。

俞倾从来没这么晚到公司过，她看了眼手表，已经八点半。电梯门打开，她快步踏出去。

刚走了几步，她突然意识到什么，再次落地的脚步，变得优雅、缓慢。

秦墨岭正好从办公室出来，他打量着俞倾，她背着包，看样子刚从外面回来。

他以为她先去了律所。朵新经销商老钱和卓华商贸之间的事，他也听说了。

俞倾还是不紧不慢地走着：“找我？”

秦墨岭面无表情道：“少了两个字，算账。”

他找她算账。

俞倾笑了，她现在唯一的笑点就是秦墨岭对那两片维生素疑神疑鬼、耿耿于怀的表情。

俞倾开门，秦墨岭随其后进来，把门关紧。

俞倾搁下包，去开窗，凉风吹着才舒心。

秦墨岭昨晚没怎么睡好，想到那两片避孕药，他心里堵得慌。

虽然俞倾宽慰了他，说那是维生素 C，可他不傻。

只有用维生素瓶子装避孕药的做法，不会有人脑残，把维生素装在避孕药的瓶子里，还堂而皇之地带到公司来吃。

他昨天好好回忆了一番，俞倾第一次吃维 C 时，他很确定，那是维生素的瓶子。

看在他委屈的分上，俞倾亲自给他泡了咖啡。

秦墨岭双腿交叠，靠在椅子里一言不发，视线一直随着她来回转动。

“我这辈子的名声都毁你手里了。”

这绝对是他三十年人生里，最黑的黑历史——大男人，竟然吃了避孕药。

俞倾把咖啡放他面前：“到底要我说几遍你才信？”

她找出昨天那个瓶子，打开，倒出一粒给他：“不信你再尝一粒。”

秦墨岭没接：“你昨天怎么不给我再尝一粒？现在马后炮有什么意思？肯定后来被你换成了维 C。”

俞倾：“一孕傻三年，我昨天不在状态，忘了给。”

秦墨岭一愣：“你说什么？”

“一孕傻三年。”

“你……怀孕了？”秦墨岭不可置信，“傅既沉的？”

俞倾觑他：“不然呢？”

秦墨岭两指揉着太阳穴，缓了缓：“你看吧，这避孕药的副作用已经出来了，现在连这种弱智问题我都问得出来。”

俞倾没忍住，再次笑出来。

“你还笑，有点同情心行吗？本来你是我未婚妻，按理说，孩子也应该是我的。”

“……”

“现在你跟我没关系，孩子跟我也没关系。这就算了，结果避孕药成了我的。”

俞倾让他打住：“别把自己说得那么可怜。有没有傅既沉，我们俩都不可能，你本来就不喜欢我这个类型。”

秦墨岭：“别那么没良心，我不是都打算娶你了吗？还给你把包买下来，讨你欢心。”

俞倾毫不留情地揭穿他：“那是因为我不爱嫁给你，不惜跟家里闹翻，你觉得没面子才想娶的。网球场那次失约，你心里就已经有了答案。因为你不是没见过我，之前家宴上我们就见过，你知道我长什么样。”

她拿出纸巾铺桌上，把一瓶药都倒出来，开始数有多少粒。

秦墨岭瞅着她：“你没事干了？”

俞倾没吱声，专心数数。

秦墨岭起身，从茶水柜里拿了三条糖过来，全部放进咖啡杯。他的心情从昨天苦到现在。直到听说她怀孕了，他心里才稍稍踏实。

避孕药的副作用对他来说，也不是那么让人担心，糟心的是，傅既沉要是知道他误服了避孕药，不得嘲笑他一辈子？

秦墨岭搅动咖啡，眼盯着俞倾看——她不是不婚吗？还愿意生孩子？

他不免担心。

“唉。”

俞倾终于数完，拿支笔记下数字：“有话就说。”

秦墨岭：“你可别打掉孩子。”

俞倾：“这也是该傅既沉操心的呀，跟你有关系吗？”

秦墨岭：“有。你要是不要这个孩子，就说明那个药是避孕药。我的黑历史要靠这个孩子洗白。”

他抿一口咖啡，又说：“你说我这是作了什么孽，傅既沉的孩子，我还得好好替他看着，保证孩子顺利生下来。”

俞倾趴桌上，笑得直不起腰。

秦墨岭言归正传：“你这是准备结婚呢，还是？”

俞倾心情也轻松不少，阴霾散去一些。

她坐好：“没想那么多。以后就算孩子生了，休完产假，我还是回乐檬。我跟傅既沉，我们一起爱孩子，爱对方。但他是他，我还是我。”

秦墨岭点点头：“那就好。不然我得考虑，要不要再跟你搭档。”

俞倾捏着纸巾，把药片又倒进瓶子里。

秦墨岭一脸不解：“你是不是真的闲得没事干？”

俞倾拧上瓶盖，递给他：“卖给你了。我以后改吃叶酸，不用再吃这个。还剩七十八片，你给我三块钱就行，零头我就不要了。”

秦墨岭：“……”

他还没来得及怼她，有电话进来，是冷文凝。

秦墨岭给俞倾看一眼来电显示，他接通电话。

冷文凝开门见山：“今天你不传话可能都不行。俞倾要是执意不再续约，公开招标，我会送她三样大礼。”

秦墨岭余光扫了眼俞倾，接着跟冷文凝道：“送大礼？我还是劝你三思。有什么话，你找她沟通。”

“我找她沟通？”

冷文凝冷笑两声：“不管是俞倾还是俞璟歆，我这辈子都不会主动找她们，更不会求她们。俞倾还真把自己当回事儿了。”

她接着说正事：“替我把第一样大礼转告她，哦，忘了恭喜她妈妈和她继父复婚。她继父庞林斌在北京这边的不少人脉，都是我大舅给介绍的。”

秦墨岭知道庞林斌跟冷文凝舅舅往来不少年，之间有利益牵扯。

庞林斌在华尔街起家，集团总部也在那儿。他定居在国外，对北京这边的分公司很少亲自过问，都是职业经理人运营。即便像庞林斌那样的金融大佬，也有关系网到不了的地方。在他们这个圈子，不管是谁，都不可能随心所欲，都被千丝万缕的关系网给牵制着，牵一发，动全身。

冷文凝的声音又从电话里传来。

“最近庞林斌感兴趣的一个项目，也是我大舅给引荐的。”

秦墨岭明白冷文凝什么意思了——她想用俞倾的母亲来让俞倾服软。

“我到时找我大舅，让庞林斌出面找俞倾，你说这个时候俞倾是给庞林斌面子好呢，还是不给面子好呢？”

冷文凝又道："我好心提醒，这个项目是我大舅经手，就算是傅既沉外公家，也爱莫能助。"

她把后果也说给秦墨岭听："到时俞倾要是不给庞林斌面子，自然会影响她妈妈跟庞林斌的感情，她跟她妈妈的关系，大概要雪上加霜。"

秦墨岭喝着甜到腻的咖啡："你这是赤裸裸地威胁上了？"

冷文凝："是俞倾先不仁，不能怪我不义。"

她话锋一转："不过，我也不是赶尽杀绝的人，毕竟都是为了赚个吃饭钱，我也想和气生财。我给她时间，下午六点前，她要是联系我，主动示好，继续跟文凝策划合作，我既往不咎。要是她没诚意，还是执意要断了合作，那她就等着过几天庞林斌约她吃饭。还有，就算她同意合作了，也必须她亲自给我打电话。这只是第一样大礼。等到需要的时候，我会告诉你第二样大礼。我不喜欢来暗的，我得让她知道自己错在哪儿，要怎么跟我道歉。"

冷文凝挂了电话。

秦墨岭把手机扔桌上，想着要怎么跟俞倾说这事。

俞倾跟她母亲的关系，本来就经不起任何折腾。而厉阿姨跟庞林斌昨天才复婚，如果俞倾不给庞林斌面子，执意不跟冷文凝合作，导致庞林斌丢了项目，那厉阿姨大概会更讨厌俞倾。

和母亲的关系，是俞倾心里一道没愈合的疤。

明明咖啡甜到齁嗓子，他还是尝到了苦味。

俞倾见他沉默，问："冷文凝威胁我了？"

秦墨岭把冷文凝那番话如实相告："文凝策划，冷文凝大舅也是隐名股东。冷文凝要是找到她大舅，她大舅肯定会找庞林斌。这不是儿女情长的事，而是你断了他们家的财路。"

她千算万算，没算到她母亲跟庞林斌复合了。关键的一点是，庞林斌想要投资的项目，就在冷文凝大舅手上，找谁帮忙说情都没用。

俞倾问："冷文凝让我六点前给她打电话，先道歉，再续约？"

秦墨岭颔首。

俞倾"呵"了一声："不怪她。这是白天，适合做梦。不用等到六点了，你现在就打电话给她，就算是三十样大礼，我也照收不误。"

秦墨岭："……"

他放下咖啡杯，拿过手机，转了五块钱给她。

俞倾抬眸："你记性不好？三块钱就够了。"

"多出来的那两块，是我给你的崇拜打赏。"秦墨岭欣赏她与人硬碰硬时的傲气。

他拿上那瓶维C回自己办公室，没立即给冷文凝回话，想让俞倾冷静冷静。对他来说，跟谁合作都一样。但对俞倾来讲不一样，她跟她母亲的关系本来就摇摇欲坠。

五点半，下班了。

秦墨岭去找俞倾，不知道一天过去了，她有没有想好，是跟冷文凝合作，还是跟冷文凝刚到底。

他刚到俞倾办公室门口，就见她从里面推门出来。她外套穿上了，手里拿着包。

秦墨岭没拐弯抹角："考虑得怎么样了？"

"什么？"俞倾在想，他问的是哪项工作。

秦墨岭提醒："六点前的答复。"

俞倾皱眉："我好像记得，我当时就让你回复她了，她有招尽管放，来多少，我接多少，但让我服软，门都没有！"

"你考虑好了就行。"

"没什么好考虑的。我要是退让了，冷文凝以后指不定要怎么拿捏我，我不可能一年花那么多钱请个祖宗供着。"

秦墨岭没再劝："你今天走这么早？"

"去趟律所，找秦与跟于菲姐吃饭，商量一下怎么修理修理朵新。朵新这么闹腾，会影响我们的销量。"俞倾问他，"你晚上有没有其他安排？要不要一起？"

事关公司利益，秦墨岭决定一块儿过去。

俞倾没开车，搭了秦墨岭的顺风车。

路上，秦墨岭给她宽心："公司是我跟你的，有事也是我在前面担着，庞林斌那边，我去……"

俞倾打断他："不用。我惹的麻烦，我能处理。我要是不亲自收拾冷文凝，我心里也不爽。"

她让司机在药店门口停一下。

秦墨岭：“你要买什么？”

“给我家小小鱼弄点鱼食。”

“……”

俞倾到药店买了几瓶叶酸，付款后就拆开来吃了一片。

她一天没跟傅既沉联系，他也没敢打扰她。

她拍了一张叶酸的照片发给他：不用回，不想看到你的消息。

傅既沉在回爷爷家的路上，他把那张照片放大，看了又看。

他还是没忍住，回了她：谢谢。其实，你爱我比我爱你多。以后我会赶上你，再超过你。

傅既沉到了爷爷家，父母早已经过来。他今天没压制住那种幸福和喜悦，跟家里所有人都分享了。今天的菜，没让厨师忙活，爷爷奶奶，叶瑾桦和傅董，每人下厨做了几道。

满满一桌子菜，色香味，一样没有。

爷爷道：“将就一下吧，高兴时吃什么都是香的。”

叶瑾桦亲自给傅既沉倒了半杯红酒：“感谢你和俞倾，让我成为年轻又美丽的奶奶。”

傅既沉已经许多年没享受过这样的待遇，他站起来，跟每个人碰杯：“谢谢你们让我成为一个还算有趣也还算有担当的人，不然俞倾也不一定看得上我，我也不可能是她孩子的爸爸。谢谢。”

他仰头，把杯中的红酒一饮而尽。

老太太替孙子高兴，幸福溢于言表，连皱纹都舒展开来：“既沉啊，你们婚礼打算在哪儿办？要不办两场吧，中西式各一场。”

傅董接过话：“妈，您就别操心那么多了。既沉现在没时间考虑婚礼，他现在就等着孩子出生，帮他搞个结婚证。”

傅既沉：“……”

老太太无奈地瞅着儿子，虽然话糙理不糙，不过也不能这么直白：“你说话就不能艺术一点？”

傅董也感觉真话是有点尖锐，他干咳一声，说：“既沉他，打算等孩子出生后，跟孩子一块儿分享领证和婚礼的喜悦。”

傅既沉：“……”

俞倾把聚餐的地方选在上次跨年的餐厅，也就是陈言上班那家。

她和秦墨岭先到，于菲跟秦与还堵在路上。

今天陈言休息，六点钟她又来了餐厅。

赵树群今天回家早，一个多月来，他不是有应酬就是加班，十二点前基本看不到他人影。

每晚等他回来，她已经睡了，即使没睡着也会装睡。

第二天一早，他赶去公司，她等他离开再起床。

这段时间她跟赵树群一直过着“同一屋檐下，绝不打照面”的日子。

昨天情人节，他还在加班。

情人节也是餐厅最忙的时候，她没空给自己庆祝。

他给她留言：还在开会。

也许怕她不信，他拍了一段视频。

他刻意避免把肖以琳拍进去，但她知道，肖以琳在场，有个人只有肩膀入镜，那应该是肖以琳。

然后赵树群又给她转了 214520 元。

他们这个阶层，转账 5201314 元，不现实，但转个二十多万给她，他还是能做到。

她没回复，“520”那个数着实让她犯恶心。

但她把钱留下来了，钱是个好东西。

同事以为陈言忙晕了，提醒她，今天她轮休。

陈言只能编个理由：“等你有两个孩子，都需要你辅导写作业时，你就会宁愿来加班，真的。”

她挤出一丝笑：“今天我老公没应酬，我赶紧跑出来。”

同事：“你分享的朋友圈里，你家俩娃看着都惹人喜欢，我这个不喜欢小孩子的人都想亲一口你家闺女，是个美人坯子。”

陈言：“不写作业时，母慈子孝。一旦拿笔，鸡飞狗跳。”

几个同事笑出来。陈言配合着她们，嘴角上扬，心里却泛着苦涩。

她的儿子和女儿，特别乖巧懂事，很贴心，成绩也好。

收拢思绪，陈言打算去换工作服，刚抬步，就见俞倾从洗手间方向过来，她对着俞倾挥挥手。

走近后，俞倾打量她一番，问：“你这是下班了，还是准备上班？”

俞倾刚才特意从吧台前路过，就想看看她最近怎么样了，结果收银台里是其他人。

还有同事在旁边，陈言没多说，她正好穿着自己的衣服，说："我们找个空位说几句话，我今天也不忙。"

两人找了最里边的位子，没人经过。

陈言："赵树群在家，我不想看到他。让他陪两个孩子，我就出来了。"没地方可去，她就来了餐厅。

就当是为了免费看北京夜景，还能跟年轻同事聊聊天，不至于活得太像行尸走肉。俞倾无以安慰，觉得大道理说多了也是废话。

"你下一步有什么打算？"

俞倾看着陈言，觉得她状态比元旦那会儿又好不少。

"等我再晾一晾他，就跟他偶尔说几句话，不然我怕孩子会察觉出来。"陈言掐着手指。

安静了几秒。

"现在我彻底冷静下来了。当初没跟他闹，没离婚是对的。"

她没有避讳俞倾："我们名下一共两套房子，都有房贷，离婚后就算我分了一套，我拿什么去还房贷？我这点工资也只够养活我自己，养不起房子。要是换个小套的、偏一点的，孩子就受委屈了。"

她叹气。

"但凡日子还能忍下去，我就忍着。这样我家两个孩子能享受最好的物质生活和教育资源。我家儿子和女儿差两岁，儿子十一岁，女儿九岁，妹妹比哥哥聪明，她跳了一级。哥哥现在很担心，怕妹妹再跳级，跟他同级，所以也开始认真起来。"

俞倾笑了："两个孩子是不是挺好玩的？"

只有提起孩子，陈言眼睛里才有一点光芒："嗯，哥哥总是被妹妹欺负，哥哥也很宠妹妹。"

俞倾不由得摸了摸小腹，不知道她肚子里的小小鱼是男孩儿还是女孩儿。

长得像她还是像傅既沉？会不会是个小人精？爱怼人，也很有趣。

两人正聊着，秦墨岭打来电话，说是于菲跟秦与到了。

"你快过去吧，我也去换衣服，再加会儿班。"陈言拿上包和外套，去了办公区。她换上工作服，在窗前站了会儿。

万家灯火。纵横的高架桥像数条缠绕的灯带，璀璨夺目，不知道尽头在哪儿。

她现在走神的次数越来越少，也不像几个月前那样整宿整宿睡不着。

“你去找陈言了？”于菲问。

俞倾点点头：“聊了几句，感觉她比之前好了不少。”

这是个不算愉快的话题，就此打住。

于菲说了说今天她去找老钱的一些情况，案子有点麻烦。

老钱当初签合同没任何防备，肖以琳说公司换了开户行，全部要换新版合同，老钱就信了。后来老钱再质问肖以琳，肖以琳改口，声称当时允许卓华商贸单独开户，是老钱同意的。

同意签这份合同的理由：老钱实力不如卓华，怕朵新在合同到期后不让他继续做经销商，就妥协退让，让出一部分市场给卓华商贸。

这样等合同到期，还有机会再续约。

俞倾问：“现在朵新是怎么划分钱老板跟卓华商贸各自的市场的？”

于菲：“把郊区划给了老钱。销量高的片区全给了卓华商贸。卓华老板正好也看不上郊区那点市场，认为赚不到多少钱。”

钱老板卖了房，进了货。

朵新为了不违约，不赔偿，也不处理库存，就划了不赚钱的区域给他。

就算是打官司，也找不到理由。

花两三年辛苦做起来的市场，一夜间为别人做了嫁衣。

这还不算，于菲把最糟心的说给俞倾：“朵新现在倒打一耙，给钱老板发了律师函，要是钱老板再继续恶性串货，扰乱朵新产品的市场价格，将提前解除合同，还会向钱老板索赔。”

俞倾：“……”

她放下手里的水杯，没想到，钱老板往自己商户那儿送货，现在成了串货。

也对，现在那片区域被划分给卓华商贸，已经不是他的了。

往别的经销商的地盘送货，可不就是串货。

俞倾若有所思：“区域划分在合同里有明确，钱老板不会粗心到签合同时连区域都不看吧？”

她又一想，不对。

要是当初签合同时就明确了区域，以卓华商贸老板的性子，早就找钱老板碴了，不会进行价格战抢市场。

“他们是怎么改掉钱老板合同里的区域划分的？”

于菲摇摇头，直叹气：“你不是也知道，朵新的区域划分，在合同里有专门的一张表格，都是各区域经理手写添加的。”

元旦刚出问题那会儿，钱老板拿着合同找肖以琳质问。

肖以琳那边早已有对策，她借着翻看钱老板合同的机会，在表格上原本的区域后面加了细分。

钱老板当时没在意。今天收到朵新的律师函后，他才翻看合同，发现区域那栏早就改了。他回忆了下，除了肖以琳拿过合同，没其他人经手。

“肖以琳办公室也没摄像头，怎么找证据来证明是肖以琳后改的？朵新存档的合同肯定也一起被改掉了。”

朵新现在有理有据：

钱老板实力不行，卖房进货，因此，朵新考虑合同到期后换经销商。

钱老板为了争取一部分市场，提前退让，所以签了那个看似不公平的合同。他虽然签了合同，但不遵守合同规定，还是肆无忌惮地往以前的商户那里送货。

看在他是老经销商的情分上，朵新只是发律师函警告。要是钱老板再不收敛，后果自负。

肖以琳彻底洗白自己，把所有过错都推到了钱老板身上。

钱老板现在是哑巴吃黄连——有苦难言。

俞倾杯子里的水冷了，她加了半杯热的。

这种颠倒黑白的操作，肯定是周允莉替肖以琳想出来的。

于菲又道：“肖以琳给了卓华商贸高于其他经销商的返点和返利，促销搭赠也多，目的就是跟你们乐檬争夺北京这边的市场。现在他们一件的进价比你们的便宜两块钱。”

这是她今天在老钱那儿了解到的。

秦墨岭敲敲俞倾跟前的桌面，“咚咚咚”连着三下。

俞倾回神，皱眉：“你干什么？”

秦墨岭：“你就别想着要从哪儿找线索对付肖以琳了。北京这边的市场，我来跟营销总监解决，你还是考虑一下要怎么应战冷文凝。”

于菲也认识冷文凝，文凝策划公司跟陆琛的策划公司一直是竞争对手。

她看着俞倾：“你跟冷文凝怎么了？”

秦墨岭替她把事情原委简单说了说。

“然后就这么刚起来了。”

于菲听后，说：“冷文凝高姿态惯了。没办法，人家会投胎，投胎到有背景的家庭里，还跟季家大公子恋爱过。”

俞倾打听道：“冷文凝当初为什么跟季清远分手？”

于菲摇摇头，不清楚。她不在他们那个圈子，也进不去。

“我知道一点点。”秦与插话。

他也是在会所听别人提起过。起因是，冷文凝跟季清远吵架了，至于吵架原因，不得而知。后来冷文凝提分手，然后他们就分了。

冷文凝也没想真分，但不愿意主动低头找季清远复合，索性跟其他人相亲，想刺激一下季清远。

哪知道，季清远公开了跟俞璟歆的婚期。

冷文凝伤心之下，跟之前那个相亲对象订婚，结婚。

“冷文凝的结婚日期跟你姐是同一天。但她结婚不到半年就离婚了。”

“你姐婚后才知道冷文凝跟季清远的事。后来的事我就不清楚了。”

“……”俞倾目瞪口呆。

于菲也吃了一波惊天大瓜，她提醒俞倾：“你可当心冷文凝给你放冷箭，说不定她剩下那两样大礼，其中有一样就跟你姐有关。自己的婚礼跟前男友的婚礼是同一天，这个何止是戳心。”

秦与把自己跟前那杯红酒递给俞倾：“压压惊，要不是你跟冷文凝的矛盾没法调和了，我也不说这些。”

那杯酒被秦墨岭半路截过去：“我来替她压惊。”

他把整杯酒，一口闷下去。

秦与：“……”

秦墨岭没管秦与惊诧的眼神，接着说冷文凝：“三样大礼，一样跟你自己有关，一样是你姐，那另一样，可能就是傅既沉。”

顿了顿，他好言相劝：“你回家好好想想，跟她那样的女人刚值不值。她都能拿自己的婚姻赌气，还有什么是她做不出来的？”

“那是因为她之前的对手不是我。”

俞倾到家，快十点。父亲的车已经停在院子里，这么早就回来，实在罕见。

还没到别墅，屋里欢快的歌声传来。俞邵鸿正在健身，一边锻炼一边高歌。虽然跟不上节奏，但自己觉得像原唱。

健身房的门敞着，俞倾路过，她敲敲门：“爸，您喝醉酒了？”

“你就当是我喝醉了吧。”俞邵鸿接着在跑步机上走路，他挥挥手，“你赶紧休息去吧。”

歌声又响起。俞倾上楼，猜想父亲肯定知道她有了宝宝的事。

中午，她跟俞璟歆打了电话，问一些孕期的注意事项。其实她就是想告诉俞璟歆，她有宝宝了。

这份忐忑不安的喜悦，她不知道要与谁分享。当时她就想到了俞璟歆。

今晚，一向安静甚至略冷清的家里，被歌声填满。尽管这嗓音不怎么美妙，俞倾还是将其当成了摇篮曲。

小时候她没听过的摇篮曲，快当妈妈了才弥补上。

卧室的门，俞倾特意没关。

她靠在床头，一边听着父亲的歌，一边刷朋友圈。

母亲又更新了动态：Tomato 炒 egg。

看到这行字，她怔了怔。这算是母女间的心有灵犀吗？

文字下面，还配了两张照片。

一张是庞林斌在厨房炒菜的背影，一张是盘子里的番茄炒蛋，看上去就不是很好吃的样子。

还有一小块一小块黑乎乎的东西，她想了想，应该是葱花，被炒煳了。

在母亲的镜头里，庞林斌成了一个普通居家丈夫。

很难想象，这个在资本市场翻手为云的男人，会褪去清冷的一面，亲自下厨做饭。

母亲好像也变了，变得温和，除了投资和生意，能静下心来感受生活中的烟火气息。而冷文凝，偏偏要打破这份难得的岁月静好。

“咚咚”，很轻的敲门声。

俞倾这才发觉歌声早就没了，她转头，站在她面前的人是傅既沉。

有那么一瞬，她以为自己睡着，做了个梦。

“你怎么来了？”

“还是想过来看看你。”傅既沉走进来。

俞倾关了手机屏幕，坐直。

“不耽误你睡觉，我坐几分钟就走。”

傅既沉两手撑在她身侧，跟她对视。其实他也没什么话要跟她说，不知怎么的，就把车开到了这儿。晚上从爷爷家出来，他没让司机跟着，一个人开车在环路上绕了一圈，心底的喜悦就像高架桥上的汽车尾灯，闪着红光，无尽蔓延。

俞倾环着他脖子：“我都不想见到你，你还敢来。”

“得做一款有远大志向的‘游戏’，每天强行上线。”

“……”

俞倾嘴角扬着笑：“以后不打你了，打你我还手疼。”

她给他吃颗定心丸：“从今晚起，你就安心睡觉，专心工作。你的小鱼苗，我会照顾好，也会按时喂鱼食。”

“谢谢我的俞律师。”傅既沉抵着她额头。

有件事，他还是决定跟她说一声：“我不确定俞董是不是喝多了。希望没喝多。”

俞倾一头雾水——父亲今晚没喝酒，她回来路过健身房时，没闻到酒味。

“我爸今晚没喝酒。”她问傅既沉，“我爸怎么了？”

傅既沉：“我来之前给俞董打电话，让他知会一声管家，给我开门。挂电话前，俞董让我以后不要再喊俞叔叔，喊爸就行。”

俞倾瞅着他：“你确定你不是梦游着过来的？”

傅既沉：“……”

“我没听错，俞董说了两遍。”

俞倾盯着他的眼，问：“那你还真要喊爸？”

“季清远都能喊爸，我为什么不能喊？”

“……”

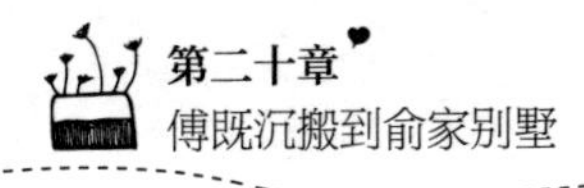

第二十章 傅既沉搬到俞家别墅

俞倾捧着傅既沉的脸颊，他一脸认真又不愿输给季清远的执拗样子，让人忍俊不禁。可他跟季清远，完全是两码事。

还有她父亲，居然开始放飞自我。

“傅总，这是晚上，白日梦可以醒了。”

傅既沉振振有词：“季清远儿子喊俞董外公，我家孩子也喊俞董外公。”

所以就这么推理出，季清远跟他是一样的身份？

俞倾已经无力吐槽，她清醒地没再争论下去，不然话题就要拐到扯证上。

时间不早，她打算睡觉。

“要不你一人坐会儿，我要睡了。”

她在他唇角亲了下，放开他。

傅既沉把她身后的靠枕拿过去，关了灯，但他没走。“你睡，我现在回去也没什么事。”

怕影响她睡觉，他离她远一些。

俞倾转个身，睁眼。窗边沙发上，傅既沉安静地坐那儿，他没看手机。

房间里太暗，她只看到他的大概轮廓。

过了会儿。

“傅总。”

“嗯？”

傅既沉转头："怎么还不睡？是不是我影响你了？"

"没，暂时还不困。"

傅既沉起身走过来，坐到床沿。他不知道她睡不着是为了孩子的事烦心，还是因为工作中的各种麻烦。

"要是不困，就跟我说说话。"

俞倾圈住他，两人紧贴，这样彼此都能嗅到对方的气息。"很高兴，能跟傅总共同孕育一个小生命。"

"我的荣幸。"

傅既沉也环抱她。

俞倾抬手开灯，既然睡不着，她就不强求自己一定要睡："我还有不少工作，忙会儿吧，说不定忙完我就困了。"

她去书房把电脑拿来。

傅既沉关心道："跟冷文凝那边处理得怎么样？"

"还没开始呢。"

俞倾突然抬头："你感情上有没有什么黑历史？"

傅既沉迎着她探究的眼神："我不就只跟你谈过？跟你的感情历史，算不算黑？"

俞倾"呵呵"两声："你跟我的感情经历是雨后的彩虹，七彩，多少人羡慕都羡慕不来。"

傅既沉："我不是季清远，你不用担心你跟你姐那样遇到那么糟心的事。"

俞倾打开邮箱，说："我现在都想不通，我姐为什么还要守着比死水还死的婚姻，换我早离了。有颜有钱有孩子，自己过不好？"

傅既沉默默看着她，没接话。

"我给你倒杯牛奶？"

俞倾缓缓点点头："行吧。"说不定喝了就能安神。

傅既沉下楼，经过健身房，灯熄了。俞董可能睡了，也可能是还在书房忙。

一楼客厅，管家在特意等他。

管家给他两张门禁卡，一张是别墅大门门禁卡，另一张是小区人行道门禁："我明天去物业那边，申请把你车牌号录入小区机动车的门禁系统。"

傅既沉双手接过来，感激一番。

他把门禁卡放到车里，盯着它看了又看。季清远有的，他现在也有了。

他跟季清远之间，现在只是有没有那张结婚证的区别。

思忖片刻后，傅既沉给门禁卡拍照，发了朋友圈，设置成仅季清远一人可见，又艾特了季清远。

很快，季清远的电话就打进来了。

“你要是想让我恭喜你，你就直接私发给我好了，用得着专门发朋友圈？”

傅既沉：“不是让你恭喜，是让你跟我学着点，快点追到人。”

季清远不是有意奚落他，只是说句实话：“你是不是花钱从俞璟择那儿买来的？”

“爸给我的。”

“嗯？”季清远纳闷，“傅董怎么会有爸那边的门禁？”

“咱爸，给我的。”

季清远这才后知后觉，傅既沉已经“登堂入室”。

“我也是今年才有家里的门禁卡，你怎么现在就有了？”

傅既沉：“可能你输在了颜值上，爸看不上你。”

“……滚吧。”

傅既沉没再闲扯，言归正传：“你想想接下来要怎么缓和跟俞璟歆的关系。等你们关系正常了，俞倾说不定觉得婚姻也不错，就有可能跟我结婚。”

季清远何尝不想，这样无聊透顶的日子，他早就过够。可他跟俞璟歆之间，和傅既沉跟俞倾之间，不一样。

元旦那天，她给他吹干衬衫，然后当着他的面，她用洗手液洗了两遍手。

想到那天那一幕，季清远的窒息感就加重。他搁下手机，到保险柜里去拿笔记本电脑。里面的照片，他早就拷贝了好几份，不怕她再删除。

拿上笔记本电脑，关了书房的灯，他去卧室找俞璟歆。

俞璟歆正倚在床头看手机，嘴角微微扬起。只有看儿子的照片或视频时，她才会露出这样的笑容。她看得太入迷，没注意到他进来。

她两条长腿抬起，看手机都不忘练瑜伽。

睡裙的肩带滑落下来，她还没发觉。

活色生香。

季清远站在门口，看了一会儿。不管是她还是俞倾，敢这么我行我素，任性妄为，甚至有时目中无人，有一半是仗着美貌，恃美行凶。

俞璟歆把儿子刚出生时的视频又看了一遍，两条腿也累了，放下来准备睡觉，余光里，感觉门口有黑影，她猛地转头。

嘴角的笑，比龙卷风消失得还快。她拿过浴巾盖住自己双腿，背对着他躺下。季清远上床，打开笔记本电脑，开始看他们的结婚照。

俞璟歆忽然睁开眼，还是背对着他："我明天带着宝宝搬到我爸那边住。"

季清远正看到他亲她的那张，恍惚了片刻，转头："你说什么？"他其实听到了，又怕自己听错。

"俞倾有孩子了，我过去照顾她一段时间。她跟她妈妈关系什么样，你又不是不知道。"

季清远感觉莫名其妙，把她想要借此跟他分居、离婚的想法尽力往下压。

他克制着自己的脾气，尽量让声音听上去平和："爸那边，厨师、保姆、司机、保镖，还有管家，十几人呢，对了，还有傅既沉，那么多人，哪用得着你专门过去？"

再说，她十指不沾阳春水，会照顾人吗？只不过是找个借口而已。

俞璟歆声音冷淡："照你这么说，有钱人家可以请个育婴团，还要孩子的妈妈陪着干什么？还要跟亲人待一块干什么？"

季清远："……"

他竟无力反驳。但不管怎样，反正他就是不能让她搬过去。

走了容易，再让她回来，那可就难了。

"有什么事，你在电话里说，实在不行，你每天可以去爸那边一趟，没必要非住过去。"

俞璟歆没搭腔，懒得跟他争执，她已经决定过去。

白天接到俞倾电话，知道俞倾有了孩子，还决定生下来，她不再是惊讶和欣喜，而是震撼。她想象不到，俞倾是经过了怎样的挣扎，才做了那样的决定。又是怎么做到，在短短一天时间里，调整好了心态。

这几年，她每天都在跟自己做斗争。一次次，每次都是以失败告终。

在情场上，她是个彻头彻尾的失败者。

冷文凝几乎毁了她所有的节日和纪念日，连带着对季清远，她看着都觉得无比厌恶。四年多了，她还是过不去心里那关。

她想回家里住一段时间，冷静冷静，也想跟俞倾学学，要怎么过好自己的日子。

“我只是跟你说一声，明天我跟宝宝就搬过去，你要是想宝宝了，你就过去看他。”

季清远盯着她背影，跟他预料的一样，她要跟他分居。

她那句话之后，他们沉默了十多分钟，谁都没再吱声。

照顾俞倾，只是一个借口，她就是想跟他分居，逼着他提离婚。

“是不是听说他决定不接管家里的公司，在北京这边发展自己感兴趣的事业，你想离婚了？”

俞璟歆呼口气，说：“是。听说，冷文凝现在还单着。以后我跟他，你跟冷文凝，我们各自过各自的日子，行不行？”

季清远放在膝盖上的笔记本电脑滑下来，翻到床上。

“行啊。”

他捡起笔记本电脑：“还给你，结婚照你想删就删。”

俞璟歆不由得攥了攥浴巾一角，突然爬坐起来，从他手里夺过笔记本电脑，点着放照片的那个盘，直接选择格式化。

就在格式化开始的那一瞬，好像这座城里所有的灯都熄灭了。

季清远感觉喉咙像被人掐住，窒息感比那天她当他面用洗手液洗手，强烈万倍。俞璟歆看着电脑屏幕，每一下，格式化的好像不是这些照片，而是这四年的婚姻，这四年里想割舍却怎么都没有舍得割舍下的牵绊。

房间里，除了笔记本电脑发出的电流声，就是他越来越粗重的呼吸声。

他的隐忍，仿佛到了一个极限。

“璟歆。”他压制着自己，没大声说话。

到了嘴边的那些话，他突然觉得说出来也没什么意思。

“这台笔记本电脑，是你的还是我的？”

俞璟歆回神：“你的。”

季清远点点头。

之后，又是长久的沉默。

格式化结束，“啪”的一声，季清远用力合上笔记本电脑，掀被子下床，拿着笔记本电脑径直走向跟卧室连着的景观露台。

一片窗帘，隔在了她跟季清远之间。

俞璟歆看不到露台上的情况，不知道季清远拿着笔记本电脑要干什么。

紧跟着，就听“砰”的一声，称不上巨响，但足以震动心头。

他把笔记本电脑扔楼下院子里去了。

整个世界仿佛都安静下来。

管家还有家里的阿姨听到这么大动静，好几人赶紧跑到院子里一探究竟。地上躺着笔记本电脑，二楼露台上，季清远站在那儿。

几人面面相觑，没人敢吱声。他们猜测着，大概是夫妻俩吵架了。

有个阿姨上前去，想捡起来，被管家拦住。

管家抬头，小声问季清远："要不要给你架个梯子？"

季清远："……"

管家是过来人，知道季清远把笔记本电脑扔下来的后果有多严重。

要是季清远从露台直接"跳"下来，拿着笔记本电脑从卧室门进去，俞璟歆说不定就能消气了。

这两口子，唉。管家在心里直叹气。

季清远看了下二楼到地面的距离，虽然不是太高，但万一跳下去，不小心脚崴了，俞璟歆看着他估计会更讨厌，还以为他用苦肉计。

见季清远沉默，管家会意，赶紧去找了折叠梯来。

季清远扒着露台栏杆，翻过去，刚踩到梯子上，传来脚步声，俞璟歆走过来。

要是被俞璟歆看到他是搭梯子下去，他这张脸没地搁。

他赶紧出声提醒楼下的人："你出来干什么？外面冷，你进屋去。"

管家来不及多想，以最快的速度撤掉梯子。

季清远："……"

身体瞬间悬空。

他紧紧抓着护栏，臂力不支，他被动"掉"了下去。

落地时，他的脚踝又疼又麻。

缓过来后，季清远走了几步，没事。他抬头，露台上早没了人影。

凌晨了，院子里静悄悄，刚才看热闹的几人目睹了他狼狈的样子，都识趣地回自己房间去。

季清远弯腰拾起笔记本电脑，发现边角被磕坏了。

他在院子里站了会儿，然后拿着笔记本电脑回屋。

卧室里，灯关了。

季清远没再开灯，等眼睛适应黑暗，他摸着墙，走到床边。俞璟歆依旧是背对着他，肯定没睡着。

他靠在床头，没有丁点困意。

沉默半晌，他侧目看着她："照片我早就备份了，明天我再给你新买一台笔记本。"

没有任何回应。

季清远挪到她边上，把她抱进怀里。

俞璟歆用力挣扎，要推他。

季清远箍住她手臂，低声说了句："睡吧，我不做什么。"

他下巴抵在她侧脸上："你要搬回去就搬吧，看看我们不睡在同一张床上时，能不能做同一个梦。"

明天他找傅既沉商量一下，要找个什么理由，自己也搬到俞家别墅住。

次日，午休后，秦墨岭去找俞倾。

俞倾站在窗边，所有能打开的窗全被打开。

她前面有张椅子，上面摞了一个圆凳，圆凳上是笔记本电脑，电源线从办公桌前一直拖到窗边。

秦墨岭上下打量着她，问："你这是干什么？找灵感？"

俞倾头也没回，专注地看手里的数据资料。

"坐着犯困。"

站在窗口吹冷风，能清醒一些。生理上的困，靠毅力很难克服。

但工作堆积如山，她又不能懈怠。

秦墨岭手里拿着咖啡，是他喝了一半的。他问："要不我给你煮一杯？"

俞倾摇头，格外自觉："要戒掉十个月。"

秦墨岭恍然，她现在是孕妇，这些饮品还是少喝为好。

"上个月，北京这边的销量，同比下降了百分之八左右，就因为朵新的价格战，我们的经销商少卖了五六万件。"

俞倾把销售表折起来放在电脑键盘上："至于销售量是不是真的少了这么多，我也不清楚。"

都是乐檬的大区经理联合经销商报上来的数据，水分肯定有。

秦墨岭问："经销商又问公司要活动支持了？"

"嗯。"俞倾去倒温水，"说是要跟朵新的卓华商贸对垒，这个月开始搞促销，申请了二十万的物料和赠品支持。”

“这个费用，你打不打算批？”

“批啊。”

俞倾说了说要怎么批：“我只打算给北京这边的经销商少量的费用支持，剩下的批给天津跟河北的经销商。肖以琳是京津冀大区经理，她给卓华商贸那么多费用支持，肯定是克扣了天津和河北两个区域经销商的费用。”

秦墨岭明白了：“你这是要来一个田忌赛马的打法？”

“嗯。”俞倾喝口温水，“反正我只要总销量不变，怎么赢都一样。”

秦墨岭过来是要当面问清，她中午给他发的那封邮件，是她困得不行时的胡言乱语，还是深思熟虑过的想法。

他跟她确认：“你真要举办乐檬群星演唱会？”

俞倾点头，给他困惑的眼神答疑：“不是我一时心血来潮。”

这几天她睡不着时就一直想这个事情，昨晚还又思考一番。她核算过费用，没超他们广告投入预算。等手头工作处理得差不多，她会着手做可行性方案，到时提请董事会批准。

“这几年我们的宣传和广告外包给冷文凝，她还是拿老套路给我们宣传，一点心思都不舍得花，真正的广告效应有多少，我不知道。”

乐檬自第一款产品上市，至今已经二十年。

“我们的宣传还是那几种模式，给消费者的感觉就是，我们是一个年迈的、没有活力的产品。”

秦墨岭没反驳，因为他自己也会有这种感觉。

乐檬的名字，家喻户晓，时间久了，他们总觉得它的饮料还是以前那个味，那几个品种。

俞倾：“要是我们再不创新，再不跟上这一代年轻人的喜好，不管你承不承认，乐檬用不了几年就要走下坡路。其实，已经在走下坡路。它占据顶峰时，根本就不用畏惧任何竞争对手。”

她看着秦墨岭：“可现在呢？”

一个刚起来两三年的朵新，他们就要时刻放在心上。

秦墨岭让她说说，关于群星演唱会的思路。

俞倾：“嘉宾的话，之前代言过我们乐檬产品的所有明星都请，然后请一部分实力歌手，再请一部分当红影星。这是第一届演唱会，以后每年都举办。”

“每年都办？”

“目前是这么打算的。想做成一个品牌演唱会。”

秦墨岭没想到她野心这么大：“举办方式呢？” 俞倾：“跟卫视合作，以直播形式。”

至于现场的门票，她说：“一部分拿来销售，其余的我拿来做激励政策，给我们经销商和商户。”

完成销量考核的经销商，给前排门票两张。

每个区域销售量前五十的商户，赠一张票。

“到时再跟电视台谈合作形式。如果收视率不错，我们不仅打了广告，还能赚点钱。如果收视一般，我们就当是出了一个冠名广告费。”

不管怎样，总比冷文凝的宣传效果好。这几年冷文凝只顾着薅羊毛，根本就不愿多花钱提升团队。举办演唱会，不管是热度还是关注度，肯定比冠名广告高。关键的一点是，她有得天独厚的资源。

“我舅舅家的表哥，自己有传媒公司，旗下的艺人都炙手可热。他的传媒公司承接过不少大型演唱会和音乐会，跟电视台的关系很不错。我还能跟他谈价。”

秦墨岭知道她表哥，资源确实不错，但问题是，他没忍住，给她泼冷水：“你跟你表哥，有联系吗？”

俞倾：“……也算有过联系。上次我在梦里梦到他了。”

梦到哄了表哥的钱买卡通美少女换装贴纸，贴得语文书上到处都是，挡住了课文内容。

还梦到了上海的弄堂，那时表哥会带她去那里玩。

自从外公外婆离开，他们再也没联系过。

当初外公身体不好，要提前卸任董事局主席一职，大舅和二舅为了得到集团的控制权，反目。其间，血雨腥风。

亲情最后一块遮羞布被无情揭去，只剩赤裸的利益。

还好，不管是大舅还是二舅，都没让她为难——因为她手里有公司的股权，她站队谁，谁就赢了。

他们没找她，是对她最后的仁慈吧。

后来，外公和外婆都走了。集团的控制权尘埃落定后，这个家也散了。

两年来，她再也没回过上海，跟舅舅还有表哥也没有任何联系。

即使联系了她也不知道要说什么。那个家，终究支离破碎，再也回不去。

“等我想想，我要怎么跟我表哥联系。”

秦墨岭建议她：“先把冷文凝这事解决了再说，不然你不管有什么想法，她都不会让你轻易实现。”

到时，冷文凝说不定还会暗中使绊子。

毕竟冷文凝除了有文凝策划公司，还有公关公司，掌握了不少媒体资源。

说到冷文凝，秦墨岭问俞倾：“庞林斌和厉阿姨回国了，你知不知道？”

俞倾抬眸，没吱声。

她没跟母亲联系，而母亲更不会告知她自己的行程。曾经她们在景区山下遇到，母亲都没想过要跟她同行。

秦墨岭从她表情便知，没再多言。

他转发了一条消息给她。

“这是冷文凝发给我的，我找人核实过，航班信息无误。”

庞林斌今天中午的航班到了上海，他是跟俞倾妈妈一块回来的。

明天下午，庞林斌乘坐的航班飞北京，但没有俞倾妈妈的航班信息，她留在上海，不过来。

“我再帮你打听一下，庞林斌到北京后的行程安排。”

“不用了。”俞倾把笔记本电脑拿到办公桌上。

秦墨岭盯着她看，她被冷文凝这样威胁，他于心不忍：“这件事我来处理，你别插手了行不行？面子不面子的，没那么重要。你不想跟冷文凝合作，行，我用我的方式处理。”

俞倾不同意：“不用，我知道该怎么办。”

她让他帮个忙：“你现在就去冷文凝那儿一趟，你到了后跟我说一声，我给你打电话，你打开免提。”

她又叮嘱他：“你到时把声音开到最大，能保证让冷文凝听到我说什么就行。”

秦墨岭以为她想通了，要妥协，借着他这个台阶跟冷文凝谈接下来的续约细节。他没多问，让秘书安排车。

这是秦墨岭第一次来文凝策划，以前都是冷文凝去拜访他。

冷文凝正在开会，意外于他的突然造访，她提前结束了会议。

跟乐檬闹成这样，不是她所乐见的。

主动道歉，妥协，她不会干。但她也不想跟乐檬撕破脸，人没必要跟钱过不去。只要俞倾愿意接着合作，她可以翻篇，不计较。

会客室，秘书已经给秦墨岭泡好了茶。

冷文凝从楼下会议室直奔会客室："稀客，蓬荜生辉。"

简单寒暄两句后，她请他移步她的办公室。

在自己的地盘，冷文凝客气道："秦总有何指教？"

秦墨岭不紧不慢道："指教不敢。想给你们之间搭座桥。"

很快，俞倾的电话进来。秦墨岭开了免提。

冷文凝若有所思，视线落在秦墨岭身上。她猜测着，应该是俞倾知道了庞林斌回国，感觉事态严重，决定主动跟她示好。

俞倾清冷的声音从扩音器里传来，在办公室里回荡。

"你转告冷文凝，我现在给她一个机会，明早八点前，要是她主动来跟我道歉，并写下悔过书，我酌情原谅她。解除合同后，我不会再跟她斤斤计较。如果她执迷不悟，用尽手段威胁我，我会以其人之道还治其人之身。有她求着我原谅她的那天。我保证她接不到大客户的单子，也保证会让她舅舅手里经办的重要项目招不到商，引不到资。"

中间停顿了大概有两秒钟。

"既然她送我三样大礼，我也礼尚往来。第一样，让她等着收法院的传票。她的团队没在合同规定时间内完成乐檬新品的视频拍摄和投放，没有完成新品海报的设计，导致我们乐檬损失严重，除了支付违约金，我们还要索赔。"

秦墨岭还没说一句话，电话已经被切断。

他也发蒙，不知道俞倾让他来是为了给冷文凝下马威。

他侧目，如他所料，冷文凝的脸，比她的姓还要冷。

"呵。"

冷文凝何时受过这样的窝囊气，直接把手里的水杯扔桌上。刺耳的一声"咣"，水溅出来，打湿了桌上的文件。

拍摄户外视频广告受天气还有代言人档期的影响，延迟拍摄不可避免，这次的拍摄时间也就比合同规定的迟了两天，根本就没什么影响。

她之前也跟秦墨岭打过招呼。俞倾竟然为了这点小事要起诉文凝策划。起诉就算了，也赔不了几个钱。

可俞倾居然不识抬举，还敢威胁她。从小到大，谁不是捧着她？

她给了俞倾这么多次机会，俞倾不仅不珍惜，还大言不惭，天真地要威胁她。

想到刚才俞倾电话里让自己接不到单子的那番话，冷文凝又讥笑一声："呵。"

事已至此，脸面彻底撕破。秦墨岭也没待下去的必要，他起身告辞。

出于礼貌，冷文凝还是送秦墨岭出去："既然俞倾这么不识好歹，从现在开始，我拒绝任何方式的和解。她求我都没用！"

她顺顺气，又说："反正明天下午，庞叔叔就到北京了，到时也是我去接机，我会跟庞叔叔好好聊聊俞大小姐的事。第二样、第三样大礼，我会加料加量给她。祝她品尝愉快。"

从文凝策划出来，秦墨岭给俞倾打电话。他很好奇，她哪来的底气或是把握，敢说让冷文凝接不到项目，让冷文凝舅舅的项目招不到商。

"你有眉目了是不是？"

"没有啊。"俞倾语气轻松。

秦墨岭："……"

下班了，俞倾锁门离开，去等电梯。

秦墨岭让她严肃一点："俞倾，我没跟你开玩笑。"

电梯到了，俞倾按着键，没进去。

"我是真的想给冷文凝机会，她自己不珍惜，我还跟她客气做什么？其实，我想做个好人，因为我一旦坏起来，没人接得住招。"

秦墨岭："……"头一次听到这么新鲜的"自夸"。

下班高峰期，路上拥堵不堪，从公司出来有一阵子了，汽车才挪了几百米。

俞倾现在由司机接送，父亲不许她再开车。不用自己驾车，她能盯着窗外，肆意走神。

盘算许久后，俞倾降下汽车挡板，拿出手机拨了一个号码出去。

就在响铃快要结束时，对方接听。

"倾倾啊，好久不见。"

俞倾：“庞董，您好，好久不见。”

庞林斌表情微僵，随后笑笑：“俞律师今天找我，有何贵干？”

俞倾现在要跟庞林斌谈生意，就不能再拐弯抹角：“新建科技，不知道庞董有没有兴趣了解一下。”

庞林斌对新建最新的动态略知一二，傅氏集团也决定投资，最大股东是傅既沉，后来不知道什么原因，并购的事情搁浅了。

现在有这个机会知道，他并不排斥：“愿闻其详。”

俞倾简明扼要道：“当初我给傅氏牵线搭桥，也跟他们几个董事的意见达成一致，我们乐蒙科技也入股，但傅既沉给我们的条件严苛，让我们技术入股，可给的股份少得可怜，所以就僵在这儿了。您也知道，技术入股跟别的不一样。傅既沉想要我们的技术，又不想我们参与管理，双方僵持不下，到现在也没谈拢。”

庞林斌直言：“那你找我的意思是？”

俞倾：“我打算退出，如果您感兴趣，我给您牵线。新建科技没上市，您投资后不管是长期持有还是上市后退出，都只赚不赔。所有尽调报告，我稍后会发到您邮箱。”

“这个项目要是成了，前景不错。”庞林斌半开玩笑，“你可是从来不做赔本的买卖。”

俞倾切入正题：“是补偿冷文凝那事有可能给您带来的损失。其实，这事影响不到我跟我妈妈的感情，因为本来我们就没感情。”沉默一瞬，她继续说，“但我不想因为我，影响了你们的感情。我妈妈那个性格，她选择重新跟您走在一块儿，应该是特别爱您的。”

庞林斌偏头看向身边的妻子，沉默了片刻。

妻子从来不听他打电话，他接电话前告诉她，是俞倾的电话，她就坐在那儿没走，看似在看书，其实他说的每一句，她应该都听进去了。

但她就是不愿跟他一块儿去北京。

俞倾的声音又传来：“但我不可能向冷文凝妥协。”

庞林斌问：“你知道我明天要去北京？”

俞倾没隐瞒：“知道。也知道您今天中午到了上海。更知道明天下午，是冷文凝去接机。”

她话题总是很跳跃：“庞叔叔，我还有个赚钱的项目明天要跟你谈。”

"今天谈不行啊？"

"不行，皇历上说不宜，会谈崩。而且地点也得选对。"

庞林斌笑了："选哪儿？"

俞倾："明天下午在机场。对了，最好有冷姓女士在场。"

庞林斌略思忖，然后回复："行啊，那明天你来接机。"

通话结束后，俞倾松了一口气。她看了下庞林斌到北京的时间，让秘书把她明天下午的所有安排都取消。

傅既沉原本打算早点回家陪俞倾，哪知道季清远来找他。

季清远拎着昨天被他扔到楼下的笔记本电脑，张张嘴有些话，他还是难以启齿。

笔记本电脑没装电脑包里，可怜巴巴地躺在茶几上，昨晚光线差看不清，白天一看，上面伤痕累累。

傅既沉一头雾水："你电脑怎么了？"

"坏了。"季清远靠在沙发里，头疼。

傅既沉莫名其妙："那你去找修电脑的，你来找我干什么？"

季清远："硬盘坏了，修复的可能性太小。找你不是要修电脑，而是要从这台被摔坏的电脑说起。"

昨晚的事，他把来龙去脉说给傅既沉，不过搭梯子那段略过去了。

"璟歆今天搬回去了。"

傅既沉揉揉眉心，爱莫能助："你扔下去的时候，就没想到，你自己会比电脑的下场还惨？"

季清远："……"

扔完了，他才后知后觉。

"我想搬到别墅住，你看应该怎么办？"

傅既沉半晌没吱声。季清远以为他在想法子，没打扰。

好几分钟过去，季清远看向他："到底有没有法子？"

傅既沉："不瞒你说，我也想搬过去。我是打算明天去你那儿找你商量的。"

季清远："……"

看来只能找俞璟择帮忙，然后喊上岳父一块儿去吃饭，边吃边聊。

“说不定，聊得高兴了，爸能同意我们过去住。”

傅既沉：“爸有可能会同意我住进去，我跟俞倾没闹矛盾，但不一定允许你住进去，因为俞璟歆不想看到你。”

季清远已经不想跟傅既沉说话，他示意傅既沉给俞璟择打电话，约晚上一起吃饭。

傅既沉没动：“你打吧，你比我大，说话比我稳重。”

季清远：“……”

他今天来找傅既沉，纯粹是给自己添堵。

订好了餐厅，季清远离开。傅既沉拿上外套，离开公司前，他去了财务部一趟。乔洋正在看报表，她办公室门没关，敲门声响了几下，她还盯着电脑屏幕。

“请进。”

看完最后一个数字，她这才抬头。

竟然是傅既沉。

她愣了下，赶紧站起来。如果没有特别重要的事，他不会来财务部。

“傅总。”

傅既沉挥挥手，让她坐，他站在桌边，吩咐她：“看看跟文凝策划的往来账，还有多少款项没支付给他们。”

“哦，好。”乔洋在工作群里让财务负责人把相关数据传给她，限时两分钟之内。

傅氏集团旗下有三家子公司的策划宣传是由文凝策划承接，当初是冷文凝家里找到集团的另一个股东谈成此事的，然后双方就一直合作到现在。

她跟冷文凝也打过几次交道，知道那是一朵带刺的玫瑰。

乔洋汇总数据，直接用废旧的报表打印出一份递给傅既沉。

傅既沉看了看付款日期：“你通知这几家公司负责人，到期后，换一家策划公司。怎么换随便他们，把方案提交给我就行。”

乔洋消化了几秒，傅既沉从来不过问这些琐事，今天竟然亲自过来催促，她没多问其中原因：“我马上就传达给他们。”

傅既沉是最后一个到餐厅包间的。俞邵鸿跟俞璟择先到，杯子里的茶已喝了半杯，季清远也到了。

一杯茶喝完，傅既沉才推门进来。

人到齐，俞邵鸿开始说话："今晚我本来有个饭局，璟择说你们俩要找我吃饭，我寻思着家里事比赚钱重要，就推了应酬。俞倾打算在家里长住，璟歆也搬回去了，我也头疼，不知道你们一个个的到底怎么回事。"

说着，他叹气。

"你们有什么事直接说，只要我能帮得上的，为你们小两口好的，我这个做爸的，义不容辞。"

傅既沉和季清远对望一眼，然后都看向俞璟择。"搬到别墅住"这样的话，实在不好开口，就只好让俞璟择代言了。

俞璟择："……"

他上辈子欠了他们的。

"爸，你不是说别墅冷清吗？"

俞邵鸿揉着眉心："现在还冷清什么，一下多了三口人住，我都不习惯。"他突然看向儿子，"你什么意思？"

俞璟择："我们商量了一下，都回去陪您住一段时间。"

俞邵鸿瞬间领会——不是俞璟择要回去，而是季清远跟傅既沉想去住。

"俞倾跟璟歆，怕是不让。"

俞璟择无奈："所以我也回去，她们总会给我点面子。"

俞邵鸿看看季清远又看看傅既沉，真情实感道："我特别感动你们俩能放下面子主动找我，反正换我的话，我是做不到的。这个忙，我怎么也得帮了。等回去我就找那两个小王八蛋谈。"

俞璟择催促："那你现在就回去吧，别等吃过饭了，反正菜还没上来。再说你看他们两个眼巴巴地等着，你真吃得下？"

俞邵鸿、季清远、傅既沉："……"

三人幽幽的眸光不约而同地投向俞璟择。

都这么说了，俞邵鸿也实在不好意思不走，他给他们俩宽心："我今晚跟她们商量好，明天你们收拾行李搬过来。"

季清远终于开口："爸，要不今晚我们就搬过去吧。"

俞邵鸿考虑的是："等你们收拾完行李，这得多晚？"

季清远："我们人先住进去，行李明天再搬。"

傅既沉："……"

他扶额，突然就不想跟季清远认识。

俞璟择也是同款动作。

俞邵鸿张张嘴，竟无以反驳。

等俞邵鸿离开，包间门关上。

傅既沉和俞璟择主动向边上挪个位置，远离季清远。

季清远倒了半杯红酒，一口闷下去，说："傅既沉，你是最没资格嫌弃我厚脸皮的，要不是我，你能今晚住进去？"

傅既沉品着酒："那你可以换个说法，非要把我们已经支离破碎的脸皮再踩两脚？"

季清远瞥了他一眼，没心思挤对他。他不知道俞璟歆会不会同意他住进别墅，万一她铁了心要离婚，就算是岳父，估计对此也只会一筹莫展。

俞邵鸿没敢耽误，到家前就给俞璟歆和俞倾打电话，让她们下楼到客厅等他。还以为是公司的事，姐妹俩匆匆到了客厅。

俞倾犯困，已经洗过澡躺床上，又被父亲的电话给催起来。

"爸这么着急，到底什么事？"

俞璟歆摇头。她记得父亲今天有应酬，没想到竟然回来得这么早。

俞倾心里咯噔一下，不会是跟冷文凝有关吧？她谨慎措辞，跟俞璟歆说道："姐，我跟冷文凝闹翻了，合作也彻底断了。不知道是不是因为这个，爸才回来。"

俞璟歆眼神错愕："不是……合作得还不错，你怎么说断就断？是不是为了给我出气？"

俞倾摇头："不是。纯粹是因为利益。她公司的服务不值那个价，我也不想花那个冤枉钱，不是十万百万，也不是千万。乐檬的钱不是大风刮来的。"

俞璟歆不信，她知道，主要是利益上的考量，但肯定跟她有一部分关系。

这时，急促的脚步声传来。俞邵鸿下了车，大步流星地进屋。

俞璟歆担心不已："爸，怎么了？"

俞倾给他倒了一杯温水："你别着急呀。"她给父亲抚抚后背。

俞邵鸿想了一路，始终没想出个好法子。管理公司他擅长，可处理家庭关系，他一塌糊涂。

“爸爸就不跟你们绕弯子了，傅既沉跟季清远找我了，让我帮忙，说要搬到别墅住。”

他放下杯子，没给两个女儿说话的机会。

“当时他们那么一说，我心里挺不是滋味。我就在想了，他们的父母知道这事，会是什么心情。”

他看着两个女儿：“你们也都是做妈妈的人了。”

“爸。”俞璟歆刚说一个字，就被俞邵鸿打断：“你们别说，听我把话说完行不行？”

俞倾跟俞璟歆对视一眼，便没再多言。

俞邵鸿：“希望你们都给对方一个机会吧，该说的说，该交流的交流，三个月为期。”

他先说俞璟歆：“要是那时候，你还是想跟季清远离婚，爸爸第一个支持你。我绝不会让你受半点委屈。”

他又看向俞倾：“要是到时候你还是觉得单身好，只想要孩子，不想结婚，爸爸绝不再提半个跟婚姻有关的字，也愿意在退休后给你带孩子。”

顿了下，他接着说：“你们现在这样子，是我的失职。我想弥补又不知道要怎么弥补，现在好像是个机会。你哥也回来住，我们一家人努力一下，好不好？把我们从来没过过的日子，给过一遍，说不定也能把日子给过好呢，是不是？就当爸请求你们了。”

俞倾无所谓，反正傅既沉过来，她也能接受，等宝宝月份大了，他住这里照顾她也方便，晚上还能一起做胎教。

她看向俞璟歆：“姐，要不，你就让姐夫住进来，我给你们的婚姻诊诊脉，说不定有救。”

俞璟歆没吱声。俞邵鸿心里踏实了——没反对就是默许了。

他赶紧给俞璟择打电话：“你们快回来吧。”

话音刚落，院子大门开了，几辆车先后驶了进来。

俞邵鸿：“……”

这是有多等不及呀。